迦陵著作集

唐宋词名家论稿

[加拿大] 葉嘉瑩 著

北京大学出版社
PEKING UNIVERSITY PRESS

图书在版编目(CIP)数据

唐宋词名家论稿/(加)叶嘉莹著. — 2版. —北京:北京大学出版社,2014.10
(迦陵著作集)
ISBN 978-7-301-24335-0

Ⅰ.①唐… Ⅱ.①叶… Ⅲ.①唐宋词—诗词研究 Ⅳ.①I207.23

中国版本图书馆CIP数据核字(2014)第118431号

书　　名	唐宋词名家论稿(第二版) TANGSONGCI MINGJIA LUNGAO(DI ER-BAN)
著作责任者	[加拿大]叶嘉莹　著
责任编辑	徐丹丽
标准书号	ISBN 978-7-301-24335-0
出版发行	北京大学出版社
地　　址	北京市海淀区成府路205号　100871
网　　址	http://www.pup.cn　新浪微博:@北京大学出版社
电子邮箱	编辑部 wsz@pup.cn　总编室 zpup@pup.cn
电　　话	邮购部 010-62752015　发行部 010-62750672 编辑部 010-62752022
印 刷 者	北京中科印刷有限公司
经 销 者	新华书店
	965毫米×1300毫米　16开本　20.5印张　257千字 2008年4月第1版 2014年10月第2版　2024年12月第6次印刷
定　　价	66.00元(精装)

未经许可,不得以任何方式复制或抄袭本书之部分或全部内容。
版权所有,侵权必究
举报电话:010-62752024　电子邮箱:fd@pup.cn
图书如有印装质量问题,请与出版部联系,电话:010-62756370

《迦陵著作集》总序

北大出版社最近将出版一系列我多年来所写的论说诗词的文稿，而题名为《迦陵著作集》。前两种是我的两册专著，第一册是《杜甫秋兴八首集说》，此书原为20世纪60年代中期我在台湾各大学讲授"杜甫诗"专书课程时所撰写。当时为了说明杜甫诗歌之集大成的成就，曾利用了整整一个暑假的时间走访了台湾各大图书馆，共辑录得自宋迄清的杜诗注本三十五家，不同之版本四十九种。因那时各图书馆尚无复印扫描等设备，而且我所搜辑的又都是被列为珍藏之善本，不许外借，因此所有资料都由我个人亲笔之所抄录。此书卷首曾列有引用书目，对当时所曾引用之四十九种杜诗分别作了版本的说明，又对此《秋兴》八诗作了"编年""解题""章法及大旨"的各种说明。至于所谓集说，则是将此八诗各分别为四联，以每一联为单位，按各种不同版本详加征引后做了详尽的按语，又在全书之开端写了一篇题为《论杜甫七律之演进及其承先启后之成就》的长文，对中国古典诗歌中七律一体之形成与演进及杜甫之七律一体在其生活各阶段中之不同的成就，都作了详尽的论述。此书于1966年由台湾中华丛书编审委员会出版。其后我于1981年4月应邀赴四川成都参加在草堂举行的杜甫学会首次年会，与会友人听说我曾写有此书，遂劝我将大陆所流传的历代杜诗注本一并收入。于是我就又在大陆搜集了当日台湾所未见的注本十八种，增入前书重加改写。计共收有不同之注本五十三家，不同之版本七十种,于1988年由上海古籍出版社出版,计时与台湾之首次出版此书盖已有整整二十年之久。如今北大出版社又将重印此书,则距离上海古籍出版社之出版又有二十年以上之久了。这一册书对一般读者而言,或许未必对之有详细阅读之兴趣,但事实上则在这些看似繁杂琐细的校辑整理而加以判断总结的按语中,却实在更显示了我平素学诗的一些基本的修养与用功之所在。因而此书首次出版后,遂立即引起了一些学者的注意。即如当年在美国威斯康辛大学任教的周策纵教授,就曾写有长文与我讨论,此文曾于1975年发表于台湾出版之《大陆杂志》第五十卷第六期。又有在美国圣地亚哥加州大学任教的郑树森教授在其《结构主义与中国文学研究》一文中也曾提及此书,以为其有合于西方结构主义重视文类研究之意(郑文见台湾东大图书公司1983年所刊印之《比较文学丛书》中郑著之《结构主义与中国文学》)。更有哈佛大学之高友工与梅祖麟二位教授,则因阅读了我这一册《集说》,而引生出他们二位所合作的一篇大著《分析杜甫的〈秋兴〉——试从语言结构入手做文学批评》,此文曾分作三篇发表于《哈佛大学亚洲研究学报》。直到去年我在台湾一次友人的聚会中还曾听到一位朋友告诉我说,在台湾所出版的我的诸种著作中,这是他读得最为详细认真的一册书。如今北大出版社又将重印此书,我也希望能得到国内友人的反响和指正。

第二册是《王国维及其文学批评》。此书也是一册旧著,完稿于20世纪70年代初期。原来分为上下两编,上编为"王国维的生平",此一编又分为两章,第一章为"从性格与时代论王国维治学途径之转变",第二章为"一个新旧文化激变中的悲剧人物",这两章曾先后在《香港中文大学学报》发表;下编为"王国维的文学批评",此一编分为三章,第一章为"序论",第二章为"静安先生早期的杂文",第三章为"《人间词话》中批评之理论与实践",这些文稿曾先后在台湾的《文学批评》及香港的《抖擞》等刊物上发表,但因手边没有相关资料,所以不能详记。此书于1980年首由香港中华书局出版,继之又于1982年由广东人民出版社再版,并曾被当日台湾的一些不法出版商所盗版。这册书在最初于香港出版时,我曾写有很长的一篇《后叙》,并加有一个副标题——"略谈写作此书之动机、经过及作者思想之转变",文中略叙了我婚前婚后的一些经历,其中曾涉及在台湾的白色恐怖中我家受难的情况。台湾的"明伦"与"源流"两家出版社盗版,一家虽保留了此一篇《后叙》,但将其中涉及台湾的地方都删节为大片的空白,并在空白处用潦草的笔迹写有"此处不妥,故而删去"等字样;另一家则是将此一篇《后叙》完全删除(据台湾友人相告,他们曾将删去的《后叙》另印为一本小册子,供读者另行购买)。直到2000年台湾的桂冠图书公司出版我的《叶嘉莹著作集》一系列著作时收入此书,才又将此篇《后叙》补入书中,同时并增入了一篇《补跋》。那是因为1984年北京中华书局出版了《王国维全集·书信》一书,其中收入了不少我过去所未见的资料;且因为我自1979年回国讲学,得以晤见了几位王国维先生的及门弟子,他们为我提供了不少相关的资料;更因为《王国维全集·书信》一书出版后,曾相继有罗继祖先生及杨君实先生在国内之《读书》《史学集刊》与香港之《抖擞》及台湾之"《中国时报》"诸刊物中发表过一些论及王国维之死因及王国维与罗振玉之交谊的文字。凡此种种,其所见当然各有不同,所以我就又写了一篇《补跋》,对我多年前所出版的《王国维及其文学批评》一书又作了一些补正和说明。这些资料,如今都已收入在北大出版社即将出版的这一册书中了。至于原来被河北教育出版社与台湾桂冠图书公司曾收入在他们所出版的《王国维及其文学批评》一书中有关王氏《人间词话》及《人间词》的一些单篇文稿,则此次结集时删去,而另收入其他文集中。因特在此作一简单之说明。

第三册是《迦陵论诗丛稿》。此书共收入了我的论诗文稿十五篇,书前有缪钺先生所写的一篇《题记》。这是我平生所出版的著作中唯一有人写了序言的一册书。那是因为当中华书局于1982年要为我出版这一册书时,我正在成都的四川大学与缪先生合撰《灵谿词说》。我与缪先生相遇于1981年4月在草堂所举行的杜甫研究学会之首次年会中。本来我早在20世纪的40年代就读过先生所著的《诗词散论》,对先生久怀钦慕,恰好先生在1980年也读了上海古籍出版社出版的我的《迦陵论词丛稿》,蒙先生谬赏,许我为知音,并邀我共同合撰《灵谿词说》。因此当中华书局将要为我出版《迦陵论诗丛稿》一书时,先生遂主动提出了愿为我撰写一篇《题记》作为序言。在此一篇《题记》中,先生曾谓我之论陶渊明诗一文可以摆脱纷纭之众说而独探精微,论杜甫《秋兴八首》一文可以尚论古人而着眼于现代;又谓我之《说杜甫〈赠李白〉诗一首》一文寄托了自己尚友千古之远慕遐思,《从李义山〈嫦娥〉诗谈起》一文探寻诗人灵台之深蕴而创为新解。凡此诸说固多为溢美之辞,实在都使我深感惭愧。至于先生谓我之诸文"皆有可以互相参证之处","足以自成体系",则私意以为,"自成体系"我虽不敢有此自许,但我之论诗确实皆出于我一己之感受和理解,主真,主诚,自有一贯之特色。则先生所言固是对我有所深知之语。另外尤其要感谢先生的,则是先生特别指出了此书中所收录的《简谈中国诗体之演进》与《谈〈古诗十九首〉之时代问题》两篇文稿都是我"多年前讲课时之教材,并非专力之作",则先生所言极是。这两篇写得都极为简略,我原来曾想将之删除,但先生以为此二文一则"融繁入简",一则"考证详明",颇"便于教学参考",且可以借之"见作者之学识功力"。因先生之谬赏,遂将之保留在此一集中,直至今日。这也是我要在此特加说明的。另外先生又曾于《题记》中评介了我的一些诗词之作,我对此也极感惭愧。但先生之意主要盖在提出"真知"之要"出于实践",这自然也是先生一份奖勉后学之意,所以我乃不惮烦琐,在此一一述及,以表示我对先生的感激和怀念。本书最后还附有我的一篇《后叙——谈多年来评说古典诗歌之体验》，此文主要是叙写我个人研读态度之转变与写作此类文字时所结合的三种不同的方式。凡此种种读者自可在阅读中获知，我在此就不一一缕述了。

第四册是《迦陵论词丛稿》。此书共收论文八篇，第一篇标题为《古典诗歌兴发感动之作用（代序）》，原是1980年上海古籍出版社为我出版此同一标题的一册书时所写的一篇《后序》。当时因中国开放未久，而我在海外所选说的一些词人则原是在国内颇受争议的作者。所以就写了此一篇《后序》，特别提出了对于作品之衡量应当以感发之生命在本质方面的价值为主，而不应只着眼于其外表所叙写的情事。这在词的讨论中较之在诗的讨论中尤为重要。因为诗中所叙写的往往还是作者显意识中的情志，而词体在最初即不以言志为主，所以词中所表现的往往乃正是作者于无心中的心灵本质的流露。这种看法，直到今日我也未曾改变，所以我就仍取用了这一篇《后序》，作为北大出版社所出版的我的这一册同名之著作的前言。至于此书中所收录的《温庭筠词概说》《从〈人间词话〉看温韦冯李四家词的风格——兼论晚唐五代时期词在意境方面的拓展》《大晏词的欣赏》《拆碎七宝楼台——谈梦窗词之现代观》与《碧山词析论——对一位南宋古典词人的再评价》及《王沂孙其人及其词》诸篇，则与我在《唐宋词名家论稿》一书中所收录的一些分别论说各家词的文稿，虽在外表篇目上看来似颇有重复之处，但两者之间其实有相当大的不同。此一书中所收录的大多以论说作品为主，所以对各篇词作都有较详的论说和赏析。而《唐宋词名家论稿》则主要以论说每一位作者之整体风格为主。而且凡是在此一册书中所论述过的作者和作品，在另一册书中都因为避免重复而作了相当的删节。所以有些读者曾以为我在《唐宋词名家论稿》一书中对于温、韦、冯、李四家词的论述颇为简略，与论说其他名家词之详尽者不同，那就正因此四家词既已在此书中作了详细论述，因之在另一册书中就不免简化了的缘故。至于此一册书中所收录的《王沂孙其人及其词》，则是写于《唐宋词名家论稿》以后的作品，所以在论述方面也作了避免重复的删节。因此读者要想知道我对名家词之全部论见，实在应该将这两册书合看，才会得到更为全面的理解。至于这一册书所收的最后一篇《论陈子龙词——从一个新的理论角度谈令词之潜能与陈子龙词之成就》一文，则是在这一册书中写作时间最晚的一篇作品。当时我的研究重点已经从唐宋词转移到了清词，只不过因为陈子龙是一位抗清殉明的烈士，一般为了表示对陈氏之尊重，多不愿将之收入清代的词人之中。这正是当年龙沐勋先生以清词为主的选本只因为收入了陈子龙词而竟把书名改为《近三百年名家词选》的缘故。而我现在遂把《论陈子龙词》一文收入了不标时代的这一册《迦陵论词丛稿》之中了。不过读者透过这一篇文稿的论说已可见到，此文已是透过论陈子龙词对前代唐宋之词所作的一个总结，而且已谈到了陈词与清词复兴之关系，可以说正是以后论清词的一个开始了。

第五册《唐宋词名家论稿》，这一册书可以说是在我所出版过的各种论词之作中论说最具系统、探讨也最为深入的一本书。那是因为这一册书的原始，是来自缪钺先生与我合撰的《灵谿词说》。关于缪先生与我合作的缘起及《灵谿词说》一书编撰之体例，我在该书中原写有一篇前言，标题为《谈撰写此书的动机、体例以及论词绝句、词话、词论诸体之得失》。《灵谿词说》一书于1987年由上海古籍出版社出版，十年以后当河北教育出版社要为我出版《迦陵著作集》的系列书稿时，曾征询得上海古籍出版社之同意，把《灵谿词说》一书中我所撰写的一部分收入此一系列著作中，而改题为《唐宋词名家论稿》。此书共收入我所撰写的论文十七篇，除了第一篇《论词的起源》以外，以下依时代先后，我分别论述了温庭筠、韦庄、冯延巳、李璟、李煜、晏殊、欧阳修、柳永、晏几道、苏轼、秦观、周邦彦、陆游、辛弃疾、吴文英及王沂孙共十六位名家的词作。我在当时所写的那一篇前言中,原曾提出过说:"如果我们能将分别之个点,按其发展之方向加以有次序之排列,则其结果就也可以形成一种线的概念。"又说:"如果我们能对每一点的个体的趋向,都以说明文字加以提示,则我们最后之所见,便可以除了线的概念以外,更见到此线之所以形成的整个详细之过程,及每一个体的精微之品质。"又说:"如此则读者之所得便将不仅是空泛的'史'的概念而已,而将是对鲜活的'史'的生命之成长过程的具体的认识,且能在'史'的知识的满足中,也体会到诗的欣赏的喜悦。"如今我所选说的这十六位词人虽不能代表唐宋词之整体的发展,但也具体而微地展示了词之发展的过程。这与我在前言中所写的理念自然尚有一段距离,然而,虽不能至心向往之,读者或者也可以从这一册书中窥见我最初的一点"庶几使人有既能见木,也能见林"的、既能"体会到诗的欣赏的喜悦"、也能得到"史的知识的满足"的一种卑微的愿望。所遗憾者,这册书既是我个人的著作,遂未能将当日缪先生所撰写的二十二篇论文一并收入。不过,缪先生已出版了专集,读者自可参看。而我在本书之后则也仍附录了缪先生所撰写的二十二篇的篇目,用以纪念当初缪先生与我合作的一段情谊和因缘。

第六册《清词丛论》,此一册书共收论文十一篇。第一篇《从云间派词风之转变谈清词的中兴》,此文原是一篇讲演稿,本不应收入著作集中,而竟然收入了进来,其间盖有一段因缘。原来早在1993年4月,台湾"中研院"文哲所曾举办了一次国际词学会议,会议中文哲所的林玫仪教授曾邀我为文哲所即将出版的一系列论词丛书撰写一册论清词之专著。当时我因为早在1970年代和1980年代中便已写有几篇论清词的文稿,所以毫不犹豫地就答应了林教授的要求。岂知会议之后我竟接连不断地接受了赴各地讲学和开会的邀请,自计无法按时完成任务,于是乃商得林教授的同意,邀请了上海古籍出版社的陈邦炎先生与我共同合作,订出了我们各写四篇文稿以集成一书的约定。及至1996年截稿时间已至,陈先生所担任的四篇文稿已全部写作完成,而我却仍欠一篇未能完卷。因此林教授遂临时决定邀我再至文哲所作一次讲演,而将此次讲演整理成一篇文稿收入其中。那就是本书所收的第一篇文稿《从云间派词风之转变谈清词的中兴》。所以此文原系讲稿,这是我不得不在此作出说明的。至于本书所收录者,则除去前所叙及的讲稿外,尚有自《清词名家论集》中收入的三篇文稿,计为:

  1.《从艳词发展之历史看朱彝尊爱情词之美学特质》;

  2.《谈浙西词派创始人朱彝尊之词与词论及其影响》;

  3.《说张惠言〈水调歌头〉五首——兼谈传统士人之文化修养与词之美感特质》。

此外本书还增入了自他处所收入的七篇文稿,计为:

  1.《论纳兰性德词》(此文原发表于台湾的《中外文学》,因手边无此刊物,对发表之年月及期数未能详记,下篇亦同);

  2.《常州词派比兴寄托之说的新检讨》(此文原发表于台湾的《中外文学》,其后曾收入1980年上海古籍出版社出版之《迦陵论词丛稿》);

  3.《清代词史观念的形成与晚清的史词》(本文也是由讲稿整理而成的,原来是因为2000年夏天台湾"中研院"曾举行过一次"谈文学与世变之关系"的会议,在此会议前后我曾做过几次相关的讲演,本文就是这些讲演的录音整理稿);

  4.《由〈人间词话〉谈到诗歌的欣赏》;

  5.《谈诗歌的欣赏与〈人间词话〉的三种境界》;

  6.《论王国维词:从我对王氏境界说的一点新理解谈王词之

评赏》(以上三篇自河北教育出版社出版之《王国维及其文学批评》一书之《附录》中选录增入);

7.《记南开大学图书馆所藏手抄稿本〈迦陵词〉》(本文原是为南开大学图书馆成立80年所写的一篇文稿,其后被台湾桂冠图书公司出版的《叶嘉莹作品集》收入其系列论丛的《清词散论》一书中,现在是据此书增入)。

从以上所写的对本书内容之说明来看,则此书所收录的各文稿其时间与地域的跨度之大,已可概见一斑。因特作此说明,供读者之参考。

第七册《词学新诠》,此书共收论文六篇。但第一篇题名为《迦陵随笔》之文稿,其所收之随笔实共有十五则之多,这一系列的随笔,是我于1986至1988两年间,应《光明日报》"文学遗产"专栏几位编辑朋友之邀约而写作的。当时正值"文革"后国家对外开放未久,一般青年多向往于对西方新学的探寻,所以就有朋友劝我尝试用西方新说来谈一谈古代的词论。因而这十五则随笔所谈的虽然主要仍是传统的词学,但先后引用了不少如诠释学、符号学、语言学、现象学和接受美学等多种西方的文论。其后又因每则随笔的篇幅过于短小,遂又有友人劝我应写为专文来对这些问题详细加以讨论,因此我遂又于1988年写了一篇题为《对传统词学与王国维词论在西方理论之观照中的反思》的长文(曾刊于1989年第2期之《中华文史论丛》)。而适值此时又有其他一些刊物向我索稿,我遂又先后撰写了《对常州词派张惠言与周济二家词学的现代反思》及《对传统词学中之困惑的理论反思》两篇文稿(前者曾于1997年发表于香港中文大学《中文学刊》第一期;后者曾于1998年发表于《燕京学报》第四期)。而在此之前,我实在还曾引用西方女性主义文论写过一篇题为《论词学中之困惑与〈花间〉词之女性叙写及其影响》的长文,曾于1992年分上下两期发表于台湾出版的《中外文学》第20卷之第8期与第9期。最后还有一篇题为《论词之美感特质之形成及反思与世变之关系》的文稿,此文本是为2000年在台湾"中研院"召开的"文学与世变之关系"的国际会议而写作的,其后曾发表于《天津大学学报》2003年之第2期与第3期。以上六篇文稿都曾引用了不少新的西方文论,因此遂一同编为一集,统名之为《词学新诠》(台湾的桂冠图书公司也曾出版过与此同名的一册书,收入在他们2000年所出版的《叶嘉莹作品集》中,但北大此书之所收入者则实在较台湾同名的一册书增加了更多的内容。因此遂在此结尾处略加说明)。

第八册是《迦陵杂文集》。此书收集我多年来所写的杂文七十篇,另附有口述杂文成册,其实我这些"杂文"与一般人所说的杂文在性质上实在颇有不同。一般所说的杂文,大都是作者们随个人一时之见闻感兴而写的随笔之类的文字,而我则因为工作忙碌,平时实在从来不写这种杂文。我的这些所谓的"杂文",实在都是应亲友之嘱而写的一些文字。其间有一大部分是"序言",另有一些则是悼念的文字。至于附录的一些所谓"口述杂文"则大多是访谈的记录,或应友人之请而由我讲述再由学生们记录的文字。这一册杂文集自然卑之无甚高论,但亦可因此而略见我生活与交游之一斑。因作此简短的说明。

目 录

前 言
——谈撰写此书的动机、体例以及论词绝句、词话、
词论诸体之得失 …………………………………（1）

论词的起源 ……………………………………………（1）
论温庭筠词 ……………………………………………（22）
论韦庄词 ………………………………………………（25）
论冯延巳词 ……………………………………………（28）
论李璟词 ………………………………………………（31）
论李煜词 ………………………………………………（44）
论晏殊词 ………………………………………………（47）
论欧阳修词 ……………………………………………（54）
论柳永词 ………………………………………………（63）
论晏几道词在词史中之地位 …………………………（87）
论苏轼词 ………………………………………………（102）
论秦观词 ………………………………………………（132）
论周邦彦词 ……………………………………………（158）
论陆游词 ………………………………………………（191）
论辛弃疾词 ……………………………………………（208）

论吴文英词 …………………………………………… （247）
论咏物词之发展及王沂孙之咏物词 …………………… （275）

附 录
《灵谿词说》中缪钺所撰篇目 …………………………… （302）

前　言
——谈撰写此书的动机、体例以及论词绝句、词话、词论诸体之得失

一

《灵谿词说》是四川大学历史系前辈学人缪彦威（钺）教授与我正在合作共同撰写的一本论词的书。这本书的写作，对我而言，有两点极可纪念的意义：其一是遇合之可贵，其二是体例之创新。

先就遇合之可贵而言。我对缪先生之钦仰，盖始于三十年前初读其著作《诗词散论》之时。我自幼即耽读古典诗词，此虽由家庭环境之熏习，然亦出于一己之天性。当时每读历代诗词之名篇佳什，常常会引起我心中一种感发不能自已之情，而又苦于学识之浅薄幼稚，虽恍然若有所得，而未尝能自言其所得。昔《秦风·蒹葭》之诗，有"溯洄从之，道阻且长。溯游从之，宛在水中央"之句，我想这就是当年我在阅读古典诗词时，心中所常具有的一种感受。在这种渺茫的向往追寻之中，前后曾经有两本评赏诗词的书，给了我很大的启发和感动：一本是王静安先生的《人间词话》，另一本就是缪先生的《诗词散论》。这两本书的性质，其实并不完全相同。我之阅读《人间词话》，盖始于我还在读书的髫龄时代，而我之阅读《诗词散论》，则已在我大学毕业开始教书之后。《人间词话》是我在学习评赏古典诗词的途径中，为我开启门户的一把锁钥；而《诗词散论》则是在我已经逐渐养成了一己评赏之能力以后，使我能获得更多之灵感与共鸣的一种光照。《人间词话》所标举者，是

评赏诗词之际,所当体悟的一些最基本和最重要的衡量及辨析的准则;而《诗词散论》则是对个别的不同体制之韵文与不同风格之作者,在本质方面的精微的探讨。二书之性质既不尽同,我在阅读二书时之所得也并不尽同。不过在我的感受之中,这两本书却也有着一些根本上的相似之处,其中最值得称述的一点,就是此二书之作者所叙写的,都是他们在多年阅读和写作之体验以后的所谓"深辨甘苦,惬心贵当"之言,这与一般作者之但以征引成说或夸陈理论为自得的作品,是有很大不同的。再则,此二书之作者,似乎都各自具有一种灵思睿感,正如缪先生在其《王静安与叔本华》一文中所说的,"其心中如具灵光,各种学术,经此灵光所照,即生异彩"。这正是此二书之所以能使读者在阅读时得到极大之感悟和启发的主要缘故。而更可注意的一点则是,此二书之作者在心灵感受方面,似乎原来便有着某些相近之处,古人云"同声相应,同气相求",所以《诗词散论》之作者,在其论王静安之文中,乃能独具深悟,且于篇末对静安先生之自沉深致叹惋。我个人既然自早岁即耽读静安先生之著作,是以在阅读缪先生《诗词散论》之时,乃亦不免常有一种"夫子言之,于我心有戚戚焉"之感。其后在1970年代初期,当我在美国哈佛大学撰写《王国维及其文学批评》一书之时,遂亦每每引用《诗词散论》中论王静安之语,而我对于此二书之作者,亦更增加了一份钦仰景慕之心。不过自古以来,因读其书而慕想其人的读者,常未必都有能与其所慕想之作者相逢一晤的机缘遇会。昔杜甫之于宋玉,就曾有过"摇落深知宋玉悲,风流儒雅亦吾师。怅望千秋一洒泪,萧条异代不同时"的悲慨;辛稼轩崇爱陶渊明,在其一首《水龙吟》词中,曾写有"老来曾识渊明,梦中一见参差是"的想象,又在其一首《贺新郎》词中,曾写有"想渊明、《停云》诗就,此时风味"的句子;然而就在同一首词的后面,稼轩所写却也是"回首叫、云飞风起。不恨古人吾不见,恨古人不见吾狂耳"的悲慨。至于我所钦慕的二位作者,则

《人间词话》之作者既早已成为古人,而经过多年动乱之后,我对于《诗词散论》之作者,也早已不敢抱有冀能一见之想。但谁知就在我并不敢抱有一见之想的情况中,却意外幸运地与《诗词散论》的作者不仅得到了相识见面的机会,而且蒙受到极深重的知赏,更进而能开始了共同撰写论词专著《灵谿词说》的合作,这对我而言,当然是极可宝贵的一种遇合。

这次遇合是发生于1981年4月,在成都杜甫草堂所举行的杜甫学会第一届年会期间。当时有人曾把我所写的一篇论杜甫七律的文稿提交给了杜甫学会年会,而当我接到通知信件时,距离开会的日期已经很近,我任教的加拿大的大学,正当学期将近结束之际,本来不易抽暇前来开会,但因为杜甫原是我平日非常崇仰的一位诗人,而且我以前还曾经讲授过杜甫诗专书的课程,何况开会的地点又是在成都的杜甫草堂,我想在如此可纪念的诗圣故居之地,来和祖国的学人交流学习杜诗的心得,是一个非常难得的机会,因此便匆匆地订了机票,飞回祖国到成都参加会议。当时加拿大的温哥华正值繁花如锦之季,但我想草堂的春天一定更美,所以在飞机上还曾经口占绝句一首,说:"平生佳句总相亲,杜老诗篇动鬼神。作别天涯花万树,归来为看草堂春。"就是带着这样兴奋的心情,我来到了成都的杜甫草堂,也就是在这次草堂的杜甫学会中,我幸运地见到了夙所钦仰的《诗词散论》的作者前辈学人缪彦威先生。这对我而言,当然是一种意外的惊喜。记得当有人把我介绍给缪先生时,我所说的第一句话就是:"我早年读过您写的《诗词散论》,这本书对我有很大的启发。"而恰好在不久之前,缪先生也读到了国内刊行的我的一本《迦陵论词丛稿》,因此,缪先生对我所说的第一句话就是:"我也读过你的《论词丛稿》,你的意见与我很接近。"其后在大会中,我曾提出了有关杜甫七律之演进的报告,并言及我在海外每读杜甫《秋兴》中"每依北斗望京华"之句,辄不禁深怀故国之思,1977年返国，曾写有"天涯常感少陵诗，北斗京华有梦思。今日我来真自喜，还乡值此中兴时"之绝句。先生对我的报告及诗作，亦颇为称赏。当时先生因目疾才动过手术不久，视力受损，行动皆依赖其孙男元朗扶持左右，且大会日程甚为紧张，上、下午皆有会议及讨论，我虽然因侥幸得遇久所仰慕之前辈学人而欣幸无已，然而却因为恐怕先生过于劳累，故除在会场中聆听先生之谈话及讨论以外，并不敢向先生多所请益。岂意先生嘉赏后学，自相遇之次日起，即每日在中午休息时间，令其孙男元朗邀我前往谈讲诗词，我时或妄言己见，先生亦每每加以奖许。而先生在终日讨论及开会之后，更利用晚间余暇，不顾目疾视力之损，先后为我书写旧作诗词横幅二纸，且以旧著多种相赠，临别之日，又书赠七言律诗一首，诗云："相逢倾盖许知音，谈艺清斋意万寻。锦里草堂朝圣日，京华北斗望乡心。词方漱玉多英气，志慕班昭托素襟。一曲骊歌芳草远，凄凉天际又轻阴。"诗中对我之奖饰，我虽然愧不敢承，然而先生之以"知音"见许以及惜别之情，则使我甚为感动。大会结束后，我曾随与会诸人士至江油县参观李白故居，先生以目疾行动不便，故而未曾参加。两日之后，我始重返成都。翌晨临上飞机前，特趋谒先生住所辞行，则先生方伏案展纸，盖已在草写致我之书信矣。见我之来，先生甚为欣喜，即将未写完之信稿举以相示，信中先生曾引汪容甫与刘端临相知订交之事以相拟比，云："昔汪容甫与刘端临闻名而思，既见而相许，不数日而遽别，离索之感，悁结于心。容甫与端临书云：'诚使学业行谊表见于后世，而人得知其相观而善之美，则百年易尽，而天地无穷，今日之交，乃非偶然，离别之故，又不足言也。'循诵斯言，聊自解慰，并愿与左右共勉之。"又在信中提出合作之构想，云："如蒙不弃，愿相与合作，撰写评论诗词之书，庶几如汪容甫所谓'使学业行谊表见于后世'，则尤所欣盼者矣。"夫以先生年辈之尊、学养之崇，而奖励后学，殷拳若此，此种情谊，即使在常人得之，亦将深为感激，何况我自三十年前便已对先生久怀钦慕,其感激之情,当然更非言语可喻。因此,我在飞返加拿大的航程中,就也写了一首七律送给先生,诗云:"稼轩空仰渊明菊,子美徒尊宋玉师。千古萧条悲异代,几人知赏得同时?纵然飘泊今将老,但得瞻依总未迟。为有风人仪范在,天涯此后足怀思。"尔后先生与我遂常有书信往来,论学评诗,相知益深。先生既与我共同拟定了合作研究的计划,且经由四川大学向教育部提出了邀我至川大讲学及合作研究之申请。本来我恰好自1981年暑期后有休假一年的机会,只不过因为天津南开大学及北京师范大学也都已经早就有邀我去讲学的安排,因此,直到1982年的4月中旬,当我把南开及北师大的课程都结束了以后,才有机会到成都来实践缪先生邀我至川大讲学及合作研究的计划。我飞来川大时,随身携带书籍不多,先生经常将自己的藏书提供给我作为参考。除共同撰写《灵谿词说》以外,我在川大也讲授唐宋词,每于课前课后,常与先生互相讨论交换论词之意见。一般而言,我与先生的看法大体都极为相近,先生每每称许,以为有"针芥之合",其偶有不尽相同者,则我亦常是直言己见,先生也不以为忤。先生治学之态度严肃而认真,我每有所作,无论诗稿、文稿,都必先呈先生阅读,指点得失,斟酌损益,即便仅只一二字之更改,往往也使我获益甚多。回想我自己半生飘泊,卅载天涯,进无师友之助,退有生事之累,我虽曾以极大之毅力,坚持读书、写作之事,然而每至深宵人静,读书有心得而无可告语,写作有疑难而无可商略之时,亦难免不深怀孤寂之感;昔陶渊明有"欲言无予和"之叹,每一读之,未尝不慨然自伤。而今以忧患余生,何幸竟能得遇素所钦仰之前辈学人,而且对我之知赏爱勉谆恳备至如先生者,这实在是我平生中极大之幸事。昔陶渊明又有诗云:"奇文共欣赏,疑义相与析。"又曰:"闻多素心人,乐与数晨夕。"自抵川大后,一个半月以来,我因为与先生合作撰写《灵谿词说》,常相与讨论,其间所获得的切磋之益与相知之乐,都是述说不尽的。这对我而言,自然是一种极可珍贵的遇合。

其次,再就体例之创新而言。缪先生与我合写的《灵谿词说》这一本书,则将是把我国过去文学批评中所经常使用的几种体式,拟图各取其长而将之融会成为一体的一种新尝试。我们合作的原则是,首先以个人读词的心得为主,分别写为韵文形式之论词绝句,内容将包括对于词体特质之介绍、个别词人之论评、单篇词作之赏析,以及对于前人词论之意见,先以绝句综括所欲论述之要旨,然后再以散文作较为详细之说明。前一部分将具有词话之简明自由之特质,而出之以便于记诵之论词绝句之韵文形式,后一部分则将具有近世词论、词说之论述与说理之性质。至于所论述之对象,则将自敦煌之曲子词开始,历晚唐、五代、两宋、金、元、明迄于晚清之词人及词论为止。在分别撰写之次第上,最初将不受时代先后之局限,然在最后合编写定之时,则将依时代之先后为编排之次第,使之同时也能具有一种"史"的性质。希望这本书既能因其各为单篇独立之绝句,而有眉目分明便于记诵之长处,同时也能使读者通过这些单篇的绝句及说明之编排次第,而对于我国词体演进递变之过程、内容及风格之多种特色以及重要之词论,都能有一种纵览的史观及整体的印象。至于在撰写和编定的过程中,则缪先生与我既将有个别的分工,也将有共同的合作。其单篇之论词绝句及附加之说明文字虽将由各人分别撰写,而在写作之前、写作之间与写定之后,则将经常彼此讨论,互相参酌修订,以求其虽在分别撰写之情形下,也仍能保持不重复、不矛盾之整体性与一致性。俟全部写定之后,再将所有的单篇定稿共同加以有系统的整理编排以合为一集。像这种编排的体例及合作的方式,我想不仅就缪先生与我而言是一种新的尝试,即使在古今中外的文学批评中,这也将是一种从来未曾有过的新尝试。关于这种新尝试之结果究竟如何,特别是我个人的评词之见解与撰写之能力,是否能完全符合前辈学人缪先生之标准和要求,现在虽然尚不可知,但我个人对于这种新尝试在文学批评体式方面之得失利弊,却也颇有自己的一点看法和感想,下面我就将把我个人的意见略加叙述。

二

就我个人过去读书及写作之经验而言,我之学写旧体诗词及阅读古人之诗话、词话与论诗、论词之绝句,都远在我自己撰写评赏诗词之论文以前甚久。当我早年阅读古人诗词时,虽偶或也曾用韵文形式写过一些读诗有得之类的绝句之作,可是当我自己开始正式撰写评赏诗词之作品时,却一直总是采取长篇论文的形式,而从来不曾采用过韵文或诗话、词话之形式。然而可注意的一点,则是我的长篇论文也往往喜欢采用古人论诗绝句或诗话、词话之精义为论说之依据,而且有时也偶在论文的篇末缀以自己的小诗以为论说的结尾。即如我曾采用元好问论诗绝句中之"豪华落尽见真淳"一句诗,来作为评析陶渊明之诗与人的依据,也曾采用元氏论诗绝句中"谢客风容映古今,发源谁似柳州深"一首诗,来作为比较谢灵运与柳宗元两人风格异同的依据,更曾在评说李商隐之《燕台四首》的一篇长文之末,抄录了我自己的《读义山诗》一首绝句来作为论说的总结。至于我在说词的论文中之喜欢引用王国维的《人间词话》,则更是众所共见的事实。由这些例证都可以看出,我一方面虽不肯采用韵文绝句或诗话、词话之形式来写作正式评论诗词的文字,但在另一方面却隐然对这些古老的文学批评形式,也仍然有着深厚的喜爱。这种矛盾的现象,就正好说明了我对这些批评形式,原是认为其既有所长之一面,也有所短之一面的。关于我的这些看法,过去我在自己所写的一些论文中,已有过详细的讨论,兹不复赘(可参看拙著《王国维及其文学批评》第二编第一章之"绪论"与第三章之"余论",及拙著《中国古典诗歌评论集》中之《关于评说中国旧诗的几个问题》一文,二者皆为香港中华书局出版,前者出版于1980年,后者出版于 1977 年)。总之,一般而言,中国这些古老的批评形式乃是精练有余而详明不足,有笼统的概念而缺乏精密的分析,偏重形式方面的文字之美而忽略逻辑之思辨,有兼容并蓄、得心应手之妙,而难免驳杂琐细、良窳莫辨之讥,有时虽可以探触到诗歌中真正感发之生命,却不能将此种感受作理念明晰之说明。具有"会心"的读者,虽然可以自此类文学批评中获致共鸣的欣喜,并且可享有吟诵玩味之乐,然而对于初学之未具"会心"的读者而言,有时就不免会产生一种对之莫测高深的困惑。我自己对于这一类批评形式虽亦知其所长,但也知其所短。因此,当我自己撰写批评文字时,便不肯再采用这一类的批评形式。同时,我认为就今日文学批评发展之趋势而言,一则,我们既应当汲取西方文学批评中长于思辨的精密之理论体系,以弥补旧传统中文学批评之所短;再则,我们也应当顾念到后学者之需要,把他们从面对旧批评所产生的困惑中解脱出来,为他们写出详细明白的解说和批评。因此,当我自己撰写评说诗词的作品时,便常采取长篇论文的形式,而且总是反复说明,叮咛周至。所以当缪先生开始一提出愿与我共同撰写论词之作时,我虽然也曾满怀欣幸喜悦之情,但当先生又提出将以论词绝句之形式来撰写时,我便不免一度产生了迟疑惶惑之感,不过我毕竟接受了先生的提议,而且在撰写中也充满了对于这种新尝试的兴奋和愉悦,这其间,在我的思想中,也曾有一段转变的过程。

在这种转变中,我应该首先述及的就是缪先生对我的鼓励和劝导。本来当先生最初提议我们的合作将采用论词绝句之形式时,我曾经一度推辞说,我向来未曾写过论诗、论词的绝句,恐怕写不好,而且我以为绝句之形式较宜于写景抒情,而并不适于论评说理,何况时代不同,一般人读书、写作,甚至于思想之方式,都已经与旧日的读书人有了很大的不同,在今日写文学评论的文字,仍采用论词绝句之形式,是否合于一般读者的需要,我对此也颇有疑问。先生对于我的推辞和犹疑,首先加以鼓励,说我平日既然常写旧诗,对绝句之形式极为熟悉,而另外在我的论文中也有不少评论诗词之精义,如此,则以绝句之形式抒写论词之意见,便也一定可以做得好;又说,我们的每首论词绝句之后,都将附以散文的说明,如此则绝句部分,可以收提要钩玄便于记诵之效,而散文部分则仍可以作明白晓畅之评说。听了先生的话以后,我对于自己使用这种新体式的能力虽然仍无把握,但却觉得先生的话甚为有理,就同意了先生的提议。而与此同时,还有属于我个人的另外一些因素,也使我认识到采用这种批评方式,可以有不少简明方便的好处。原来两年前上海古籍出版社曾把我过去论词的一些文字编辑在一起,出版过一册《迦陵论词丛稿》,因此,近来国内各大学便经常邀我去为同学讲授唐宋词,讲授的范围始于晚唐、五代,迄南宋末期为止。在讲授时,除注意个别词人之风格特色以外,同时也注意到他们在继承与开拓之间的关系及影响,其中有些作者,我对他们虽也颇有一些心得及意见,但在过去,却向来未曾写过论文加以评说过;也有些作者,我过去虽曾写了论文加以评说过,但近来在讲授之间,又增加了一些新的体会和意见,于是便有不少朋友劝我把未曾评说过的作者,分别加以评说,也有人劝我编写一册较详细的词史。但近年来我却一直忙于往返国内外,在各地开会、讲课,根本没有足够的时间可以写成长篇的论文和专著,因此就想,如果采取这种以论词绝句为主而附加说明的方式,便可以先将自己的一些心得及意见,较为精简地记写下来,如此,则他日如果有暇,便也可自此精简之记叙,引申改写为长篇之论文或专著;如果无暇,则既已有此精简之论词绝句及说明,便也可以向一些对我寄予期望之友人及读者们勉强报命。由于这种想法,便也更促进了我愿意接受缪先生之提议,采用这种精简之形式,与先生共同撰写论词专著之决心。在开始撰写之后,我每草成关于任何一家之论词绝句及说明,都必先录呈先生过目,请求指正。先生则每每予以奖勉,以为我虽是初次尝试以绝句之形式写为论词之作,然其所写尚颇有可观。这种勉励,当然曾经使我在写作中增加了不少信心;而同时在写作之过程中,我自己对于这种新体式的尝试,也产生了极大的兴趣。我逐渐感到绝句之形式,虽然本来只宜于写景抒情,而并不适合于说理,然而用这种形式来写论词的意见,却也仍然大有可为。因为词之为体,原来既最富于精美之意象,也最易于唤起比兴之联想,所以对于词之欣赏,本来就并不宜于只以理性作枯燥之说明,而更重在以感性触发读者之感受及联想。何况在文学批评之传统中,原来也早就存在着一种象喻式的批评,即如钟嵘《诗品》之以"烂若舒锦"评潘岳之诗,以"披沙简金"评陆机之诗,又引汤惠休论颜、谢异同之语,以为"谢诗如芙蓉出水,颜如错采镂金",以迄于晚清王国维《人间词话》之以"画屏金鹧鸪"评温庭筠之词,以"弦上黄莺语"评韦庄之词,便都是此类象喻式之批评的最好例证。因此,在论词之绝句中,如果能避免此种体式之不适于论说的短处,不以绝句作不完整的说理,而尝试掌握此种体式之适于具象之描写及感性之传达的长处,以象喻式批评的直感,结合绝句之宜于唱叹的富于感发的口吻,便自然可以由所标举之意象及叙写之口吻中,传达出一种批评及欣赏的意见和感受。当然,我们也仍然不得不承认,此种批评体式毕竟有其详明不足和容易流为驳杂琐细、缺乏完整之体系的缺点。因此,在每一首论词绝句之后,我们便都将各附加一段散文的说明,以弥补其详明不足的缺点,而且尝试要在最后编订时,使之能具有一种"史"的性质,以弥补其驳杂而缺乏完整体系之缺点。这种撰写计划,可以说是想要把诗与文、创作与批评、旧传统与新论说都融为一体的一种新尝试。至于论词绝句之体式,是否可以编写为具有"词史"性质的专著,我对此也有一点自己的想法。本来一般而言,凡是"史"的编写,都更偏重于发展演进之过程,更适于用散文来叙写,而不适于用绝句来表现。盖因绝句之篇幅过于短小,且有格律之限制,如果只用以传达对某一位作者或某一篇作品之印象及感受,则这种体式尚有可资利用之长处,但如果要以之从事于"史"的叙写,则此种"绝句"之体式就弥见其所短了。因为"史"的发展是属于一种线的性质,而短小之绝句则是属于一种点的性质,二者之不同,固属显然可见。不过,如果我们能将分别之个点,按其发展之方向加以有次序之排列,则其结果就也可以形成一种线的概念。而且如果我们能对每一点的个体的趋向,都以说明文字加以提示,则我们最后之所见,便可以除了线的概念以外,更见到此线之所以形成的整个详细之过程及每一个体的精微之品质,庶几使人有既能见木,也能见林,而不致有见林不见木或见木不见林的缺憾,如此则读者之所得便将不仅是空泛的"史"的概念而已,而将是对鲜活的"史"的生命之成长过程的具体的认识,且能在"史"的知识的满足中,也体会到诗的欣赏的喜悦。我之怀有此种理念,已经很久,早在多年前,我所撰写的《从〈人间词话〉看温韦冯李四家词的风格》一篇文稿,便曾附加了一个"兼论晚唐五代时期词在意境方面的拓展"的副标题,那就正是我对自己这种理念之实践的一篇尝试之作。我所理想的便是要在个别词人之评赏中,同时也提供一种"史"的概念,不过因为那一篇文字是用散文写的,而且在篇中曾经对这四位作者的词与人都作了较详细的介绍和说明,所以篇幅就不免显得有些过于冗长。而其后我的精力与时间又因忙于其他工作而有所分散,就没有再继续写作下去。如今这种新体式的尝试,又把我过去的理念重新唤起,于是就想在论词绝句的撰写及编排中,也提供出一种"史"的概念,所以我在这种撰写之中,便也感到了一种新尝试与旧理念相结合的喜悦,何况这种论词绝句之形式,还可以予人一种既是批评也是创作的双重乐趣。而这种可宝贵的体验之获得,推其原始就不得不感谢前辈学人缪彦威先生最初对论词绝句之撰写的提议,以及在撰写中对我不断的鼓励。总之,我在这种新体式之尝试中,如果失败了,则自然应归咎于自己能力之不足,而如果能有丝毫之成功,则首先应该感谢先生的提议和勉励。所以对我而言,我之所谓体式之创新与我在前面所叙写的遇合之可贵,这两点可纪念的意义,原是结合而不可分的,至于如先生在给我之书信中所期望的"诚使学业行谊表见于后世,而人得知其相观而善之美",则更是我所深心感激而不敢不勉力为之的。

三

最后我愿再把此一论词之著作所以定名为《灵谿词说》之由来,略加说明。"灵谿"二字,盖取自郭璞《游仙诗》第一首中所叙写之"临源挹清波,陵冈掇丹荑。灵谿可潜盘,安事登云梯"之句。郭璞所作《游仙诗》共十四首,托慕神仙,自抒怀抱,当然原有其所寄寓之一份深意。然而此一《词说》之取名"灵谿",则不过为断章取义,唯取此数句诗中之意象所表现之一种境界而已,与诗中原意可以说并无任何关系。盖词之为体,自有其特质所形成之一种境界,昔王国维《人间词话》即曾有"词之为体,要眇宜修,能言诗之所不能言,而不能尽言诗之所能言,诗之境阔,词之言长"之语;缪先生在《诗词散论》之《论词》一文中,也曾说过"诗显而词隐,诗直而词婉"以及"诗尚能敷畅,而词尤贵蕴藉"的话。盖以一般而言,词中所表现者,常是比诗更为深婉含蕴之一种情思和境界,更需要读者之细心吟味,才能有深入之体会。而郭璞的这四句诗,其意象之所描述者,便颇近于词中之意境。本来"灵谿"之名据《文选》李善注以为:"灵谿,谿名。"又引庾仲雍之《荆州记》云:"大城西九里有灵谿水。"其实"灵谿"之名,原不必拘指其究竟在何地,仅就这一溪名所予人之直接感受言之,便已自有一种深隐潆洄之意,与词中之意境极为相近。而且"潜盘"二字所表现的潜心盘游之意,也与欣赏词时所当采取的细心吟味玩赏之态度,大有相近之处。何况"灵谿""潜盘"之际,还可以"临源"而"挹"其清波,"陵冈"而"掇"其"丹荑",

则凡属历代词人诸种不同风格之特美,莫不可以探其源而陟其冈,以供吾人之挹撷欣赏,则此中固自有足乐者在也。至于"云梯"之为义,则李善注以为"言仙人升天,因云而上,故曰云梯",但郭诗原句云"安事登云梯",依李善注,则为何必求登云梯,也就是不求升天的云梯之意,如此则与郭璞十四首《游仙诗》中所写的向往神仙之意颇相矛盾,故私意以为此"云梯"或可能有"青云梯"之意,以表示隐居求仙,远胜于入世之求仕。不过,今兹《灵谿词说》之取义,则与郭璞诗之指神仙之云梯或仕宦之云梯都并没有任何关系,只不过以谓对词之评赏自有可乐之处,而对于如所谓"云梯"之一切虚夸之向往,则皆有不足道者矣。

我于1982年4月中旬始抵四川成都,除了与前辈学人缪彦威先生共同合作撰写《灵谿词说》以外,还有教学任务,工作颇为忙碌,迄今不过两月,缪先生与我虽已分别各写就论词绝句若干首并附写了说明,然而按原计划言之,则仅不过十分之一而已。先生嘱我先写为《前言》一篇,对计划撰写此书之动机略加叙述,因记述个人所认为可纪念之两点意义,且顺笔叙及我对此书定名为《灵谿词说》之取义的一点想法。盖"灵谿"二字,原为缪先生之所命名,我之所言不知是否有当于先生之意,姑写记之,以俟先生之补足及指正焉。

1982年6月写于成都

按语:

1997年河北教育出版社出版《迦陵文集》时,曾将与缪先生合撰《灵谿词说》我之所写内容从中抽出单独成册,但原书名"灵谿"二字不宜再用,故改为《唐宋词名家论稿》,今北京大学出版社出版我多卷本的著作集,收录此书,《前言》依袭旧文,特此说明。

2007年11月于天津寓所

论词的起源

一

风诗雅乐久沉冥,六代歌谣亦寝声。

里巷胡夷新曲出,遂教词体擅嘉名。

关于词之起源,在中国文学史中,一向有不少争论。这主要是因为"词"这种韵文体式之形成,本来就曾受有多方面之影响,原不可以固执一说以偏概全的缘故。而在推寻"词"之起源以前,我们自当先对"词"之为义,略加说明。清代的张惠言,在其《词选序》中,曾经引"意内而言外谓之词"为说,然其言实不可据。盖"意内而言外谓之词"原出于汉代许慎之《说文解字》,其所谓"词"原指"语词"之"词",而并非我们所讨论的唐五代以来的歌曲韵文之"词"。关于此一错误,我在《常州词派比兴寄托之说的新检讨》一文中,已对之有详细之评说(见拙著《清词丛论》),兹不复赘。其实所谓"词"之为义,原不过指唐代一种合乐而歌的歌辞,正如同前人之称乐府诗亦曰"乐府古辞",不过表示其为可以配合乐府音乐而歌唱的歌辞而已。"词"与"辞"二字,在指文辞而言时,原可互相通用,因此所谓"词"也就是歌曲之辞的意思,所以也有人称之为"曲子词",或简称"曲子",便因为其主要之性质原是一种歌曲的歌辞。不过后来"词"既然成了一种韵文体式的专门指称,为了有别于一般其他"歌辞"或"文辞"之"辞",遂相沿以"词"字为名。在形式方面,因为配合音乐曲调的关系,所以每句字数往往有多少长短之不同，与一般通行的五言或七言诗之字数整齐者有异，所以也有人称之为"长短句"。因此便有人因其合乐而歌之性质，及其长短不齐之句式，而将它推源于古乐府，但其实这种推论并不是完全正确的。一则，"词"之句式虽然以长短不齐者为多数，但亦非绝无齐言之形式；再则，词之合乐与乐府诗之合乐，其性质亦有所不同，乐府是先有歌辞，然后方才以音乐相配合，词则是先有音乐之乐调，然后方才以歌辞依乐调来填写。这两点差别，自是明显可见的；三则，合乐而歌的歌辞虽然无代无之，然而"词"所配合的乐调，却与前代乐府所配合之音乐，已有很大差别。关于历代音乐之沿革与发展，我们在此虽不及详考，但"词"既然是在唐代配合当时之乐曲而新兴的一种歌辞，我们自然应对唐代音乐之继承往古与开创新声之情形有一点大略之认识。宋朝的沈括在其《梦溪笔谈》卷五中，曾有一段极为简单扼要之叙写，说："自唐天宝十三载，始诏法曲与胡部合奏，自此乐奏全失古法，以先王之乐为雅乐，前世新声为清乐，合胡部者为宴乐。"沈括为宋仁宗嘉祐年间进士，去唐未远，且又精于音律，其所言当属可信。以下我们就将依沈氏所说的"雅乐""清乐"及"宴乐"三种不同性质之音乐，略作简单之说明。

先说"雅乐"。本来所谓"雅乐"原是与"俗乐"相对而言的，而历代对"雅"与"俗"之区分的标准，则各有不同。按照沈括所说的唐代之所谓"雅乐"，是指"先王之乐"，而"先王之乐"如果从字面解释，原当指中国自周代文、武诸王所传留之古乐，不过这一类古乐，自秦代以来，便已大多沦散消亡了。杜佑《通典》卷一四一便曾经说："秦始皇平天下，六代庙乐，惟《韶》《武》存焉。"至于汉代，高祖欲制定宗庙之雅乐，而《汉书·礼乐志》对于当时之"太乐官"已有"但能纪其铿枪（锵）鼓舞，而不能言其义"之叹息。及至武帝之时，为郊祀所制定的《十九章》之歌，则已杂有当时民间歌讴及受西域音乐影响之"新声"在内（参见《汉书》卷二二《礼乐志》、卷九三《佞幸传》）。所以《隋书》卷一三《音乐志》便曾说:"武帝裁音律之响,定郊丘之祭,颇杂讴谣,非全雅什。"其后经东汉三国之乱,雅乐更为散失。《晋书》卷二二《乐志》也曾说:"汉自东京大乱,绝无金石之乐,乐章亡缺,不可复知。"其后虽经过一番搜集整理,但其实早就不是所谓"先王"之雅乐的本来面目了。及至唐代,据《旧唐书》卷二八《音乐志》之记载,则在高祖"武德九年,始命孝孙修定雅乐,至贞观二年六月奏之"。孝孙以"陈、梁旧乐,杂用吴、楚之音;周、齐旧乐,多涉胡戎之伎。于是斟酌南北,考以古音,作为大唐雅乐"。这是唐代政府所制定的庙堂之音乐,与我们要讨论的"词"所配合的民间之俗乐,并没有很密切的关系。至于所谓"清乐",据沈括之言,乃是指"前世新声"。本来我们在前面已曾提到汉武帝时所制定的郊祀之歌,其中便已杂有"新声"在内。据《汉书·礼乐志》载:"武帝定郊祀之礼……乃立乐府,采诗夜诵,有赵、代、秦、楚之讴。以李延年为协律都尉。"《汉书》卷九三《佞幸传》又载"延年善歌,为新变声。是时上方兴天地诸祠,欲造乐,令司马相如等作诗颂,延年辄承意弦歌所造诗,为之新声曲"。至于这些由汉代"乐府"所配合的"新声曲",其乐调究竟如何,则据阴法鲁《关于词的起源问题》一文(见《词学研究论文集》),以为"汉乐府曲大致分为两类,即'鼓吹曲'与'相和歌'"。而据宋朝郭茂倩之《乐府诗集》,则鼓吹曲又可分为以下几种,即黄门鼓吹、骑吹、横吹与短箫铙歌。郭氏以为"黄门鼓吹、短箫铙歌与横吹曲,得通名鼓吹,但所用异尔",又谓"列于殿庭者名鼓吹","从行鼓吹为骑吹","短箫铙歌,军乐也"(《乐府诗集》卷一六《横吹曲辞》),而横吹曲"其始亦谓之鼓吹,马上奏之",亦为"军中之乐"(《乐府诗集》卷二一《横吹曲辞》)。以上皆属于鼓吹曲之一类,是比较雄壮的、在固定场合所用的音乐。至于相和歌则其中杂有不少民间的歌曲,《乐府古题要解》卷上即曾云:"相和而歌,并汉世街陌讴谣之词……"至其名为"相和"之义,则据《晋书》卷二三《乐志下》云:"相和,汉旧歌也,丝竹更相和,执节者歌。"是所谓"相和"者,原是一种演奏歌唱的方式,而其所用之曲调,则有多种之不同。一种称为清商三调,据《魏书》卷一〇九《乐志》载:"瑟调以宫为主,清调以商为主,平调以角为主。"而凡此三调以"相和"之方式演唱者,皆可称为相和歌。《隋书·经籍志四》载有"三调相和歌辞五卷",可以为证。此外,又有楚调与侧调,亦属于相和歌,《乐府诗集》卷二六即曾云:"平调、清调、瑟调,皆周房中曲之遗声,汉世谓之三调。又有楚调、侧调。楚调者,汉房中乐也,高帝乐楚声,故房中乐皆楚声也;侧调者,生于楚调,与前三调总谓之相和调。"此类歌曲,曾为魏、晋以来所袭用,至永嘉乱后,乃散落江左,其后又与江南之吴歌及荆楚之西声相结合,遂总称为清商乐,亦曰清乐。《乐府诗集》卷四四即曾云:"清商乐,一曰清乐。清乐者,九代之遗声,其始即相和三调是也。……自晋朝播迁,其音分散。……后魏孝文讨淮汉,宣武定寿春,收其声伎,得江左所传中原旧曲……及江南吴歌、荆楚西声,总谓之清商乐。"于是所谓清商之乐曲,或曰清乐者,遂成为汉朝以来中原及南方各地所流传的包括了相和歌、清商三调以及吴歌、西曲各种民间音乐在内的一种音乐的总称。及隋平陈,因于太常置清商署以管之。文帝开皇初始置七部乐,清商伎即其一也。至炀帝大业中,乃定清乐、西凉等为九部。及唐高祖武德初年,虽云"享宴因隋旧制,用九部之乐"(《旧唐书》卷二九),但已删去了隋代之第九部的"礼毕",而于开端增加了一项"燕乐"[①]。因此,我们下面便将再谈一谈所谓"宴乐"。"宴乐"也可以写作"燕乐",其名义之所指,也曾因历代之所用不同,而分别有不同之范畴。若就其立名之本义而言,则所谓"宴乐",原当指

[①] 参看杨荫浏《中国音乐史纲》第三章第三节之叙述,及所附隋唐之际的"七部乐""九部乐"和"十部乐"之比较和唐玄宗时坐立部伎各曲。(见本节附录。除标题外,其他文字一仍原书。上海万叶书店1952年版,第116—117页)

宾客宴饮时所奏之音乐。因此，按广义言之，则隋代与唐代之七部乐、九部乐及玄宗时之十部乐，实在都可以称为"宴乐"。但唐代之"九部乐"与"十部乐"中，却又都另外更立有"宴乐"之名，与所谓"前世新声"之"清商乐"及西凉、扶南、高丽、龟兹等诸"胡部乐"，皆相对举。若就其与诸"胡部"对举而言，则"宴乐"便似乎本该指包含华夏成分较多之音乐；而若就其与"清商乐"对举，且依沈括《梦溪笔谈》所谓"合胡部者为宴乐"而言，则"宴乐"便又是较"清商"更多胡乐成分之音乐。所以杨荫浏便说："唐人的燕乐，是清乐与胡乐之间的一种创作音乐，是含有胡乐成分的清乐，含有清乐成分的胡乐。"（《中国音乐史纲》第三章第四节）这是极有见地的。因此，唐太宗立十部乐，其中尚有西凉、扶南等以外族胡部为名的乐部，但到了玄宗时，其所设立之"坐部伎"及"立部伎"，已经不再用外族胡部之名，而仅以"太平乐""破阵乐"等乐调之名为乐部之区别了。这便可见玄宗之世已经把外族胡部音乐，融入原来华夏音乐之中了。虽然天宝年间之个别乐曲，仍有以边地为名者，如"伊州""凉州"之类，却已经不再能单纯地归属为外族胡部之乐。所以，唐代的音乐，实在可以说是一个集南北汉胡多种音乐之大成的音乐，而"词"就正是自隋代以来伴随着这种新兴的音乐之演变而兴起的、为配合此种音乐之曲调而填写的歌辞。故王灼《碧鸡漫志》卷一即曾云："盖隋以来，今之所谓曲子者渐兴，至唐稍盛。"这种曲调最初流行于民间，如敦煌所发现的一些曲子，便是这类民间曲子词。《旧唐书》卷三〇《音乐志》所谓"自开元已来，歌者杂用胡夷里巷之曲"，其所指也就是这类曲调。其后文士们由于喜其曲调之悦耳，而病其文字之不雅，遂自己开始"染指"来为这些曲调填写歌辞。以后作者日众，乃发展成为中国文学史中的一种重要的韵文形式。其始原只是一种曲子词，后世为了避免其名称与汉代之乐府辞及元、明南北曲之曲辞相混淆，乃专以"词"字为此类作品之简称。其后，此类作品虽已经不再合乐而歌,当时之乐谱也逐渐失传,然而由于最初为合乐而填写所造成的抑扬高下长短曲折的声调之美,却仍可以在诵读中体味得之。而由于此种形式音节之特美,遂影响了其内容意境,也具有一种幽微含蕴之特质。所以王国维《人间词话》乃有"词之为体,要眇宜修,能言诗之所不能言"之语。而所谓"词",乃果然具有了张惠言所称的一种"意内言外"之深远而含蕴之品质。于是"词"遂成为可以与"诗"分庭抗礼,不仅足以言志,而且可以传达"贤人君子幽约怨悱之情"的一种精美的文学形式了。而究其实,则"词"之起源却原来只不过是隋、唐以来配合新兴之乐而填写的一种歌辞而已。

[附录一]

隋唐之际"七部乐""九部乐""十部乐"简称

时期	隋		唐	
	开皇初	大业中	武德初	太宗时
乐部数	七部乐	九部乐	九部乐㊀	十部乐
乐部名称	(1)国伎 (2)清商伎 (4)天竺伎 (3)高丽伎 (6)龟兹伎 (5)安国伎 (7)文康伎㊁	(1)清商 (2)西凉 (4)天竺 (8)高丽 (3)龟兹 (7)安国 (6)疏勒 (5)康国 (9)礼毕㊁	(1)燕乐 (2)清商 (3)西凉 (4)扶南 (5)高丽 (6)龟兹 (7)安国 (8)疏勒 (9)康国 (礼毕)㊁	(1)燕乐 (2)清商 (3)西凉 (4)扶南 (5)高丽 (6)龟兹 (7)安国 (8)疏勒 (9)康国 (10)高昌 (谯后)㊁

㊀ 唐武德初《九部乐》名,见杜佑《通典》。

㊁《礼毕》就是《文康伎》。《隋书·音乐志》说:"《礼毕》者,本出自晋太尉庾亮家。亮卒,其伎追思亮,因假为其面,执翳以舞,象其容,取其谥以号之,谓之为《文康乐》。每奏《九

部乐》终则陈之,故以《礼毕》为名。其《行曲》有《单交路》,《舞曲》有《散花》。乐器有笛、笙、箫、篪、铃、桨鞞、腰鼓等七种,三悬为一部。工二十二人。"武德初亦有《礼毕》。太宗时,代之以《谶后》,都没有专设乐部。《旧唐书·音乐志》说:"我太宗平高昌,尽收其乐;又造《谶后》,而去《礼毕曲》。"可见《礼毕》的废去,是在《谶后》已造之时。

[附录二]
唐玄宗时坐立部伎各曲

唐玄宗"分乐为二部:堂下立奏,谓之《立部伎》;堂上坐奏,谓之《坐部伎》"。计《立部伎》八部,《坐部伎》六部,如下表:

《立部伎》八部:
(1)《安　乐》
(2)《太平乐》
(3)《破阵乐》
(4)《庆善乐》
(5)《大定乐》
(6)《上元乐》
(7)《圣寿乐》
(8)《光圣乐》

《坐部伎》六部:
(1)《谶　乐》
　1.《景云乐》
　2.《庆善乐》
　3.《破阵乐》
　4.《承天乐》
(2)《长寿乐》
(3)《天授乐》
(4)《鸟歌万岁乐》
(5)《龙池乐》
(6)《小破阵乐》

上列各部,是依乐调区分的。这些乐调的创作和内容,见《旧唐书》卷二十九。

二

曾题名字号诗余,叠唱声辞体自殊。

谁谱新歌长短句,南朝乐府肇胎初。

过去论词之起源,曾有人主张词是由诗演化而来的,因此,词又可以称为"诗余"。而对此说之理解,则又有广义与狭义之不同。就其广义者言之,清代吴衡照之《莲子居词话》曾云:"诗余名义缘起,始见宋王灼《碧鸡漫志》。"然考之《碧鸡漫志》,则并无"诗余"名义之说,不过在《碧鸡漫志》首卷曾载有"古歌变为古乐府,古乐府变为今曲子,其本一也"之言而已。于此可见吴衡照对于词之名为"诗余"之认识,只不过是以为词是由古乐府演化而来。此种概念实在极为笼统,仔细分辨,即可知词之形式及其合乐之性质,与古诗乐府都有显著的不同,关于此点,我们在前一章已加以详辨,兹不复赘。

就狭义之概念言之,则"诗余"之义,乃指词是由唐诗绝句演化而来,如清代宋翔凤之《乐府余论》即曾云:"谓之诗余者,以词起于唐人绝句,如太白之《清平调》,即以被之乐府,太白《忆秦娥》《菩萨蛮》,皆绝句之变格,为小令之权舆。"至于其如何自齐言之绝句而演化为长短句之词,则就一般而言,大约有以下几种说法:一为"和声"之说。北宋沈括《梦溪笔谈》卷五即曾云:"诗之外,又有和声,则所谓曲也。古乐府皆有声有词,连属书之,如曰'贺、贺、贺''何、何、何'之类,皆和声也……唐人乃以词填入曲中,不复用和声。"明胡震亨《唐音癸签》卷一五推衍其说云:"古乐府诗,四言、五言,有一定之句,难以入歌,中间必添和声,然后可歌。如妃呼狶、伊何那之类是也。唐初歌曲多用五、七言绝句,律诗亦间有采者,想亦有剩字、剩句于其间,方成腔调。其后即以所剩者作为实字,填入曲中歌之,不复别用和声。……此填词所繇兴也。"清代况周颐《蕙风词话》亦承其说,云:"唐人朝成一诗,夕付管弦,往往声希节促,则加入和声。凡和声皆以实字填之,遂成为词。"① 二为"泛声"之说。宋朱熹在其《朱子语类·论文下》即曾云:"古乐府只是诗,中间却添许多泛声,后来人怕失了那泛声,逐一声添个实字,遂成长短句。今曲子便是。"清代谢章铤《赌棋山庄词话·词话七》,既承朱熹

---

① 况周颐虽主张长短句词是由诗变化而来,但并非以"余"字为"剩余"之义,而以为乃"赢余"之义。其言曰:"诗余之'余'作'赢'之'余'解。……词之情文节奏,并皆有余于诗,故曰'诗余'。"(见《蕙风词话》卷一,"赢余"当为"盈余"。)

"泛声"之说,而又以之与"衬字"相混,谓"词转于诗歌,诗有泛声,有衬字,并而填之,则调有长短,字有多少,而成词矣"。三为"虚声"之说。宋胡仔《苕溪渔隐丛话·后集》卷三九云:"唐初歌辞,多是五言诗或七言诗,初无长短句。自中叶以后,至五代,渐变成长短句。及本朝,则尽为此体。今所存,止《瑞鹧鸪》《小秦王》二阕是七言八句诗并七言绝句诗而已。《瑞鹧鸪》犹依字易歌,若《小秦王》必须杂以虚声乃可歌耳。"清沈雄《古今词话》中《词品》一节则曾为"虚声"作解说,云:"虚声者,字即有而难泥以方音,义本无而安得有定谱哉。"至清吴衡照之《莲子居词话》卷一,则又将"虚声"与"衬字"合论,云:"唐七言绝歌法,必有衬字,以取便于歌。五言、六言皆然,不独七言也。后并格外字入正格,凡虚声处,悉填成辞,不别用衬字,此词所繇兴已。"四为"散声"之说。宋阮阅《诗话总龟·前集》卷二引《百斛文》记苏轼改白居易《寒食》诗为挽歌之事,已有"每句杂以散声"之说,而清人又以"散声"与"叠句"相连立说,如江顺诒引方成培《香研居词麈》云:"唐人所歌多五、七言绝句,必杂以散声,然后可被之管弦,如《阳关》必至三叠而后成音,此自然之理。后来遂谱其散声,以字句实之,而长短句兴焉。"(《词学集成》卷一)

  以上诸说,不过仅举其要者约言之而已。至于其主要之概念,则不过都只是以为诗之字句过于整齐,不便歌唱,而乐曲演奏之时,往往有音声婉转而并无歌辞之处,前人或名之曰"和声",或名之曰"泛声",或名之曰"虚声",或名之曰"散声",名虽不同,义实相近。其有以文字写入此一部分者,则可以有以下之数种情形:其一为有音无义之文字,如沈括《梦溪笔谈》所举"贺、贺、贺""何、何、何"之类,及胡震亨《唐音癸签》所举"妃呼豨""伊何那"之类;其二为虽是有音有义之文字,但与原歌辞之本义则并无密切之关系者,如孙光宪《竹枝词》二首,本为七言绝句之形式,而于每句间加有"竹枝"及"女儿"等声辞,亦即谢章铤所谓"衬字"者;其三为有音有义之文字,而且与原歌辞之本义,结合有密切之关系者,如顾敻之《杨柳枝》,本为七绝之形式,而于每句后皆加一个三字句,其词如下:"秋夜香闺思寂寥。漏迢迢。鸳帏罗幌麝烟销。烛光摇。　　正忆玉郎游荡去。无寻处。更闻帘外雨萧萧。滴芭蕉。"其所增之三字句,皆与原来歌辞之七字句结合,有密切之关系,此即吴衡照所谓"凡虚声处,悉填成辞"者矣;其四为叠句,如世所称之《阳关三叠》,本为王维之一首七言绝句,而在歌唱之时,则须反复叠唱,如江顺诒引方成培之言,所谓"《阳关》必至三叠而后成音"者。以上诸说,盖皆以为词之形成,即由于齐言之歌辞在演唱时有此数种以词配声之情形遂演化为词体之长短句。这些说法,表面看来也颇可以言之成理,是以近代论词之起源者,乃颇有人杂糅众说而采用之。不过,仔细考察一下,我们就可以发现这些说法,实在并不完全正确。其主要之错误,大约可以归纳为以下数点:第一,乐谱与歌辞之配合,原不必须为一字一声,若谓词之长短句系将齐言诗歌之有音无字之处,逐一添个实字而成,则词之配乐乃必须为一字一声矣。此征之于张炎《词源》卷上《讴曲旨要》所云"字少声多难过去,助以余音始绕梁"之说,可知其必不然也。而且如依此说,则词调之长短乃必须与齐言诗歌之长短相接近。然而观乎词调形式之长短变化错综缤纷,则其非尽出于齐言之诗歌,从可知矣。第二,诸说之命名立说,往往取义含混,模糊不清。即如"和声""泛声""虚声""散声",甚至更有人用"缠声"[①]者,其彼此间名义之异同,既无一定之界说,又往往与纯音乐性的乐器演奏时的各种

[①] "缠声"之说,如沈括《梦溪笔谈》卷五,于论及"和声"时,曾云:"古乐府皆有声有词,连属书之,如曰'贺、贺、贺''何、何、何'之类,皆和声也。今管弦之中缠声,亦其遗法也。"又如江顺诒《词学集成》卷二,于论及"衬声""衬字"时,亦曾云:"在音则为衬声、缠声,在乐则为散声、赠板,在词曲则为加衬字、为旁行增字。"其说皆将文字之增减变化,与乐曲增减变化并论,故所用术语,每有混淆之处。

手法之名称互相混淆。凡此种种,盖皆由于立说之人本无明确之概念之故。第三,也是最大的一个错误,则在于凡此诸说,对于唐代之所谓"声诗"与所谓"词"之异同,皆未能作根本之区别。近人任半塘所撰《唐声诗》一书,对唐代之声诗曾有详细之考证,对以上诸说之错误,亦曾有详细之辨析。① 任氏曾为"唐声诗"拟一定义,云:"'唐声诗',指唐代结合声乐、舞蹈之齐言歌辞——五、六、七言之近体诗,及其少数之变体;在雅乐、雅舞之歌辞以外,在长短句歌辞以外,在大曲歌辞以外,不相混淆。"② 至于唐声诗歌唱之方式,则任氏以为有精唱及粗唱之区分。精唱之声诗"讲及四声",粗唱之声诗则"仅分平仄"。③ 至于声诗入乐之情况,则一般诗人除少数如李白奉诏写《清平调》三首等情形外,大多并不专为乐曲写作歌辞,故声诗之吟唱乃多采取"选辞以配乐"之方式。盖一般工伎只长于演唱而不长于辞章,而一般诗人则仅创作诗歌而不措意于乐曲,于是乃有乐工歌伎往往选取名家诗篇,以合入其所擅长之乐调而歌唱之,如旗亭画壁之故事及《阳关三叠》之吟唱。在其初诸诗人写作诸诗之时,皆并无合乐之观念,至写成后方经工伎结合所通习之曲调而歌唱之。宋胡仔《苕溪渔隐丛话·前集》卷二一曾引《蔡宽夫诗话》云:"大抵唐人歌曲,本不随声为长短句,多是五言或七言诗,歌者取其辞与和声相叠成音耳。"由此可知唐代一般声诗歌唱之情形,既非如汉乐府之由辞以定声,亦非如长短句词之由声以定辞,而形成另一种"选辞以配乐"之方式。盖声诗之齐言形式,平仄既多有习用之定格,一般工伎之歌唱声诗,亦自有其习用之曲调。诗人随意写作之诗歌,既不必如长短句词之依声填字,而亦可以由工伎合以管

---

① 见《唐声诗》上册,上海古籍出版社1982年版,第211—266页。
② 同上书,第46页。
③ 同上书,第174—175页。

弦付之吟唱。此种方便配合之情况,盖正为唐代声诗之所以盛行之一种重要因素。至于长短句词,则是隋唐以来,为配合当时流行之乐曲而填写之歌辞。二者在唐代固曾并行一时,而并非先有声诗之吟唱而后演化为词之情形也。清汪森《词综序》即曾云:"当开元盛日,王之涣、高适、王昌龄诗句,流播旗亭;而李白《菩萨蛮》等词,亦被之歌曲。古诗之于乐府,近体之于词,分镳并骋,非有先后。谓诗降为词,以词为诗之余,殆非通论矣。"不过,我们也并不能因为词在唐代是与诗歌"分镳并骋"非有先后继承之关系,而便认为词与诗完全无关。盖二者既同时并行,便不能避免有相互之影响。据任半塘氏在《唐声诗》一书中之考证,以为"从长短句词百三十一调之分类数字表,以查考声诗与长短句调之间确有关系者,仅十分之一弱。从二者同调名之字句、平仄、叶韵等以查考二者确有关系者,仅十分之三弱"①。今姑且不论其影响之比例为多少,总之,声诗之歌唱对于长短句词确曾产生过影响,这是可以断言的。不过词与诗之关系,最多只能说是兄弟之关系,而并非父子之关系,将"词"目为"诗"之"余",以为其完全由齐言蜕化而来之说,则是并不可信的。

除去"诗余"之说外,也有人曾认为词之起源滥觞于六朝之乐府。明杨慎《词品序》即曾云:"诗、词同工而异曲,共源而分派。在六朝,若陶弘景之《寒夜怨》、梁武帝之《江南弄》、陆琼之《饮酒乐》、隋炀帝之《望江南》,填词之体已具矣。"杨氏又在《词品》卷一举引陶弘景之《寒夜怨》,以为"后世填词,《梅花引》格韵似之";又举梁武帝之《江南弄》,以为"此词绝妙。填词起于唐人,而六朝已滥觞矣";又举陆琼之《饮酒乐》,以为"唐人之《破阵乐》《何满子》皆祖之";又举徐勉之《迎客曲》,及《送客曲》,以为"其严正而又蕴藉如此";又举僧法云之《三

---

① 《唐声诗》,第373页。

洲歌》,以为"江左词人多风致,而僧亦如此";又举隋炀帝《夜饮朝眠曲》二首,以为"二词风致婉丽"。① 以上诸例,盖皆为杨慎为其填词之体于六朝已具之说所援引之证明。又明王世贞《词评》亦曾云:"盖六朝诸君臣,颂酒赓色,务裁艳语,默启词端,实为滥觞之始。"清徐釚《词苑丛谈》卷一亦云:"梁武帝《江南弄》云……此绝妙好词,已在《清平调》《菩萨蛮》之先矣。"清沈雄《古今词话》卷上亦曾引宋朱弁《曲洧旧闻》曰:"唐词起于唐人,而六代已滥觞矣。梁武帝有《江南弄》,陈后主有《玉树后庭花》,隋炀帝有《夜饮朝眠曲》。"又引杨用修云(按即前引杨慎之说):"填词必溯六朝者,亦昔人探河穷源之意。长短句如梁武帝《江南弄》……僧法云《三洲歌》……梁臣徐勉《迎客曲》……隋炀帝《夜饮朝眠曲》……王叡《迎神歌》……此六朝风华靡丽之语,后来词家之所本也。"清刘熙载《艺概·词曲概》亦云:"梁武帝《江南弄》、陶弘景《寒夜怨》、陆琼《饮酒乐》、徐孝穆《长相思》,皆具词体。"以上诸说,初看起来,似乎也颇可以言之成理。但仔细考查起来,即可发现这些说法其实也并不完全正确。首先是观念不清,盖观夫此诸说之所以认为词之源出六朝乐府者,其理由不过为以下数端:一曰格式有相似之处,如杨慎以为陶弘景之《寒夜怨》与后世词调之《梅花引》相似,惟换头之处稍异;又以为陆琼之《饮酒乐》为后世《破阵乐》及《何满子》之所祖,也同样是由于其格式之相似。此其理由之一。但此一理由,实在并不能完全成立,因为中国诗歌中之杂言句式,原来自古歌谣即已有之,我们决不可只因其句数、字数之偶然近似,便以之为词之源起。其二曰,风格有近似之处,如杨慎称徐勉之《迎客》及《送客》二曲,以为"严正而又蕴藉",称僧法云之《三洲歌》,以为"多风致",称隋炀帝之《夜饮朝

---

① 以上所引陶弘景诸人之作,皆见杨慎《词品》卷一,亦见《乐府诗集》,可以参看,兹不具录。

眠曲》亦以为"风致婉丽";再如王世贞称六朝诸乐府诗,以为其"颂酒赓色,务裁艳语",于是遂"默启词端";又如沈雄以为"六朝风华靡丽之语"为"后来词家之所本"。可见风格之蕴藉靡丽,多用艳语,乃是诸说之认为六朝乐府为词的滥觞的理由之二。但此一理由实在亦不能完全成立,因为一种新的文学体式之兴起,决不能仅因风格之相似,便认定其因果关系。假如只取其风格之相似,则最好便仍写六朝之诗歌体式,又何必别成一种新的体式呢?其三曰,同一乐府诗题往往有多篇作品,而形式完全相同,此岂非与按同一牌调填词,大有相似之处?不过,此一理由又当分为两种情形来看。一种情形是如徐勉之《迎客曲》及《送客曲》二首,与僧法云之《三洲歌》二首,其所作虽为同格式的两个曲子,但皆为同一作者的同时之所作。此亦犹如东汉张衡所作之《四愁诗》,都只不过一位诗人的偶然联章之作,决不可就此谓其与填写同调之歌辞的情形有任何关系。再有一种情形,如梁武帝之《江南弄》,全诗共七句,每句字数为七、七、七、三、三、三、三,而据《乐府诗集》所载,则除梁武帝所写之《江南弄》七首以外,更有昭明太子之《江南弄》三首,沈约之《江南弄》四首,诸人所作,其格式与句数、字数并皆相同。再如徐陵之《长相思》二首,其全诗共九句,每句之字数为三、三、七、三、三、五、五、五、五,而除徐陵之二诗以外,更有萧淳一首、陆琼一首、王瑳一首、江总二首,诸人所作,其格式与句数、字数,亦皆相同。像此种情形,则与后世之依据同一曲调来谱写歌辞者,乃大有相似之处。如果仅就此一点而言,则此种六朝乐府乃大可视为后世填词之滥觞矣。不过六朝时的这种作品,大多只偶然流行于宫廷贵仕的诗人之间,颇似应制及酬和之性质,是以并未广泛流行于民间。此与隋、唐以来依胡夷里巷之曲而谱写的长短句词之首先盛行于民间之情况,仍复有别,所配合之音乐也不完全相同。所以只能说是依照同一格式来写作歌辞之情况,于六朝时已经出现,但却并不可认为六朝乐府诗即为词之源起也。

总之,"词"这种韵文体式,盖正如我在前一章所论,其形成之因素,原曾受有多方面之影响,并不可以偏概全,执一而求之也。

三

唐人留写在敦煌,想象当年做道场。

怪底佛经杂艳曲,溯源应许到齐梁。

自从晚清光绪末季,甘肃敦煌石窟所藏唐人写本经卷被世人发现以来,其所蕴藏的材料之多、方面之广,已引起文物考古工作者的极大重视。近数十年来,研究考察敦煌文物的著作,一直层出不绝,其所探讨的问题之深细精微,早已形成了所谓的"敦煌学"。这里,我们仅想从敦煌写卷中所保存的曲子的情形,来看一看词之兴起盛行,与当时的佛教、道教有些什么关系。

原来在敦煌所发现的残卷中,有几点颇为值得注意的现象。其一是有不少曲子的曲文(也就是早期的词),都是经佛教僧徒抄录,而且都是与佛教典籍及歌偈抄写在一起的。香港饶宗颐教授于1967—1968年间受聘于法国国立科学研究院,在欧洲滞留九个月,得以遍览法国国家图书馆及英国国家博物馆所藏敦煌写卷,详加检勘,写有《敦煌曲》(Airs de Touen-houang)一书,于1971年在巴黎出版。书中对于词之起源与佛曲之关联,曾予以特别之注意。对有关资料考录甚详,如编号为S4332之卷子,据饶书第189页谓,原件为粗黄纸一张,一面曾记有"龙兴寺僧愿学于乾元寺法师随愿仓便麦事"等字样,另一面则书词三首,共十一行。首为《别仙子》(莹按:即任二北《敦煌曲校录》所收"此时模样"一首),次为《菩萨蛮》(莹按:即任书所收"枕前发尽千般愿"一首),三为《酒泉子》,仅数句而已。两面笔迹相似,可知此三词乃寺院僧徒之所抄写。且将"菩萨"二字省写作"艹艹",亦与敦煌寺院抄录佛经之省写惯例相同,则此纸为佛徒所写,殆无可疑。又如编号S5556 之《望江南》词三首(莹按:即任书所收"曹公德""龙沙塞""边塞苦"等三首),据饶书第 219 页谓,原件写于《妙法莲华经·普门品》小册子上,有题记云"弟子令狐幸深写书",可知此三词亦为佛门弟子所抄录。又如编号为 B4017 之小册子,有《鹊踏枝》词一首(莹按:即任书所收"独坐更深人寂寂"一首),据饶书第 220 页谓,此词原件在《太子赞》之前,与佛教偈赞之文同录,当亦为佛徒之所抄录。又如编号S1441 之长卷,据饶书第 221 页谓,原件正面抄《励忠节钞》卷二,自《恃德部》至《立身部》,卷背抄《安伞文》《患难月文》及偈语与《燃灯文》,空数行,下接书"《云谣集》杂曲子共三十首"(实存十八首)(莹按:即《云谣集》之前十八首,所收牌调为《凤归云》四首、《天仙子》二首、《竹枝子》二首、《洞仙歌》二首、《破阵子》四首、《浣溪沙》二首、《柳青娘》二首),亦与佛教偈文同录,想亦为佛徒之所抄写。从以上这些实例,我们已可见到当时俗曲之流传,必然曾经与佛教结合有密切之关系。何况佛徒们还不仅抄录俗曲而已,有时他们自己也写作俗曲。如编号B3554 之卷子,据饶书第 195 页谓,其上有序文一篇,云:"谨上河西道节度公,德政及祥瑞《五更转》兼《十二时》,共一十七首,并序:敕授沙州释门义学都法师、兼摄京城临坛供奉大德,赐紫悟真谨〔撰〕。"又如编号为 B2748 之卷子,据饶书第 196 页谓"原件正面为《古文尚书》,背为《古贤集》一卷,在《长门怨》一首之后,接书国师唐和尚《百岁书》"(莹按:"书"字当为"诗"字之误),又写"敕授河西都僧统赐紫沙门〔悟真〕"云云。另有编号为 B3821 之卷子,据饶书第 196 页谓,原件为硬黄纸小册子,亦写悟真此《百岁诗》十首,可知悟真为此十首《百岁诗》之作者(莹按:关于悟真事迹,可参看陈祚龙著《悟真之生平与著作》[*La vie et les oeuvers de Wou-Tchen*],见 1966 年巴黎出版之《远东学院专刊》)。又有编号 S930 之卷子,据饶书第 196 页谓,亦曾录此《百岁诗》,但文字不全。可见此《百岁诗》在当时可能曾传唱一时。又如编号 B2054 之《十二时》长卷,据饶书第 197 页谓,原件背面有淡墨题端大字一行云"智严大师《十二时》一卷",可知为僧人智严之所作。而另据饶书第 197 页编号 S5981 及 S2659 之两卷子,则录有智严之事迹,可知智严本为鄜州开元寺观音院之法律僧,曾去西天求法。作《十二时》之智严大师,殆即此人也。而除去寺院佛徒抄录及写作俗曲之资料以外,我们还可以从敦煌卷子中,看到一些寺院表演乐舞之记叙。据饶书第 212 页载编号 S3929 之卷子,写有节度押衙知尽行都料董保德等,建造兰若功德颂文,云:"又于窟宇讲堂后,建此普净之塔(原注:"四壁图会"云云)……门开慧日,窗豁慈云,清风鸣金铎之音,白鹮(鹤)休玉毫之舞。果唇凝笑,演花勾于花台,莲睑将然(燃),披郯(叶)文于郯座。"饶氏以为由"演花勾于花台"一句,可知"盖当时兼演花舞勾队",又云:"证之宋时史浩《鄮峰真隐大曲》中之舞曲六种,有柘枝舞、花舞。知花舞敦煌佛窟于做功德时亦表演之。"(莹按:《彊村丛书》所收《鄮峰真隐大曲》卷二,对于花舞勾队之情形有详细之叙写,可以参看。)又如编号 B4640 之卷子,据饶书第 214 页谓,在所写诸账目内抄有宝骥(宝夫子)《往河州使纳鲁酒回赋》七律一首,其中有"驿骑骖趨谒相回,笙歌烂漫奏倾杯"之句,可以想见当日河西一带歌舞繁华之情况,亦可知《倾杯乐》在敦煌当日必曾盛行一时。

  从以上所引敦煌卷子中的资料来看,足可知当时之俗曲歌舞,确实曾与寺院僧徒结合有密切之关系。此种关系之形成,可以说是既有其历史之渊源,亦有其社会之因素。先就历史之渊源言之,则僧人之从事于乐曲之创作者,盖早自齐、梁之际,便已有之。如《全齐诗》卷一载有齐武帝之《估客乐》一首,又卷四载有释宝月之《估客乐》二首。据《乐府诗集》卷四八《估客乐》题解引《古今乐录》云:"《估客乐》者,齐武帝之所制也。帝布衣时,尝游樊、邓。登祚以后,追忆往事而作歌。使乐府令刘瑶管弦被之教习,卒遂(莹按:原文如此,或为"岁"字之误)无成。有人启释宝月善解音律,帝使奏之,旬日之中,便就谐合。……宝月又上两曲。"(莹按:武帝所作一曲,为五言四句一章;宝月所作二曲,则每曲各为五言四句二章,共四章。)又如《全梁诗》卷一三载有释法云之《三洲歌》二首。据《乐府诗集》卷四八《三洲歌》题解引《古今乐录》云:"《三洲歌》者,商客数游巴陵三江口往还,因共作此歌。其旧辞云:'啼将别共来。'梁天监十一年,武帝于乐寿殿,道义竟留十大德法师设乐,敕人人有问,引经奉答。次问法云:'闻法师善解音律,此歌何如?'法云奉答:'天乐绝妙,非肤浅所闻。愚谓古辞过质,未审可改以不?'敕云:'如法师语音。'法云曰:'应欢会而有别离,啼将别可改为欢将乐。'"又如《乐府诗集》卷四六《懊侬歌》题解亦曾引《古今乐录》云:"《懊侬歌》者,晋石崇绿珠所作,唯'丝布涩难缝'一曲而已。后皆隆安初民间讹谣之曲。……梁天监十一年,武帝敕法云改为《相思曲》。"从这些记述可知齐、梁之际的僧人,既精于音律,且常参与歌曲之制作。盖僧人传法,原极重视转读、唱导、歌呗、赞颂等音声之感悟,据《高僧传》之论述,以为中土对梵唱之注意,盖始于魏陈思王曹植。迄于晋、宋之间,如帛法桥、支昙龠、释法平、释僧饶诸僧,皆以擅于转读、唱导,名著一时。又论中土诗歌与梵唱之异同云:"东国之歌也,则结韵以成咏;西方之赞也,则作偈以和声。虽复歌赞为殊,而并以协谐钟律,符靡宫商,方乃奥妙。故奏歌于金石,则谓之以为乐;赞法于管弦,则称之以为呗。"(《高僧传》卷一三)梵唱之风既行,僧人之习于音律者乃日众。齐、梁之际的释宝月、释法云等之名闻帝王,改制歌曲,便是很好的证明。所以唐代寺院僧徒之往往抄写及创作俗曲,原本是自有其一段历史之渊源在的。其次,再就社会之因素言之,则唐代之寺院更曾普设戏场。僧人之讲唱与歌舞之演出,遂有了更为密切的关系。宋钱易《南部新书·戊集》论及唐代之戏场,即曾云:"长安戏场,多集于慈恩,小者在青龙,其次荐福、永寿;尼讲盛于保唐,名德聚之安国。"则唐代寺院之普设戏场,可见一斑。而当时之观戏者,则不仅为市井平民,亦有王公贵妇。唐张固之《幽闲鼓吹》卷一即曾载宣宗时万寿公主在慈恩寺看戏场之事。而且唐代风俗轻靡,不仅在寺院中可以普设戏场,即使是僧徒讲经之道场,亦有专以淫亵之说以招邀听众者。如唐赵璘《因话录》卷四即曾载云:"有文淑僧者,公为聚众谭说,假托经论,所言无非淫秽鄙亵之事。不逞之徒,转相鼓扇扶树,愚夫冶妇,乐闻其说,听者填咽,寺舍瞻礼崇奉,呼为和尚。教坊效其声调,以为歌曲。"在这种社会风气之下,则佛教僧徒之唱曲、作曲,甚至扮为俳优之戏,当然便都是一种自然的现象。在敦煌卷子《目连变文》第三种之背面,即曾写有法律德荣唱"紫罗鞋两",僧政愿清唱"绯绵绫被",又金刚唱"扇",又道成及法律道英各唱"白绫袜",又唱"黄画帔",均各得布若干尺。① 宋钱易《南部新书·己集》更载有"道吾和尚上堂戴莲花笠,披襕,执简,击鼓,吹笛,口称鲁三郎"之记述。寺院僧徒既与乐曲之演唱有如此密切之关系,故俗曲既可由佛寺僧徒借用演唱以流传佛法,而僧徒之佛曲乃亦有演化为俗曲之词调者。据饶宗颐《敦煌曲》之叙述,以为前者,"如《大唐五台曲子》寄在《苏幕遮》及曲子《喜秋天》,皆其著例";至于后者,则如"《婆罗门》、《悉昙颂》而外,如《舍利弗》、《摩多楼子》、《达摩支》、《浮圆子》、《毗沙子》,皆由梵曲而来"。前者盖因"此类歌曲盛行民间,故释氏借为宣传工具",后者"则纯为梵曲,后演成词牌","或为教坊曲"。② 所以俗曲与佛教僧徒之结合有密切之关系,原亦自有当时之社会因素在。

---

① 见《北平图书馆馆刊》第5卷第6号,向达撰《敦煌丛刊》,载馆藏成字第96号卷子情形。
② 见《敦煌曲》,第211页。参看《乐府诗集》卷七八《杂曲歌辞》及任二北《教坊记笺订》。

除了以上所论及的历史之渊源与社会之因素以外,俗曲与宗教还有一点重要的关系,那就是宗教音乐对于俗曲的影响。本来我们在本文第一节,已曾引过沈括《梦溪笔谈》卷五所云"自唐天宝十三载,始诏法曲与胡部合奏,自此乐奏全失古法"之说,而词之产生,便正是配合这种新的音乐而演唱的歌辞。不过在那一段说明中,我却只叙述了音乐之历史的沿革,而对所谓"法曲"之性质,并未加以解说。那便因为"法曲"原为一种带有宗教性之乐曲,故此我要把它留到本节再加讨论。关于法曲之性质,《新唐书》卷二二《礼乐志》曾有一段描述:"初,隋有法曲,其音清而近雅。其器有铙、钹、钟、磬、幢箫、琵琶。……其声金石丝竹以次作。"又记述法曲在唐代盛行之情况云:"玄宗既知音律,又酷爱法曲,选坐部伎子弟三百教于梨园,声有误者,帝必觉而正之,号'皇帝梨园弟子'。"这种音乐,原是隋、唐以来的一种新乐,其主要成分是以中原之清乐与外来之胡乐相结合,并且与佛曲及道曲之音乐相杂糅而成的一种乐曲的新形式。关于佛教乐曲与唐代俗曲之关系,我们在前面已曾加以考述;至于道教之乐曲,则原来与佛教之乐曲也有很密切的关系。盖以老、庄之道家,本为哲学而并非宗教,所以道教在最初本来并没有一种自我专属的宗教仪式,乃不得不向佛教学习模仿。唐代既崇信道教,尊奉太上老君,遂于各地建立祠祀,于是乃杂取佛教之仪式及乐曲而使用之。唐代南卓撰《羯鼓录》一卷附录诸佛曲之曲调中,便载有《九仙道曲》与《御制三元道曲》等,此显然为道曲与佛曲相混之证明。而更值得注意的则是这种相混之现象,原来也是早在齐、梁之际便已有之。《隋书》卷一三《音乐志上》记梁武帝所制诸曲云:"帝既笃敬佛法,又制《善哉》、《大乐》、《大欢》、《天道》、《仙道》、《神王》、《龙王》、《灭过恶》、《除爱水》、《断苦轮》等十篇,名为正乐,皆述佛法。"夫既云所制为"佛曲",而杂有"仙道"等名称,可知佛曲与道曲之相混,亦可谓由来久矣。且梁武帝所制佛曲,据《隋书·音乐志》所录,尚有《法乐童子伎》及《童子倚歌梵呗》等，又可知在萧梁之世，"法乐"之名原为佛曲之一种。唐代所谓"法曲"，其名称虽可能沿自梁代，但"法曲"之义涵已成为一种包举清乐、胡乐及宗教音乐的一种新乐之名，与梁代狭义之"法乐"已有了很大的区别。丘琼荪在其《法曲》一文曾为法曲作一总结，说："法曲包含的内容非常广泛：有汉、晋、六朝的旧曲，有隋、唐两代的新声，有相和歌及吴声西曲……有胡部化和道曲、佛曲化的中国乐曲，有华化的外来乐曲。古今中外，无所不包，雅乐、俗乐、歌曲、舞曲、声乐曲、器乐曲，无不具备。……把这性质不同、内容不同、旋律不同、感情不同、风调不同的种种乐曲，用法曲的乐器去演奏它，用法曲特有的风格去演奏它，这样便形成了唐代如火如荼的法曲。"(《中华文史论丛》第五辑)而我们所讨论的词，就正是隋、唐以来，与这种新音乐的曲调相配合而演唱的歌辞。则其音声之美妙，足以吸引当时之诗人文士，竞相为之谱写歌辞的盛况，当然也就是可以理解的了。而敦煌佛窟中，佛曲与俗曲杂抄的情况，便正是当日宗教乐曲与俗曲有密切之关系的一个最好的说明。

           1984年2月写于加拿大温哥华

论温庭筠词[①]

一

何必牵攀拟楚骚,总缘物美觉情高。

玉楼明月怀人句,无限相思此意遥。

关于温庭筠词之评价,历来论者之意见颇不一致。昔张惠言之《词选》,既曾以为温词《菩萨蛮》之"小山重叠金明灭"一首中之"照花前后镜,花面交相映。新贴绣罗襦,双双金鹧鸪"四句,有《离骚》中"初服"之意。陈廷焯《白雨斋词话》亦曾云:"飞卿《菩萨蛮》十四章,全是变化楚《骚》。"而刘熙载之《艺概》则以为飞卿词"类不出乎绮怨",并无深远之托意。王国维《人间词话》更曾分明驳斥张惠言之说,云:"固哉,皋文之为词也。飞卿《菩萨蛮》……有何命意?皆被皋文深文罗织。"私意以为,张惠言诸人之以温词上拟楚《骚》,盖因有意推尊词体之故,故不惜以牵附立说,然而张氏诸人之为此说,盖亦并非无故。良以温词多写精美之物象,而精美之物象则极易引人生托喻之联想。昔者太史公马迁尝称屈原"其志洁,故其称物芳"。作者由于"志洁",而在创作时联想及于"物芳",此固为一种自然之联想;读者在吟诵时,由于"物芳"而联想及于"志洁",此固亦为一种自然之联想。温词中如

[①] 关于温庭筠、韦庄、冯延巳、李煜四家词,本人多年前曾写有《从〈人间词话〉看温韦冯李四家词的风格——兼论晚唐五代时期词在意境方面的拓展》一文,对此四家词有较详之论述,已收入《迦陵论词丛稿》。故今兹之论四家词乃力求精简,以避重复。

"玉楼明月长相忆,柳丝袅娜春无力"等词句,其皎洁高远之形象、缠绵悱恻之意境,自可以引人产生一种深美之联想,固无须将之拟比屈子而以托意为牵附之说也。

二

绣阁朝晖掩映金,当春懒起一沉吟。
弄妆仔细匀眉黛,千古佳人寂寞心。

温庭筠词之容易引人产生托喻之想,除前所叙及之由于物象精美之原因外,还有另一原因,即温词所叙写之闺阁妇女之情思,往往与中国古典诗歌中以女子为托喻之传统有暗合之处。如其《菩萨蛮》词"小山重叠金明灭"一首所叙写之"懒起画蛾眉,弄妆梳洗迟"及"照花前后镜,花面交相映"诸词句,便可以使人联想及中国古语中"士为知己者死,女为悦己者容"及《离骚》中芳洁好修之传统。例如唐代诗人李商隐之"八岁偷照镜,长眉已能画",杜荀鹤之"早被婵娟误,欲妆临镜慵",以迄于晚清王国维之"从今不复梦承恩,且自簪花坐赏镜中人"诸诗句、词句,莫不有此种传统托喻之情意存于其间。温词虽未必有心存托喻之想,然其所叙写之情思如"懒起""画眉""弄妆""照花"等词句,则隐然与此种托喻之传统多有暗合之处。此为温庭筠词另一极可注意之特色。

三

金缕翠翘娇旖旎,藕丝秋色韵参差。
人天绝色凭谁识,离合神光写妙辞。

除前二种特色之外,温词之另一特色则为:不作明白之叙述,而但以物象之错综排比与音声之抑扬长短增加直觉之美感。例如其《菩萨蛮》"翠翘金缕双鸂鶒"一首,起句之下,突接以"水纹细起春池碧",前一句写头上之饰物,次一句写园中之景色,二者似乎并不互相关联,而"鸂鶒"之头饰则又隐然为唤起下一句"春池"之联想之因素,其承接在若离若续之间。又如其"藕丝秋色浅"一句,并未明言此"藕丝秋色"者为何物,而其"秋色浅"三字之音声,则分明与下一句之"人胜参差剪"中之"参差剪"三字之音声相呼应,其承接亦在若断若续、似可解似不可解之间。昔子建之赋洛神云"神光离合,乍阴乍阳",正可以作为温词此种特美之形容。

总之,温庭筠为自中、晚唐以来诗人以专力作词者之第一人。昔之刘禹锡、白居易、张志和诸人,虽亦有词作传世,然大多是与诗律相近之牌调,且数量甚少。温庭筠词则不仅数量独多,且其所使用之牌调极多变化,如其《蕃女怨》之"万枝香雪开已遍"及"碛南沙上惊雁起"等句,平仄均与诗律甚为相远。史称温庭筠"能逐弦吹之音,为侧艳之词",在文人词之发展中,温氏固为奠基之一重要作者。何况温词更具有以上多种特色,能引人生托喻之联想,遂使其词较之《花间集》中一般浮艳浅俗之作别饶深远含蕴之致。此种成就为使词体逐渐脱离歌筵酒席中无意味之艳歌之开始,是则温词在词史中之地位固自有其足可推尊者在,原不必以之拟比屈骚而后为高也。

1982 年 7 月于成都

论韦庄词

一

水堂西面相逢处,去岁今朝离别时。

个里有人呼欲出,淡妆帘卷见清姿。

韦庄词与温庭筠词有绝大之不同。温词客观,韦词主观;温词秾丽,韦词清简;温词对情事常不作直接之叙写,韦词则多作直接而且分明之叙述。如其《荷叶杯》词:"记得那年花下,深夜,初识谢娘时。水堂西面画帘垂,携手暗相期。"又如其《女冠子》词之"四月十七,正是去年今日,别君时"诸作,所写莫不劲直真切,"其中有人,呼之欲出",于是所谓"词"者,始自歌筵酒席间不具个性之艳歌变而为抒写一己真情实感之诗篇。此不仅为韦词之一大特色,亦为词之内容之一大转变。至于韦庄词之风格,则以清简取胜,故前人常以"淡妆"喻之。其《浣溪沙》词有句云"清晓妆成寒食天,柳球斜袅间花钿。卷帘直出画堂前",正可以为其风格之自我写照也。

二

谁家陌上堪相许,从嫁甘拚一世休。

终古挚情能似此,楚骚九死谊相侔。

韦庄词中所写之感情,除劲直真切外,更能以深挚感人。如其《思帝乡》词:"春日游,杏花吹满头。陌上谁家年少,足风流。妾拟将身嫁与,一生休。纵被无情弃,不能羞。"其所写虽为男女爱悦之辞,然其倾心相许、至死无休之专注殉身之精神,直与屈子《离骚》余心所善,九死未悔之心志有相通之处。由小可以见大,因微可以知著,此正为词之妙用及特色。是以词虽小道,然而往往可以蕴蓄幽微,感发深远,韦庄词之佳处即在能以挚情使人感发,此亦为其词之一大特色。

三

深情曲处偏能直,解会斯言赏最真。
吟到洛阳春好句,斜晖凝恨为何人?

陈廷焯《白雨斋词话》常称韦庄词"似直而纡,似达而郁,最为词中胜境",所言极有见地。韦庄词清简劲直而不流于浅露者,即在其笔直而情曲,辞达而感郁。其《菩萨蛮》五首,如"人人尽说江南好""如今却忆江南乐"及"未老莫还乡""白头誓不归"诸句,用笔皆极为直率,而细味之,则其中正有无限转折之深意;再如其"劝君今夜须沉醉,樽前莫话明朝事"与"遇酒且呵呵,人生能几何"诸句,则外表虽作旷达之语,而其中正有无限悲郁。至于其《菩萨蛮》末一章,以"洛阳城里春光好,洛阳才子他乡老"为开端,而结之以"凝恨对斜晖,忆君君不知",劲直中尤具深婉低回之致。说者或以为这五首词乃韦庄留蜀后追思故国的寄意之作,吾人虽不必牵附立说,然而此五章词,层次分明,其为晚年追想平生之作,殆无可疑。至于首章之"美人",虽可以但指当年之一段遇合而不必有托喻之意,但征诸当时之历史背景,则唐昭宗曾为朱温胁迁于洛阳,旋遭篡弑,韦庄词之末章,既曾写及洛阳,则纵使洛阳原为当年与美人离别之地,而今日韦庄之追念而致慨于洛阳,亦可能同时兼有故国之思矣。且据《蜀梼杌》所载,朱温篡立之后,曾使王宗绾宣谕王建,韦庄为王建作答之中有"两川锐旅,誓雪国耻"之语,词中亦有"斜晖"之言，其隐喻故国之思，固当极有可能。过去说词之人，往往以为如果所写为托喻之意，便当全篇皆属托喻，如果所写乃男女之情，便当全篇皆为男女之情。私意以为，二者固不必如水火之不相容若此。韦庄即使忆念洛阳之"美人"而同时兼有故国之思，亦复有何不可乎？

1982 年 7 月写于成都

论冯延巳词

一

缠绵伊郁写微辞,日日花前病酒卮。

多少闲愁抛不得,阳春一集耐人思。

冯延巳(正中)词缠绵盘郁,意境深厚,尤以《鹊踏枝》十四首最为脍炙人口。冯煦《阳春集序》称冯延巳词:"俯仰身世,所怀万端,缪悠其辞,若显若晦……《蝶恋花》(按:即《鹊踏枝》)诸作,其旨隐,其词微,类劳人思妇、羁臣屏子郁伊怆恍之所为。"王鹏运《半塘丁稿》有和冯延巳《鹊踏枝》十四首,亦谓冯延巳词"郁伊惝恍,义兼比兴"。其《鹊踏枝》第一首即有"谁道闲情抛弃久,每到春来,惆怅还依旧。日日花前常病酒,不辞镜里朱颜瘦"之句,其情感之缠绵执着,可以概见。历代评者往往以为冯延巳词含有家国身世之慨,如冯煦曾云:"周师南侵,国势岌岌,中主既昧本图,汶暗不自强,强邻又鹰瞵而鹗睨之。……翁负其才略,不能有所匡救,危苦烦乱之中郁不自达者,一于词发之,其忧生念乱,意内而言外,迹之唐、五季之交,韩致尧之于诗,翁之于词,其义一也。"近人张尔田之《曼陀罗寱词序》亦云:"正中身仕偏朝,知时不可为,所为《蝶恋花》诸阕,幽咽惝恍,如醉如迷,此皆贤人君子不得志发愤之所为作也。"吾人于此诸说,虽不必指时事以实之,然正中词之含蕴深厚,易于引起读者深刻之感受及丰富之联想,则确为其词之一种特有之品质。

二

金荃秾丽浣花清,淡扫严妆各擅名。

难比正中堂庑大,静安于此识豪英。

温庭筠《金荃词》以秾丽取胜,韦庄《浣花词》以清简见长。周济《介存斋论词杂著》称:"飞卿,严妆也;端己,淡妆也。"其拟喻颇恰。而与正中之《阳春词》相较,则温、韦二家词之意境似皆不及冯词之深厚广远,是以王国维《人间词话》乃云:"冯正中词虽不失五代风格,而堂庑特大。"其言实为有见。盖温庭筠词虽能以精美之物象引起人之联想,然而缺乏主观之感情,不能直接予读者内心以深刻之感动;至于韦庄词,则清简劲直,极富有直接感动之力,然而又因其对于词中之人物、地点、情事叙述得过于明白,遂反而为情事所拘限,不易引起读者更深远之联想。至于冯延巳词,则既富于主观直接感发之力量,又不为外表事件所拘限,故评者每以"惝恍"称之。"惝恍"者,不可确指之辞也。唯其不可确指,故其所写者,乃但为一种感情之境界,而非一种感情之事件。此冯延巳词与韦庄词之一大差别,亦为词之境界在发展中之一大进展。后之婉约派词能以幽微之辞见宏大之义者,皆由于词中可以写出此一种感情境界之故。

三

罢相当年向抚州,仕途得失底须忧。

若从词史论勋业,功在江西一派流。

南唐中主保大五年(947)三月,伐闽之役败绩,冯延巳因而罢相。次年正月,出为昭武军抚州节度使。按抚州为隋代所置,在今江西省,辖临川、金溪等附近六县。而北宋初期之词人晏殊正为抚州临川人。

刘攽《中山诗话》称："晏元献尤喜江南冯延巳歌辞，其所自作，亦不减延巳。"盖冯延巳罢相后居抚州曾有三年之久，想其所为词在当地必多有传唱者，晏殊所为词自不免受其影响。稍后之欧阳修亦为江西人，其所为词亦曾受有冯延巳词之影响。世以为北宋初期晏、欧之词为词中江西一派，而冯词对此一派则具有极大之影响，则冯延巳之出任抚州，就其个人之罢相而言，虽为仕途之挫折，然就其对词史之影响而言，则其功正不可没也。至于大晏与欧阳修二人虽同受冯延巳之影响，然而其风格亦有相异之处，此点当待以后论晏、欧词时再详述之。至其同者，则冯、晏、欧阳皆能于小词中传达出一种感情之境界，此种境界之具有，为词之体式自歌筵酒席之艳歌转入士大夫手中之后，与作者之学识襟抱相结合所达致之一种特殊成就，为词史之一大进展，而冯延巳正为此种演进中承先启后之一重要作者。

1982年7月写于成都

论李璟词

一

丁香细结引愁长,光景流连自可伤。

纵使花间饶旖旎,也应风发属南唐。

南唐中主李璟词传世甚少,又多有与冯延巳、李煜诸人相混杂互见者。据陈振孙《直斋书录解题》卷二一所著录之《南唐二主词》,则中主李璟词盖不过四阕而已。其目次为:《应天长》(一钩初月临妆镜)一首,《望远行》(玉砌花光锦绣明)一首,以及《浣溪沙》(此调又作《摊破浣溪沙》,一名《山花子》)二首(手卷真珠上玉钩、菡萏香销翠叶残)。据陈振孙氏云:"《南唐二主词》一卷,中主李璟、后主李煜撰。卷首四阕,《应天长》《望远行》各一,《浣溪沙》二,中主所作,重光尝书之,墨迹在盱江晁氏,题云'先皇御制歌词',余尝见之,于麦光纸上作拨镫书,有晁景迂题字。"陈氏之言似属可信。王国维校补南词本《南唐二主词》之跋尾,以为此南词本即是《直斋书录解题》所著录之宋长沙书肆刊本,亦以此四词属之南唐中主李璟。今仅就此四词观之,则李璟词虽不多,却具有极鲜明之风格特色。现在先将此四词抄录于下,以见其风格之一般面貌:

应天长

一钩初月临妆镜,蝉鬓凤钗慵不整。重帘静,层楼迥。惆怅落花风不定。　　柳堤芳草径,梦断辘轳金井。昨夜更阑酒醒,春愁过却病。

望远行

玉砌花光锦绣明,朱扉长日镇长扃。夜寒不去寝难成,炉香烟冷自亭亭。　　残月,秣陵砧,不传消息但传情。黄金窗下忽然惊,征人归日二毛生。

摊破浣溪沙二首之一

手卷真珠上玉钩,依前春恨锁重楼。风里落花谁是主?思悠悠。　　青鸟不传云外信,丁香空结雨中愁。回首绿波三楚暮,接天流。

摊破浣溪沙二首之二

菡萏香销翠叶残,西风愁起绿波间。还与韶光共憔悴,不堪看。　　细雨梦回鸡塞远,小楼吹彻玉笙寒。多少泪珠无限恨,倚阑干。

从这四首词来看,我以为李璟词之最值得注意的一点特色,乃在于其能在写景、抒情、遣词、造句之间,自然传达出来一种感发的意趣。本来一般而言,所谓写景、抒情,原是大多数词作所共有的内容,然而我却以为这其间颇有一些精微的差别。即以我们所曾评述过的几位作家而言,温庭筠所叙写的景物情事,如"小山重叠金明灭""水晶帘里玻璃枕"以及"蝉鬓美人愁绝""玉容惆怅妆薄"之类,无论所写者之为物为人,盖多属于客观之描摹,如此者我以为可以称之为美感之感知,然而却并不同于我所说的感发之意趣;韦庄所叙写之景物情事,如"记得那年花下,深夜,初识谢娘时"及"夜夜相思更漏残,伤心明月凭栏干"之类,其所写者盖多属于主观之感情,如此者我以为可以称之为情意之感动,然而却也并不同于我所说的感发之意趣。至于其间的差别,则我以为感知是属于官能的触引,感动是属于情感的触动,而感发则是要在官能的感知及情意的感动以外,更别具一种属于心灵上的触引感发的力量。这种感发虽然也可以由于某些景物情事而引起,但可以超出于其所叙写之景物情事之外,而使读者产生一种难以具言的更为深广的触发与联想。如我们以前所曾评述过的词人中,我以为冯延巳可以说是最为具有此种感发之意趣的一位作者,如其"谁道闲情抛弃久,每到春来,惆怅还依旧"以及"波摇梅蕊当心白,风入罗衣贴体寒"之类,便都可以于其所叙写之景物情事以外,使人在心灵间也更有一种幽隐深微的触动,这也就是我所说的感发之意趣。至于南唐之后主李煜,则可以说是分别具有感知、感动与感发三种不同层次之意境的一位作者。如其"晚妆初了明肌雪"及"沈檀轻注些儿个"之类,可以说是属于官能之感知的作品;"四十年来家国,三千里地山河"之类,可以说属于情感之感动的作品;及至其晚期所写的"春花秋月何时了"及"林花谢了春红"诸词,可以说是由感动进而至于足以引起感发的作品了。不过我在评述冯延巳及李煜词之时,却都未曾提出过"感发之意趣"一说,而直到我谈到李璟词时才提出这一说法,那便因为冯延巳词及李煜词虽也同具"感发之意趣",却与李璟词所具有的"感发之意趣"原来又各自有所不同的缘故。比较而言,则冯延巳词中的感发之意趣,乃是以沉挚顿挫、郁伊惝恍之情致为特色的,所以显得极有分量和深度,已经由一般的兴发感动进而形成了一种"深美闳约"的"感情之境界",关于此种境界,我在《从〈人间词话〉看温韦冯李四家词的风格》一文中,于论及冯词时,已有详细之说明,兹不再赘。至于李煜之词,则原是以真纯任纵为其特色的,所以方其有官能之感知时,则以其真纯任纵之笔写其官能之感知;方其有情事之感动时,亦以其真纯任纵之笔写其情事之感动;

至于其所以能自此二层意境更进而写出第三个层次的"感发"之意境者,则是因其既经历了破国亡家之极惨痛的变故,于是他便也以其纯真任纵之心灵,蓦然体悟到而且沉陷于整个人世间的无常之悲慨中,所以方能自"林花谢了春红"直写到"人生长恨水长东"。在这种由"林花"而过渡到"人生"的联想之间,其中无疑是具有一种强大的感发之力量的,只不过这种感发已经不再是一般的感发,而是经历了极巨大、极悲惨之特殊事件之后所造成的一种沉哀极痛的悲慨,关于这种悲慨,我在论温韦冯李四家词的风格一文中,于论及李煜词时,也已有详细之说明,亦不再赘。至于中主李璟之词,则其所具含的感发之意蕴既不及冯延巳之郁结深厚,也不及后主李煜之沉着奔放,李璟词中之感发,只不过是在光景流连之中,以其多情与锐感之心,所偶然体悟到的一种极为自然却极具感发之力的心灵的触动。就以我们在前面所引录的李璟的四首小词而言,即如其《应天长》一首中的"重帘静,层楼迥。惆怅落花风不定"数句,所写的原也不过是寻常的景物情事,然而"重帘静"却自然暗示了一种寂寞的情怀,"层楼迥"也自然表现了一种高远的意境,"惆怅落花风不定"更是自然流露出一种飘零怅惘的哀伤;再如其《望远行》一首中的"夜寒不去寝难成,炉香烟冷自亭亭"二句,所写的原也不过是一般的思妇之情而已,然而中主李璟却能把寒夜无眠的孤寂之感融入当前的景象之中,在"炉香烟冷自亭亭"的叙写中,使这种孤寂之感平添了无穷引人怀思的远韵。而且"香炉"已"冷"却依旧"亭亭",也足以使人联想及于一种不随形体以俱灭的坚贞的品质。凡此种种,都足以见出李璟词之富于感发之意趣,而这二首小词在李璟词中实在还并不能说是好词。至如其《摊破浣溪沙》二首中的一些名句,如"青鸟不传云外信,丁香空结雨中愁"及"细雨梦回鸡塞远,小楼吹彻玉笙寒"等,其意蕴之丰富当然就更不待言了。世传中主李璟因读冯延巳《谒金门》小词中"风乍起,吹皱一池春水"之句,尝戏延巳曰:"'吹皱一池春水'干卿何事?"其实"春水"之"吹皱",其所与诗人相干者,原来就正在于大自然之景物所引起诗人之一种无端的感发,李璟之以此二句戏问延巳,便也正可见到李璟自己对于这种感发的作用,原来是有一种特别敏感之体认和关心的。冯煦在《唐五代词选序》中曾称冯延巳词为"上翼二主,下启欧、晏",其所以尊二主为"上"者,其实只不过是由于旧日封建社会中"君臣"上下之一种名分而已,实则冯延巳长于李璟有十三岁之多,长于李煜更有三十四岁之多。由李璟戏问冯延巳的话来看,则李璟纵使不能说是受有冯延巳之影响,至少他们的风格和意趣也是有着某些相近之处的。而此相近之一点,便正是南唐词的一个共同的特色,那就是特别富于感发的力量;不过冯延巳的词中之感发,过于缠绵盘郁,李煜的词中之感发又过于沉痛哀伤,唯有中主李璟词中之感发最为自然,如同风行水流,别有超妙之致,而这种"风发"之情致,实在是诗歌中一种极为难能可贵的品质,这正是何以我在评述了唐五代词中的温韦冯李几个大家之后,对于传世之词绝少的中主李璟之词也终于不忍舍弃,而愿对之一加评介的缘故。

二

> 凋残翠叶意如何,愁见西风起绿波。
> 便有美人迟暮感,胜人少许不须多。

中主李璟词之特别富于风发之致,固已如前一节之所述,其所以然者,盖由于中主李璟在抒情写景之际,最长于在情景之间作交感相生之叙写,或由景而生情,或融情而入景,故能使其情不虚发,景无空叙。写美人之寂寞娇慵,则有重帘之静,层楼之迥,与夫落花之随风不定为背景;写思妇之长夜无眠,则有炉香之烟冷亭亭为映衬;写远书不至,则有青鸟云外之喻象;写雨中之愁思,则有丁香空结之因依。凡此种种,其情景间相互之关系,皆莫不映带自然,全无丝毫安排造作之意,这实在是李璟词之最大的长处和特色。而在其仅存的四首词中,最为脍炙人口、为历代论词之人所共同称颂者,则莫过于其"菡萏香销翠叶残"之一首《摊破浣溪沙》词。早在马令之《南唐书·冯延巳传》中,就曾记述说:"元宗(按:即中主李璟)乐府词云'小楼吹彻玉笙寒',延巳有'风乍起,吹皱一池春水'之句,皆为警策。元宗尝戏延巳曰:'吹皱一池春水'干卿何事?延巳曰:未如陛下'小楼吹彻玉笙寒',元宗悦。"又胡仔之《苕溪渔隐丛话·前集》卷五九曾引《雪浪斋日记》云:"荆公问山谷云:'作小词,曾看李后主词否?'云:'曾看。'荆公云:'何处最好?'山谷以'一江春水向东流'为对。荆公云:'未若"细雨梦回鸡塞远,小楼吹彻玉笙寒。"'"(按:此误记中主词为后主词也。或有引用此节之记叙,而易"李后主词"四字为"江南词",则可避免此一错误,所惜者又非引文之原文矣。)观此二则之记叙,是皆以此词下半阕之"细雨梦回"二句为警句也。然而后之论词者,则对此词又有不同之意见,如清代陈廷焯在其《白雨斋词话》中,即曾云:"南唐中宗《山花子》云:'还与韶光共憔悴,不堪看',沉之至,郁之至,凄然欲绝。"则是以此词上半阕之末二句为佳。王国维之《人间词话》又云:"南唐中主词'菡萏香销翠叶残,西风愁起绿波间',大有众芳芜秽,美人迟暮之感。乃古今独赏其'细雨梦回鸡塞远,小楼吹彻玉笙寒',故知解人正不易得。"则是以此词上半阕之起二句为佳。吴梅之《词学通论》,也曾赞赏此数句云:"此词之佳,在于沉郁。夫菡萏销翠、愁起西风,与'韶光'无涉也,而在伤心人见之,则夏景繁盛,亦易摧残,与春光同此憔悴耳。故一则曰'不堪看',一则曰'何限恨',其顿挫空灵处,全在情景融洽,不事雕琢,凄然欲绝。至'细雨'、'小楼'二语,为'西风愁起'之点染语,炼辞虽工,非一篇中之至胜处。而世人竞赏此二语,亦可谓不善读者矣。"则是以此词之佳处在于沉郁及顿挫空灵。从以上所引的这些评语来看,可见历代说者虽然皆以此一词为中主李璟的佳作之代表,然而对于此词之究以何句为佳,及究以何故为佳,则颇有不同之见解。因此本文在下面便将对此词之佳处何在一加探讨。

首先,我们要对全词略加析说。本来缪钺教授与我合撰之《灵豀词说》一书,原为综论性质之评述,一般对个别之词作并不为详细之解说。关于此一方面,我原有另编撰一本浅近的专门解说作品之书以供参考的计划。现在姑借此机会,取李璟之一首《摊破浣溪沙》词略加解说,以为例证。谈到诗歌之评赏,我一向以为主要当以诗歌中所具含之二种要素为衡量之依据:其一是能感之的要素,其二是能写之的要素。而李璟此词便是既有深刻精微之感受,复能为完美适当之叙写的一篇佳作。开端"菡萏香销翠叶残"一句,所用的名词及述语,便已经传达出了一种深微的感受。本来"菡萏"就是"荷花",也称"莲花",后者较为浅近通俗,而"菡萏"则别有一种庄严珍贵之感。"翠叶"即"荷叶",而"翠叶"之"翠"字则既有翠色之意,又可使人联想及于翡翠及翠玉等珍贵之名物,同样传达了一种珍美之感。然后于"菡萏"之下,缀以"香销"二字,又于"翠叶"之下,缀以一"残"字,则诗人虽未明白叙写自己的任何感情,而其对如此珍贵芬芳之生命的消逝摧伤的哀感,便已经尽在不言中了。试想如果我们将此一句若改为"荷瓣香销荷叶残",则纵然意义相近,音律尽合,却必将感受全非矣。所以仅此开端一句看似平淡的叙写,却实在早已具备了既能感之又能写之的诗歌中之二种重要的质素。这正是李璟词之特别富于感发力量的主要原因。次句继之以"西风愁起绿波间",则是写此一珍美之生命其所处身的充满萧瑟摧伤的环境。"西风"二字原已代表了秋季的肃杀凄清之感,其下又接以"愁起绿波间"五字,此五字之叙写足以造成多种不同的联想和效果:一则就人而言,则满眼风波,固足以使人想见其一片动荡凄凉的景象;再则就花而言,"绿波"原为其托身之所在,而今则绿波风起,当然便更有一种惊心的悲感和惶惧,故曰"愁起"。"愁起"者,既是愁随风起,也是风起之堪愁。本来此词从"菡萏香销翠叶残"写下来,开端七字虽然在遣词用字之间已经足以造成一种感发的力量,使人引起对珍美之生命的零落凋伤的一种悼惜之情,但事实上其所叙写的,却毕竟只是大自然的一种景象而已。"西风"之"起绿波间",也不过仍是自然界之景象,直到"起"字上加了此一"愁"字,然后花与人始蓦然结合于此一"愁"字之中。所以下面的"还与韶光共憔悴,不堪看",乃正式写入了人的哀感。"韶光"一本作"容光"。本来缪钺教授与我在撰写此一《词说》之时,为了篇幅及体例的关系,已曾商定对于诸本异文并不多作考证,只不过取其通行习见之版本用之而已。但此处我却于"韶光"以外,又提出了"容光"的异文,那便因为一般读者对于"韶光"二字的理解颇有一些疑问的缘故。前引吴梅之《词学通论》,便曾云"菡萏销翠、愁起西风,与'韶光'无涉也",此盖由于"韶光"二字一般多解作"春光"之意,此词所写之"菡萏香销"明明是夏末秋初景象,自然便该与春光无涉,所以吴梅在下文才又加以解释:"夏景繁盛,亦易摧残,与春光同此憔悴耳。"以为此句之用"韶光",是将夏景之摧残比之于春光之憔悴。这种解说,虽然也可以讲得通,但却嫌过于迂回曲折;所以有的版本便写作"容光"。"容光"者,人之容光也,是则花之凋伤亦同于人之憔悴,如此当然明白易解,但过于直率浅露,了无余味。夫中主李璟之词虽以风致自然见长,但决无浅薄率意之病。故私意以为此句仍当以作"韶光"为是,但又不必将之拘指为"春光"。本来"韶"字有美好之意,春光是美好的,这正是何以一般都称春光为"韶光"之故。年轻的生命也是美好的,所以一般也称青春之岁月为"韶光"或"韶华"。此句之"韶光"二字,便正是这种多义泛指之妙用。"韶光"之憔悴,既是美好的景物时节之憔悴,也是美好的人的年华容色的憔悴。承接前二句"菡萏香销""西风愁起"的叙写,此句之"还与韶光共憔悴",正是对一切美好的景物和生命之同此憔悴的一个哀伤的总结。既有了这种悲感的认知,所以下面所下的"不堪看"三个字的结语,才有无限深重的悲慨。此词前半阕从"菡萏香销"的眼前景物叙写下来,层层引发,直写到所有的景物时光与年华生命之同此凋伤憔悴的下场,这种悲感其实与李煜词《乌夜啼》一首之自"林花谢了春红"直写到"人生长恨水长东"的感发之进行,原来颇有相似之处。不过李煜之笔力奔放,所以乃一直写到人生长恨之无穷;李璟则笔致蕴藉,所以不仅未曾用什么"人生长恨"的字样,而且只以"韶光"之"不堪看"作结,如此便隐然又呼应了开端的"菡萏香销""西风愁起"的景色之"不堪看",所以就另有一种含蕴深厚之美,这与李煜之往而不返的笔法是有着明显的不同的。

现在我们再接下来看此词之下半阕。过片二句"细雨梦回鸡塞远,小楼吹彻玉笙寒",对前半阕之呼应盖正在若断若续、不即不离之间。前半阕景中虽也有人,但基本上却是以景物之感发为主的,下半阕则是写已被景物所感发以后的人之情意。我们先看"鸡塞"二字,"鸡塞"者,鸡鹿塞之简称也。《汉书·匈奴传下》云:"又发边郡士马以千数,送单于出朔方鸡鹿塞。"颜师古注云:"在朔方窳浑县西北。"因此后之诗人乃多用"鸡塞"以代指边塞远戍之地。这一点原是没有疑问的。但此一句却可以引起几种不同的理解:有人以为此二句词乃是一句写征夫,一句写思妇。前一句所写是征夫雨中梦回而恍然于其自身原处于鸡塞之远,至次句之"小楼"才转回笔来写思妇之情,此一说也;又有人以为此二句虽同是写思妇之情,而前一句乃是思妇代征夫设想之辞,至次句方为思妇自叙之情,此又一说也;更有人以为此二句全是思妇之情,也全是思妇之辞,前句中之鸡塞并非实写,而是思妇梦中所到之地,"细雨梦回"者便正是思妇而非征夫,此再一说也。私意以为此诸说中实以第三说为较胜。盖此词就通篇观之,自开端所写之"菡萏香销翠叶残"而言,其并非边塞之景物,所显然可见者也。所以此词之所写应全以思妇之情意为主,原该是并无疑问的。开端二句"菡萏香销翠叶残,西风愁起绿波间",写思妇眼中所见之景色;下二句"还与韶光共憔悴,不堪看",写思妇由眼中之景所引起的心中之情,正如《古诗十九首》之所谓"思君令人老,岁月忽已晚"之意,所以乃弥觉此香销叶残之景不堪看也。至于下半阕之此二句,则是更进一步来深写和细写此思妇的念远之情:"细雨梦回鸡塞远"者,是思妇在梦中梦见征人,及至梦回之际,则落到长离久别的现实的悲感之中,而征人则远在鸡塞之外。至于梦中之相见,是梦中之思妇远到鸡塞去晤见征人,抑或是鸡塞之征人返回家中来晤见思妇,则梦境迷茫,原不可确指,亦不必确指者也。至于"细雨"二字,则雨声既足以惊梦,而梦回独处,则雨声之点滴又更足以增人之孤寒凄寂之情,然则思妇又将何以自遣乎?所以其下乃继之以"小楼吹彻玉笙寒"也。夫以"小楼"之高迥、"玉笙"之珍美、"吹彻"之深情,而同在一片孤寒寂寞之中,所以必须将此上、下两句合看,然后方能体会到此"细雨梦回""玉笙吹彻"之苦想与深悲也。然而此二句情意虽极悲苦,其文字与形象又极为优美,只是一种意境的渲染。要直到下一句之"多少泪珠何限恨",方将前二句所渲染的悲苦之情以极为质直的叙述一泻而出,正如引满而发一箭中的。而一发之后,却又戛然而止,把文笔一推,不复再作情语,而只以"倚阑干"三字做了结尾,遂使得前一句之"泪"与"恨"也都更有了一种悠远含蕴的余味。何况"倚阑干"三字又正可以与前半阕开端数句写景之辞遥相呼应,然则"菡萏香销翠叶残,西风愁起绿波间"者,岂不即正是此倚栏人之所见乎?像这种摇荡回环的叙写,景语与情语既足以相生,远笔与近笔又互为映衬,而在其间又没有丝毫安排造作之意,而只是如风行水流的一任自然,这正是中主李璟之特别富于风发之远韵的一个主要原因。最后我还要加以一点说明,就是我在前一节抄录李璟的四首词时,于"多少泪珠"一句中的后三字,原写的是"无限恨",而在此一节评说中,我所用的却是"何限恨"三字。那实在是因为我在前一节曾谈及李璟传世之词,及《南唐二主词》之版本问题,我所抄录的便是附有王国维之跋尾的所谓南词本的《南唐二主词》(见《海宁王忠悫公遗书四集》中之《唐五代二十一家词辑》)。王氏原附有校勘记,而我因本文并非考证文字,故对版本之校勘未加详说,但私意却以为"何限恨"似较"无限恨"三字为佳。"无限恨"只是直说,而"何限恨"则仿佛在问语的口气中,更增加了一种跌宕感叹的意态。这便是我何以在本节的评说中,于此一句采用了"何限恨"三字的缘故。

以上我们对这一首词的全篇既然已经作了详细的评说,下面我们便将对这一首词之究以何句为佳,也略加论析。先从"细雨梦回鸡塞远,小楼吹彻玉笙寒"两句谈起,前人之以此二句为佳者,私意以为其故盖在于此二句之文辞与形象既极为凝练优美,而且"鸡塞"之"远"与"小楼"之"寒"的对举,更足以造成一种开阔映衬的效果,非常含蓄有致地表现了一种怀人念远的寂寞深情,我想这可能是此二句之所以被认为好的主要缘故;再谈"还与韶光共憔悴,不堪看"两句词,陈廷焯之所以独称此二句为"沉之至,郁之至,凄然欲绝"者,私意以为其故盖在于此二句原为前半阕所写之感发情意的一个总结,极深沉地写出了对一切美好之景物及生命之同归于憔悴的最后的悼叹,所以使人读之能产生一种凄然欲绝的沉郁之感,这正是陈廷焯之所以称此二句为佳的主要缘故;再谈"菡萏香销翠叶残,西风愁起绿波间"这两句词,王国维之所以对此二句特加称赏者,私意以为其故盖在于此二句特具一种感染兴发之力,足以引起人一种丰美的感动和联想,而其所以然者,则在于此二句词在用辞造句之间,表现和传达了作者的一种敏锐而幽微深妙的感受,即如在本文前面所曾提到的"菡萏""翠叶"诸名词的珍美之感,"香销""叶残"诸述语的凋伤之痛,"西风"之萧瑟,"绿波"之摇荡,"愁起"之悲凉,正是这诸种叙写所传达的感发,所以引起了王国维的

"众芳芜秽""美人迟暮"的感动和联想;至于吴梅对此词之评语,则是对此词通篇之结构风神所作的评赏,而并非专指某句为佳。私意以为吴氏之所谓"沉郁"者,盖以此词前半阕写生命之凋伤既极沉痛,后半阕写念远之情怀复极深挚,故以沉郁许之,此与陈廷焯之但称前半阕末二语为沉郁者,意虽相似,而所指之范畴则微有不同。所以吴氏又特举出"不堪看"与"何限恨"二语为说,正可见吴氏之所谓"沉郁",盖兼前半阕与后半阕而言之也。至于吴氏以"顿挫空灵"称许此词,则私意以为所谓"空灵"者,盖指此词之情景相生感发自然而言。而所谓"顿挫"者,则指此词之既有远笔,又有近笔;既有景语,又有情语;既有自然感发之处,又有沉郁深挚之处而言者也。总之,诸家评赏此词之众说,虽是见仁见智,各有不同,然而却各都有其所见之一得,原不易轻为轩轾。大抵如就情意之结构及主旨而言,则"细雨梦回"二句实当为全词之骨干;如就悲慨之沉郁及深挚而言,则自当推前后片两处结尾之句最为明白有力;至于开端的"菡萏香销"两句,则一般而言不过是写景之辞,原非全篇之重点所在,然而其足以触动人心之处,也就正在其自然无意间所流露的一种感发之力,反足以引起读者一种言外之想。当然,此种言外之想,主要也在于有善读之读者,能具有此种触引感发之资质者也。而这种触引感发,也就是我在诗歌之评赏中,所常常提到的一种生生不已的感发的力量。这种力量是要在读者心中真正引发一种心灵之触动,既不是理论或教条的衡量和批判,也不是以比兴寄托为说的穿凿和比附。如果从这种感发来看,则我以为王国维实在是一位最善于从这种感发有所体悟的读者。即如其称此词开端二句为有"众芳芜秽""美人迟暮"之感,又以"成大事业、大学问之三种境界"及"忧生""忧世"之心来说冯延巳、晏殊、欧阳修、柳永及辛弃疾的一些小词,这就都不仅是对于作品的批评,而是作品中的感发之生命在读者心中所可以引起的一种兴发感动的作用。这也正是我在诗歌评论的文字中所常常标举的诗歌中的一种重要的质素。所以如果从这一点来说,则我个人以为诸家对此词之赞赏虽然各有所见,难为轩轾,然而若论到善于以感发读词,却必当推王国维为一位最善于读词的人。至于就作者而言,则我以为在五代词人中,实当推南唐诸家为最富于感发之力。中主传世之词虽少,然而却能以少许胜人多许,使这一首小词足以传诵众口者,也就正因其富于感发之力的缘故。至于若就词的发展言之,则冯延巳之时代,既更较中主李璟为早,而且能够开拓词境,使篇幅极短的小词,竟得以具含深美闳约的感发和触引,而且影响了南唐二主及北宋之晏、欧,则其在词中的拓展之功,固实有不可忽视者也。而一般论南唐词者,除了王国维在《人间词话》中,曾称其"深美闳约""堂庑特大"以外,他人都往往只注意二主而忽略冯氏,固知正如王国维所云"解人正不易得"也。因此本文所论虽是以中主李璟之词为主,然而欲溯南唐词风之渊源影响,则不能不及于冯氏也。

1983 年 6 月写于成都

论李煜词

一

悲欢一例付歌吟，乐既沉酣痛亦深。
莫道后先风格异，真情无改是词心。

一般论李煜词者，每喜将其词分作前、后二期，以为此二期之作品无论在风格或内容方面，都有很大差别，因此，读者对此二类不同之作品，亦必须采取不同之态度，予以不同之评价。一般多认为其前期之作品，享乐淫靡，一无足取。后期之作品，则因其曾经身历亡国之痛，故能有较具深度之内容，且有较高程度之艺术表现，然而又讥其情绪为"伤感""不健康"。此种观点，自外表观之，似乎也颇有道理。然而事实上，则李煜之所以为李煜与李煜词之所以为李煜词，在基本上却原有一点不变的特色，此即为其敢于以全心倾注的一份纯真深挚之感情。在亡国破家之前，李氏所写的歌舞宴乐之词，固然为其纯真深挚之感情的一种全心的倾注；在亡国破家之后，李氏所写的痛悼哀伤之词，也同样为其纯真深挚之感情的一种全心的倾注。吾辈后人徒然对之纷纷作区别之论，斤斤为毁誉之评，实则就李煜言之，则当其以真纯深挚之情全心倾注于一对象之时，彼对于世人之评量毁誉，固全然未尝计较在内也。

二

> 林花开谢总伤神,风雨无情葬好春。
> 悟到人生有长恨,血痕杂入泪痕新。

李煜《乌夜啼》词"林花谢了春红"一首,自"林花"之谢直写到"人生长恨水长东",由微知著,由小而大,转折自然,口吻直率,而生命之短促无常、生活之挫伤苦难,皆在"林花"与"风雨"之叙写中,作了极为深刻也极为真切之表现。然后由"胭脂泪"一句拟人之叙写,将"花"与"人"合而为一,遂归结于"人生长恨水长东",写尽千古以来苦难无常之人类所共有的悲哀。王国维《人间词话》称李后主"俨有释迦、基督担荷人类罪恶之意",盖即指此一类作品而言者也。然而李煜在词中虽曾写出全人类共有之悲哀,但其所表现之人生,却实在并不出于理性之观察,而全出于深情之直觉的体认。即如此词中所叙写的由林花红落而引发的一切有生之物的苦难无常之哀感,李煜之所以体认及此,即全由于其自身经历过的一段破国亡家之惨痛的遭遇,而并非由于理性之思索与观察。王国维《人间词话》曾云:"尼采谓:一切文学,余爱以血书者。后主之词,真所谓以血书者也。"

三

> 凭栏无限旧江山,叹息东流水不还。
> 小令能传家国恨,不教词境囿花间。

李煜《浪淘沙》词"帘外雨潺潺"一首,有"独自莫凭阑,无限江山"之句,表现了无穷故国之思。其结尾之"流水落花春去也,天上人间"二句,哀感极深。李氏每好以流水之不还喻言莫可挽赎之往事与沉哀,除此词"流水"一句外,前所举《乌夜啼》一词之"自是人生长恨水长东"之句,与其《虞美人》词之"恰似一江春水向东流"之句,皆为李煜词中之警句,其滔滔滚滚、长流不返之声调口吻,于沉哀中有雄放之致,气象之开阔、眼界之广大,皆为《花间》词中之所未见。

吾人于此倘一回顾温韦冯李四家词在唐五代词发展中之地位与影响,则温庭筠为唐代词人中以专力为词之第一人,且能以精美之名物与喻托之传统相结合,使词中境界于歌筵酒席之艳歌以外别具一种精美幽微之致,使人产生可以深求之想,为词之演进之第一阶段。韦庄以清简劲直之笔,为主观抒情之作,遂使词之写作不仅为传唱之歌曲,且更进而具有了抒情诗之性质,为词之演进之第二阶段。冯延巳词虽亦为主观抒情之作,然不写感情之事件而表现为感情之境界,使词之体式能有更多之含蕴,此为词之演进之第三阶段。以上三位词人,其风格成就虽各有不同,然而自外表观之,则其所写似仍局限于闺阁园亭之景、相思怨别之情。独李煜之词,能以沉雄奔放之笔,写故国哀感之情,为词之发展中之一大突破,其成就与地位皆有值得重视者。故王国维曾云:"词至李后主而眼界始大,感慨遂深,遂变伶工之词而为士大夫之词。"此实为有见之言,固不可以某些论者之以其前期作品为"淫靡"、后期作品为"伤感"而妄加轻诋也。良以"淫靡"及"伤感"皆不过为外表之所见,而李煜词在词史之演进发展中,其真正的成就,则为外表情事以外之一种艺术表达之手法与境界。吾人称誉其艺术之成就,并不等于赞成其"淫靡"之生活与"伤感"之情绪,此则不可不加以辨明者。

1982年7月写于成都

论晏殊词[①]

一

临川珠玉继阳春,更拓词中意境新。

思致融情传好句,"不如怜取眼前人"。

昔况周颐《蕙风词话·续编》曾称:"《阳春》一集为临川《珠玉》所宗。"前论冯延巳词时,亦曾引刘攽《中山诗话》之语,云:"晏元献尤喜江南冯延巳歌词,其所自作,亦不减延巳。"而冯词最值得注意之成就,盖在其词中意蕴之深厚,可以引起读者极丰富之感兴与联想,晏殊词之成就,亦颇有近于是者。昔王国维《人间词话》即曾称冯词《鹊踏枝》之"百草千花寒食路,香车系在谁家树"数句,以为有"诗人忧世"之意;又曾称晏词《蝶恋花》之"昨夜西风凋碧树,独上高楼,望尽天涯路"数句,以为有合于"古今成大事业、大学问者"之"第一境"。夫冯、晏二词之所写者,自其表面观之,原亦不过为伤春、悲秋、念远、怀人之情思而已,然而却有足以引起读者较深远之联想者,私意以为其主要之原因,盖有以下数端:二人词作中之所叙写者,皆带有鲜明之主观感情,在叙写之口吻中,极富于感发之力量,此其一;二人对于所叙写之情事,又并不喜作直言确指的说明,故而易于使读者产生多方面之联想,此其二;二人之学识、志意及其在政治方面之经历,又皆足以在其内心酝酿为一种较

[①] 拙著《迦陵论词丛稿》中有《大晏词的欣赏》一文,其中意见,有可与本文互相参证者。

深厚之意蕴,此其三。是则晏词与冯词在作者之本质方面,固早有相近之处,何况冯氏一度罢相出镇抚州有三年之久,而晏氏则正为抚州之临川人,其词风曾受有冯氏之影响,亦正有地理方面之因素在。故世之论词者,多谓晏词出于《阳春》,斯固然矣。然而凡文学艺术之创作,又多贵在其能于继承之外,别有开发。晏词之所以可贵,即在于其能在继承冯词之风格以外,更有属于一己之特色多端。关于晏词之特色,如其闲雅之情调、旷达之怀抱,及其写富贵而不鄙俗、写艳情而不纤佻诸点,固皆有可资称述者在(可参看拙著《迦陵论词丛稿》中《大晏词的欣赏》一文)。然而其最主要之一点特色,则当推其情中有思之意境。盖词之为体,要眇宜修,适于言情,而不适于说理,故一般词作往往多以抒情为主,其能以词之形式叙写理性之思致者极为罕见。而晏殊却独能将理性之思致,融入抒情之叙写中,在伤春怨别之情绪内,表现出一种理性之反省及操持,在柔情锐感之中,透露出一种圆融旷达之理性的观照。如其《浣溪沙》词之"满目山河空念远,落花风雨更伤春。不如怜取眼前人",及其"无可奈何花落去,似曾相识燕归来"诸句,便都可以为此一类作品之代表。前者在认知了"念远"与"伤春"之徒然无益以后,乃表现出"不如怜取眼前人"之面对现实的把握;后者在对于"花落"之"无可奈何"的哀悼以外,也表现了"似曾相识燕归来"的一种圆融的观照,遂使得这两句词在"自其变者而观之"的哀感以外,也隐然有着"自其不变者而观之"的一种哲思的体悟。这实在是晏殊词最值得注意的一种特美。

如果以晏词与冯延巳词相比较,则二人之词,固皆足以于其表面所叙写之情事外,更使读者体悟出一种感发之深意。然而其所以使人感发之本质,则实在又并不尽同。冯词是以其盘旋郁结的深挚之情取胜,而晏词则别有一种理性清明之致。即如冯词《鹊踏枝》之写情,则有"每到春来,惆怅还依旧"及"日日花前常病酒,不辞镜里朱颜瘦"之语,其叙写之口吻,如"每到""依旧""日日""常""不辞"等字样,其所表现之感情,皆极为热烈执着,有殉身无悔之意;至于晏词,则如其《浣溪沙》之"满目山河空念远,落花风雨更伤春"二句,其叙写之口吻,在上一句之"空"字与下一句之"更"字的呼应之间,则表现了虽在伤感中,也仍然具有一种反省节制的理性,因为其下句之"更"字所写的虽是"念远"更加上"伤春"的双重哀感的结合,但其前一句之"空"字,则是对于"念远"及"伤春"之并属徒然无益的理性之认知,于是遂以第三句之"不如怜取眼前人"作了一种极为现实的处理与安排。再如其另一首《浣溪沙》词之"无可奈何花落去,似曾相识燕归来"二句,则在伤春之哀悼中,却隐含了对于消逝无常与循环不已之两种宇宙现象的对比的观照。像这种富于理性与思致的词句,在一般词作中,是极为罕见的。而晏殊则不仅能将理性与思致写入词中,而且更能将理性和思致与词之"要眇宜修"的特质作了完美的结合,使其词之风格,在圆融莹澈之观照中,别有一种温柔凄婉之致。晏殊词集以《珠玉》题名,这与他的词珠圆玉润的品质和风格是十分切合的。

二

> 诗人何必命终穷,节物移人语自工。
> 细草愁烟花怯露,金风叶叶坠梧桐。

一般说来,在中国文学之传统中,常流行有一种"文章憎命达"及"诗穷而后工"的观念,早在《史记》的《太史公自序》中,司马迁就曾经说过"《诗》三百篇大抵圣贤发愤之所为作也"的话。此种说法原有相当之真实性。我在《〈人间词话〉境界说与中国传统诗说之关系》一文中(编者按:原收入上海古籍出版社1980年版《迦陵论词丛稿》,后收入北京大学出版社2008年版《王国维及其文学批评》),便曾谈到"由外物而引发一种内心情志上的感动作用,在中国说诗的传统中,乃是一向被认为是诗歌创作的一种基本要素"。至于可以引起内心之感动的外物,则大约可以分为两种来源,其中之一种即为人事方面的感动。如钟嵘在《诗品序》中所说的:"至于楚臣去境,汉妾辞宫;或骨横朔野,魂逐飞蓬;或负戈外戍,杀气雄边,塞客衣单,孀闺泪尽;或士有解佩出朝,一去忘返;女有扬蛾入宠,再盼倾国:凡斯种种,感荡心灵,非陈诗何以展其义?非长歌何以骋其情?"所以生活上所遭遇的挫伤忧患,常可以使诗人在心灵中受到一种感发刺激,因而写出深挚动人的诗篇,这其间自然有一种密切的因果关系在,所以"诗穷而后工"的说法,并非无稽之论。而如果持这种观念来衡量晏殊之词,则晏殊之富贵显达之身世,却既不能满足读者对诗人之"穷"的预期,也不能使读者因诗人之"穷"而获致一种刺激和同情的快感。因此一般读者对于晏殊之词都往往不甚予以重视。然而晏殊的词作,却实在极富于诗歌感发的质素。盖以诗人自外物所获得的感发,除去源于人事界者以外,原来还可以有源于自然界的一种感发。钟嵘的《诗品序》,对此更是在一开端便有所叙及,云:"气之动物,物之感人,故摇荡性情,形诸舞咏。"其后又引申其义云:"若乃春风春鸟,秋月秋蝉,夏云暑雨,冬月祁寒,斯四候之感诸诗者也。"而早在钟嵘《诗品》以前,陆机之《文赋》便亦曾有"遵四时以叹逝,瞻万物而思纷,悲落叶于劲秋,喜柔条于芳春"之言。可见对于一个真正具有灵心锐感的诗人,纵使没有人事上困穷不幸之遭遇的刺激,而当四时节序推移之际,便也自然可以引起内心中一种鲜锐的感动,而写出富于诗意之感发的优美的诗篇。而晏殊便正是禀赋有此种资质的一位出色的诗人。如其《踏莎行》词之"细草愁烟,幽花怯露,凭栏总是销魂处"及"小径红稀,芳郊绿遍,高台树色阴阴见"等句,便都写的是对自然界景色节物的敏锐而纤细的感受,而此种敏感往往又可以触引起诗人一种深蕴的柔情,故前一首之后半阕,便写有"带缓罗衣,香残蕙炷,天长不禁迢迢路。垂杨只解惹春风,何曾系得行人住"之语,而后一首在后面也曾写有"春风不解禁杨花,蒙蒙乱扑行人面"之语,都表现了由锐感所触引起的一种缠绵深蕴的柔情。再如其《清平乐》词:"金风细细,叶叶梧桐坠。绿酒初尝人易醉,一枕小窗浓睡。

紫薇朱槿花残,斜阳却照阑干。双燕欲归时节,银屏昨夜微寒",则较之前二词所透露之感情更少,几乎全首都是写对于节物气候的锐感,仅在结尾一句之"银屏昨夜微寒"的叙写中,隐约表现出一种凄寒怅惘之情而已。像这一类词,既没有悲慨奋发的内容,也没有激言烈响的气势,所以很不容易获得一般读者的赏爱,然而这一点凄寒怅惘之情却实在具有使人心动的感发。古人有云,"哀莫大于心死",能引发读者一种多情锐感的诗心,这正是晏殊这一类词的可贵之处,颇近于王国维所谓"成大事业、大学问者"之"第一境"的境界。因为善感的诗心,才是一切好诗的基本根源之所在。而晏殊则正是把这种诗感表现得极为敏锐精微的一位作者,这是我们在欣赏晏殊词之时,所最不当加以忽略的。

三

词风变处费人猜,疑想浇愁借酒杯。
一曲标题赠歌者,他乡迟暮有深哀。

如我们在前文所言,晏殊词有清明圆融之理性,不为激言烈响,而常保有一种锐感柔情之意境,此固为晏殊词一般之风格与特色。然而在晏殊词中,却有着一首颇为例外的变调之作。此即为其标题《赠歌者》的一首《山亭柳》词:

家住西秦,赌博艺随身。花柳上,斗尖新。偶学念奴声调,有时高遏行云。蜀锦缠头无数,不负辛勤。　　数年来往咸京道,残杯冷炙漫消魂。衷肠事,托何人。若有知音见采,不辞遍唱阳春。

一曲当筵落泪,重掩罗巾。

此词写一自负才艺、经由盛年得意而转入迟暮凄凉的歌者。全词写得声情激越,有无限寂寥落寞之感,与晏殊其他作品一贯所具有的旷达温润之风格,极不相类。郑骞所编之《词选》以为此词乃晏殊借他人酒杯浇自己块垒之作。又说,此词云"西秦""咸京",当是知永兴军时作。时同叔年逾六十,去国已久,难免抑郁。郑氏之言,极为有见。盖晏殊自十六岁即以神童擢秘书省正字,受知赏于真宗,在仕宦之途上一直非常顺利,直至真宗逝世,仁宗即位,宠用不衰,仕至尚书左丞、参知政事。而其后则曾两遭贬斥。第一次在明道二年(1033),是年三月,章献太后崩,仁宗始知自己为李宸妃所生而非太后所出,而晏殊当年尝被诏撰宸妃墓志,志文但言宸妃生女一人,早卒,无子。故仁宗恨之。晏殊遂罢参知政事,出知亳州,又徙陈州。五年以后,始被召还,自刑部尚书加同中书门下平章事。《宋史·晏殊传》谓其"及为相,益务进贤材,而(范)仲淹与韩琦、富弼皆进用,至于台阁,多一时之贤。……而小人权幸皆不便"。于是不久之后,晏殊遂又遭到第二次的贬斥。这次贬斥发生在庆历四年(1044)。据《宋史·晏殊传》云:"孙甫、蔡襄上言,宸妃生圣躬为天下主,而殊尝被诏志宸妃墓,没而不言,又奏论殊役官兵治僦舍以规利。坐是降工部尚书,知颍州。"其后又自颍州移陈州,又自陈州改知许州,又改知永兴军(治所在今陕西西安市),十年以后,始以病归京师,次年遂卒。晏殊此首《山亭柳》词所云"西秦""咸京"等地,正属永兴军所辖。故郑骞《词选》以为此词当是知永兴军时所作,当属可信;暮年失志,感慨自多,何况晏殊之被斥,时人又多以为非其罪。《宋史·晏殊传》即曾为其撰李宸妃墓志不言仁宗为宸妃所生,及其役官兵治僦舍二事作辩解说:"殊以章献太后方临朝,故志不敢斥言;而所役兵乃辅臣例宣借者,时以谓非殊罪。"是晏殊既以非其罪的罪名被罢相,又出知外郡甚久,因此在这首《山亭柳》词中,遂流露出一种感慨激越之音,与其一般词作中所表现的圆融明澈的风格颇有不同,成为了《珠玉词》集中的一阕变调之作。所以郑骞以为此词是借他人酒杯浇胸中块垒,这自然是十分可信的。只是晏殊为什么一定要"借他人酒杯"来找一个"赠歌者"的题目呢?我以为这种情形也正好说明了晏殊词富于理性节制的一点特色,因为他不愿把自己激越的悲慨作直接的发泄,所以才在遇到一个迟暮凄凉的歌者时,借着"赠歌者"的题目,写出了自己的悲慨。因此,风格虽属变调,但在基本上并不失晏殊之富理性节制的性格特色。像这种相反而又相成的表现,在我们赏析一位作者的作品时,是极当加以留意的。因为任何一位作者,在不同的境遇、不同的心情之中,都会写出风格不同的作品,评赏者就贵在能从其不同的风格中,探索出一位作者的基本特色之所在,如此我们才可以对于这位作者和他的作品,有更为深入的探索其本质的赏悟。以前我在说李煜之词时,也曾谈到李氏之作品虽表现有前后两期之不同的风格,但其本质则实在同出于其能以纯挚之情作全心倾注之一源。如果我们说李煜之词可以作为纯情之诗人的代表,则晏殊之词便恰好可以作为理性之诗人的代表。李煜词之好处,正在其不以理性节制,所以才能写得纯真而且放任;晏殊词之好处,则正在其能以理性节制,所以才能写得澄明而且温润。昔谢灵运曾有诗句云:"异音同至听,殊响俱清越。"正可以作为李煜与晏殊两类不同性质之诗人而各具特美之写照。

1982 年 10 月写于加拿大温哥华

论欧阳修词

一

诗文一代仰宗师,偶写幽怀寄小词。
莫怪樽前咏风月,人生自是有情痴。

欧阳修在北宋时代,无论在文坛或政坛上都是极值得注意的一个重要人物,他曾经以自己在古文及诗歌方面的见解及成就,倡导起北宋的古文运动,又改变了北宋初期西昆体雕饰繁缛的诗风,这当然是最为人所熟知的。除此以外,欧阳修对于经学、史学、政论各方面,也都有值得注意的成就,而且同样是一个足以影响风气的人物。因此,曾慥在《乐府雅词序》中,就曾经称述说:"欧公一代儒宗。"不过,凡此种种,都不是我们现在所要讨论的主题,我们所要讨论的乃是他在词的创作方面的成就。说到欧阳修的词,我以为他在这方面的成就,与其他各方面的成就相较,有着两点绝大的不同之处:其一是他在其他各方面的成就,往往都是处于开风气的倡导地位,而在词这方面的成就,却只是一个过渡的中间人物;其二是他在其他方面的表现,都使人感到他是一个德业文章俨然道貌的人物,而在词中的表现,却使人感到他原来也是一个缠绵沉挚锐感多情的人物。关于他在词史中之过渡地位,我们将留到下面第三首绝句中再加讨论;现在我们所要讨论的,则是他在词中所表现的,与他在诗文政论中所表现的显得有所不同的另一种面貌。其实这种现象,并不仅在欧阳修为然,即以与欧阳修时代相近的几个作者而言,如范仲淹、晏殊、宋祁诸人,便也都是以德业文章自命的一代名臣,却也同样都留有一些柔婉缠绵的小词。这种现象,我以为乃是作者之心性与词之特质相结合,在时代风气之下的一种自然产物。因为一般说来,在人之禀赋中,原该有一类属于特别锐感多情的心性,而词之为体,则恰好正具有一种要眇宜修的特质,何况北宋之风气,又正是词之传唱极为盛行的时代,在这种情形下,有一些心性之禀赋在某一点上与词之特质相接近的人物,遂不免受到这种韵文体式之吸引,而留下了一些美好动人的作品,这当然是一种极为自然的现象。而更值得注意的则是,在北宋之时代,还更有一种文人喜欢论政的风气,一般才志之士都隐然有着一种"以天下为己任"的襟抱和理想,而这种志意和情感,也往往同样是出于一种易于被感发的心灵,范仲淹、欧阳修诸人,便同是属于此一类型的人物。这正是何以北宋的一些名臣,于德业文章以外,往往也都喜欢填写柔婉旖旎的小词,而且在小词的锐感深情之中,也往往无意中流露出了某种心性品格甚至襟抱理想之境界的缘故。以欧阳修而言,我们往往就可以自其风月多情的作品中,体会出他在心性中所具有的对于人世间美好之事物的赏爱之深情与对于生命之苦难无常的悲慨,以及他自己在赏爱与悲慨相交杂之心情中的一种对人生的感受和态度。清代的一位词人况周颐曾经说过这样的话:"吾听风雨,吾览江山,常觉风雨江山外有万不得已者在。"(《蕙风词话》卷一)况氏所说的"万不得已"之感,就正是人生之自是有情痴。即以欧阳修而言,他既可以因为风月之景色而引起悲慨,也可以借着对风月之赏玩而排遣他的悲慨,而且也就正是在这种悲慨与赏玩的矛盾之组合中,我们恰好看到了欧阳修之为人的心性与他为词之风格的一种独具的特色。王国维在《人间词话》中曾经称赞欧阳修的一首《玉楼春》词,说:"永叔'人间(莹按:当作"生")自是有情痴,此恨不关风与月','直须看尽洛城花,始与(莹按:当作"共")东(莹按:当作"春")风容易别',

于豪放中有沉着之致,所以尤高。"这对欧词而言,实在是极能掌握其特色的一段评语,欧词之所以能具有既豪放又沉着之风格的缘故,就正因为欧词在其表面看来虽有着极为飞扬的遣玩之兴,但在内中却实在又隐含有对苦难无常之极为沉重的悲慨。赏玩之意兴使其词有豪放之气,而悲慨之感情则使其词有沉着之致。这两种相反而又相成之力量,不仅是形成欧词之特殊风格的一项重要原因,而且也是支持他在人生之途中,虽历经挫折贬斥,而仍能自我排遣慰藉的一种精神力量。这正是欧阳修的一些咏风月的小词,所以能别具深厚感人之力的主要缘故。

二

四时佳景都堪赏,清颍当年乐事多。
十阕新词采桑子,此中豪兴果如何?

在欧阳修的词集中,有着不少联章之作的组词。即如其分咏一年十二个月之节物的两组《渔家傲》词,悼惜春归花落的一组《定风波》词,以及最为人们所熟知的歌咏颍州西湖的一组《采桑子》词,便都是此类联章组词的代表作品。在这些组词中,我们可以注意到,它们在形式上都有着受民间文学影响的强烈色彩。例如在敦煌俗曲中,便曾有一些被任二北标题为"定格联章"的曲子,像所谓《五更转》《十二时》《十二月相思》等,而欧阳修所写的两组《渔家傲》词,每组各十二首,分咏一年十二个月的景色节物,岂不更与这些所谓"定格联章"的曲子极为相似?再如宋代之俗曲中有所谓《鼓子词》者,其唱词前往往有一段叙述的"致语",而欧阳修之《采桑子》组词前面之"念语",岂不也与之极为相似?所以由此我们便可以推知,欧阳修有时对词之写作,是并不仅视之为一种案头的文学作品而已的。他同时也有着一种供人演唱的目的,而且在他的《采桑子》词的"念语"中,还曾分明地提出了"敢陈薄技,聊佐清欢"的自白。凡此种种,都足以说明欧阳修不仅对于节物景色有一种自我对之赏爱的锐感深情,同时还有一种与别人共同宴赏的豪兴。欧阳修早年在洛阳任推官时,便曾与当时名士有过一段诗酒风流的生活。其后虽屡经贬斥,这种豪兴不仅未曾失去,反而因挫辱和打击而增添了一种更为深厚的意境。即以其最为人所熟知的作品而言,如其在《醉翁亭记》中对于宾客饮宴的叙写,在《丰乐亭》三首绝句中对于游春赏花的描述,便都同样是这种豪兴的表现。这种豪兴,有时也很容易使人将之与及时行乐的颓废放纵的人生观混为一谈,但事实上,二者之间实在有很大的区别。要想对此加以解说,首先我们应该对欧阳修写这些作品时的心情,有一点基本的了解。欧阳修的《醉翁亭记》和《丰乐亭》诗,是他被贬官到滁州以后写的,而他的十首《采桑子》词,则是他晚年六十五岁辞官以后在颍州写的。据史传的记述,欧阳修被贬滁州,当在庆历改革失败以后,他那时曾受到政敌的恶劣攻击,几乎使得他一蹶不振。而也就是在这种挫辱之后,欧阳修却在《醉翁亭记》中,悠然自得地叙写起他对滁州之山水游人的赏爱和享乐,又在《丰乐亭》的三首绝句中,酣畅地叙写了鸟歌花舞、酩酊插花的游春的快乐。即此,我们便已经可以看出,欧阳修之豪兴,既表现了他本来天性所具有的对自然界与人事界的锐感与赏爱之情,而且这种感性与意兴,也曾经成为他经历忧患挫伤时的一种支持和慰藉的力量。至于他晚年退居颍州后所写的十首《采桑子》词,则当时的欧阳修更是已经饱历沧桑,他既在英宗之时,便已曾因为濮议之争成为众矢之的,又在神宗继位以后,与当时所推行的新政之意见多有不合,而且在不久前又曾受到政敌的另一次诬蔑,所以他才屡次请求致仕,终于退居到颍州的西湖。本来早在二十年前,当皇祐元年(1049)时,欧阳修便一度曾经知颍州,因为喜爱颍州西湖的景物,所以后来才买田退居于颍。也就是当他退居后重到颍州西湖时,他写了这一组《采桑子》词,在这组词中的前九首,每词的首句他以"西湖好"为开端,分别叙写了西湖在阴晴朝暮中的各种景色,皆有可资爱赏的美好之处,充分表现了欧阳修对于美景良辰的锐感多情和善于遣玩的豪兴。但透过他的遣玩豪兴,我们也能隐约体会出欧阳修一生历尽仕途沧桑以后的一种交杂着悲慨与解悟的难以具言的心境。在这十首词中,如其"绿水逶迤。芳草长堤,隐隐笙歌处处随"和"百卉争妍。蝶乱蜂喧,晴日催花暖欲燃"以及"醒醉喧哗。路转堤斜,直到城头总是花"诸句,自然都表现有沉酣于赏玩的豪兴。但是与这种豪兴相对照的,作为这所有豪兴之底部色彩的,实在却是最后结尾一首"平生为爱西湖好,来拥朱轮。富贵浮云,俯仰流年二十春。归来恰似辽东鹤,城郭人民。触目皆新,谁识当年旧主人"的今昔无常的悲慨。而在这种豪兴与悲慨的两种张力的映衬之下,欧阳修另外在"群芳过后西湖好"一首词中,写有"笙歌散尽游人去,始觉春空。垂下帘栊,双燕归来细雨中"数句,则又表现有一种经历了盛衰之变化以后的静观悟解之意味;再如其"何人解赏西湖好"一首,在写了一般游客之"飞盖相追,贪向花间醉玉卮"以后,却又写了"谁知闲凭栏干处,芳草斜晖。水远烟微,一点沧洲白鹭飞"的词句,表现了一种脱出于繁华宴赏以外的极为超旷的远韵。凡此种种意境,我以为都是由于欧阳修所具有之性格、学问、襟怀和经历所形成的一种综合反映,因而也正是这种极为复杂的情绪,才使得欧阳修的词在意境风格方面既兼具有豪放之气与沉着之致,而在表现的姿态方面,又极具抑扬唱叹之美,而这一切又皆出于作者无心之流露。昔人有云"观人于揖让,不若观人于游戏",正因为"揖让"之际尚不免于有心为之,而"游戏"之际,才更可以见到一个人真性情的流露。欧阳修以游戏笔墨写为小词,而其心灵性格最深微的一面,乃自然流露于其中,这是欣赏欧词时所最当加以细心吟味的。或者有人以为欧阳修以一代儒宗的地位,不该写有这种吟咏风月的小词,这当然是一种极为迂腐浅狭的看法。罗泌跋《六一词》便曾经说:"情动于中而形于言,人之常也。《诗》三百篇如俟城隅、望复关、摽梅实、赠芍药之类,圣人未尝删焉。"又说:"公性至刚,而与物有情,盖尝致意于《诗》,为之《本义》,温柔宽厚,所得深矣。"周济《介存斋论词杂著》则说:"永叔词只如无意,而沉着在和平中见。"欧阳修以其"只如无意"的游戏笔墨写为小词,而能有沉着深远之意境,便正因为他具有一种"与物有情"的缠绵锐感之诗心。而这种心灵,其实也正是使得他能在其他德业文章方面,也有过人之成就的一项重要因素。所以欧词在其表面所写的遣玩宴赏之豪兴中,乃往往具有极深远之含蕴,这是我们欣赏欧词时,所最不可以不加以深细体会的。至于在欧词中所混杂的一些鄙俚俗恶的作品,则就其表现之技巧及情意之境界而言,确实不似欧阳修所宜有,似当分别观之。

三

西江词笔出南唐,同叔温馨永叔狂。

各有自家真面目,好将流别细参详。

早在论冯延巳词时,我们便曾提到过,五代时南唐冯延巳的词,对于北宋初期的晏殊和欧阳修两位词人,产生过重大的影响。而恰好这三位作者,又都与江西有过一段渊源。晏殊及欧阳修皆为江西人,此固为读者之所共知,至于冯延巳虽然并非江西人,但他却曾经出任过抚州节度使,在江西的抚州居住过三年之久。晏殊就恰好是抚州临川人,关于晏殊所受冯词的影响,我们在论晏殊词时也已曾述及,兹不再赘;至于欧阳修与冯、晏二家之关系,则欧阳修既恰好也是江西人,而且更恰好又是晏殊以翰林学士知贡举时以第一名被抡选的门生,则其与晏殊之关系亦不可谓之不深。而且在北宋的初期,虽然曾有不少名臣都喜欢写作小词,但其中最为出色的,必当推晏殊与欧阳修二人为两大作者。所以冯煦在其《宋六十一家词选·例言》中,就曾经说:"宋初大臣之为词者,寇莱公、晏元献、宋景文、范蜀公,与欧阳文忠并有声艺林,然数公或一时兴到之作,未为专诣,独文忠与元献学之既至,为之亦勤,翔双鹄于交衢,驭二龙于天路,且文忠家庐陵,而元献家临川,词家遂有西江一派。"这种继承和影响的关系,其实是颇可注意的。而在这种影响的关系中,我以为地域的关系实在只是一种巧合的外在的因素,而真正造成冯延巳、晏殊与欧阳修三家词在风格上极相近似的主要因素,则是他们三个人所具有的心灵情性之资质禀赋与词之某一种特质都各有其相近之处的缘故。词在初起时,原为歌筵酒席之间的艳曲,自从温庭筠的词以其精美之名物提供给这种新体式以一种可资联想的质素,其后韦庄的词又以其真率之抒情提供给这种新体式以一种足资感发的质素,迄于冯延巳的词,则更以其深心之所蕴结的情意结合了此种体式之足资联想与足资感发的两种质素,为这种体式开拓了一种可以窈眇写心的深隐之意境。这种演变和成就,为词这种体式奠定了一种千古都可以引起读者之感动与遐想的深厚的根基,而晏殊与欧阳修则正是在此一根基最富于滋长的生命力之时所衍生出来的同株异干的两种绝色的花朵。前乎此者,对于词之深微幽美之特质,尚未有如此成熟的掌握与表达的能力;后乎此者,则铺陈描述、蹈厉发扬,又逐渐失去了如此含蕴幽微之意味。冯延巳与晏殊及欧阳修三家词的相同之处,便是他们都能掌握运用词体的要眇宜修之特质,而且都在无意中结合了自己的学养与襟抱,为词体创造出一种深隐幽微而含蕴丰美之意境。至于其相异之处,则是由于此三位作者各有其心灵与性格之不同的特质,因此虽在相似的风格中,但又各自表现出了不同的面貌。冯延巳的风格是缠绵郁结、热烈执着;晏殊的风格是圆融温润、澄澈晶莹;至于欧阳修的风格,则是抑扬唱叹、豪宕沉挚。这种不同的风貌,主要表现于其以不同的心性感受,在写作时所结合的不同的声吻。关于冯延巳与晏殊之不同,我们在讨论晏殊词时,已曾举出过冯词《鹊踏枝》之"每到春来,惆怅还依旧"及"日日花前常病酒,不辞镜里朱颜瘦"诸句,与晏词《浣溪沙》之"满目山河空念远,落花风雨更伤春"及"无可奈何花落去,似曾相识燕归来"诸句,作过比较和说明,兹不再赘。至于欧阳修词,其叙写之口吻与风格之特色,我们也可以举出他的一些词例来略加探讨。即以其《玉楼春》词之"直须看尽洛城花,始共春风容易别"二句而言,明明是有春归的惆怅与离别的哀伤,而欧阳修却偏偏要在惆怅与哀伤中作乐,而且还用了"直须""看尽""始共"等极为任纵有力的叙写口吻,而也就是在这种要从惆怅哀伤之中挣脱出来的赏玩之意兴中,表现出了欧词之既有飞扬豪宕之气,也有沉着深厚之致的特殊的风格。再如其《采桑子》词之"十年前是尊前客,月白风清。忧患凋零,老去光阴速可惊。　鬓华虽改心无改,试把金觥。旧曲重听,犹似当年醉里声"一首,则极富于抑扬唱叹之姿态。前半阕开端一句,"十年前"是无常的悲慨,"尊前客"是以当日之欢乐为悲慨之反衬;次句"月白风清"是永恒不变的自然之美景;而紧接以"忧患凋零",则是多变无常的人世之苦难;而结以"老去光阴速可惊"一句,则是将今日强欢之豪兴反逼入对过去无常的悼念之中。而下半阕开端的"鬓华虽改心无改"一句,则又从"鬓华虽改"的悲慨中,重新再翻起"心无改"的豪兴;然后以"试把金觥。旧曲重听"二句,加意表现对已逝去的欢乐,尝试作有心用力的挽回与追求;再结以"犹似当年醉里声",则再一次将欢乐反逼入无常的悲慨之中。其抑扬唱叹之姿态,是极为明白可见的。而这种姿态,也正是其遣玩之意兴与深重之悲慨两种相矛盾的张力互相摩荡所产生的结果。这种特色,当然既不同于冯延巳之殉情式的执着,也不同于晏殊之哲思式的观照,而是一种悲慨中的豪宕。这种风格面貌之差别,是读者在细心吟读品味时自然可以察觉到的。不过在这种相异的区别中,却也有着某些可以相通之处。即如欧词之抑扬往复深挚沉着之一面,便与冯词之缠绵沉郁之致颇有相近之处;而冯词偶有流连光景之作,如其《抛球乐》词之"逐胜归来雨未晴,楼前风重草烟轻。谷莺语软花边过,水调声长醉里听。款举金觥劝,谁是当筵最有情"一首,便也与晏词之俊朗温润之风格有相近之处。所以刘熙载在《艺概》中,便曾经说过"冯延巳词,晏同叔得其俊,欧阳永叔得其深"的话。总之,辨别词人风格之异同,既需要有极为细致的观察,也需要有极为敏锐的感受,尤其像冯延巳、晏殊、欧阳修如此风格相近的作者,我们就更当仔细辨别其间的异同,才能对词之传承流变有更为深入的体认。如果就三家词对后世词人流变之影响而言,则冯词曾影响及于晏、欧二家;而欧阳修词则又影响及于后此之苏轼与秦观;至于晏殊词,则后人能得其温润圆融之风格者,却并不多见。这大概一则由于晏殊之顺利贵显之身世,在一般词人的遭际中,也同样是极为少见的缘故。而且即使以晏殊之一贯圆融平静之风格,当其遭到挫折失意时,也曾写出过像《山亭柳》这样感慨激动的作品,然则那些一生常在挫折失意之中的词人,其无法写出像晏殊一样温馨闲雅的作品,便尔亦是必然之结果了。至于欧阳修的词,则既有其豪宕之一面,又有其沉挚之一面,其含蕴既较为复杂多面,其影响及于后人者,自然便也较为多面,所以冯煦之《蒿庵论词》便曾经说欧阳修的词"疏隽开子瞻,深婉开少游"。关于这一方面,我们将在论及苏、秦二家词时,再为详述。

1982 年 10 月写于加拿大温哥华

论柳永词

一

休将俗俚薄屯田,能写悲秋兴象妍。
不减唐人高处在,潇潇暮雨洒江天。

　　词,这种自隋唐以来配合着当时流行的乐曲而演唱的歌辞,自中晚唐之际由士大夫写作之后,其所经历的原是一段由俗曲而渐趋诗化的过程。由敦煌所发现的一些俗曲,而至《花间集》中的艳词,由温庭筠词之引人联想的美丽的形象及韦庄词之使人感动的真挚的抒情,到南唐冯延巳与李璟、李煜父子对意境之含蕴深广的开拓,以迄北宋前期之晏殊与欧阳修诸人之以个人之襟抱、性情、学养、经历之融入小词,其风格与成就虽各有不同,但其递嬗演进之迹,却是同样向着歌辞之诗化的途径默默进行着的。这种演进,迄于苏轼之出现,遂为小词之诗化创造了一个云飞风起的高峰。关于这段过程中之演变,自温、韦以至晏、欧的诸家词之风格特色及其在词史中之地位,我们在以前各篇分别讨论诸家词时,对之已有详细之介绍与论述,自不需在此更为辞费。至于苏轼的词,则我们在以后专论时,也将对之有详细之评介,亦不需在此更为辞费。我们现在所要讨论和评介的,乃是在北宋词坛上,经历了另一条途径和完成了另一种成就的一位重要作者——柳永。
　　如果说我们以前所评介的诸家,他们所走的乃是歌辞之逐渐诗化的历程,那么,柳永所走的却正是"词"之真正以歌曲性质为主的、与当时俗乐更密切结合着的、一种更为通俗更为真切也更为写实的途径。

这两种途径本来就有着明显的分歧,因此其风格面貌自然便也有着极大的差别。首先自其所使用的词调而言,在《花间集》与冯、李、晏、欧诸人的作品中,其所使用的词调多为篇幅较短之小令,而在柳永的《乐章集》中,则大量地使用了篇幅较长的慢词。过去也曾有人以为慢词之兴即始于北宋之柳永,其实早在唐代的俗曲中,便已经有慢词的歌曲了。王灼在《碧鸡漫志》中就曾经说:"唐中叶渐有今体慢曲子。"近世在敦煌所发现的《云谣集》中的一些慢词的歌曲,便足以为之证明。只不过因为晚唐、五代士大夫之染指于词的作者,他们一般多只是填写短小的令词的曲调,所以慢词便仅能流行于小民市井之中,而一直未曾得到士大夫的青睐。造成这种现象的缘故,大约有两个因素:其一是观念的问题,慢词既是仅流行于市井间的俗曲,因此便不免受到了士大夫的鄙薄轻视,而对之不屑一为;其二则是能力的问题,小令之声律之多有近于诗者,此自为士大夫之所优为,而慢词之曲调则篇幅既然较大,其音律之转折变化,自然便也较小令要困难繁复得多,因此一般对音乐没有什么修养的士大夫,对慢词便除了"不屑"以外,同时也"不敢"轻于一试。但柳永却是一位在观念上既能突破士大夫的迂腐之见,同时在能力上又特别禀赋有音乐之特长的作者,所以他才"敢于"也"能于"为当时受到士大夫所鄙薄的慢词俗曲来谱写歌辞。这是从其词调方面所可见出的柳词与当日士大夫之词风全然不同的一点值得注意之处。其次再就内容方面而言,本来词在最初流入士大夫手中之时,其所写的原不过只是歌筵酒席间的艳曲,歌辞的主题大多只不过是些对于美女和爱情的描摹叙写。关于这一点,五代及北宋的一些作者,可以说是大体皆然,柳永于此也并不例外。然而柳永所写的美女爱情,却表现出了与士大夫所写的美女爱情完全不同的另外一种意境和风格。如我们在前文所言,温、韦、晏、欧所经历的原是一种使歌辞逐渐诗化的历程。他们所写的趋向诗化的词,大都是篇幅精简,语言含蓄,因之遂使其词中之美女与爱情隐约有了一种托喻和理想的色彩。即如温庭筠所写的"鸾镜与花枝"的美女和晏殊所写的"望尽天涯路"的相思,便似乎都已经不再是现实中所可确指的人物和感情,而是以诗化之语言所表达的一种已经诗化了的人物和感情。然而柳永所写的则是以铺陈的长调,用通俗和坦率的语言,来叙写市井间歌伎舞女之现实的感情和生活。即如他所写"终日恹恹倦梳裹"的女子和"悔当初、不把雕鞍锁"的爱情,便丝毫没有一点托喻和理想的色彩,不仅在意境方面不足以引发读者高远的联想,而且在表现方面也缺乏含蓄典雅的风致。像这样的内容与风格,对当时已经被士大夫们所诗化了的词风而言,当然是一种极为大胆的叛离。张舜民的《画墁录》卷一中就曾记载着有一次柳永去见晏殊,谈到词的问题,晏殊便面斥柳永说:"殊虽作曲子,不曾道'彩线慵拈伴伊坐'。"(按:此句与前引二句皆见柳永《定风波》词)这是从内容方面所可见出的柳词与当日士大夫词风之不同的另外一点值得注意之处。由于以上二端,于是在以士大夫的习尚为标准的衡量中,人们对柳永的词遂一直颇有微词。如王灼在其《碧鸡漫志》卷二中,就曾谓柳词:"浅近卑俗,自成一体,不知书者尤好之。予尝以比都下富儿,虽脱村野,而声态可憎。"吴曾《能改斋漫录》卷一六亦曾云:"柳三变好为淫冶讴歌之曲。"陈振孙《直斋书录解题》卷二一亦谓:"其词格固不高。"李清照也说柳词:"虽协音律,而词语尘下。"(见宋胡仔《苕溪渔隐丛话·后集》卷三三)直至清代的词评家如冯煦之《蒿庵论词》,且谓柳永"好为俳体,词多媟黩",刘熙载之《艺概·词曲概》亦云柳词"风期未上"。可见将柳词视为俚俗尘下,原是一般人对柳词共有的印象。不过尽管在这些贬讥的评论中,他们也仍不得不承认柳词有着两点值得注意的长处,其一是声律之美,其二是铺叙之详。王灼即曾在批评柳词"浅近卑俗"的同时,也称述柳词"序事闲暇,有首有尾",又云其"能择声律谐美者用之"。陈振孙在批评柳词"格固不高"的同时,也曾称其

"音律谐婉,语意妥帖"。冯煦在批评柳词"好为俳体,词多媟黩"的同时,也曾赞美柳词"曲处能直,密处能疏,奡处能平,状难状之景,达难达之情,而出之以自然,自是北宋巨手"。刘熙载在批评柳词"风期未上"的同时,也曾称美其"细密而妥溜,明白而家常,善于叙事,有过前人"。这些长处,可以说是和前面所提出的缺点一样,也是一般人对柳词所共有的印象。而这些缺点与优点又实在出于一源,那就是柳永之敢于和善于运用俗曲慢词的乐调。叶梦得《避暑录话》卷下曾载云:"为举子时,多游狭邪,善为歌辞,教坊乐工每得新腔,必求永为辞,始行于世。"所以柳永词中有一部分原是为乐工、歌伎而写的俗曲之歌辞,则其不免于俚俗,自属必然之结果。但也正是由于此种缘故,遂使得柳永在填写歌辞时,特别留意于声律之谐美。又因慢词之篇幅较长,遂使得柳永在填写歌辞时,也特别注意于层次之安排。总之,一般人对柳词之印象,无论是好是坏,可以说大多只是注意到柳词所显露的一些外表的特征,而如果我们能于柳永为乐工、歌伎所写的歌辞之外,更注意到柳永某些为自己抒发情志而写的作品,我们就会发现,柳永除了具备前面所述及的声律之美及铺叙之详两点长处之外,在其精神感情的世界及其作品之气象品质方面,却实在还具有一些更值得注意的特色。首先,我们所要提出来讨论的,就是有些人曾经认为柳词之佳者,颇有近于唐诗之高处与妙境。赵令畤之《侯鲭录》卷七便曾记载说:"东坡云:'世言柳耆卿曲俗,非也。如《八声甘州》云"霜风凄紧,关河冷落,残照当楼",此语于诗句不减唐人高处。'"吴曾的《能改斋漫录》卷一六亦有相似之记载。只不过将东坡之言记为晁无咎之言而已。但晁氏原为苏门四学士之一,则其所说,或亦有闻之于苏氏之可能。此外宋人之笔记及诗、词话,如《苕溪渔隐丛话·后集》卷三三载《复斋漫录》亦有辗转相引之记述。明代杨慎之《词品》卷三《柳词为东坡所赏》一则,亦谓"东坡云'人皆言柳耆卿词俗,如"霜风凄紧,关河冷落,残照当楼",

唐人佳处,不过如此'"。清代彭孙遹之《金粟词话》也曾有"柳七亦自有唐人妙境"之语。可见柳词之佳者,原有极值得称赏赞美之处,只可惜此种佳处并不像前面所提出的那些柳词外在特征之便于指述,于是遂不得不借唐诗为喻说,谓其有唐人之高处及妙境。于此,我们遂不得不对唐诗之高处及妙境略加论述。

对于诗歌之创作与批评,在中国传统诗论中所最为重视的,乃是诗歌中一种兴发感动的质素。所谓"情动于中,而形于言",又谓"人禀七情,应物斯感,感物吟志,莫非自然"。[①] 然而人心不同,有如其面,则人心之所感及表达之方式,自亦不能无异。何况人心所感之物,无论其为自然界之景物,或人事界之事物,更是万境千缘,岂能尽同,因此严格说起来,每一位诗人皆当各有其一己之风格与境界,李白既不能同于杜甫,王维又岂能同于孟浩然?然而值得注意的则是,在中国诗歌之演进的历史中,每当一种诗体臻于成熟而盛行一时之际,又往往皆可以形成一种足以代表一时代的共同之诗风。如果以中国诗歌之演进的历史而言,则最值得我们注意的两个时代,其一自应是五言诗成熟时期的建安时代,另一个则当是近体诗成熟时期的盛唐时代。故言唐诗者,如分别言之,则自然可以有初、盛、中、晚之不同,但如果综言唐代诗歌之特色,则必当指盛唐之风格而言,始最足以为唐代诗歌之代表。至于建安与盛唐这两个时代诗风之特色,则约而言之,建安时代之诗风可以说是以"风骨"取胜,而盛唐时代之诗风,则可以说是以"兴象"取胜。关于此两种风格在中国诗史中之递嬗消长,本文在此不暇详论。我们现在所要做的,只是想对此两种不同风格之特质略加区分,借以说明柳永词的一种值得注意的成就而已。约而言之,则我以为此两种风格的相同之

---

① 关于中国诗歌之重视兴发感动之作用,可参看拙文《〈人间词话〉境界说与中国传统诗说之关系》(见《王国维及其文学批评》一书之第三章)。

处,乃是二者都同样具有感发之力量,但其所以获得感发之力量的原因,则颇有不同。汉、魏之诗多以直接叙写情事为主,其感发之力量往往得之于情意与章法之结构及叙写之口吻。盛唐之诗则颇重景物之点染,其感发之力量往往得之于情景相生之一种触引。而且盛唐之时代又具有一种恢宏博大之气象,故唐人所写之景物,亦往往多有开阔高远之意境与沉雄矫健之音节,即如李白之"朝辞白帝彩云间,千里江陵一日还"(《早发白帝城》)、"峨眉山月半轮秋,影入平羌江水流"(《峨眉山月歌》)与王昌龄之"烽火城西百尺楼,黄昏独坐海风秋"(《从军行》)和王之涣之"黄河远上白云间,一片孤城万仞山"(《凉州词》)诸近体七绝,便都可以为盛唐诗歌具有此特殊风格之代表作。至于杜甫之七绝虽不属此类风格而另成一体,然而其近体七律之作,如"风急天高猿啸哀,渚清沙白鸟飞回"(《登高》)及"瞿唐峡口曲江头,万里风烟接素秋"(《秋兴八首》之六)之类,便也同样是具有此种特殊风格的作品。严羽在其《沧浪诗话·诗辩》五中,既称"盛唐诸人,惟在兴趣",又在其《答出继叔临安吴景仙书》中,称"盛唐诸公之诗"为"笔力雄壮""气象浑厚"。曰"兴趣",重在诗歌中所具含之感发之意趣;曰"气象",则重在诗歌中所表现之景物之形象与音节之气势。不过严羽只是感知到盛唐之诗歌有此一种特质,而并未能加以理论之分析,故其称述之辞亦嫌模糊笼统,常不免为后人带来不少困惑。亦犹前人之称汉、魏之诗,或曰"风骨",或曰"风力",或曰"气骨",更有人以"气骨"与"气象"相混为说,遂而益增混乱。现在本文决定选取"风骨"与"兴象"为此两种不同风格之指称。盖以为"风"字与"兴"字,皆可暗示一种感发之力量及作用,此正为二种风格之所同具。而"骨"字则有结构骨干之意,正如《文心雕龙》所谓"结言端直,则文骨成焉"。故"风骨"二字,可以代表汉、魏诗之以情意结构及叙写口吻而获致一种感发力量之特色。至于"象"字,则一则既有"形象"之意,再则亦有"气象"之意,故"兴象"二字可以代表盛唐诗之以景物形象及声音气象所造成之一种感发之力的特色。前人以唐诗之高处及妙境称赞柳词,便正因为柳永词之佳者,如《八声甘州》诸作,其景物形象之开阔博大与其声音气势之雄浑矫健,皆足以传达一种强大的感发之力,与唐人诗歌之以"兴象"之特质取胜者颇为相近的缘故。

  从前面我们所举的诸家对柳词之评语来看,一般所认为其有唐人之高处与妙境者,大多以其《八声甘州》"对潇潇暮雨洒江天,一番洗清秋"一首中之"渐霜风凄紧,关河冷落,残照当楼"数句为说。现在我们就来看看它们的好处究竟何在。首先柳永此词之前半首,盖以写全景取胜,而且以形象而言,其所写之景物实极为开阔高远。再加之在开阔高远之景色中,柳永又以"暮雨""霜风""残照"诸字眼暗示了景色中之瞬息不停的大自然之变化。而除了如此动人的形象以外,柳永又以"潇潇""清秋""冷落"等叠字与双声的运用,从声音方面给予读者一种极为强烈有力的感受。而此种形象与声音虽然纷至沓来,却丝毫不显杂乱,此盖由其叙写之层次原来极有章法。开端便以一"对"字,直贯下面之"潇潇暮雨洒江天"及"一番洗清秋"两句,十三个字一气呵成,是写今日眼前当下之景象;然后又以一"渐"字领起下面"霜风凄紧""关河冷落""残照当楼"三个四字句,也是十三个字一气呵成,则是写近来日复一日正在转变中之景象。这两个十三字一气贯下之词句,气势虽同,而又音节各异。① 前者是一、七、五;后者是一、四、四、四。而此种种不同的形象和音节,却又共同指向一个作用和目的,那就是在

---

  ① 关于柳永词之句法、结构及领字之运用,加拿大不列颠哥伦比亚大学研究生梁丽芳曾在论文中作了详细之分析,梁君曾将此论文中数章摘译为中文,发表于台湾之《中外文学》第7卷第1期(1978年6月)及第7卷第3期(1978年8月)。其后两年,美国普林斯顿大学孙康宜女士出版其博士论文《中国词之演进》(*The Evolution of Chinese Tz'u Poetry*)亦曾论及(见1980年美国普林斯顿大学出版社出版该书之第四章第三节)。

大自然之景色中所显示的、网罗天地无可遁逃的、一日之迟暮与一年之将晚的无常的推移和转变。像这种由景象所传达的一种感发的力量，也就正是所谓"兴象"的作用。而柳词中境界之开阔与音节之劲健，也都与盛唐诗歌之气象有相近之处。我想前人之赞赏柳词有唐人之高处与妙境，很可能就正是由于他们感到了柳词中所具有的此种质素，与唐人诗歌中的这种质素十分相近的缘故。然而只认识了柳词中这种富于兴象的感发作用，却实在仍嫌未足，更进一步我们所要探讨的，则是柳词透过其感发作用所传达的，又究竟是怎样的一种内容情意。如果就词之演进发展来看，则早期的文士们所写的，可以说大多只不过是闺阁园亭、伤离怨别的一种"春女善怀"的情意而已；而柳永词中一些自抒情意的佳作，则写出了一种关河寥廓、羁旅落拓的"秋士易感"的哀伤。虽然"春女善怀"之情，亦可以使人产生才人失志的联想，即如温庭筠之"鸾镜与花枝，此情谁得知"，便可以使读者引发一种无人知赏的不遇之悲感，不过，一般说来，"春女善怀"的一类作品，其主角既大都只是绮年玉貌的佳人，其景物亦大都只是幽微纤细的形象。而柳永所写的"秋士易感"的作品，则是真正以男子为主角而写的"功业未及建，夕阳忽西流"的才人志士恐惧于暮年失志的悲慨。这种内容情意，就词之发展而言，实在是一种极可注意的开拓。而在柳词中，足以与其"秋士易感"之情意相生发的，则是他所写的开阔博大的日暮及秋晚的景色，而且其词中亦曾多次提及"悲秋"的宋玉，便更增加了一种"秋士易感"的意味。盖宋玉《九辩》首章之开端，即曰"悲哉秋之为气也，萧瑟兮草木摇落而变衰"，便显示了一种对美好之生命渐趋于衰败消亡的悲哀与恐惧，而继之又曰："坎廪兮贫士失职而志不平，廓落兮羁旅而无友生。"则其"悲秋"所慨者之为贫士失职、才人迟暮的悲哀，自是显然可见的，而这种情意，就正是柳永某些自我抒写情志之作品中的主要情意。过去的词评家，彼此转相征引，大家都只赞美柳词《八声甘州》

中之"渐霜风凄紧"数语,以为有唐人之高处与妙境,其实在柳词中,能以高远之景象、矫健之气势,以极富于"兴象"的感发,传达出此种秋士易感之情意的作品还有很多。即如其《雪梅香》一首之"景萧索,危楼独立面晴空。动悲秋情绪,当时宋玉应同",《曲玉管》之"陇首云飞,江边日晚,烟波满目凭阑久。立望关河,萧索千里清秋,忍凝眸"①,《玉蝴蝶》之"望处雨收云断,凭阑悄悄,目送秋光。晚景萧疏,堪动宋玉悲凉",《戚氏》之"当时宋玉悲感,向此临水与登山",这些例证便都可以说也是极富于"兴象"之感发作用,有近似于唐人之高处与妙境的作品,前人但称其"渐霜风凄紧"数语,实尚不足以尽之。近人郑文焯谓柳词之长调"尤能以沉雄之魄,清劲之气,写奇丽之情,作挥绰之声",又云"其神观飞越,只在一二笔,便尔破壁飞去",便是比较能从整体来掌握柳词之此种特质的评语。其所谓"神观飞越",便应是指柳词之形象的开阔及富于感发之精神而言的,"观"字指形象,"神"字指精神,"飞越"指其开阔及飞扬。而其所谓"沉雄之魄""挥绰之声"云云,便应是指柳词的气势音节之亦富于感发而言的。不过还有一点值得注意之处,则是柳永常把这种兴象高远的秋士之悲的哀感,与怀人念远的儿女之情在一首词中互相结合,即如其《八声甘州》之前半阕,可说完全是以高远之兴象写秋士之悲慨,而其下半阕之"想佳人、妆楼颙望"数句,则全是写怀人伤别的儿女之柔情。而且柳永所写的儿女柔情,又是极现实、极真切的儿女柔情,并没有如温、韦、晏、欧诸人之足以引人产生托喻之想的意境,遂使得一般读者都只见其在叙事的铺写中所表现的现实真切的儿女柔情,而忽略

---

① 关于柳永《曲玉管》(陇首云飞)一词之断句,万树《词律》以"立望关河萧索"为一句,前段至"思悠悠"止,分前后二片;然据郑骞《词选》引叶申芗《天籁轩词谱》,其断句实当为"立望关河,萧索千里清秋"。全词共分三段:首段至"忍凝眸"止,次段至"思悠悠"止。两段音律全同,盖所谓双拽头也。(见台湾版郑氏《词选》第36页)

了其在景物之铺写中所表现的兴象之高远与秋士之悲慨。这对柳词而言,自然是一种不幸;而对读者而言,则更是一种可憾的损失。昔元好问《论诗绝句》曾有"少陵自有连城璧,争奈微之识碔砆"之语,屯田亦自有连城之璧,而常人但见其碔砆,斯可叹矣。

二

斜阳高柳乱蝉嘶,古道长安怨可知。
受尽世人青白眼,只缘填有乐工词。

如我们在前一首论柳永词绝句的《词说》中之所言,柳词中最值得注意的一项成就,乃是他的词之佳者颇有一些近于唐诗之高处与妙境。在这一类词中,柳永往往以高远之景象、劲健之音节,传达出一种贫士失职而志不平的悲秋之深慨。如果我们对这种悲慨的来源一加探索的话,就会发现,柳永这一位词人,原来乃是一个在家庭之传统与自我之性格之间以及在用世之志意与音乐之才能之间充满冲突和矛盾的悲剧人物。因此,要想了解柳永的词,就不得不对他的家世与为人略加叙述。然而可惜的是,柳永终身生活于落拓失意之中,在正史里面,根本没有他的传记。我们今天所能知道的有关柳永的一些事迹,大多只是来源于宋人之笔记、文集和一些地方志。近人如国内南京师范学院之唐圭璋、金启华诸先生及海外如哈佛大学之海陶玮先生(James R. Hightower)、加拿大不列颠哥伦比亚大学之梁丽芳女士诸人,都曾对柳永的生平作过相当详细的考证。归纳其结论,则我们大概可以知道,柳永原名三变,为河东柳氏之后。七世祖奥从季父冕(唐代早期之古文家)廉问闽川,因奏署福州司马,改建州长史,遂定居建州。永之祖父崇,以儒学著于州里。五代之际,王延政据闽,崇隐居于崇安县之金鹅峰,征聘不出,自称处士。永之父宜,曾仕南唐任监察御史,以敢于弹射不避权贵著称,入宋以后,仕至工部侍郎,以孝行闻名。永有叔父五人:宣、寘、宏、寀、察;有兄二人:三复、三接,皆有科第功名于时。① 王禹偁《小畜集》载有《建谿处士赠大理评事柳府君墓碣铭》,称永之祖父崇"以躬严治于闺门","诸子、诸妇,动修礼法,虽从宦千里,若公在旁。其修身训子,有如此者"。可见柳永所生长的背景,原是一个重视儒家传统的士族家庭。在这种环境中长大的柳永,便也不免养成一种欲求仕宦的用世之志。然而就柳永自身而言,他却又生而禀赋有一种浪漫的天性和音乐的才能,因此在他所处身的环境与他个人的禀赋之间,遂形成了一种尖锐之矛盾。他的浪漫的天性和音乐的才能,促使他愿意为俗曲写作歌辞,而谱写歌辞的结果,却使得他的欲求仕宦的用世之志,受到了终生的挫辱,这正是造成了柳永一生之悲剧的主要症结之所在。历代词人对歌辞的写作,其毁誉幸蹇,影响命运之得失升沉,两者结合得如此密切,盖从未有如柳永者。而使得柳永终生耽溺于歌辞之

---

① 关于柳永之家世与生平之资料杂见于宋人笔记与方志诸书,如王辟之《渑水燕谈录》卷八、吴曾《能改斋漫录》卷一六、叶梦得《避暑录话》卷下及《石林燕语》卷六、胡仔《苕溪渔隐丛话·后集》卷三九引严有翼《艺苑雌黄》、赵令畤《侯鲭录》卷七、张舜民《画墁录》卷一、王灼《碧鸡漫志》卷二、徐度《却扫编》卷一六、陈师道《后山诗话》(见《历代诗话》卷六)、杨湜《古今词话》(见《校辑宋金元人词》卷五)、王禹偁《小畜集》卷二〇《送柳宜通判全州序》及卷三〇《建谿处士赠大理评事柳府君墓碣铭》及《小畜外集》卷一〇《柳赞善写真赞并序》诸笔记及文集,皆可参考。此外,方志之书,如《福建通志》卷一四七、《重纂福建通志》卷一八九、《建宁府志》卷三四、《镇江府志》卷二一、《嘉定镇江府志》卷一五、《崇安县志》卷二六、《丹徒县志》卷八及二二、《昌国州图志》卷六、《定海县志》卷一一、《余杭县志》卷二一亦载有与柳永及其家世有关之资料。唯是诸书所记,传闻不一。近人对柳永家世及生平曾作有研究考证者,如唐圭璋《柳永事迹考证》(《文学研究》1957年第3期)、唐圭璋、金启华《论柳永的词》(《光明日报·文学遗产》第146期,1957年3月)、梁丽芳《柳永及其词》(加拿大不列颠哥伦比亚大学亚洲学系硕士论文, Winnie L. F. Liang, *Liu Yung and His Tz'u*, 1976年6月)、海陶玮教授《词人柳永》(《哈佛亚洲研究学报》第41卷2期及42卷1期, James R. Hightower, "The Song Writer Liu Yung", *Harvard Journal of Asiatic Studies*, Vol. 41 No. 2 and Vol. 42 No. 1, 1981年12月及1982年6月)诸作,皆可供参考。

写作竟无以自拔者,则我以为大概可以分为外在与内在之两种因素。先就外在因素言之,柳永盖正生当于北宋之盛世,当时北方边境虽然也有辽、夏之干扰,但是其首都所在的汴京之地,却不仅未曾受到战争的威胁和影响,而且更因为商业的发达和手工业的兴盛,形成了一片繁华的景象,孟元老在其《东京梦华录》的序文中,曾经对当日的汴京有所描述,说:"举目则青楼画阁,绣户珠帘。雕车竞驻于天街,宝马争驰于御路。金翠耀目,罗绮飘香。新声巧笑于柳陌花衢,按管调弦于茶坊酒肆。"而柳永的少年时代,就正是在这样一个到处都是妓馆歌楼勾栏瓦舍的都市中度过的。以一个天性浪漫而且又具有音乐才能的年轻人,生活在这样的时代环境中,其不免于被当时的流行歌曲所吸引而乐于谱写歌辞,便是一种极为自然的结果了。在柳永的《乐章集》中,有不少提到"帝里""帝城""都门""帝居""皇都"等字样的,大概所写的便都是他当日在汴京的生活和追忆。而最可见出柳永少年时在汴京之浪漫生涯的,则有《戚氏》一词中所写的"帝里风光好,当年少日,暮宴朝欢。况有狂朋怪侣,遇当歌、对酒竞留连",及《凤归云》一词中所写的"恋帝里,金谷园林,平康巷陌,触处繁华,连日疏狂,未尝轻负,寸心双眼"。从这些描述中,我们都可以见出柳永所处身的时代环境,实为促使其耽溺于歌辞之写作的一项重要的外在因素。再就内在因素言之,则我以为对于一般人而言,要使其改变自己的天性,已是件困难的事,而对一个具有特殊才能的人,若要他将自己的才能毁弃不用,便将是一件更为困难的事。《史记·刺客列传》所载高渐离被杀之事,便可以作为说明。高渐离于荆轲失败后,变名姓为人佣保以隐迹。一日,闻其家堂上客击筑,乃彷徨不能去,终于忍不住取出久藏在匣中的筑,击而歌之,因而遂泄露了自己的身份,终至于被秦皇所害。于此便可见到一个真正具有某种才能的人,尤其像柳永这样性格开放者,对自己的才能是何等难以毁弃的了。而这也正是柳永虽然为了写作俗曲歌辞而受尽挫辱,也终于不能改变其对歌辞写作之耽溺的一项内在的重要因素。

　　以上我们既然对柳永之家世与为人,及其耽溺于歌辞写作的外在与内在之因素,都已有所了解,现在我们便将再对柳永受到挫辱之后的心情,也略加叙述。本来士大夫之耽写歌辞,在北宋社会中原也是一种普遍的现象。而柳永之所以特别因此而受到挫辱者,一则固由于我们在前一节所言,柳永所使用的牌调及其内容与风格,都与一般士大夫有所不同;再则也由于柳永之身份及其听歌看舞的场合,也与那些士大夫们有所不同。那些已经得到科第禄位的士大夫们,既可以在自己家中畜养着大批家伎,更可以在与朋僚欢宴之际,随意呼召一些侍奉贵仕的高级歌儿舞女来助兴侑酒,然后饮酣命笔,偶写歌辞,付之吟唱,自以为是一种风流雅事。而柳永则是在未得一第之前,以一个微贱的少年,就已经先以喜爱谱写乐工歌伎的俗曲并与乐工歌伎往来而名噪一时了。这种情况,当然也与那些士大夫们的情况有所不同。这一区别,柳永在开始写作歌辞时,可能并未觉悟到,所以他才敢当面对宰相晏殊说:"只如相公亦作曲子。"这种心理可能使他对自己的受挫辱感到很大的不平。当时曾经传说他因填写《鹤冲天》词,有"忍把浮名,换了浅斟低唱"之句而触忤仁宗,当时有荐其才者,上曰:"得非填词柳三变乎?"曰:"然。"上曰:"且去填词。"由是不得志。但柳永却不仅不自悛改,而且反而更加纵情于游冶,并自称为"奉旨填词柳三变"。此事在宋人笔记如《能改斋漫录》《艺苑雌黄》诸书中皆有记述,虽然传闻所载,不尽相同,但柳永在失意之余之更加狂放,则是可以想见的。于是他的狂放便也在早年的单纯的浪漫之外,更增加了一份悲慨和不平。他在同一首《鹤冲天》词中,就又曾写有"未遂风云便,争不恣狂荡"的话,便足可以为他自己当日心情的写照。这种失志不平之感,在他早岁之时,还可以借着"浅斟低唱"来加以排遣;而当他年华老去之后,则对于冶游之事既已逐渐失去了当年的意兴,于是遂在志意的落空之后,又增加了一种感情也失去了寄托之所的悲感。而最能传达出他这种双重悲感的,我以为便是他的《少年游》一首小词。现在我们就把这首小词抄录下来一看:

> 长安古道马迟迟。高柳乱蝉嘶。夕阳鸟外,秋风原上,目断四天垂。　归云一去无踪迹,何处是前期?狎兴生疏,酒徒萧索,不似少年时。

这首小词,与我们在前篇论柳词绝句之《词说》中所举的一些慢词一样,所写的也是秋天的景色,然而在情调与声音方面,却有着很大的不同。在这首小词中,柳永既失去了那一份高远飞扬的意兴,也消逝了那一份迷恋眷念的感情,全词所弥漫的只是一片低沉萧瑟的色调和声音。从这种表现来判断,我以为这首词很可能是柳永的晚期之作。开端的"长安"可以有写实与托喻两重含义。先就写实言,则柳永确曾到过陕西的长安,他曾写有另一首《少年游》词,有"参差烟树灞陵桥"之句,足可为证。再就托喻言,则"长安"原为中国历史上著名之古都,前代诗人往往以"长安"借指为首都所在之地,而长安道上来往的车马,便也往往被借指为对于名利禄位的争逐。不过柳永此词在"马"字之下,所承接的却是"迟迟"两字,这便与前面的"长安道"所可能引起的争逐的联想,形成了一种强烈的反衬。至于在"道"字上着以一"古"字,则又可以使人联想及在此长安道上的车马之奔驰,原是自古而然,因而遂又可产生无限沧桑之感。而在此"长安道上"的诗人之"马"乃"迟迟"其行者,则既表现了诗人对争逐之事已经灰心淡薄,也表现了一种对今古沧桑的若有深慨的思致。下面的"高柳乱蝉嘶"一句,有的本子作"乱蝉栖",但蝉之为体甚小,蝉之栖树决不同于鸦之栖树之明显可见,而蝉之特色则在于善于嘶鸣,故私意以为当作"乱蝉嘶"为是。而且秋蝉之嘶鸣更独具一种凄凉之致。《古诗十九首》云"秋蝉鸣树间",曹植《赠白马王彪》云"寒蝉鸣我侧",便都表现有一种时节变易萧瑟惊秋的哀感。柳永则更在"蝉嘶"之上,还加了一个"乱"字,如此便不仅表现了蝉声的缭乱众多,也表现了被蝉嘶而引起哀感的诗人之心情的缭乱纷纭。至于"高柳"二字,一则表示了蝉嘶所在之地,再则又以"高"字表现了"柳"之零落萧疏,是其低垂的浓枝密叶已经凋零,所以乃弥见树之"高"也。下面的"夕阳鸟外,秋风原上,目断四天垂"三句,写诗人在秋日郊野所见之萧瑟凄凉的景象,"夕阳鸟外"一句,也有的本子作"岛外",私意以为非是。盖长安道上安得有"岛"乎?至于作"鸟外",则足可以表现郊原之寥廓无垠。昔杜牧有诗云"长空澹澹孤鸟没",飞鸟之隐没在长空之外,而夕阳之隐没则更在飞鸟之外,故曰"夕阳鸟外"也。值此日暮之时,郊原上寒风四起,故又曰"秋风原上",此景此情,读之如在目前。然则在此情景之中,此一落拓失志之诗人,又将何处归往乎?故继之乃曰"目断四天垂",则天之苍苍,野之茫茫,诗人乃双目望断而终无一可供投止之所矣。以上前半阕是诗人自写其今日之飘零落拓,望断念绝,全自外在之景象着笔,而感慨极深。下半阕开始写对过去的追思,则一切希望与欢乐也已经不可复得。首先"归云一去无踪迹"一句,便已经是对一切消逝不可复返之事物的一种象喻。盖天下之事物,其变化无常一逝不返者,实以"云"之形象最为明显。故陶渊明《咏贫士》第一首便曾以"云"为象喻,而有"暖暖空中灭,何时见余晖"之言,白居易《花非花》词,亦有"去似朝云无觅处"之语,而柳永此句"归云一去无踪迹"七字,所表现的长逝不返的形象,也有同样的效果。不过其所托喻的主旨则各有不同。关于陶渊明与白居易的喻托,此处不暇详论。至于柳词此句之喻托,则其口气实与下句之"何处是前期"直接贯注。所谓"前期"者,我以为可以有两种提示:一则可以指旧日之志意心期,一则可以指旧日的欢爱约期。总之"期"字乃是一种愿望和期待,对于柳永而言,则可以说他正是一个在两种期待和愿望上都已经同样落空了的不幸的人物。于是下面三句乃直写自己今日的寂寥落寞,曰"狎兴生疏,酒徒萧索,不似少年时"。早年失意之时的"幸有意中人,堪寻访"的狎玩之意兴,既已冷落荒疏,而当日与他在一起歌酒流连的"狂朋怪侣"也都已老大凋零。志意无成,年华一往,于是便只剩下了"不似少年时"的悲哀和叹息。这一句的"少年时"三字,很多本子都作"去年时"。本来"去年时"三字也未尝不好,盖人当老去之时,其意兴与健康之衰损,往往不免有一年不及一年之感。故此句如作"去年时",其悲慨亦复极深。不过,如果就此词前面之"归云一去无踪迹,何处是前期"诸句来看,则其所追怀眷念的,似乎原当是多年以前的往事,如此则承以"不似少年时",便似乎更为气脉贯注,也更富于伤今感昔的慨叹。柳永这首《少年游》词,前半阕全从景象写起,而悲慨尽在言外,后半阕则以"归云"为喻象,写一切期望之落空,最后三句以悲叹自己之落拓无成作结。全词情景相生,虚实互映,是一首极能表现柳永一生之悲剧而艺术造诣又极高的好词。总之,柳永以一个禀赋有浪漫之天性及谱写俗曲之才能的青年,而生活于当日士族家庭环境及社会传统中,本来就已经注定了是一个充满矛盾不被接纳的悲剧人物,而他自己由后天所养成的用世之意,与他先天所禀赋的浪漫的性格和才能,也彼此互相冲突。他在早年时,虽然还可以将失意之悲,借歌酒风流以自遣,但是歌酒风流毕竟只是一种麻醉,而并非可长久依恃之物,于是年龄老大之后,遂终于落得志意与感情全部落空的下场。昔叶梦得之《避暑录话》卷下记柳永以谱写歌辞而终生不遇之故事,曾慨然论之曰:"永亦善为他文辞,而偶先以是得名,始悔为己累……而终不能救。择术不可不慎。"柳永的悲剧是值得我们同情,也值得我们反省的。

三

平生心事黯销磨,愁诵当年煮海歌。
总被后人称"腻柳",岂知词境拓东坡?

在前一首绝句之论说中,我们已曾就柳永之家世及生平,说明过柳永在后天所养成的用世之志意,与先天所禀赋的浪漫之性格间,存在有一种悲剧性的冲突和矛盾。关于柳永的用世之志意,一般人多对之无所认知,因为柳永既没有显赫的功名,也没有详细的传记,而且除了歌辞以外,更没有正式的著述流传,因此一般人对柳永的印象,便似乎觉得他只是一个浪荡子弟而已。但如果我们仔细留意,便仍可以从一些有关柳永的零星记述中,窥见柳永除了谱写歌辞之浪荡子弟以外的另一种不同面貌。我们所首先要提出来加以介绍的,便是柳永写的一首七言长篇《鬻海歌》。关于柳永在歌辞以外的著述,虽然据叶梦得之《避暑录话》曾谓"永亦善为他文辞",但可惜这些文辞却没有得到整理流传,只是笔记及方志中,偶然记述了他的几篇诗作。其后清代之厉鹗曾将其诗作三首及断句一联收入《宋诗纪事》卷一三之中。从这些作品看来,其《赠内臣孙可久》一篇,有"厌尽繁华天上乐,始将踪迹学冥鸿"之句,是对于孙氏退隐生活之称述;其《中峰寺》一篇,有"旬月经游殊不厌,欲归回首更迟回"之句,则表现了对山中清静生活的留恋;其断句一联"分得天一角,织成山四围",则是对景物的描述。从这些作品虽然也可以看出他在歌舞流连以外的另一种生活情趣,但这些作品还只不过是一时偶然的酬赠遣兴之作而已,并没有很大的参考价值。至于另外一篇极值得注意的作品,便是我们在前面所曾提到的他的七言古风《鬻海歌》。现在我们先将这首诗抄录下来一看。

鬻海之民何所营,妇无蚕织夫无耕。衣食之源太寥落,牢盆鬻就汝输征。年年春夏潮盈浦,潮退刮泥成岛屿。风干日曝咸味加,始灌潮波增成卤。卤浓咸淡未得闲,采樵深入无穷山。豹踪虎迹不敢避,朝阳出去夕阳还。船载肩擎未遑歇,投入巨灶炎炎热。晨烧暮烁堆积高,才得波涛变成雪。自从潴卤至飞霜,无非假贷充饩粮。秤入官中充微直,一缗往往十缗偿。周而复始无休息,官租未了私租逼。驱妻逐子课工程,虽作人形俱菜色。鬻海之民何苦辛,安得母富子不贫?本朝一物不失所,愿广皇仁到海滨。甲兵净洗征输辍,君有余财罢盐铁。太平相业尔惟盐,化作夏商周时节。

这首诗,仅从其七言长歌的形式来看,我们已可见到这必是柳永一篇认真的力作。而且在《鬻海歌》的题目之下,柳永还有意模仿毛诗的《小序》,为之加了"悯亭户也"四个字的说明,便更可见到柳永写作此诗的严肃的态度。这种态度并非是高自标置,要将自己的作品拟比《诗经》,而是希望自己的诗篇,也能供风人采择,庶几上达皇听,或者能使这些可哀悯的"亭户"的生活得到一点改善。至于所谓"亭户"者,实在就是盐民。据《宋史·食货志》云:"环海之湄,有亭户,有锅户,有正盐,有浮盐。正盐出于亭户,归之公上者也;浮盐出于锅户,鬻之商贩者也。"柳永的这首长歌,对于这些穷困劳苦的盐民亭户的生活,有十分完整而详细的描述,既有深刻的观察,也有真挚的同情,从全篇叙写的口吻看来,真可以说是蔼然仁者之言。原来柳永曾经任职为晓峰盐场的盐官,属今日之浙江定海县,宋代属昌国县治,元代升县为州。元冯福京等编《昌国州图志》卷六不仅记载了柳永这一首长歌的全文,而且将之列入《名宦》的记述之中。综观有宋一代前后三百余年,而被此书记入《名宦》者,不过寥寥四人,而柳永独居其一,亦足可见柳永在当地的政绩之为人民所怀念了。而且柳永除了在晓峰盐场的盐官之任曾被当地之方志列入《名宦》以外,还有他任职余杭令的政绩,也曾被当地之方志列入《名宦》之中。《余杭县志》卷二一《名宦传》就曾记述说:"柳永字耆卿,仁宗景祐间余杭令,长于词赋,为人风雅不羁,而抚民清静,安于无事,百姓爱之。"从以上的记述,我们所可见到的是柳永在各地游宦时,其政绩所获得的百姓的爱戴。另外根据宋人笔记的记述,则柳永的才干也曾得到过一些政府官员的赏爱。一次是当他在仁宗景祐年间初任睦州推官之时,到任不过月余,就得到了州官吕蔚的荐举,但却受到侍御史郭劝的挫阻,以为其"到官始逾月,善状安在"？而且还因此改变了州官荐举的法则(见叶梦得《石林燕语》卷六)。又一次是在仁宗皇祐年间,当时柳永任屯田员外郎,久不迁调,入内都知史某爱其才,怜其潦倒,想要推荐他,遂令柳永写《醉蓬莱》词,献之仁宗。而词中用字有触忤仁宗之意者,遂自此不获进用。(见王辟之《渑水燕谈录》卷八。此故事亦见于其他笔记,而传闻微有不同,今之所述盖据唐圭璋《柳永事迹新证》之考订,见《文学研究》1957年第3期。)不过尽管柳永受到了挫阻,但从这些记述中,我们却足以见到他的才干确实是有可赏识之处的了。至于柳永传世之《乐章集》中,正式叙述自己志意的作品,则几乎没有。这自然因为在北宋的初期,所谓"词",还只不过是酒筵歌席的曲子而已,一般作者还没有想到可以用这种文学形式来抒写自己的怀抱志意。因此柳永传世之歌辞,遂大多只不过是供乐工歌伎演唱的曲辞,而这也正是使得柳永的形象,从他生前直到死后,都受到了毁损的主要原因。不过尽管如此,我们也偶或仍能从他所写的歌酒流连的曲词中,对他欲求仕用之志意,自侧面窥见一点端倪。就以他最为著名的一首《鹤冲天》词来说,他的浪漫狂放的口吻,如"才子词人,自是白衣卿相"及"忍把浮名,换了浅斟低唱"诸句,便曾为他招来统治阶级强烈的不满,也因此使他在读者中,一直留下了一个浪子的面貌。但是从这首词中前面所写的"明代暂遗贤,如何向"及"未遂风云便,争不恣狂荡"诸句来看,我们岂不仍可以见到在他的狂荡的背后,原来隐藏有一种自负贤才,希望得有风云之际会的志意？而且他在另一首《如鱼水》词中,还曾说过"时会高志须酬"的话,也可以为证。不过柳永的欲求仕用之志意,其间又杂糅着很多矛盾复杂的情绪。一则他虽然追求仕用,但对于名利的羁牵,却又表现得极为厌倦,这可能因为他所获得的职位,常是一些流转各地的卑微的小吏,如睦州推官及晓峰盐场盐官之类。这当然并不能满足他的风云际会的高志,然而为了糊口之计,他却又不得不忍受这种旅途的艰辛以及与所爱之人相分离的宦游的滋味。这对柳永而言,自然充满一种矛盾的痛苦。再则柳永又常存有一种希望,总想将其浪漫之天性与其追求仕用之志意结合为一,很多宋人笔记都记载有柳永在汴京想要干谒求得仕用的记述。如我们在论柳词第一首绝句的《词说》中,便曾提到柳永去干谒宰相晏殊的故事;在本篇中我们又曾提到柳永写《醉蓬莱》词进呈仁宗的故事,这当然都是柳永在汴都追求仕用之表现。而柳永浪漫之天性却使他在繁华的汴都中,也耽溺于歌舞的享乐,不断地为乐工歌伎填写歌辞。这两种不同的追求,在柳永心目中,是可以结合为一的,因此他在求仕用时,也往往希望以新词得到知赏。而殊不知在现实生活中,他之喜爱填写歌辞的浪漫行为,却在他求仕用的志意方面,造成了极大的挫阻。而柳永在离开汴京流转各地的羁旅行役之词中,还常常写到"帝里""帝京""都门"等字样,这种追忆,便不仅包含了对都城中歌舞爱情的怀念,也同时包含了对都城中仕用之机会的怀念。这是在柳永内心中另一种值得注意的矛盾之情况。而这种种矛盾复杂的情绪,在他的羁旅行役之词中,都得到了集中的表现,这正是他的羁旅行役之词何以写得特别好的一个重要原因。①

  说到柳永的羁旅行役之词,无论就形式而言,或者就内容而言,在中国词之发展演进的历史中,可以说都具有一种开拓的作用,而且影响了后世不少的作者。先就形式方面来说,柳永之开拓,当然主要在对于长调慢词之大量的使用,而且更因为柳永之精于音律,因此当柳永在采用慢词的曲调时,便往往并非死板的按曲填词,而是经常将旧有的曲调加以改写,也常常自谱新腔。这是我们只要将柳永的这些长调慢词与《云谣集》中同牌调的曲子一加比较,或者对《词谱》《词律》诸书中注

---

① 关于柳永的羁旅行役之词的欣赏,可参看《南开大学学报》1982年第3期所刊载之《柳永及其词》一文。该文为南开大学中文系七九级学生赵季所整理之作者讲课的录音。

有"创自柳永"或"此调首见《乐章集》"等附注略加查考,便可见到的。因此虽然同样是填词,但柳永词之声律的特别谐美,便成为其形式上的一种特别值得注意的特色。再加之柳永又往往使用长调,因此他遂又特别注意章法结构的层次拓展与情景之相互衬托的呼应,和每段转折之处的领字的使用(参看第69页注①),而这种种安排,便又成为其形式上之另一种特别值得注意的特色。这两种特色,对北宋后期长调之写作,特别是对于周邦彦之《清真词》之铺叙及音律,曾经产生过很大的影响。不过,两家却又微有不同之处,周济在其《宋四家词选》中即曾云:"清真词多从耆卿夺胎,思力沉挚处往往出蓝。然耆卿秀淡幽艳,是不可及。"此语真可谓深通两家异同消息者。其次,再就内容方面来说,本来词自五代之《花间集》以来,其内容原大多以叙写男女欢爱与离别相思之情意为主,一直到北宋初年,仍然沿袭着这种风气。晏殊、欧阳修之小词,虽然偶或也在伤春怨别的作品中予读者一种感发,使人们可以隐然想见其性情襟抱,但他们却从来也没有用小词的体式正面叙写过自己的怀抱和志意。那便因为在当时一般人心目中,还只是把"词"视为一种流行歌曲的曲辞,并未曾将之视为可以与诗歌并列的言志之作的缘故。因此,后来当苏轼把自己的逸怀浩气都写入词中时,才会使人觉得他与过去的"绮罗香泽"之态都不相同,而有"一新耳目"之感。至于柳永,则他为乐工歌伎所写的那些曲辞,却正是属于"绮罗香泽"的作品,因此后人遂往往将柳与苏视为迥然不同的两种派别,而以腻柳、豪苏分别称之。而殊不知天下一切事物之发展,皆莫不有其因缘和影响,苏词之开新也并非无本之突变,而被一般人视为"腻柳"的柳词,其羁旅行役之词在内容意境方面的某些拓展,却正有着影响过渡到"豪苏"的一种桥梁作用。

首先,我们先要对柳永的羁旅行役之词的意境略加探讨。如我们在前文之所叙及,天下之事物莫不有其因缘之所自,柳永的羁旅行役之词,在五代以来的词之传统中,当然是一种开拓,但究其源流之所自,则我以为实在当是五代之离别相思之词的扩展。这种扩展,大约可以分别为以下数点言之:其一,五代词中的离别相思之作,作者虽是男性,但却多以女性口吻出之,而柳永之词则是直接以男性之口吻,自写其羁旅行役之时的离别相思之情,因此便更富于真切写实之意味,此其扩展之一。其次,五代词所写的环境,往往多只限于闺阁园亭之中,而柳永之词则可以自写其行踪所及之广大的关塞山河,此其扩展之二。其三,五代词篇幅短小,语言蕴藉,其佳者固可以有深厚之意境,引人生丰富之联想,然其下者则篇篇锦屏山枕,处处玉炉红烛,便只成为全无个性的相袭之陈言了;而柳永之词则以长调之慢词,为铺陈之叙写,无论是眼前之景或心内之情,都有其个人鲜明真切之感受,如其《凤归云》一首之写"向深秋,雨余爽气肃西郊"之破晓的行程,《曲玉管》一首之写"每登山临水,惹起平生心事"的"一场消黯",《倾杯》一首之写"蛩响幽窗,鼠窥寒砚"之"客馆"中的"万里归心",便都能以自己之语言写自己之感受,这与五代之陈言相袭来比较,当然已是一种扩展。再就意境而言,则柳永的羁旅行役之词,更有可注意者二事:一则柳永在写羁情之中,已经有正式抒发志意的叙写,即如其《凤归云》一词之下半阕,便曾写有"蝇头利禄,蜗角功名,毕竟成何事,漫相高。抛掷云泉,狎玩尘土,壮节等闲消"的志意无成的悲慨。再则,更可注意的一点,就是柳永在叙写旅途中的山川景色时,往往可以从景物之中传达出一种自然感发的力量,这也就是我们在论柳词第一首绝句中所曾提出的所谓"兴象"的表现。而柳永这几点在内容意境方面的拓展,我以为很可能曾经给予过苏轼相当的启发和影响。例如《碧鸡漫志》即曾载云:"今少年妄谓东坡移诗律作长短句,十有八九不学柳耆卿则学曹元宠,虽可笑,亦毋用笑也。"近人陆侃如、冯沅君之《中国诗史》亦曾云:"苏轼在早年或曾一度学过柳永。"可见东坡词之是否曾受有柳永之影响,固早有臆测之说。不过,这些说法却都并不可信。首先《碧鸡漫志》所引当日"少年"之说,即本无依据,而且又谓苏词曾学曹元宠,而曹氏之时代实晚于苏氏(苏氏卒于1101年,曹氏则于1121年始赐同进士出身,见《全宋词》曹氏小传),可见所说之不足确信,故王灼以之为"妄"。再则陆、冯二氏谓苏氏早年或曾受柳之影响,其所引证者是指《彊村丛书》所收《东坡乐府》第三卷中一些不编年的风格"婉丽"的作品。然此一卷作品中原有不少伪作,亦不尽可依为信据。且陆、冯二氏只据其"婉丽"之风格,便以为苏词"或曾一度学过柳永",亦不过是貌相之言。然而如果因此就认为柳、苏二家词全无关系,则又不然。私意以为,苏氏对柳词实极为注意。盖苏氏正生当于柳词极为盛行之时代,故苏氏本集及宋人笔记中,皆曾载有苏氏论及柳词者多处。如苏氏本集中《与鲜于子骏》三首之二(见《苏东坡全集·续集》卷五《书简》)即曾云:"近却颇作小词,虽无柳七郎风味,亦自是一家。"又俞文豹《吹剑续录》(见《说郛》卷二四)载:"东坡在玉堂,有幕士善讴。因问:'我词比柳词何如?'对曰:'柳郎中词,只好十七八女孩儿执红牙拍板唱"杨柳岸晓风残月";学士词,须关西大汉执铁板唱"大江东去"。'公为之绝倒。"又《唐宋诸贤绝妙词选》载云:"秦少游自会稽入京见东坡,坡云:'久别当作文甚胜,都下盛唱公"山抹微云"之词。'秦逊谢。坡遽云:'不意别后公却学柳七作词。'秦答:'某虽无识,亦不至是。先生之言,无乃过乎?'坡云:'"销魂。当此际",非柳词句法乎?'秦惭服。"从上面的记述来看,一般所强调的都是苏词与柳词的不同之处,尤其在第三则中,苏轼似乎更明白地表现了对柳词之柔靡风格之不满。但这仅是苏氏对柳词之见解的一面而已,而且这种见解也只是当时士大夫们对柳词中部分为乐工歌伎所写的曲辞的一般看法。本来,苏轼对于柳词也有他自己一些与众不同的独到见解,而这种见解才是值得我们注意的。在论柳词绝句第一首的《词说》中,我们已曾经引过《侯鲭录》中所记载的一段苏轼赞美柳永的话,以为"世言柳耆卿曲俗,非也";又以为柳词之

《八声甘州》前半阕"霜风凄紧"数句,"于诗句不减唐人高处"。在那篇《词说》中,我们所着重分析的是"唐人高处"所代表的柳词的特质是什么,现在我们所要申论的,则是这种特质对苏词的启发和影响。苏轼所赞美之柳词"不减唐人高处"者,亦即正为他之有得于柳词之处。如我们在论柳词第一首绝句的《词说》中所言,柳词之"不减唐人高处"者,如其《八声甘州》诸作,其特色盖在于一则表现有开阔博大之景物形象,二则表现有雄浑矫健之声音气势,因此足以传达一种强大的感发之力量。而在苏轼的词中,便有不少作品,正都具有此种特色。即如他自己所写的同调的《八声甘州》词之"有情风、万里卷潮来"一首,便亦正复具有此种开阔博大之景象与夫雄浑矫健之音节,而且足以传达一种强大的感发之力量。这种启发和影响的关系,我以为乃是明白可见的。只不过柳永在开阔博大之景象与雄浑矫健之音节以后,往往笔锋一转,便又回到了柔情的叙写,而苏轼则是始终在开阔博大与雄浑矫健的豪气之中的。除此以外,柳永在羁旅之词中所完成的一些其他的拓展,如其以男子口吻之直叙自己的离别之怀与秋士之感,及其所记写之旅途所见的大地山川,和以自己之语言写自己之感受而不因袭陈言:凡此种种,我以为很可能都曾给予过苏轼若干启发和影响。苏轼以一世之雄才,具有明锐而博大之感知与融会之能力,他虽然不喜欢柳永那些为乐工歌伎所写的淫靡的曲辞,但对于柳词中一些具有开拓性之特质,必然曾经有所体悟,因此遂能将这些特质予以吸收和扩大,而为中国的词开拓出一片前所未有的广阔天地。柳词所给他的启发和影响,实在是不可忽视的。总之,柳永虽曾受有淫靡鄙下之讥,但他在中国词之发展史中,实在是一位极值得重视的作者,无论在形式方面或内容方面,都曾经对后世产生过重大的影响,这是我们在评论柳词时,所绝不该不加以注意的。

1983 年 11 月写于加拿大温哥华

论晏几道词在词史中之地位

一

艳曲争传绝妙辞,酒酣狂草付诸儿。

谁知小白长红事,曾向春风感不支?

关于晏几道之为人及其词之特质,缪钺先生在其所写的论晏几道之《词说》中,对之已有甚为精辟的解说(载《四川大学学报》1982年第3、4期),本来我并不敢更为续貂之举。但是在拟订撰写计划时,缪先生却一直鼓励我要对历代重要词人作比较有系统的论述。因此,我便想从词的发展方面,对晏几道词在词史中之地位再作一些补充的评述,并将之与其他一些类型相近的词人略作简单的比较。

谈到词的发展,自晚唐、五代以来,直到北宋早期的大晏、欧阳诸人的作品,他们所使用的牌调既大多都是篇幅短小的令词,所叙写的内容也大多都只是闺阁园亭之景、伤春怨别之情,无论就形式或内容而言,从表面看来,似乎都并没有显著的差别;然而事实上,如果就本质而言,则词这种新兴的韵文体式,却实已由不具个性的艳歌转为可借以抒写一己之情意的诗篇,而且更由于几位在学问、事功方面都卓有建树的作者之加入,遂使得这种原来不过是微物小篇的词作,竟然融入了一种极为高远深挚的意境,隐然流露了作者的性情襟抱,使读者可以产生无穷之感发与联想,而已经不再是只限于叙写饮酒听歌之事的艳词了。不过,这种意境与感发的形成,就作者而言,既只是一种无意之间的自然流露,就词之发展而言,也不过是一种潜移默转的暗流,而就表面之形式与内容而言,则并没有明显的改变。直到柳永与苏轼的出现,才使得词在形式和内容两方面都有了更为明显的开拓和变化。关于词在前一段发展中的潜移默转的演进,我在以前论述温、韦、冯、李、大晏、欧阳诸家词时,已对其间逐步之转化作过详细的说明,此不再赘;至于柳永与苏轼对词之开疆辟境的拓展,则我在专论二家词时,自然也将对之作详细的评述,也不拟在此更为辞费。我现在所要谈的,只是晏几道的《小山词》在此一发展之过程中,究竟该将之放在怎样一个地位的问题。

晏几道之生卒年不可详考。据夏承焘《唐宋词人年谱》中的《二晏年谱》,以为晏几道约生于宋仁宗天圣八年(1030),较柳永小四十余岁,较东坡则即使年长,也不过数龄而已。当时词中对长调的使用,在文士中可以说已经逐渐盛行,而就意境言之,则柳永之羁旅行役的铺陈和贫士失职的悲慨,与苏轼之逸怀浩气的胸襟和举首高歌的气度,也已经对词境有了很大的开拓。可是《小山词》中所写的则不仅在形式上属小令,极少长调,而且在意境上也全然没有柳与苏的铺陈、悲慨、胸襟和气度。《小山词》的内容大多只不过是"往者浮沉酒中",在他的友人沈廉叔、陈君龙(编者按:一作宠)家里,为一些美丽的歌女莲、鸿、蘋、云诸人所写的"每得一解,即以草授诸儿,吾三人持酒听之,为一笑乐"的歌辞而已。如果就此一点言之,则《小山词》之性质,与《花间集》中的一些艳词,实在有极为相近之处。所以陈振孙在《直斋书录解题》中就曾称《小山词》"独可追逼《花间》",其后毛晋在汲古阁《小山词跋》中,也曾称述说:"独小山集直逼《花间》。"这在陈氏与毛氏而言,对《小山词》当然原是一种赞美之辞,然而如果就词之发展演进而言,则《小山词》却实在该属于一种回流之嗣响。我这样说,对《小山词》也并无贬意,因为在历史的演进中,总是既有开新的先声,也有承前的嗣响的,而且同时在先声中也必然要有承前的延续,在嗣响中也必然会有开新的拓展。因此,晏几道的《小山词》在性质上虽是属于承袭《花间》的回流嗣响,但在风格与笔法方面,却也有不少异于《花间》之处的开新。关于此点,我将在下文再加以评论。总之,他的词就一般而言,是不仅未曾追随柳与苏的开新拓创,而且甚至连大晏和欧阳在词之潜移默化的演进中所达成的那种引人联想和感发的深远之意境,也竟然难得一见。他所写的听歌看舞之事与相思离别之情,就只是听歌看舞之事与相思离别之情。在他的《小山词》前面有一篇自序之文,曾说他对词之写作,原是因为"病世之歌词不足以析酲解愠"而写的"补乐府之亡"的歌辞,这与《花间集》序中所说的以当时流行的歌曲为俚俗,而要汇集一些"诗客"的曲子词,是为了"庶使西园英哲,用资羽盖之欢;南国婵娟,休唱莲舟之引"的编辑词集的用心,也是非常接近的。因此,陈振孙与毛晋二氏之称《小山词》为逼近《花间》,当然是一种有见之言。不过,在历史的发展中,虽可以有嗣响的回流,却决不会有一成不变的重复,晏几道的《小山词》便也并不曾完全重复《花间》词的意境,而是在回流的嗣响中,为歌筵酒席的艳词另开辟出了一片绿波容与、花草缤纷的美丽天地。下面我们便将对《小山词》与《花间集》中之艳词的相异之点以及他在回溯之中的开新成就,略加叙述和讨论。

《小山词》与《花间集》中的艳词,虽然从表面看来同样是以写歌舞、爱情为主的酒筵歌席之间的曲辞,但其间实在也有许多不同之处。首先是他们所叙写的对象不同,《花间集》中所写的女子,常只是一般的泛指,而《小山词》中所写的女子如莲、鸿、蘋、云等,则是一种特有的专指,而且所写的对象既有了不同,其间所具含的感情的品质便自然也有了不同,此其一;《花间集》中的艳词,所写的有时往往只是一种极为世俗和现实的情欲,而《小山词》中所写的则往往是一种诗意和善感的欣赏,此其二;《花间集》的艳辞丽句常不免仅是一种辞采的涂饰,而《小山词》中的辞句则是别具有一种清丽典雅之致,此其三。除去以上这些相异之点以外,还有更为重要的一点差别,那就是在写作之心情与态度方面的不同。《花间集》中的艳词,可能只是在五代之乱世中一些偷生苟安的士大夫们对于宴乐的耽溺,而晏几道的艳词,却颇有一点有托而逃的寄情于诗酒风流的意味。关于此点,缪钺先生曾经提出过,"晏几道不傍贵人之门,而独与小官郑侠厚善",以为"盖二人皆有正义感,不满于新政之弊也"。这种提法,甚为有见。原来在赵令畤的《侯鲭录》中曾有以下一段记载:"熙宁中,郑侠上书,事作下狱,悉治平时往还厚善者。……侠家搜得叔原与侠诗云:'小白长红又满枝,筑球场外独支颐。春风自是人间客,张主繁华得几时?'裕陵称之,即令释出。"(莹按:"张"字读去声;"裕陵"即神宗。)历来征引这一则故事者,都不过只是以之证明晏几道曾与郑侠有交往而已,而对于这一首诗本身所可能含有的隐讽之意,则都未曾加以注意。私意以为这首诗却原来有着极可玩味的含意。首句"小白长红又满枝",从表面看来,其所写的原只不过是春天花树上红白各色的满枝花朵而已,而其实他所隐讽的,却可能原是指当时朝廷上那些春风得意的形形色色的新贵。我之敢于作这种猜测,主要是由于此诗之第二句"筑球场外独支颐"七个字,实在极值得人们玩味。因为当春日之时,"小白长红"的各色花树原该是到处可见的,晏几道如果单纯只是写游春赏花,则何处园林胜地不可以叙写,又何必特别要标举出是在"筑球场外"?原来所谓"筑球"者,本是宋代一种极为流行的竞技之比赛,竞者要分为两队以互争胜负。这在两宋的笔记中,如《东京梦华录》及《都城纪胜》等书,皆有记叙。而这种胜负之竞技,则与朝廷官场中之党争的互相排挤倾轧大有相似之处。所以晏几道遂又在"筑球场外"之下加上了"独支颐"三个字。"支颐"者何?有所思之貌也。所思者何?则下二句之"春风自是人间客,张主繁华得几时"也。从全诗通篇之口吻看下来,则这二句分明乃是对于当时春风得意之新权贵们的一种隐讽,意谓其作威作福之

"张主繁华",亦不过如人间过客之终不能久也。我自信个人的这种解说绝非强为附会之辞,因为除了这首诗通篇之用字与口吻都可以使人引发此种讽喻之想以外,还有晏几道与郑侠平日为诗之态度,也都可以作为此种解说的一些旁证。晏几道与郑侠留传下来的诗都不多,在《宋诗钞》初集中,收有郑侠的《西塘诗钞》一卷,存诗不过二十八首而已。这些诗,就文学价值而言,也许并不能算是什么好诗,但就内容而言,则可以说篇篇都是言之有物的作品。尤其对王安石新政扰民之不满的态度,更是随处可见,最明显的如其《和荆公何处难忘酒诗》一首,所写的是"何处难缄口,熙宁政失中。四方三面战,十室九家空。见佞眸如水,闻忠耳似聋。君门深万里,安得此言通",其不满新政之意自是显然可见。至于晏几道的诗,则据《宋诗纪事》所载,其所存不过六首而已。除去前面所引的送给郑侠的标题为《与郑介夫》一首七绝以外,还有题为《戏作示内》一首五古与另外四首题画的诗(三首七绝、一首七律)。诗虽甚少,而值得注意的则是他的诗之风格与词之风格的迥然相异。他的词作是浪漫风流,而他的诗则极喜欢用意和说理,而最可以窥见他的心志的,则是他的题为《观画目送飞雁手提白鱼》的一首七言律诗。诗中写的是:"眼看飞雁手携鱼,似是当年绮季徒。仰羡知几避缯缴,俯嗟贪饵失江湖。人间感绪闻诗语,尘外高踪见画图。三叹绘毫精写意,慕冥伤涸两踌躇。"从他在诗中所写的"知几避缯缴""贪饵失江湖"以及"慕冥伤涸"的一些话来看,都可以见到他对于官场中得失争逐之营谋的恐惧和轻鄙。而他的"小白长红又满枝"一首七绝,不但全诗口吻使人生隐讽之想,就是按晏几道一般作诗之喜欢言志和用意的作风以及对官场的态度来看,我们说他的此首七绝有隐讽之意,也该是可能的。何况他赠诗的对象又是一向对新政不满的郑侠,则我们说他的这一首诗含有隐讽之意,就该不仅是可能的,而且是可信的了。幸而当年研治郑侠之狱的人没有像我这样"深文周纳"以求,才使得晏几道不但未曾因此获罪,反而因此得"裕陵称之,即令释出"。这实在不得不说是晏几道不幸中之大幸了。不过我们现在之引述这些故事和诗句,还并不是想要借此来判断晏几道与郑侠之狱的干连,而是因为对这一方面有了认识,方能证明我们在前面所提出的晏几道之艳词颇有借诗酒风流自遣的有托而逃的意味,而这种写作艳词之态度,则是形成了他的艳词中某些长处和缺点的主要原因;而除去这些诗酒风流的艳词以外,在晏几道的词中还流露有很深的盛衰今昔之感。夏敬观就曾说《小山词》中有"华屋山丘"之感,这与晏几道的身世自然有很密切的关系,而这也是影响他的词之风格与内容的另一重要因素。因此,我们在下节便将对晏几道之身世与为人也略加叙述,然后再结合本节所论晏几道对官场之态度,来对其为人与为词之本质和特色及其长处与缺点之所在,作一个整体之评述。

二

人间风月本无常,事往繁华尽可伤。

一样纯情兼锐感,叔原何似李重光?

黄庭坚在《小山集序》中,曾经说:"晏叔原,临淄公之暮子也。"据夏承焘《二晏年谱》之考证,则晏几道原来是晏殊的第七个儿子。当晏几道诞生时,晏殊大约四十岁,而晏殊自四十岁到六十岁逝世为止,在仕途中既曾一度仕至枢密使加同平章事,有位极人臣之贵,而另一方面则又曾为人所论劾,罢相出知外州军,辗转各地有十年之久。在这期间,对晏几道而言,则正值其由童年而少年的成长阶段,因此,在晏几道的性格方面,自然就免不了曾经受到此一阶段之家庭境遇对他所造成的若干影响。晏几道幼长于富贵之家,无衣食生计之忧,这正是他何以能够没有营谋争逐之心,对仕途之荣辱得失都鄙不一顾,而独具真淳之本性的一个重要因素,但同时晏几道却也曾亲身经历了他自己一家由盛而衰的境遇之变化。而且由于他自己之不经意于家人生产之事,常是"面有孺子之色",所以他一方面既可以有贵公子之"费资千百万"的豪举,而另一方面则也曾落到竟至于"家人寒饥"之匮乏的境地(以上所引,见黄庭坚《小山集序》,缪钺先生论晏几道的《词说》中已曾引用,不再详录)。再加之他又曾亲眼见到当年曾与他一起听歌看舞的两个密友——沈廉叔与陈君龙之一个"疾废""不偶",一个"垄木已长",所以在他的词中除了写歌舞、相思以外,便不免常常也表露出一种盛衰变化、今昔无常的悲欢离合之感伤。如果只从这种人生经历和词中之情意来看,则晏几道与当年"生于深宫之中,长于妇人之手"的"不失赤子之心"而身经亡国之变的南唐后主李煜,实在大有相似之处。而且在资质方面,晏几道也与李煜相似,同样禀赋有纯真的多情锐感的天性。不过,尽管他们二人有着如许多的相似之点,可是他们二人所写的词,却实在无论是风格、意境及成就,各方面都有着很多差别。首先,从风格方面来说,李煜之词是纯任天然,不假雕饰,而晏几道的词则是清辞丽句,优美风流;再从意境方面来说,则二人词中虽然同样写有盛衰无常之感,李煜的亡国以后之作,便往往能以极简短之小令,直写出千古人类所共有的无常之苦难与悲慨,而晏几道词中的盛衰今昔之感,却不免仍停留在对莲、鸿、蘋、云之歌舞爱情的追怀思念之中。因此,以成就而言,李煜词对五代艳词之发展,实在有开拓之功,而晏几道之成就,则仅在使歌筵酒席之艳词,在风格上有了一种更为典雅清丽之演化;而在意境方面,则就当时词之发展言之,便不仅未有开拓,反有转趋狭隘之嫌了。至于晏几道与李煜何以在遭际及禀赋方面既有相似之处,而其所表现及成就者又有如此不同的缘故,我以为约可归纳为以下二种因素:一则李煜所经历的盛衰之变化,乃是一种破国亡家的急剧的突变;而晏几道所经历的盛衰之变化,则是一个显赫的家族逐步衰落的徐缓的渐变。再则李煜之天性既更为纯真天然,不假雕饰,所以他对一切事物之感受,便往往可以达到一种摆落枝叶、直探核心的更为深入的境地;而晏几道则较重修饰之美,虽然他的修饰也仍可以说是"秀气胜韵,得之天然"(王灼《碧鸡漫志》卷二),但毕竟多了一层美感的间隔和点缀。因此,李煜的词乃独能特具一种震撼人心之力量,而晏几道之词则只表现了一种往事低回的怀思与感伤,缺少李煜那种奔涌和笼罩的超越于现实情事以外的更深广之意境。以前我在论南唐中主李璟词的时候,曾经试将诗歌中的兴发感动之作用,分别为三个不同之层次:第一个层次是属于官能之触引的感知;第二个层次是属于情感之触引的感动;第三个层次则是超越于前二者之上,更足以在心灵及哲思方面引起人深远之触引与联想的一种感发。如果以这三个层次为标准来加以衡量的话,则李煜亡国以后的一些作品,其直捣人心的笼罩之力,足以包举千古有情之人的无常之悲慨者,便可以说是已经由感动的层次进入了感发的境界。而晏几道的一些作品,却仍停留在个人情事的追怀伤感之中,便只能算是仍属于情感之感动的层次,而并未进入到可以予读者以更深广之触引和联想的感发之境界。这是我们就晏几道之家道中落的贵公子身份及其真纯锐感之天性,将他与另一位也曾经历身世之变,并且也同样具有真纯锐感之天性的词人李煜相比较,就二人词中所表露的盛衰之感,从诗歌中兴发感动之作用的本质方面所见到的差别。

其次,再把晏几道所写的一些歌舞流连、相思离别的情词艳曲,来与《花间集》中的这一类词,略加比较。在前面一首论晏几道词的绝句及解说中,我们已曾举引了一首"小白长红又满枝"的七言绝句,来说明晏几道的情词艳曲原来颇有一些借诗酒风流以自遣的有托而逃的意味,正因为这种写作的心情和态度,遂使得晏几道的情词艳曲与《花间集》中一些情词艳曲有了许多差别。先就《花间集》而言,我以为在这一部词集中所收录的情词艳曲,约而言之,大概可以分为以下三类:其一是如温庭筠词之不具个性的客观纯美的叙写,虽缺少直接的感动的力量,却可以因美感之联想而引人生托喻之想者;其二是如韦庄的词之个性鲜明口吻劲直,"其中有人,呼之欲出"的真正写一己之爱情者;其三是如欧阳炯、毛熙震、阎选诸人的一些艳词,既无美感,也无个性,更无真情,而只是浅露鄙俗地写一己之情欲者。而晏几道的情词艳曲,则并不属于此三类中的任何一类。举例而言,晏几道的词,如其所写的"手撚香笺忆小莲"(《鹧鸪天》)、"阿茸十五腰肢好"(《木兰花》)以及"记得小蘋初见"(《临江仙》)、"小琼闲抱琵琶"(《清平乐》)之类,所写的人物情事都是确实可指的,这便与第一类温庭筠词中所写的,如"鸾镜与花枝,此情谁得知"(《菩萨蛮》)及"眉翠薄,鬓云残,夜长衾枕寒"(《更漏子》)一类,并不必有真实之人物情事,而纯以美人之美,引起读者可以有托喻之想的艳词有了不同;而如果以晏几道词与韦庄之"其中有人,呼之欲出"的真正写爱情之词相比较,则韦庄的词,无论是以女子口吻所写的"妾拟将身嫁与,一生休"(《思帝乡》),或者以男子口吻所写的"绝代佳人难得,倾国,花下见无期"(《荷叶杯》),可以说都表现了一种倾心相爱的专注之意,而晏几道词所写的,如"彩袖殷勤捧玉钟"(《鹧鸪天》)、"小令尊前见玉箫"(前调)之类,便似乎只是歌舞场中偶然相悦的赏爱,无论对莲、鸿、蘋、云或其他一些女子,晏几道似乎都可以对其容色才艺之美有一种赏爱或牵萦,而却缺少一种专一和奉献的倾心相许的情意,这便使他的词与第二类像韦庄一样的情词,也有了相当的差别;再以晏几道的词与第三类像欧阳炯诸人的艳词相比较,则如欧阳炯的"胸前如雪脸如莲"的一首《南乡子》词,毛熙震的"暗想为云女,应怜傅粉郎"的一首《南歌子》词,阎选的"粉融红腻莲房绽,脸动双波慢"的一首《虞美人》词,他们所写的都是极浅露鄙俗的情欲,而晏几道的《小山词》中则并无此类的作品。晏几道所写的一般都只是低回婉转的赏爱和怀思,如其"记得小蘋初见,两重心字罗衣,琵琶弦上说相思。当时明月在,曾照彩云归"(《临江仙》)之描写一个才艺灵慧令人难忘的佳人,"醉别西楼醒不记,春梦秋云,聚散真容易"(《蝶恋花》)之叙写一种聚散无常的离别和怀思,这些词莫不写得清新典丽,形象优美,意致缠绵。这与第三类欧阳炯诸人的浅露鄙俗的艳词,自然更有着绝大的不同了,而使得晏几道的词,一方面虽是歌筵酒席之情歌艳曲,与《花间集》似乎大有相似之处,而另一方面却在意境上又与《花间集》之词有着许多差别,其主要的缘故,便正是由于如我们在前面所曾提到的,他之寄情于诗酒风流,原有着一种有托而逃以歌娱自遣的意味。他所写的原非空言泛指的无个性的艳词,所以不同于温庭筠一类的作品;他之本意原只在于歌娱自遣,也并非真对一个女子有了专一奉献、倾心相许的深情,所以也不同于韦庄一类的作品;而他又并不是果然真正耽溺于酣乐纵情,所以自然也绝不同于欧阳炯诸人一类的作品。因此,对晏几道之为人及其写作艳词之心情与态度有所了解,实在该是欣赏和评价《小山词》并区别其与《花间集》中艳词之同异的一个主要关键。

  以上,我们既然已曾就晏几道词中的盛衰今昔之感慨,将他与李煜作了比较,又曾就其词中的美女与爱情的内容,将他与《花间集》中的一些作者作了比较;而除此以外,还有两个人,我们也应该提出来与之一作比较的,一个便是晏几道的父亲晏殊,另一个则是时代较之稍晚,也同样以灵心善感著称的词人秦观。现在,我们先谈一谈晏几道词与其父晏殊词的比较。况周颐在《蕙风词话》中曾经说:"《小山词》从《珠玉》出,而成就不同,体貌各具,《珠玉》比花中之牡丹,《小山》其文杏乎?"这段话确实不失为有见之言。晏几道为晏殊之幼子,生长于宰相府中,有一位仕极人臣之贵而爱好歌辞令曲的父亲,则其耳濡目染之所熏习,自然会受到极大之影响,此种密切之关系自不待言。而且在晏几道的《小山词》中,也确实留有不少受到他父亲晏殊之《珠玉词》影响的痕迹。举例而言,如小晏《蝶恋花》词"东野亡来无丽句"一首中,有"酒筵歌席莫辞频"之句,大晏《浣溪沙》词"一向年光有限身"一首中,便也曾写有"酒筵歌席莫辞频"之句;小晏《鹧鸪天》词"题破香笺小砑红"一首中,有"花不尽,柳无穷"之句,大晏《喜迁莺》词一首便也有"花不尽,柳无穷"之句。除去这些全同的句子以外,至于辞意相似的句子就更多了。简单举几个例子,如小晏《临江仙》词"长爱碧阑干影"一首中之"霜丛如旧芳菲"之句,便与大晏《破阵子》词"忆得去年今日"一首中的"珍丛又睹芳菲"之句,极为相似;小晏《木兰花》词"小颦若解愁春暮"一首中之"挽断罗巾容易去"之句,也与大晏同调之词"燕鸿过后莺归去"一首中之"挽断罗衣留不住"之句,极为相似。如此之类,可谓不胜枚举(按:二晏词常有彼此互见及与他人互见者,今之所引皆以《全宋词》所著录者为准)。总之,晏几道词之受有其父晏殊词之影响,此自为不争之事实。但值得注意的则是,二晏词尽管从表面字句看来确有相似之处,但在整体的风格及意境方面,则二人却又有极大之差别。一般说来,我以为就风格而言,晏殊词是温润而疏朗,晏几道词则是秀丽而绵密;再就意境言之,则晏殊词往往表现有一种理性的反省和思致,而晏几道词所有的,则常只是一种情绪的伤感和怀思。而且在晏几道词中尽管有一些辞句及内容都与晏殊相近似的作品,但在整体的风格及意境方面,也依然有着明显的差别,这实在是一件极可玩味的事。举例而言,即如晏几道之一首《临江仙》词,全词是:

> 长爱碧阑干影,芙蓉秋水开时。脸红凝露学娇啼。霞觞熏冷艳,云髻袅纤枝。 烟雨依前时候,霜丛如旧芳菲。与谁同醉采香归。去年花下客,今似蝶分飞。

这首词与晏殊的一首《破阵子》词,无论在辞句及内容方面,都甚为相

近,晏殊的全词是:

> 忆得去年今日,黄花已满东篱。曾与玉人临小槛,共折香英泛酒卮。长条插鬓垂。　　人貌不应迁换,珍丛又睹芳菲。重把一尊寻旧径,所惜光阴去似飞,风飘露冷时。

如果从表面所用的辞句及所写的内容来看,这二首词确实有不少相近似之处,即如:前一首之"碧阑"便相当于后一首之"小槛";前一首之"芙蓉秋水开时"便相当于后一首之"黄花已满东篱";前一首之"霞觞熏冷艳"便相当于后一首之"香英泛酒卮";前一首之"云鬟袅纤枝"便相当于后一首之"长条插鬓垂";前一首之"霜丛如旧芳菲"便相当于后一首之"珍丛又睹芳菲";而两首内容所写的,都是去年与一个美丽的女子一同赏花饮酒,而今年则时节景物依然,但却已人事全非的伤感。不过,值得注意的则是,尽管这二首词有着如此多的相似之处,但在整体的风格和意境方面,则二者之间却实在有着不同的差别。首先就风格而言,小晏的"碧阑""霞觞""云鬟袅纤枝"等字样,都不免显得比大晏之"小槛""酒卮""长条插鬓垂"诸句,更多琢饰之意。再就意境而言,则小晏词在结尾之处所写的"去年花下客,今似蝶分飞",乃是一种情事的实指;而大晏在结尾之处所写的"重把一尊寻旧径,所惜光阴去似飞,风飘露冷时",则能把笔墨荡开,不再拘于狭隘的情事,而表现了一种颇为超远的人世无常的萧然寂寥之感。于此我们就可以见到,诗词之评赏,在辞句及内容等外表的区分以外,实在更当注意其在风格与意境方面的更细致也更深入的一种区分。因为这种区分才真正是关系到诗词最重要之本质,也就是其兴发感动之作用的质量的区分。而造成这种区分的主要因素,则是由于作者本身所具有的感发之生命,原来就有深浅、厚薄、广狭、大小多种不同之区别的缘故。如果以小晏与大晏相比较,则大晏之学养、襟抱、阅历各方面,自然都迥非小晏所能及,所以小晏纵然颖秀多才,但在其父晏殊相形之下,则不免要显得狭隘、幼稚得多了。况周颐把大晏词比作花中之牡丹,而把小晏词比作花中之文杏,我想这种比拟就决不仅是从外表的辞藻内容而言,而是就大晏词之风格意境,更具有一种高华雍容之风度而言的。

最后,再简单谈一谈晏几道之《小山词》与秦观之《淮海词》的比较。冯煦在《宋六十一家词选·例言》中,曾经将他们二人提出并论,说:"淮海、小山,真古之伤心人也。其淡语皆有味,浅语皆有致。"但也有人以为淮海更胜于小山,刘熙载在《艺概》中就曾经说:"少游词有小晏之妍,其幽趣则过之。"王国维在《人间词话》中更曾说:"冯梦华……谓:'淮海、小山,古之伤心人也。其淡语皆有味,浅语皆有致。'余谓此唯淮海足以当之;小山矜贵有余,但可方驾子野、方回,未足抗衡淮海也。"如果想对这些不同之意见加以详细之比较,则我们便需要对所涉及之诸位词人都有相当之了解,方能作深入之分析。然而依《灵谿词说》编写之次第,则以上诸位词人,都要待以后方能论及,因此,我们如今所能做的,便只是择其要者,先将晏几道与秦观词之异同略作极简单之说明。约言之,则我个人以为《小山词》与《淮海词》的相似之处,大概可以归纳为以下三点:其一是二人皆同样具有多情锐感之资质;其二是二人皆同样具有柔婉妍美之风格;其三是二人皆写有伤离怨别之情词。然而二人之词在意境之内涵质量方面,却实在并不全同。《小山词》的伤心之处在外表情事之追怀,《淮海词》的伤心之处则在内心神志之凄伤。而造成这种区别的主要原因,则根本仍在于秦观之襟怀、志意、身世、遭际,都与晏几道有所不同的缘故。据史传所载,秦观在少年时代,原是一个"豪隽""慷慨""好大而见奇"的人物,还曾经写有《郭子仪单骑见虏赋》,则其具有用世之志意自可概见一斑。而早年科第不偶,中年以后又坐元祐党籍,历谪数州,故其后期之词作乃特多挫伤凄厉之音;而晏几道则不过是一个富贵显宦之家中长成的贵公子而已,纵有真纯之本性、鄙薄世俗之功利，然而亦复不知人世之艰辛，即使不满当时之新政，借诗酒歌舞以为逃遣，但同时他便也果然在诗酒歌舞中自得其乐起来，而究其实，则正由于他对于国计民生本来也就并无深切之关怀。我尝以为在中国古代诗人中，本不乏一些鄙弃功利、不愿介入仕途的人物，即如晋、宋之际的陶潜之归隐田园，隋、唐之际的王绩之醉乡自适，便都是对于仕途不愿介入的诗人。然而"不介入"与"不关心"却并不相同。陶潜便曾写有"日月掷人去，有志不获骋。念此怀悲凄，终晓不能静"（《杂诗》十二首之二）的话，王绩也曾写有"弱龄慕奇调，无事不兼修。……明经思待诏，学剑觅封侯。……晚岁聊长想……谁知身世忧"（《晚年叙志示翟处士正师》）的话，他们的诗歌中之所以能有较深之意境，便正因为他们对世事虽然"不介入"，但却并不是"不关心"。而陶潜诗中之意蕴较王绩更为深广丰融，也便因为陶潜之"关心"的感情实在较王绩更为深切的缘故。总之，诗歌中所具含之感发意境的深浅厚薄，永远是与诗人自己所具含之感发生命的深浅厚薄，有着密切之关系的。晏几道与秦观之词只是在外表上有一些相同之处，但他们在襟怀志意方面却并不相同。冯煦将二人并称，便是因为只见其外表之同者，而未能见其内含之异者。他所说的"淡语皆有味，浅语皆有致"，如果只就外表辞句之妍美而言，则这确是晏几道与秦观所共有的长处。而王国维不同意冯氏之说，便因为王氏之评词，一向并不只重在辞句之外表，而更重在词中内含之意境，王氏所喜爱和称美之词，一般都是在意境方面特别富有感发之力量，能引起人较深远之体悟与联想的作品。而就此点言之，则《淮海词》之淡语有味、浅语有致之处，便远非小山所能及了。关于《淮海词》这方面的特色，此处不暇评述，等到以后正式论及秦观词的时候，当再加以详细的评说。

总之，就一般诗词的评赏言之，往往都是外表美丽的辞采和动人的情事更容易取得一般读者的喜爱和欣赏。至于诗歌意境中所蕴涵的感发生命之质量的多少厚薄,其幽微细致的区分,则就一般读者言之,便往往有得有不得了。所以晏几道的词,如就意境之博大深幽言之,虽有不及某些名家之处,然而喜爱欣赏《小山词》的读者,却一直不乏其人。而其主要之长处则一在于形象之优美,二在于音调之铿锵,三在于情事之曲折,四在于口吻之动人,五在于辞采之秾丽。缪钺先生在其《论晏几道词》之评述中,就曾举出过他的"彩袖殷勤捧玉钟"一首《鹧鸪天》词,说他"用了许多漂亮的颜色字面","写得非常绚烂",又说他用了许多同韵母的阳声字,"仿佛是听一首谐美的乐曲"。又谈到他前半阕所写的"追忆往事","似实而却虚",后半阕是"真的相遇","反倒疑是梦中",这些评析都极能掌握《小山词》之特质的长处。至于这首词中所用的"殷勤""捧""拚却""舞低""歌尽""剩把""犹恐"等字样,则皆足以加强其叙写之口吻,使人有更强烈之感动。因此,黄庭坚《小山集序》乃称其"清壮顿挫,能动摇人心"。所以《小山词》之意境,纵不免有失之浅狭处,然而论其成就,则确实曾在词之发展中,虽未随众水俱前,而回波一转,却能另辟出了一片碧波荡漾、花草缤纷之新天地。这种成就自然也是不可低估的。

1983 年 8 月写于成都

论苏轼词

一

揽辔登车慕范滂,神人姑射仰蒙庄。

小词余力开新境,千古豪苏擅胜场。

在《宋史》苏轼的传记中,开端就记载了他早年时代的两则故事。一则是说,当他十岁时,"父洵游学四方,母程氏亲授以书,闻古今成败,辄能语其要。程氏读东汉《范滂传》,慨然太息。轼请曰:'轼若为滂,母许之否乎?'程氏曰:'汝能为滂,吾顾不能为滂母耶?'"又一则则是说他长大之后:"既而读《庄子》,叹曰:'吾昔有见,口未能言,今见是书,得吾心矣。'"此二则故事,本来都出于苏轼之弟辙为他所写的《墓志铭》中,这两段叙述可以说是极为扼要地表现了苏轼之性格中的两种主要的特质。一种是如同东汉桓帝时受命为清诏使,登车揽辔,遂慨然有澄清天下之志的范滂一样,想要奋发有为,愿以天下为己任,虽遇艰危而不悔的用世之志意;另一种则是如同写有《逍遥游》和《齐物论》中之"大浸稽天而不溺,大旱金石流、土山焦而不热"的"姑射神人"与"栩栩然"超然物化的"梦中蝴蝶"之寓言的庄子一样,有不为外物之得失荣辱所累的超然旷观的精神。记得以前我们在论柳永词的时候,曾经述及柳永之生平,以为柳氏乃是在用世之志意与浪漫之性格的冲突矛盾中,一生落拓,而最终陷入于志意与感情两俱落空之下场的悲剧人物;然而苏轼则是一个把儒家用世之志意与道家旷观之精神,作了极圆满之融合,虽在困穷斥逐之中,也未尝迷失彷徨,而终于完成了一己的人生之目标与持守的成功的人物。① 苏氏一生所留下的著述极多,他的天才既高,兴趣又广,各体作品都有杰出的成就。其中所保留的三百余首小词,在他的全集中所占的比例并不大,此在东坡而言,可以说仅是余力为之的遣兴之作而已。然而就在这一部分余力为之的数量不多的小词中,却非常有代表性地表现了他的用世之志意与旷观之襟怀相结合而形成的一种极可注意的特有的品质和风貌,为小词之写作,开拓出了一片广阔而高远的新天地。这种成就是极值得我们注意而加以分析的。

本来,早在我们论欧阳修词的时候,就已曾经提出来说过,北宋的一些名臣,既往往于其文章德业以外,有时也耽溺于小词之写作,而且在小词之写作中,更往往于无意间流露其学养与襟抱之境界。这种情形,原是歌辞流入文士之手,因而乃逐渐趋于诗化的一种自然之现象。在此一演变之过程中,早期之作如大晏及欧阳之小词,虽然也蕴涵有发自于其性情襟抱的一种深远幽微之意境,但自外表看来,则其所写者,却仍只不过是些伤春怨别的情词,与五代时《花间集》中的艳歌之词,并没有什么明显的区分。一直到了苏氏的出现,才开始用这种合乐而歌的词的形式,来正式抒写自己的怀抱志意,使词之诗化达到了一种高峰的成就。这种成就是作者个人杰出之才识与当时之文学趋势及社会背景相汇聚而后完成的一种极可贵的结合。如果说晏、欧词中所流露

---

① 苏轼之思想于儒道二家以外,其后亦受有佛家之影响。盖苏轼之性情超旷,才识过人,故能撷取诸家思想之与自己性情相近者,使之皆成为自己修养之一部分。就苏氏之见,盖以为儒、释、道三者,在相异之中亦有相同之处,虽相反,而可以互相为用。苏辙在其所撰《老子解》之跋文中,即曾引苏轼之语云:"使汉初有此书,则孔子、老子为一;使晋宋间有此书,则佛老不为二。"(见《丛书集成》本《老子解》)苏轼在其自己所写之《祭龙井辩才文》中,亦曾以为虽然"孔老异门,儒释分宫",然而"江河虽殊,其至则同",当其为人所用,则可以"遇物而应,施则无穷"。(见《苏东坡全集·续集》卷一六)此种融汇运用之妙,盖正为苏氏一己学而有得之言也。

的作者之性情襟抱,其诗化之趋势原是无意的;那么在苏轼词中所表现的性情襟抱,则已经是带着一种有意的想要开拓创新的觉醒了。苏氏在给鲜于子骏(侁)的一封信中,就曾经明白提出来说:"近却颇作小词,虽无柳七郎风味,亦自是一家。"(《苏东坡全集·续集》卷五《书简》)其有心要在当日流行的词风以外自拓新境的口气,乃是一望可知的。如果我们想要对苏轼在词的写作方面,从开始尝试到终于有了自成一家之信心的过程一加考察,我们就会发现他的这一段创作历程,大约是从熙宁五年(1072)到元丰二年(1079)之间的事。在苏轼的早期作品中,似乎并没有写词的记录。苏轼抵杭州任在熙宁四年冬,而据朱彊村编年龙榆生校笺之《东坡乐府笺》,其最早之词作乃是由次年春以后所写的《南歌子》《行香子》及《临江仙》等一些游赏山水的短调小令。至于其长调之作,则首见于熙宁七年秋移知密州时所写的一首《沁园春·赴密州,早行,马上寄子由》①。自兹而后,其词作之数量既日益增多,风格亦日益成熟。其在密州与徐州之所作,如《江城子·乙卯正月二十日夜记梦》的一首悼亡词,及另一首《江城子·密州出猎》词,和《水调歌头·丙辰中秋欢饮达旦,大醉,作此篇,兼怀子由》词,与《浣溪沙·徐门石潭谢雨道上作》五首叙写农村的词,仅只从这些作品在词之牌调后面各自附有种种不同的标题来看,我们便已经可以清楚地见到苏轼之想要以诗为词的写作的意念,以及其无意不可入词的写作之能力,都已经得到了很好的实践的证明。他给鲜于子骏的那封信,

---

① 按苏轼此词,元好问曾疑为伪作,见《元遗山文集》卷三六之《东坡乐府集选引》云:"绛人孙安常注坡词……删去他人所作……五十六首……不可谓无功。然尚有可论者……如'当时宋客长安……袖手何妨闲处看'(莹按:即此词之下半阕)之句,其鄙俚浅近,叫呼炫鬻,殆市驵之雄,醉饱而后发之……而谓东坡作者,误矣。"元氏之言,盖由其素日推尊苏词,故而不欲以此等浅率之句属之苏轼,然苏词并非绝无浅率之笔,此意当于下一节详之。且自孙安常以来,历代编选校注苏词者,多仍以此词属之苏氏。元氏之说,并无确据,似仍以从众为是。

就正是他对自己此一阶段之词作已经达成了某一种开拓的充满自信的表示。经历了此一阶段的由尝试而开拓的创作的实践,苏轼的诗化之词遂进入了一种更纯熟的境界,而终于在他贬官黄州以后,达到了他自己之词作的质量的高峰。而在此高峰中,有一点最可注意的成就,那就是苏轼已经能够极自然地用小词抒写襟抱,把自己平生性格中所禀有的两种不同的特质——用世之志意与旷达之襟怀,作了非常完满的结合融会的表现。即如其"莫听穿林打叶声"之一首《定风波》词、"照野弥弥浅浪"之一首《西江月》词、"大江东去"之一首《念奴娇》词、"夜饮东坡醒复醉"之一首《临江仙》词,以至将要离黄移汝时,他所写的"归去来兮"之一首《满庭芳》词,便都可以说是表现了此种独特之意境的代表作品。

  经过前一节的概述,我们对于苏轼在小词方面由初期之尝试而逐渐开拓的发展,以及后期之能成功地使用此一形式来表达自己的性情襟抱中的某些主要的特质,从而形成了自己独特之意境与风格的过程,可以说已经有了简单的认识,下面我们便将对于促使其如此发展的某些外在与内在之因素略加分析。如我们在前文所言,世所流传的苏轼的词作,是从神宗熙宁五年他出官杭州以后才开始的,那时的苏轼已经有卅七岁。关于此一情形,可以引起我们两点疑问:其一是苏轼早年是否对于词之写作全无兴趣?其二是如果有兴趣,又何以晚到将近四十岁才开始着手于词之写作?关于此二问题,我们可以从苏轼全集的其他作品中,找到一些答案。苏轼在黄州时曾经给其族兄子明写过一封信(见《苏东坡全集·续集》卷五《书简》),其中曾提道:"记得应举时,见兄能讴歌,甚妙。弟虽不会,然常令人唱为何词。"[①]从这段叙述,可见苏轼盖早在赴汴京应举的时候,就已经对当时流行的传唱的歌辞有

---

① 按此句原文如此,苏轼之意,盖谓自己虽不能歌,然常令人唱为任何歌辞而听之也。

了兴趣。本来以像苏轼这样多才而富于情趣的一位诗人,来到遍地歌楼酒肆、按管弹弦的繁华的汴京,若说他竟然完全不被这种流行的乐曲和歌辞所引动,那才是一件绝不可能的事。所以苏轼在其与友人的书信及谈话中,都曾多次提到当时作曲的名家柳永,这便是苏轼也曾留意于当日传唱之歌辞的最好的证明。不过,值得注意的是,苏轼在当时却并未曾立即致力于词的写作,我以为那是因为当日的苏轼还正是一个满怀大志的青年,初应贡举,便获高第,而且得到了当日望重一时的名臣欧阳修的不同寻常的知赏,因此当日苏轼所致力去撰写的,乃是关系于国家治乱安危之大计的《思治论》和《应诏集》,那些为朝廷谋深虑远的《策略》等论著,在这种情形下,他当然无暇措意于小词之写作。如此一直延续到神宗熙宁四年,虽然其间苏轼曾经先后因母丧及父丧两度返回眉山守制家居,而且当其再度还朝时,神宗已经任用王安石开始变行新法,但苏轼之慨然以天下为己任的心志则仍未改变。他既先后给神宗写了《议学校贡举状》和《谏买浙灯状》等疏状,更陆续写了两篇长达万字以上的《上皇帝书》和《再上皇帝书》,因此遂招致忌恨,有御史诬奏其过失(见苏轼墓志铭),乃请求外放,通判杭州。而苏轼致力于小词之写作,就正是从他到达杭州之后开始的。我认为此一开始作词之年代与地点,对于研究苏轼词而言,实在极值得注意。因为由此一年代,我们乃可以推知,苏轼之开始致力于词之写作,原来正是当他的"以天下为己任"之志意受到打击挫折后方才开始的。而就地点而言,则杭州附近美丽的山水,又正是引发起他写词之意兴的另一因素。本来,如我们在前文所言,用世之志意与超旷之襟怀原是苏轼在天性中所禀赋的两种主要特质。前者为其欲有所作为时用以立身之正途,后者则为其不能有所作为时用以自慰之妙理。苏轼之开始写词,既是在其用世之志意受到挫折以后,则其发展之趋势之终必形成以超旷为主之意境与风格,就原是一种必然之结果。只不过当他在杭州初开始写词时,尚未能纯熟地表现出这种意境与风格的特色,而仍只是在一种尝试的阶段。由杭州时期所写的一些令词,到他转赴密州时所写的"早行,马上寄子由"的一首长词《沁园春》,苏轼都还免不了有一些学习模仿和受到别人影响的痕迹,而其中最值得一提的则是欧阳修和柳永。原来早在我们写《论欧阳修词》一篇文稿时,在结尾之处便已经引过冯煦之《蒿庵论词》的话,说欧词"疏隽开子瞻"。盖欧词之特质,固正如我们在以前之所论述,原在于其具有一份遣玩之意兴,而且欲以之作为遭遇挫折忧患后之一种排解之力量。而苏轼早期在杭州通判任内所写的一些游赏山水的令词,其性质便与欧词的此一种意境及风格甚为相近。盖欧、苏二人皆能具有古代儒家所重视的善处穷通之际的一种自持的修养,不肯因遭遇忧患而陷于愁苦哀伤,如此就必须常保持一种可以放得开的豁达的心胸,而在作品中,便也自然形成了一种比较疏放的气势。而这也正是冯煦所说的"疏隽"的特色,而由此更开拓出去的苏轼,他在不以穷通介怀的修养方面,既与欧公有相近之处,而且在早年应举时,又曾特蒙欧公之知赏,而欧公原来本极喜欢写制小词付之吟唱,是以苏轼必曾对欧阳修之词,留有深刻之印象,此在苏轼之词作中,固曾屡屡及之。即如其《西江月》(三过平山堂下)一首,所咏之平山堂既原为欧公当日之所修建,而其词中之所谓"仍歌杨柳春风"一句,更指的就是欧阳修当年写的《朝中措》(平山栏槛倚晴空)一首中的"手种堂前垂柳,别来几度春风"的词句;再如苏轼的《木兰花令》(霜余已失长淮阔)一首,更是在题目中便已经注明是"次欧公西湖韵",而其中所写的"佳人犹唱醉翁词",也指的正是欧阳修当年所写的《玉楼春》(西湖南北烟波阔)一首歌咏颍州西湖的词句。(莹按:《玉楼春》即《木兰花令》,为同调之异名。)从这些例证,我们不仅可以见到苏词之曾受有欧词之影响,而且还可以见到这种影响之作用,主要盖可以归纳为两点特质:一点即是如欧阳修在《朝中措》一词中所表现的"平山栏槛倚晴空,山色有无中"之疏放高远的气度;另一点则是如欧阳修在《玉楼春》一词中所表现的"西湖南北烟波阔,风里丝簧声韵咽"之遣玩游赏的意兴。而苏轼早期所写的一些游赏山水的令词,就正表现了他所受到的这两点影响的痕迹。即如其熙宁五年在城外游春所写的"昨日出东城,试探春情"的一首《浪淘沙》词,其所表现的主要便是一种游赏遣玩的意兴。而其熙宁六年过七里濑所写的"一叶舟轻,双桨鸿惊,水天清、影湛波平"的一首《行香子》词,则其所表现的又隐然有一种疏放的气度。而以上这两类风格,便恰好正代表了苏轼得之于欧阳修的两点主要的影响。不过苏轼之性格又与欧阳修毕竟有所不同,欧之放往往仅是借外景为遣玩的一种情绪方面的疏放,而苏之放则往往是具有一种哲理之妙悟式的发自内心襟怀方面的旷放。所以欧词之内容仍大多只是以写景抒情为主,而极少写及哲理或直抒怀抱之句;而苏词则于写景抒情之外,更往往直言哲理或直写襟怀。即如其《行香子》(一叶舟轻)一首下半阕所写的"君臣一梦,今古虚名"数句,及《虞美人》(湖山信是东南美)一首下半阕所写的"夜阑风静欲归时,惟有一江明月碧琉璃"数句,前者是哲理性的叙述,后者则隐然喻现了一种开阔的襟怀。像这两种意境,便不仅是欧阳修词中所少见的,也是《花间》以来五代、宋初各家词作中所少见的。所以苏轼早期的词,虽然也流露有曾受过欧词影响的痕迹,然而却同时也已经表现了将要从欧之"疏隽"发展开拓出另一条更为开阔博大之途径的趋向。以上可以说是从早期的苏词中所可见到的欧词对苏词之影响,以及二人间之继承与开拓的关系。下面我们便将对柳永词及苏轼词之间的关系,也略加探讨。我们以前在论说柳永词的时候,本来也曾提到过苏轼对柳词之特别注意,以及苏轼对柳词之两种不同的评价。根据苏轼自己的作品和宋人笔记中的一些记述来看,苏轼对当时词人作品的关心和评论,实在以有关柳永的记述为最多,而且往往欲以自己之所作来与柳词相比较。即如我们在前文所引苏轼在《与鲜于子骏》中所说的"虽无柳七郎风味,亦自是一家"的话,其欲以自己之词作与柳词相比较的口吻,就是显然可见的。再如我们以前在《论柳永词》一文所举引的宋人笔记的记述,说苏轼在玉堂之日,曾问幕士自己之所作比柳词何如的故事(见俞文豹撰《吹剑续录》)。这些记述都表现出苏轼对于柳永的词,实在非常重视,所以才斤斤欲以自己之所作与柳词相比较。至于苏轼对柳永之评价,则可以分为正反两种不同的意见。先从反面的观点来看,即如《词林纪事》卷六引《高斋诗话》所记载的秦观自会稽入京见苏轼,苏轼举秦之《满庭芳》(山抹微云)一首中之"销魂。当此际"数语,以为秦氏学柳七作词,而语含讥讽之意。(此一故事,又见于《御选历代诗余》卷一一五及叶梦得《避暑录话》卷下,所引述者大旨相同,已详《论柳永词》一篇中,兹不再赘。)从这些记述来看,都可见到苏轼对于柳词的某些风格,是确实有不满之处的。可是值得注意的是,另一方面则苏轼对柳永之词却也曾备致赞扬。我们在以前《论柳永词》一文中,便曾经引述过赵令畤之《侯鲭录》、吴曾之《能改斋漫录》及胡仔之《苕溪渔隐丛话》所转引之《复斋漫录》等诸宋人之记述,皆谓苏轼曾称美柳词《八声甘州》(对潇潇暮雨洒江天)一首中之"渐霜风凄紧,关河冷落,残照当楼"数句,以为其"不减唐人高处"。总结以上之记述,我们可以把苏轼对柳词之态度,简单归纳为以下三点:其一是对柳词极为重视,将之视为相互比并的对手;其二则是对柳词中的淫靡之作也表现了鄙薄和不满;其三则是对柳词中之兴象高远之特色,则又有独到的赏识。基于此种复杂的态度,因此柳词与苏词之间,就产生了一种颇不容易为人所体会的微妙的关系。首先就苏轼对柳词之重视而言,当仁宗嘉祐二年(1057),苏轼初来汴京应举之时,盖正为柳词盛行于世到处传唱之际,此种情形必曾予青年之苏轼以极深刻之印象。因此当苏轼后来也着手开始写词之时,他所写的第一首长调《赴密州,早行,马上寄子由》的《沁园春》词,就留下了明显的曾受柳词影响的痕迹。即如该词上半阕所写的"孤馆灯青,野店鸡号,旅枕梦残。渐月华收练,晨霜耿耿,云山摛锦,朝露漙漙"数句,便与柳永的羁旅行役之词中铺叙景物的手法和风格甚为相近。这种情形,无论其出于有心之模仿或无心之影响,我以为都是一种可以谅解的极自然的现象。因为一般说来,由写诗而转入写词之尝试的作者,习惯上往往多是先从小令开始,即使高才如苏轼者,对此也不例外。此盖由于小令之声律与近体诗较为接近,习惯于写诗之人,对小令之声律便也更易于掌握。所以苏轼最早所写的词作,原来也是与欧阳修之疏隽的风格相接近的、表现有高远疏放之气度和游赏遣玩之意兴的令词。及至他后来要尝试长调慢词之写作,而慢词之声律及铺排既迥然不同于近体诗和短小的令词,如此则在未能熟练地掌握慢词之特色与手法之际,若想找一个足资参考借鉴的作者,则苏轼所熟悉的一位曾予他以极深之印象的慢词的作者,当然就是柳永。所以他的第一首长调的《沁园春》词,就不免流露了柳词之影响的痕迹。不过以苏轼之高才,自并非柳永之所能局限,何况以他的旷逸之天性,对柳永的一些淫靡鄙俗之作又本来就有所不满,因此他遂又想致力于变革柳词之风气而独辟蹊径,自成一家。在这种开径创新的拓展中,苏词之最值得人注意的一点特色,就是其气象之博大开阔,善写高远之景色,而充满感发之力量。即如其《赤壁怀古》一首《念奴娇》词开端之"大江东去,浪淘尽、千古风流人物"数句及《快哉亭作》一首《水调歌头》词开端之"落日绣帘卷,亭下水连空"数句,以及《寄参寥子》一首《八声甘州》词开端之"有情风,万里卷潮来,无情送潮归"数句,凡此之类,盖皆有如前人评苏词之所谓"逸怀浩气,超然乎尘垢之外",大有"使人登高望远,举首高歌"之意味。故后人往往称苏词为"豪苏",而称柳词为"腻柳",以表示二人之风格之迥然相异,而殊不知二人风格虽异,但苏词中此等兴象高远之笔致,却原来很可能正是有得之于柳词之启发和灵感。苏轼之赞美柳永的《八声甘州》(对潇潇暮雨洒江天)一首词,举出其中的"渐霜风凄紧,关河冷落,残照当楼"数句,以为其"不减唐人高处",就正是此中消息的一点泄漏。因为柳词这几句的好处,原来就正在于其所写的景象之高远和富于感发之力量,而这也就正是苏词对之称赏有得之处。而且柳词中表现有此一类气象与意境之作,还不仅限于此词之此数句而已。即如以前我们在《论柳永词》一文中,所曾举引过的《雪梅香》(景萧索,危楼独立面晴空)一首、《曲玉管》(陇首云飞,江边日晚)一首及《玉蝴蝶》(望处雨收云断)一首,这些词便也都是极富于此种高远之兴象的作品。盖柳词中虽然有不少为乐工歌伎而写的淫靡之作,但另外却也有不少极富于高远之兴象,表现了一己才人失志之悲慨的作品。所以柳词中可以说本来就含有两类不同性质的作品,苏轼所鄙视的是柳永的前一类作品,而其所称赏者,则是柳永的后一类作品,只不过柳词常把这种兴象高远的秋士之慨,与缠绵柔婉的儿女之情结合在一起来抒写,因此遂往往使一般人忘其高远而只见其淫靡了。而苏轼则具有特别过人的眼光,能见到柳词中这一类意境之"不减唐人高处"。此种赏鉴之能力,一方面固然由于苏轼之高才卓识果有过人之处,另一方面也由于此种高远之气象与苏轼开阔超旷之天性也原有相近之处的缘故。但同时此种天性却又正是促使苏轼的词向着另一条途径发展,终于形成了与柳词全然相异之另一风格的主要因素。此种关系,看似微妙,却也并不难于理解。盖正如上文论及欧词与苏词关系时之所言,欧词与苏词的同中有异,其故乃在于欧词之放,仅为借外景遣玩时情绪之疏放,而苏词之放,则为发自内心襟怀的具有哲理意味的旷放。是则造成欧、苏两家词风不同的主要因素,原即在于苏氏天性中所具有的一种超旷之特质。现在我们又论及柳词所写高远之兴象,虽与苏词有近似之处,但两家风格乃迥然相异,其主要之区别,便也仍在于二人天性之不同。柳词所写景物虽极高远,但多为凄凉、日暮、萧瑟、惊秋之景,其景与情之关系,乃是由外在凄凉之景,而引起内心中失志之悲,这当然是由于柳永自己本来就是一个落拓失志的词人之故。至于苏轼所写的高远之景象,则使人但见其开阔博大,而并无萧瑟凄凉之意,其景与情之关系,乃是作者天性中超旷之襟怀与外界超旷之景物间的一种即景即心之融会。而且柳词在写过高远的景物以后,往往就又回到其缠绵的柔情之中,但苏轼则常是通篇都保留着超旷之襟怀与意兴。所以苏轼虽然也曾从一部分柳词"不减唐人高处"的意境和气象中获得启发,但却并未为其所限制,而终于蜕变成与柳词迥异的超旷之风格。总之,苏轼与柳词之关系,也正像他与欧词的关系一样,早期作品中虽曾受到若干影响,却终于突破局限,而开拓出自己的道路,至其开拓之主要方面,则是以其天性中超旷之精神为本质的一种超旷之风格。在这种继承与开拓之关系中,我们既看到了词这种文学体式,在本身发展方面之一种要求开拓的自然趋势,也看到了北宋时到处演唱歌辞的社会背景对一位多才且兴趣广泛的作者的影响,更看到一位具有特殊禀赋的诗人,如何发挥其本身禀赋之特质,因而突破前人之局限,而开拓出自己的一条途径来。英雄既足以创造时势,时势也可以成就英雄,在词之发展史中,苏轼就正是这样一位天性中既具有独特之禀赋,又生当北宋词坛之盛世,虽然仅以余力为词,而却终于为五代以来一直被目为艳科的小词,开拓出一片高远广大之新天地的重要的作者。

二

  道是无情是有情,钱塘万里看潮生。
  可知天海风涛曲,也杂人间怨断声。

  在前一节中,我们已曾论到苏轼天性中盖原禀赋有两种不同之特质:一种是儒家用世之志意,另一种则是道家超旷之精神,前者是他欲有所为之时的立身之正途,后者则是他不能有为之时的慰解之妙理。苏轼之开始致力于词之写作,既是在其仕途受到挫折以后,则其词之走向超旷之风格,便自是一种必然之结果。何况我们以前在论欧阳修词时,还曾提到过"观人于揖让,不若观人于游戏"的话,一般人作词之态度既不像作诗之态度那样严肃,因此当其写词之时,反而也就更能摆脱在严肃的文学作品中之有意为之的拘束,而往往可以更加自然地流露出自己天性中之某些特质。所以苏轼的词作,乃较之其全集中之其他体式的文学作品,更为集中地表现了这种超旷之特质。当然,苏轼词中原不仅只有超旷的一种风格(关于苏词中的其他风格,我们将留到下节再加讨论),不过超旷乃是苏之所以异于其他诸词人的主要特色。关于此一特质,也有人以豪放称之,且将之与南宋之辛弃疾并称,以为苏、辛二家乃两宋豪放词人之代表作者。其实苏、辛二家之词风原不尽同,王国维在其《人间词话》中曾云"东坡之词旷,稼轩之词豪",这是极有见地的话。盖辛词沉郁,苏词超妙,辛词多愤慨之气,苏词富旷逸之怀。虽然二人皆有其能"放"之处,而其所以为"放"者,则并不相同。一般说来,辛词之放是由于一种英雄豪杰之气,而苏词之放,则是由于一种旷达超逸之怀。这便是我之所以舍弃"豪放"二字而以"超旷"称述苏词的缘故。如果说苏词中也有表现为英雄豪杰之气者,则最为众所熟知的一篇作品,自当推其《江城子》(老夫聊发少年狂)一首为代表。然而如此词之风格者,在苏词中实在并不多见,所以此种风格乃但能视之为苏词多种风格中之一种,而不能将此种风格视为苏词之主要特质也。至于其主要风格之超旷的特质,则一般人的认识对之也各有不同。以下我们就将略举几家重要的说法来一作参考。最常为众人所引用的,如胡寅之《酒边词序》云:"眉山苏氏,一洗绮罗香泽之态,摆脱绸缪宛转之度,使人登高望远,举首高歌,而逸怀浩气,超乎尘垢之外。"又如王若虚《滹南诗话》卷中云:"盖其天资不凡,辞气迈往,故落笔皆绝尘耳。"再如周济《宋四家词选·目录序论》云:"东坡天趣独到处,殆成绝诣。"更如刘熙载《艺概》卷四云:"东坡词颇似老杜诗,以其无意不可入,无事不可言也。"又云:"东坡词具神仙出世之姿。"以上诸说,大抵皆为对苏词超旷之特质的有见之言,而且各种观点也都有可供发挥阐释之处。但本文既因篇幅及体例之限制,故不拟在此更为推演,且凡此诸说既为一般读者之所共有的感受,则亦不需本文于此再费笔墨来述说人所共见之言。现在我们在引述诸说之后,所要提出来讨论的,乃是在这些说法中,过去也曾有两点颇引起过一些人们的疑问和争议。其一是苏词既是"一洗绮罗香泽之态,摆脱绸缪宛转之度",是否这便表示了苏轼为人之"不及于情"的有情无情的问题;其二则是苏词既是"天趣独到""逸怀浩气,超乎尘垢之外""具神仙出世之姿",有如此超旷之襟怀与意境,然而却也有人从苏词中见到了其"寄慨无端"之处与"幽咽怨断之音"的问题。以下我们就对此二问题一加讨论。

先谈苏轼之是否"不及于情"的问题。王若虚之《滹南诗话》卷中即曾载:"晁无咎云:'眉山公之词短于情,盖不更此境耳。'陈后山曰:'宋玉不识巫山神女而能赋之,岂得更而后知?'是直以公为不及于情也。呜呼,风韵如东坡,而谓不及于情,可乎!"本来,自五代以来,词既然是在歌筵酒席间传唱的歌辞,所以几乎历代词人之作品中,都或多或少地曾经留有一些为歌儿舞伎写作的歌辞,此在苏轼也并非例外。不过,在苏轼的这一类作品中,却表现了几点与别人不同之处。其一是苏轼虽然也为一些美丽的女子填写歌辞,但其中却大多是为友人之姬妾、侍儿而作,因此很少有私人一己之感情介入其间;其二是在苏轼的笔下,即使同样是写美女,也不同于一般俗艳之脂粉,而别具高远之情致。即如其赠赵晦之吹笛侍儿的《水龙吟》(楚山修竹如云)一首词,其开端数句写笛之材质,便已可见苏轼之健笔高情。至其结尾数句之"嚼徵含宫,泛商流羽,一声云杪。为使君洗尽,蛮风瘴雨,作霜天晓"数句,写侍儿之吹笛,则更复寄兴高远,直欲以笛音胜过人间贬谪蛮风瘴雨之苦难矣。再如其为王定国歌儿柔奴所写的《定风波》(常羡人间琢玉郎)一首词,其上半阕结尾"自作清歌传皓齿,风起,雪飞炎海变清凉"数句,既写得矫健飞扬,后半阕结尾"试问岭南应不好,却道,此心安处是吾乡"数句,也写得旷达潇洒。如此之类,是虽写歌儿舞伎,而并不作绮罗香泽之态者也。至于苏轼自己赠伎之词且写得颇为有情者,则前后盖有两度,第一次是当苏轼自杭州通判移知密州经过苏州时所写的《醉落魄·苏州阊门留别》一首词,其下半阕之"离亭欲去歌声咽,潇潇细雨凉吹颊。泪珠不用罗巾裛,弹在罗衫,图得见时说"诸句,写得极为凄婉;再有则是苏轼将要自徐州移知湖州时所写的《江城子·别徐州》一首词,其中有"为问东风余几许,春纵在,与谁同"及"欲寄相思千点泪,流不到,楚江东"之句,写得也极为婉转缠绵。而且这两度的离别之作,都不仅只写了一首词而已。前者在《醉落魄》之前,还写有一首《阮郎归》(一年三度过苏台)的词,后者则在《江城子》以后还写有一首《减字木兰花》(玉觞无味)的词。从这四首词来看,苏轼所写都并不是泛泛的赠伎之作,而该是果然有惜别之情的作品。盖当时苏轼正在仕途受到挫折流转各地之时,而从他在《醉落魄》一词前半阕所写的"旧交新贵音书绝,惟有佳人,犹作殷勤别"的话,和《江城子》词开端之"天涯流落思无穷"之句来看,是苏轼既满怀失意流转之悲,而此两地之怜才红粉乃如此殷勤惜别,则苏轼对之自然亦复不免有情,只是尽管是如此有情的作品,苏轼在《减字木兰花》一首词的结尾之处,也还是写了"一语相开,匹似当初本不来"的超解之辞;而且在前半阕的结尾处,也还写了"学道忘忧,一念还成不自由"的话,则其不欲为此多情之一念所拘缚,而欲获致心灵上超解之自由的意愿,也还是隐然可见的。古人有云:"圣人忘情,最下不及情,情之所钟,正在我辈。"苏轼固未能全然忘情,更绝非不及情者,然其高旷之资禀,则又使其不欲为情之所拘限。他曾写有《鹊桥仙·七夕送陈令举》一首,云:"缑山仙子,高情云渺,不学痴牛骏女。凤箫声断月明中,举手谢时人欲去。　客槎曾犯,银河微浪,尚带天风海雨。相逢一醉是前缘,风雨散、飘然何处。"陆游跋苏轼此词(见《渭南文集》卷二八)曾云:"昔人作七夕诗,率不免有珠栊绮疏惜别之意。惟东坡此篇,居然是星汉上语。歌之,曲终,觉天风海雨逼人。"盖苏轼天资既高,襟怀又旷,故其用情之态度乃能潇洒飘逸,如天风海雨。像他在《八声甘州》一词中所写的"有情风、万里卷潮来,无情送潮归",飘然而来,倏然而逝。刘熙载《艺概·词曲概》曾云:"东坡词在当时鲜与同调,不独秦七、黄九别成两派也。晁无咎坦易之怀,磊落之气,差堪骖靳,然悬崖撒手处,无咎莫能追蹑矣。"其所谓"悬崖撒手"者,就正指的是苏轼之用情,有一种倏然超解的意境,固不必以世俗之见对之作有情无情之争论也。以上是我们就苏词之超旷是否便尔"不及于情"一点所作的讨论。

其次,我们再谈苏词在超旷之特色中,是否也有"寄慨无端"之处及"幽咽怨断之音"的问题。本来清代之陈廷焯在其《白雨斋词话》卷一中,即曾谓词至东坡"寄慨无端,别有天地"。近人夏敬观则曾将苏轼词分为两类,云:"东坡词如春花散空,不着迹象,使柳枝歌之,正如天风海涛之曲,中多幽咽怨断之音,此其上乘也。若夫激昂排宕,不可一世之概,陈无己所谓:'如教坊雷大使之舞,虽极天下之工,要非本色。'乃其第二乘也。"(见《唐宋名家词选》引《映庵手批东坡词》,至其所引陈无己云云,则见于陈师道之《后山诗话》)本来,如我们在前文所言,苏词之以超旷为其特质,原为一般读者之所共见;只是一则既有人对此超旷之特质各有不同之体会,再则有人对于词中是否可以表现超旷之风格各有不同之意见,要想说明此种复杂之情况,首先我们就不得不对苏词本身超旷风格之复杂性略加探讨。原来伴随着苏词之超旷的特质而同时出现的,也还有一些粗犷率易的弊病。即以其早期之作品言之,如其任杭州通判时所写的《风水洞作》一首小令《临江仙》词,其开端之"四大从来都遍满,此间风水何疑"两句,用佛教之以"地水火风"为"四大"之说,来写风水洞,全无真正之感发及情意,就已不免有粗率之病。再如其自杭州赴密途中所写的第一首长调《沁园春》词,其下半阕之"当时共客长安,似二陆初来俱少年。有笔头千字,胸中万卷,致君尧舜,此事何难。用舍由时,行藏在我,袖手何妨闲处看。身长健,但优游卒岁,且斗尊前"诸句,便亦不免有粗率之病。此盖由于苏轼之才气过人,故为文下笔之际,乃有时不免有率易之处。昔周济在《介存斋论词杂著》即曾云:"东坡每事俱不十分用力,古文、书、画皆尔,词亦尔。"又云:"人赏东坡粗豪,吾赏东坡韶秀,韶秀是东坡佳处,粗豪则病也。"而世人之读东坡词者,乃竟有人专赏其放旷而近于粗豪浅率之作,如此者自非苏词之真正赏音。而又有些读者,其胸中先有一成见,以为词之传统必须以柔媚婉约为主,因此乃对苏词抱有一种成见,以为此非词之本色。陈师道(后山)《后山诗话》即曾云:"退之以文为诗,子瞻以诗为词,如教坊雷大使之舞,虽极天下之工,要非本色。"据蔡絛《铁围山丛谈》卷六载"太上皇在位,时属升平,手艺人之有称者",以下乃列举棋、琴、琵琶诸艺人,然后曰:"舞有雷中庆,世皆呼之为雷大使。"是则雷大使本为当时著名之舞人,舞艺极天下之工。而陈师道认为"非本色"者,其意盖以为舞者皆当为妙龄之女子,今以男子而舞,则虽舞艺极工,亦非本色矣。如此之论,乃是想要把词一直保留在晚唐、五代以来之柔媚的传统之中,以为超旷之风格,非词中所宜者。若此之说,盖昧于任何一种文体,在历史的演进中,都必有其更新拓展之自然趋势,故其所见乃不免有偏狭之处。至于夏敬观以陈后山所拟之为"雷大使之舞"者为苏词之第二乘,而以其"如天风海涛之曲,中多幽咽怨断之音"者为第一乘,则是又将苏词的超旷之特质分为二类。一类为全然放旷,"激昂排宕"之近于粗豪者,为第二乘;另一类则是如

"天风海涛之曲"具有超旷之特质,却并不流于粗豪,而"中多幽咽怨断之音"者,为苏词之上乘。私意以为夏氏之言实甚为有见。盖苏词于超旷之中乃偶或确有幽咽怨断之音的流露,也就是陈廷焯所说的"寄慨无端,别有天地"之处。而苏轼却又能将其幽怨的悲慨,写得如"春花散空,不着迹象",所以乃不易为一般人之所察觉耳。盖如前文所言,苏轼在天性中既原禀有"愿以天下为己任"的用世之志意,也同时禀有"不为外物之得失荣辱所累"的超旷之襟怀,所以当他在仕途受到挫折时,虽也能以超旷之襟怀作为自我解脱与安慰之方,然而究其本心,则对于用世之志意却也并不曾完全放弃。这只要我们一看苏轼平生之事迹,就可以得到具体的证明。苏轼一生屡经迁贬,但无论流转何方,也无论在朝在野,他都未曾放弃其系心国事、关怀民瘼的志意,而且无论对己对人,他也都一直做着一种"与人为善"的努力。他在知密州任内之祈雨救灾,在知徐州任内之治平水患,在知杭州任内之浚湖筑堤,在疾疫流行时之广设病坊,甚至在晚年流迁惠州时还曾率众为二桥,以济病涉者。而即使他当年经历了九死一生的乌台诗狱,贬到黄州,受人监管不得签书公事之时,他还曾研思著述,不仅为世人留下了许多篇极好的诗、词、文、赋,还曾研读《易经》《论语》,开始了《易传》与《论语说》之写作。① 其后当元祐之际他再度入朝,也并未曾因为以前曾以直言系狱,便改变他立言忠直的作风。他的"愿以天下为己任"的用世之志意,丝毫也未曾因为忧患挫折而有所改变。则苏轼之绝未全然忘情于世,从可知也。至其立身之态度,则有他写给友人的两封书简,颇可以作为参考。一封是当他贬官黄州时,给李公择写的信,其中有云:"吾侪虽老且穷,而道理贯心肝,忠义填骨髓,直须谈笑于死生之

---

① 苏轼在黄州写《上文潞公书》云:"到黄州,无所用心,辄复覃思于《易》《论语》……作《易传》九卷,又自以意作《论语说》五卷。"(见《经进东坡文集事略》卷四四)

际,若见仆困穷便相怜,则与不学道者大不相远矣。"又一封信,则是当他在元祐年间,与朝中旧党论政不合,想要请求外放时写给杨元素的信,其中有云:"昔之君子,惟荆是师(莹按:荆指王安石),今之君子,惟温是随(莹按:温指司马光),所随不同,其随一也。老弟与温相知至深,始终无间,然多不随耳。致此烦言,盖始于此。然进退得丧,齐之久矣,皆不足道。"(《苏东坡全集·续集》卷六《书简》)我以为从这两封信,我们很可以看到,苏轼在立身之道上,既有其坚毅之持守,而在处得失之际时,又有其超旷之襟怀。此二封书简可谓同时流露了他所禀赋的双重特质,也表现出这两种特质对于他而言,乃是既相反又相成,可以互相融会而为用的。他的词既大多写于宦途失意流转外地之时,所以表面看来乃大多以超旷之风格为其主调,然而究其实,苏轼则绝非忘怀世事无所关心的人,他与某些不分黑白是非,只求独善其身,更且自命为高士的人物是完全不同的。所以在苏轼词中,虽以超旷为其主调,然而其中却时而也隐现一种失志流转之悲。即以其最著名之词作为例,如其中秋夜怀子由的那首《水调歌头》,其开端:"明月几时有,把酒问青天。不知天上宫阙,今夕是何年。我欲乘风归去,又恐琼楼玉宇,高处不胜寒。起舞弄清影,何似在人间。"郑文焯曾称此词,谓其"发端从太白仙心脱化,顿成奇逸之笔",其飘逸高旷之致,诚不可及。然而其中却实在也隐然表现了他自己内心深处的一种入世与出世之间的矛盾的悲慨,而这种悲慨,却又写得如"春花散空,不着迹象"。相传神宗读此词,至"琼楼玉宇"数句,曾以为"苏轼终是爱君"。读词者固无妨有此一想,然若指实其为有不忘朝廷的忠爱之意,则反似不免有沾滞之嫌矣。再如其《赤壁怀古》之一首《念奴娇》,其开端数句"大江东去,浪淘尽、千古风流人物",其气象固然写得极为高远,结尾的"人间如梦,一尊还酹江月"两句,语气也表现得甚为旷达。但事实上则在"公瑾当年"之"谈笑间、樯橹灰飞烟灭",与自己今日之迁贬黄州、志意未酬而

"早生华发"的对比中,也蕴涵着很多的悲慨。而世人乃有因见其"人间如梦"之外表字样,便评讥之以为消极者,若此之类,盖与另一些但赏其粗豪之作,便以为积极者,同其肤浅矣。至于苏轼在黄州所写的一些小令之作,如其《沙湖道中遇雨》的一首《定风波》词,他所表现的在"穿林打叶"之风雨声中"吟啸徐行"的自我持守的精神,以及"回首向来萧瑟处","也无风雨也无晴"之超然旷达的观照,则更是将其立身之志意,与超旷之襟怀作了泯没无痕的最好的融会和结合。但事实上则在其"穿林打叶"的叙写中,又岂没有他对自己在人生之途上所遭受的挫折和打击的悲慨。再如后来在元祐年间,他既曾因与朝中旧党论事不合,请求外放,出知杭州,两年后又被召还朝,曾写有《寄参寥子》一首《八声甘州》词,全词是:"有情风、万里卷潮来,无情送潮归。问钱塘江上,西兴浦口,几度斜晖?不用思量今古,俯仰昔人非。谁似东坡老,白首忘机。　记取西湖西畔,正春山好处,空翠烟霏。算诗人相得,如我与君稀。约他年、东还海道,愿谢公、雅志莫相违。西州路,不应回首,为我沾衣。"这首词,我以为实在是苏词中最能代表其"天风海涛之曲,中有幽咽怨断之音"的一篇作品。此词开端二句写万里风涛,气象开阔,笔力矫健,外表看来似乎极为超举,然而在其"有情""无情"与夫"潮来""潮归"之间,却实在也隐含有无穷感慨苍凉之意。其下继以"问钱塘江上"至"俯仰昔人非"一段,写古今推移之中,人间的盛衰无常,便正是对前二句所透露的感慨苍凉之情意的补述和完成。而于此种悲慨之后,却突然转入"谁似东坡老,白首忘机"二句,乃脱身一跃而起,若此等处,真所谓"悬崖撒手",他人"莫能追蹑"者矣。及至下半阕,则自"记取西湖西畔"以下三句,换笔写记忆中难忘之西湖美景,意致清丽舒徐,正可见周济所称述的苏词的"韶秀"之美。而后接以"算诗人相得,如我与君稀"二句,写苏轼与参寥子之交谊,在前面的"春山好处,空翠烟霏"之美景的衬托之下,这一份"诗人相得"之情,真是千古所稀,今日读之,犹使人艳羡不已。而其下"约他年、东还海道,愿谢公、雅志莫相违"二句,则苏词之笔锋又再度转折,用东晋谢安之虽受朝寄而不忘东山归隐之志的故事以自喻。这正是中国古代士大夫之将入仕的用世之志意,与归隐的超旷之襟怀相结合的一个很好的典型。而且也正因为有此超旷之襟怀,入仕时方能不为利禄所陷累,而保持住清正之持守。至于就谢安而言,则他入仕以后既曾以其侄谢玄等淝水克敌之功官至太保,然而却也曾因功高见忌而出镇新城,乃造泛海之装以自随,欲循江路归隐东山,而未几乃遇疾不起,东归之志,始终未就。苏轼用此谢安之故事以自喻,"东还海道"既有暗指重返杭州与参寥子再聚之愿望,同时也表现了自己此度再次蒙召入朝,也正如当日谢安之既有用世之心,也怀出世之志,而未知他日此双重愿望与志意之能否成就,言外自有无穷恐惧志意终违之悲慨。结尾三句"西州路,不应回首,为我沾衣",则仍用谢安之故事。盖谢安在新城遇疾之后,重返都城建康之时,乃舆病入西州门(故址在今南京市西)。安卒后,其甥羊昙行不由西州路。一日醉中不觉过州门,乃悲感不已,痛哭而去。东坡用此故事,虽改为宽慰之辞,曰"不应回首,为我沾衣",然究其实,则岂不因苏轼心中正有此生死离别之悲感之故欤?综观此词,则一起之开阔健笔,确如天风海涛之曲,而前片结尾之"白首忘机"亦大有超旷之怀,然而中间几度转折,既有今古盛衰之慨,又有死生离别之悲,更虑及于入朝从政之忧危,知交乐事之难再。百感交集,并入笔端。夏敬观谓其"中有幽咽怨断之音",良非虚语也。

总之,苏轼之词,虽以超旷为其主调,然其超旷之内涵却并不单纯。其写儿女之情者,是用情而不欲为情所累,故当观其入而能出之处;其写旷逸之怀者,则又未全然忘情于用世之念,故又当观其出中有入之处;至其偶有失之粗豪浅率者,则是高才未免于率易之病,固当分别观之也。

三

　　捋青捣𪊛俗偏好,曲港圆荷俪亦工。

　　莫道先生疏格律,行云流水见高风。

　　在前两首绝句的讨论中,我们既曾提出了苏轼天性中原禀赋有用世之志意与超旷之襟怀两种特质,以及此二种特质在其词之写作中,所形成的"如天风海涛之曲,中多幽咽怨断之音"的特殊而可贵的风格。这种风格可以说是苏轼词中最高的成就和最重要的主调,也是他天性中之本质在词中的自然流露。而另外我们在第一首绝句的讨论中,则还曾提到过苏轼对词之写作,原是带着一种有意想要开拓创新之觉醒的。苏轼在词之发展方面的成就,就正是他的足以开拓的天性之资禀,与他的有意为之的开拓的理念相互结合所获致的一种成果。而当时北宋词坛的一般作者,却并没有能够完全接受和追随他的开拓。这一则是因为他们既没有像苏轼一样过人的资禀,再则也因为他们并没有像苏轼一样开拓之理念的缘故。所以陈师道《后山诗话》乃谓"子瞻以诗为词",又曰:"虽极天下之工,要非本色。"这正是当时一般人对苏词的看法。直到由北宋转入南宋的杰出女词人李清照,也依然保持这种看法,所以李清照虽然在其诗作中也曾写出过像"至今思项羽,不肯过江东"和"木兰横戈好女子,老矣不复志千里,但愿相将过淮水"之类的豪壮的句子,但在她的词中,却绝没有此种风格的作品。这便可见其天性中纵然也未尝没有可以为词作出开拓的本质,但在理念中却缺乏此种开拓之觉醒,总以为词应该"别是一家",所以对于苏词才会有"皆句读不葺之诗尔"的讥评。而苏轼之于词,却是既具有为之开拓的资质,也具有为之开拓的理念的一位作者,既然具有此一理念,所以在苏词中,除了由其本质所形成的超旷之主调以外,他便也还曾作过各种不同风格的多方面的尝试。简单举些例证来看,即如他的一首《江城子》(老夫聊发少年狂)词中所写的"会挽雕弓如满月,西北望,射天狼"和他的另一首《南乡子》(旌旆满江湖)词中所写的"诏发楼船万舳舻"及"帕首腰刀是丈夫",其豪放之致,在词中便是一种明显的开拓。此外,如其为李公择生子而写的《减字木兰花》(惟熊佳梦)一首词,其中的"多谢无功,此事如何著得侬",和他的另一首为迎紫姑神而写的《少年游》(玉肌铅粉傲秋霜)词,其中的"谁能借箸,无复似张良"诸作,则都是以游戏笔墨写的嬉笑谑浪之辞。再如其赠润守许仲涂的另一首《减字木兰花》(郑庄好客),则更以妓女之名字嵌入词中,全词八句,分别以"郑容落籍、高莹从良"八字为句首,则是以词为文字游戏矣。更如其另一首《减字木兰花·送东武令赵昶失官归海州》词,其开端之"贤哉令尹,三仕已之无喜愠",则又将经书《论语》之句融入小词之中;又如其在泗州雍熙塔下所作的两首《如梦令》(水垢何曾相受、自净方能净彼),则是以小词写名理禅机。至于其《浣溪沙·徐门石潭谢雨道上作五首》,其"麻叶层层荷叶光"及"捋青捣䴭软饥肠"等句,则又以乡俚之语写田野农家风物,表现得极为朴质自然。而其作于燕子楼之《永遇乐》"明月如霜",则又以"明月如霜,好风如水""曲港跳鱼,圆荷泻露"及"铉如三鼓,铿然一叶"一系列骈偶之句,来写静夜之景色,又表现得极为工整清丽。他如其《卜算子》(缺月挂疏桐)一首写孤鸿之幽意深远;《水龙吟》(似花还似非花)一首写杨花之柔致缠绵,则不仅有随物赋形之妙,且对南宋之咏物词也具有相当之影响。总之,苏轼对于小词之写作,是不仅有杰出之成就,也有广泛之拓展的。以上,我们不过只是简单举引一些例证,便已经足可以见出其内容及风格之多彩多姿之一斑了。苏轼自己对于他在词中的拓展,也颇为自负,而这种自负之意,又可以分为两个不同的阶段:第一个阶段是当他由杭州通判转知密州及徐州之际,这时他对词境的拓展,已有了初步的成就,这种自负之意曾表现于他给鲜于子骏的书简中,所谓"亦自是一家"者是也;第二个阶段则是经过了黄州的贬谪,他在元祐年间又再度入朝的时候,这时他已曾写出了不少名篇杰作,完成了他所特具的超旷之风格的最高成就。宋人俞文豹《吹剑续录》所载,他在玉堂之日,曾问幕士自己作的词比柳永何如?当幕士回答说"柳郎中词,只好十七八女孩儿执红牙拍板唱'杨柳岸晓风残月';学士词,须关西大汉执铁板唱'大江东去'"时,苏轼曾经"为之绝倒"(参看本书《论柳永词》第三节),其自负之意亦复如在目前。至于我们对于苏词所作出的开拓应该采取怎样的态度,则我以为可以将之主要区分为后人可以学习及后人不可以学习的两类来看待。先谈后人不可以学习的一类,那就是我们在前一首绝句之讨论中所曾经提出的,苏词中之以超旷为主调,但在其"天风海涛之曲"中却又含有"幽咽怨断之音"的作品。这一类词,是苏轼的用世之志意与其超旷之襟怀相融会所达成的最高境界,是后世既无其学问志意更无其性情襟抱的人无论怎样也无法学习到的。这是在苏词之开拓中,所表现出的一部分最可宝贵的成就。再谈后人可以学习的一类,则我以为苏词对后世之影响,可以说是功过参半的。先就其有功的一方面而言,则苏词之"一洗绮罗香泽之态",确实有使天下人"耳目一新"之功。这在与苏轼同时代的一些词人,虽然尚未能完全接受,而对以后南宋之词人,则形成了相当大的影响。即如胡寅为向子𬤇写《酒边词序》,即曾言:"芗林居士步趋苏堂而哜其胾者。"黄昇《花庵词选》论陈与义之词,亦曾云"识者谓其可摩坡仙之垒也"。唐圭璋《宋词三百首笺注》于叶梦得词,亦曾引关注之言,谓其"合处不减东坡"。其他如张元幹之豪壮之篇,朱敦儒的闲放之什,便也都留有受到苏词之影响的痕迹。至于张孝祥之为词,则更是有意学苏的(谢尧仁《张于湖先生集序》可以参看)。而其中最值得注意的一位重要的作者,自然便是与苏轼并称的南宋词坛上最伟大的作者辛弃疾。本来我们在前一首绝句的讨论中也曾提出过辛弃疾来与苏轼相比较,不过在那一篇的讨论中,我们的重点是在于要说明两家的不同之处。唯其有相似之处,所以才要分辨出其中相异之差别,这与我们论及苏轼与柳永之关系时,曾提出二人在兴象高远之一点有可以相通之处一样。也是因为柳、苏二家之风格迥异,所以才要在其相异之中分辨出可以相通之处的道理一样。这正是有才识的大作家之善于汲取及变化的本领,也是论文学之演进者所不可不注意的观察角度。如果说苏词得之于柳者,是其兴象高远之启发,那么辛词所得之于苏者,则正是苏轼在词之开拓中所表现的"无意不可入,无事不可言"的魄力和眼界。不仅凡是以上我们所举出的苏词在开拓中所完成的各种意境与风格,辛词无不有之,而且辛词还更曾以其纵横不世之才、抑塞难申之气,突破了苏词的范畴,完成了他自己的更为杰出也更为博大的成就。纳兰性德《渌水亭杂识》卷四即曾云:"词虽苏、辛并称,而辛实胜苏。"周济《介存斋论词杂著》亦云:"世以苏、辛并称,苏之自在处,辛偶能到,辛之当行处,苏必不能到。"关于苏、辛同异之详细差别,我们只好等到论辛词时再加细述,这里只好从略了。总之,苏词之开拓,对于南宋辛弃疾诸人之影响,是极为重大的。《四库全书总目》即曾谓词之演进"至柳永而一变……至轼而又一变……遂开南宋辛弃疾等一派"。这自然是苏词影响后世之有功的一面。至于其有过的一方面,则我以为主要乃当归过于其率意之笔及游戏之作。关于苏词之用笔率易之病,我们在前一首绝句之讨论中,已举例说明,且曾引周济《介存斋论词杂著》之言,谓:"东坡每事俱不十分用力,古文、书、画皆尔,词亦尔。"此言实甚为有见。至其所以然者,则我以为一则盖由于苏轼之才大,他人所千思百虑而不可得者,苏轼乃可以谈笑得之,故有时乃不免有率意之病;再则亦由于苏轼之性情超旷,遂而不甚斤斤于形迹,故有时乃不免有脱略之处。这是造成苏词之有时不免率易之笔的两个主要原因。至于其好为游戏之作,则如本文前面所举例证中,其为李公择生子而作的一首《减字木兰花》词,便不仅词句谐谑而已,词前小序中亦曾有"乃为作此戏之,举坐皆绝倒"之言。其另一首为迎紫姑神而写的《少年游》(玉肌铅粉傲秋霜)词,词前小序亦曾有"乃以此戏之"之言。再如其在泗州雍熙塔下所作的两首《如梦令》小词,词前小序便亦有"戏作《如梦令》两阕"之言。此外,如其赠润守许仲涂之一首《减字木兰花》词,则词前小序虽无"戏作"字样,然其"以'郑容落籍,高莹从良'为句首"之语,乃是说明此词要以妓女之名字嵌入句首,则其为游戏笔墨,亦复可知。从这些词例,足可说明苏轼之好以游戏笔墨来写作小词。至其所以然者,则我以为主要亦可归纳为二因:一则因为苏轼之性情坦率乐观,富有风趣,故好为游戏之作;再则也因为词之写作,在当时本来就未尝被视为严肃的作品,这可以说是造成苏词中多有游戏之作的主要原因。以上我们所谈到的率易之笔与游戏之作两点,就苏词本身言之,本不过为大醇之小疵,未足深病。盖凡天资禀赋属于超放一型之天才,其创作便常不免如长江大河之挟泥沙以俱下。古人有云:"江海不择细流,故能就其深。"这一类天才之小疵与其大醇的飞扬博大之成就,常是结合而不可分的,而另一种属于粼粼清泚一型之才人,每当有所写作,必字斟句酌而后出者,则虽无泥沙之渣滓,而往往也就难成其为泱漭之洪流矣。所以就苏轼本人而言,若将其小疵与大醇相较,则他的这些小的疵病,原是可以谅解的。只不过若就其对后世的影响而言,则有一些庸俗浅薄之辈,对苏词之佳处所在,往往并不能真正地欣赏了解,而只能以浅拙之笔写一些粗率之作与游戏之辞,自以为源于苏轼,则始作俑者,苏轼亦不能辞其咎矣。

以上我们既对苏词多样风格之开拓及其得失功过,作了简单的说明,另有一点,我们也要讨论的,则是苏词往往有不尽合律之处的问题。胡仔《苕溪渔隐丛话·后集》卷三三引晁无咎评本朝乐章之语,即曾云:"东坡词,人谓多不谐音律。"陆游亦曾云:"世言东坡不能歌,故所作乐府词多不协律。晁以道谓：'绍圣初，与东坡别于汴上，东坡酒酣，自歌《阳关曲》。'则公非不能歌，但豪放，不喜剪裁以就声律耳。"（见《御选历代诗余》卷一一五《词话》宋二）从这些叙述来看，苏轼词之多有不合律之处，盖原为人所共见之事实。至其所以多不协律之原因，则有两种不同的说法。一则以为"东坡不能歌"，故其词多不协律；二则以为苏轼非不能歌，唯因性情豪放，故"不喜剪裁以就声律耳"。兹先就苏轼是否能歌的问题来谈，则本文第一节中，曾引苏轼致其兄子明的一封信，其中谓："记得应举时，见兄能讴歌，甚妙。弟虽不会，然常令人唱为何词。"据此可知苏轼青年时代本不能歌。至于晁以道所谓苏轼曾歌《阳关曲》云云者，则已为绍圣年间之事，距离其嘉祐年间初赴汴京应举之时，盖已有将近四十年之久。我们以前也曾谈到苏轼之尝试为小词，是从熙宁年间出为杭州通判以后才开始的。方其致力小词之写作时，可能也曾学习吟唱之事。苏轼在贬谪黄州时，曾写有《哨遍》一词，前有小序云："陶渊明赋《归去来》，有其词而无其声。余既治东坡，筑雪堂于上。人俱笑其陋，独鄱阳董毅夫过而悦之，有卜邻之意。乃取《归去来词》，稍加櫽栝，使就声律，以遗毅夫，使家僮歌之，时相从于东坡，释耒而和之，扣牛角而为之节，不亦乐乎？"从这段话来看，苏轼既能櫽栝《归去来词》"使就声律"，又可以"释耒而和之"，已足可见到苏轼自从事小词之写作以来，盖早曾习为声律吟唱之事，则其词之偶有失律之处，绝非由于不能歌或不知律的缘故，这是我们所可断言的。再则词之是否协律，与作者之是否能歌也并无必然之关系，故此一说法可谓根本不能成立。其次再就苏轼之"不喜剪裁以就声律"之问题言之，则苏词其实大部分都是合乎声律的，偶有少数不合律之处，不过以天才恣纵，如晁无咎所云"横放杰出，自是曲子中缚不住者"，故不屑于斤斤计较而已。关于其不合律之现象，则我们可以举两则例证来说明两种不同的情况。其一是《水龙吟·次韵章质夫杨花词》，其最后的十三个字的长句之句读该如何点读问题。其二则是《念奴娇·赤壁怀古》词,下半阕换头以后之"小乔初嫁了,雄姿英发"二句,每句字数之多少与音调之平仄,都与正格之格律不合的问题。先谈《水龙吟》词,此词结尾处的"细看来不是杨花点点是离人泪"十三字长句,按一般格律,原当将之标点为"细看来不是,杨花点点,是离人泪",也就是每句字数为五、四、四的停顿,而且最后一个四字句应该是一、三的读法。但一般选注苏词者,却大多将此一句标点为"细看来不是杨花,点点是离人泪",也就是七、六的停顿,而七字句是三、四的读法,六字句是三、三的读法。像这种情形,表面看来,虽似与一般格律不合,但这其实只是后人对苏词之标点的不同,并不能说是苏词不合格律。盖此一十三字长句之平仄,依格律,其平仄声调应是"丨— —丨丨+ — +丨丨— —丨"("—"代表平声,"丨"代表仄声,"+"代表平仄通用)。苏轼此结尾十三字长句之平仄,与格律完全相合,绝无不协平仄之处。至于标点之不同,则因古人诗词之读法,原有以声律为准之读法与依文法为准之读法二种。一般说来,讲解时可依文法为准,而吟诵时则应依声律为准。一般苏词选注本将此句断为"细看来不是杨花,点点是离人泪",是依文法的断句。但依声律,则仍可将此句读为:"细看来不是,杨花点点,是离人泪。"在"是"字下的停顿可视为"读",不视为"句"。而"点点"二字,则既是对"杨花"之描述,也是对"泪"之描述。明白了这种情形,就可知此句本该依声律标读,"点点"二字,亦可标于"杨花"之下。如此不仅不会有文法不通之感,且由于音节之顿挫,乃更可见其情意的曲折深婉之致。若此者,当然并非苏词之不合律,而只是后人标读的不同。另外在苏词中还有些别的长句,也有类似情形,读者可自己寻绎得之,因篇幅所限,就不再更为辞费了。至于另一则例证《念奴娇·赤壁怀古》词,其下半阕换头以下之"小乔初嫁了,雄姿英发"二句,据万树《词律》,于此调之用仄韵者,仅收辛弃疾之"野棠花落"一首为正格及苏轼此词为别格,且加有按语曰:"《念奴娇》用仄韵者,惟此二格止矣。盖因'小乔'至'英发'九字,用上五下四,遂分二格。"盖在辛氏之《念奴娇》(野棠花落)一词中,此换头以下之两句,乃是"行人曾见,帘底纤纤月",其断句为上四下五,为一般习用之常格也。但苏词与辛词格式相异者,原来还不仅只是两句之断句字数不同而已,其平仄之声调也并不相同。辛词这九个字的声调是"−−−丨·丨−−",而苏词这九个字的声调则是"丨−−丨丨−−−丨",二者相比较,除开端首字之平仄往往可以通用之外,其主要之差别盖在后五字之声调,辛词是"−丨−−丨",而苏词则是"丨−−−丨",且将第一字之"丨"声(即"了"字)断入上句。如此,则表面看来,苏词便与辛词所代表之《念奴娇》常格,就同时既有了断句之不同,又有了平仄之不同的双重差异。这正是苏词之所以留给读者一个"不谐音律"之印象的主要缘故。不过这种判断并不完全正确。首先我们该注意的是苏之时代在前,而辛之时代在后,虽然辛词《念奴娇》之格式在后世较为通行,因此被万树《词律》认为正格,但我们却不该仅据此格便认定苏词为不协律,而当看一看与苏轼同时或较早之作者,他们所写的《念奴娇》的格式是怎样的。如此我们就会发现,原来苏词的平仄才是当时通行的格式。举例来看,即如北宋中叶的名臣韩琦有一位门客,名叫沈唐,曾写有一首《念奴娇》(杏花过雨),其换头以下的两句是"多情因甚,有轻离轻拆",后五字之平仄便是"丨−−−丨"。又如与苏轼同时之黄庭坚,也曾写有一首《念奴娇》(断虹霁雨),其换头以下此二句是"晚凉幽径,绕张园森木",后五字之平仄亦同。如此便可见当时之《念奴娇》词,本有此一格式,是则苏词之平仄,原无所谓"不谐音律"之处也。至于其断句之问题,则此处九字一气贯下,原来也是一个长句,中间句读亦未始不可微有变化。即如沈唐之"多情因甚有轻离轻拆",及黄庭坚之"晚凉幽径绕张园森木",如果我们读时在沈词之"有"字下略顿,或在黄词之"绕"字下略顿,都未尝不可。只不过苏词所用之"了"字,是个语尾助词,遂使此一九字长句于此处截然断开,反而失去了原来之欲断还连的曲折婉转之致,如此而已,实在也不能说是什么严重的"不谐音律"。再有一点值得注意的是,就在苏轼写了前一首《念奴娇·赤壁怀古》以后不久,他还曾写了另一首题为《中秋》的《念奴娇》(凭高眺远)。换头以下的两句是"举杯邀月,对影成三客",则其断句及平仄又完全与《赤壁怀古》一首不同,而反与辛词之"野棠花落"一首全同,而这一体式,则在苏词以前反而未曾见有别家如此写过。是则此二体式究以何者为正格,或当时传唱之《念奴娇》本有此二体式,或者反而是后世流传所谓"正格"者,才是由苏轼所变化创制而出,亦未可知。盖此二首《念奴娇》词皆为苏轼在黄州所作,当时他既然已经能够把陶渊明的《归去来辞》檃栝以就声律,则在词调中小作变化,原来也是可能的。除以上所讨论的被一般人认为不合律的两则明显的例证以外,其他本来还有一些每句字数多少等问题,即如苏轼曾写过几首《满江红》词,其下半阕之第七句,即有时作七个字,有时作八个字,如其题为《怀子由作》的一首《满江红》(清颍东流)此句为"衣上旧痕余苦泪",是七个字一句,而其题为《正月十三日雪中送文安国还朝》的另一首《满江红》(天岂无情),则此句为"不用向佳人诉离恨",是八个字一句。盖词既原为合乐之歌辞,故于拍板缓急之间,知音律者往往可于其中加入衬字(词中加衬字者,自敦煌曲即已有之,惟不若后世元曲用衬字之习见而已)。苏词"不用向"一句,其"用"字即可视为衬字。此自为词中可以有的变化,而不得谓为"不谐音律"也。除去此种情形外,还有词句中用骈用散的问题,即如苏轼在其所作一首《永遇乐·寄孙巨源》,开端之"长忆别时,景疏楼上,明月如水。美酒清歌,留连不住,月随人千里。别来三度,孤光又满,冷落共谁同醉",九句一气贯下,全为散行,而其另一首为燕子楼作的《永遇乐》(明月如霜),则开端之"明月如霜,好风如水,清景无限。曲港跳鱼,圆荷泻露,寂寞无人见。纵如三鼓,铮然一叶,黯黯梦云惊断",同样的九句,却变为两句骈、一句散的三度重复,而因此遂造成此同调二词在风格及吟诵间有了很大的差别。若此等者,盖所谓才人伎俩,变化无方,固全非不协律也。只是在此九句中有一个五字句,平仄及顿挫小有不同。前一首之"月随人千里"是"丨— — —丨",后一首之"寂寞无人见"是"丨丨— —丨"。前一首为三、二之顿挫,后一首为二、三之顿挫。在大同中有小异,若此者则是大才之人不斤斤于小节之表现。总之,苏轼词就寻常格律来看,是确实有些"不谐音律"之处的,不过,经过我们的分析,便可以了解,苏词虽有"不谐音律"处,但确都掌握了基本的重点,若此者,我以为并非由于苏轼之不熟悉音律,反而正是已熟于律然后能脱去其束缚之表现,所谓"曲子中缚不住者"是也。此正如李白之于律诗,往往突破外表声律及对偶之限制,而却掌握了保持声律之优美平衡的某种本质上的重点。此亦正如骑车技术之高妙者,方能在车上做出不守常规之种种表演,而却掌握了平衡的重点,所以才不致跌落地上。至于一般无此高妙之技术者,则最好依守常规,不可胆大妄为,以免跌致血流骨折之下场。近人为词者,也有些不遵格律,平仄句法任意妄写之人,则其作品使人读之根本无法上口。盖诗词原为美文,音律之美为其最重要之一种质素,苏轼纵有不合一般外表格律之处,然而却自有其自己所掌握的韵律之美的基本质素。近人则破坏旧有格律之后,并不知且不能掌握自己的韵律之美,遂成为拗涩槎枒,不可卒读。若此者,固不得引坡公为例而自我解嘲也。

1984年6月写于成都

论秦观词

一

花外斜晖柳外楼,宝帘闲挂小银钩。

正缘平淡人难及,一点词心属少游。

当词之发展已经因苏轼之出现而扬起了一个诗化之高峰的时候,作为苏门四学士之一的秦观,虽然是苏轼的好友,但在词之写作方面,却并未追随苏氏之"一洗绮罗香泽之态"的开拓创新的尝试,而毋宁是仍然停留在《花间》词之闺情春怨的传统之中的。不过,秦观的词在内容方面,自表面看来,虽与《花间》之传统有相近之处,然而在意境方面,却实在又有其个人所独具的特色与成就。刘熙载在其《艺概·词曲概》中就曾经说:"秦少游词得《花间》《尊前》遗韵,却能自出清新。"况周颐在其《蕙风词话》卷二中也说:"有宋熙丰间,词学称极盛。苏长公提倡风雅,为一代山斗,黄山谷、秦少游、晁无咎皆长公之客也。山谷、无咎皆工倚声,体格与长公为近。唯少游自辟蹊径,卓然名家。盖其天分高,故能抽秘骋妍于寻常濡染之外。"这些评语都不失为有见之言。秦观的词是确实有其本质方面的一种特美,虽然源于《花间》,但却不仅与《花间》之词有所不同,就是与其他源于《花间》的北宋词人如晏、欧诸人相较,也是有所不同的。这其间原来有着许多精微细致的差别,本文就将对秦观词之此种特质,及其与《花间》和晏、欧诸家的不同之处,一加探讨。

首先,我们将要谈一谈《花间》词的传统。据欧阳炯《花间集序》之所叙写,则此书之编辑,原来乃是由于"则有绮筵公子,绣幌佳人,递叶叶之花笺,文抽丽锦;举纤纤之玉指,拍按香檀。不无清绝之辞,用助娇娆之态"。于是遂编集了这些"诗客曲子词",为的是"庶使西园英哲,用资羽盖之欢;南国婵娟,休唱莲舟之引"。因此,《花间集》中所收录的,原来应该只是为了写给那些歌筵酒席间美丽的歌儿酒女去演唱的艳曲歌辞。这一类的歌辞,当然本来并没有什么深意可言,然而其柔婉精微之特质,却恰好足以唤起人心中的某一种幽约深婉的情意。所以王国维在其《人间词话》中乃云"词之为体,要眇宜修",以为其虽然"不能尽言诗之所能言",然而却"能言诗之所不能言"。因此"词"遂形成了与诗并不全同的一种特美。于是这种本来并无深意的艳歌,遂在文士手中逐渐融入了较深的意蕴,而成为更能传达出人心中某种幽微隐约之情意,足以与诗分庭抗礼的另一种韵文形式。如果我们在此对以前所讨论过的作者一加回顾的话,则自晚唐之温庭筠、韦庄,经过五代之冯延巳、李璟、李煜,以迄北宋之晏殊与欧阳修,其以精美之物象及深婉的情意以唤起读者之联想与感动,并且将一己之人生际遇与学养胸襟都逐渐融入小词之中,这种演变之过程,可以说是明白可见的。于是当初在歌筵酒席间随意写付歌儿酒女去吟唱的本无个性的艳歌,乃终于有了可以抒情写志的作用,所以我们曾经将此一演化之过程,称之为"诗化"之过程。不过,值得注意的是,这些作品在足以引起人联想感动及足以抒写情意方面,虽然有了"诗化"的作用,但就其外表所叙写之情事而言,则大多仍只不过是伤春怨别之词,而其使用之牌调,也大多仍是《花间》以来所沿用的短小的令词。所以就其脱离无个性之艳歌性质而融入一己之情志方面而言,虽然可以目之为"诗化",但就其伤春怨别之情与婉约幽微之致一方面言之,却仍保留了词之源于艳歌的一种女性化的柔婉精微的特美。我以为,这种演化,可以说是词之发展的第一阶段的成就。而另一方面,其使词完全脱离了《花间》之风格,造成了词在形式与风格两方面极大改变的,则一个自当是为乐工歌伎谱写歌辞而把俗曲长调带入了文士手中的柳永,另一个则当是一洗绮罗香泽之态,而把逸怀浩气都写入了词中的苏轼。此种演变,可以说是词之发展的第二个阶段之成就。在这两期的发展演变之中,前后曾经有过两个属于逆溯之回流式的重要作者,一个是晏殊的幼子晏几道,另一个就是苏轼的门客秦观。晏几道词之所以曾被我目之为逆溯之回流者,盖以其未能追随其父晏殊与前辈欧阳修词中所表现的、可以融入作者之胸襟与学养的深微之意趣,因之其所写之词乃似乎由诗化之趋势反而又退回到《花间》词的艳曲的性质之中了。至于秦观词之所以亦被我目为回流者,则是以其未能追随苏轼所开拓的高远博大之意境,而只是写一些伤春怨别之词,因此在内容方面,也就似乎与《花间》《尊前》之词,有更为相近之处了。不过,这两次逆溯之回流,就词之发展而言,却实在各自有其不同之意义。当晏几道为词之时,其父晏殊与前辈之欧阳修虽然在词之意蕴方面,已隐然融入了自己之学养胸襟,但其融会乃全出于无意之自然流露,而就外表之内容及形式言之,则与《花间》以来之风格,并无明显之不同。晏几道之未能追随他们在意蕴方面的拓展,也只不过是由于他自己的学养经历有所不及而然。所以晏几道之为回流,只能证明作者之学养经历与小词之写作亦有重要之关系,而就词之发展演变而言,则并没有十分重大之意义。至于秦观为词之时,则较其年长十余岁的一代高才苏轼,已经早在词之疆域内开拓出一片脱除绮罗香泽之态的高远博大之新境界,词之发展已经表现了一种本质方面的改变。因此,秦观在当时之未曾追随苏轼的拓展,除去性格与修养之不同以外,就更增加了一层对词之原有的本质重新加以认定的意义。在宋人之笔记中,曾经有多处记载苏轼讥责秦观之词近于柳永的故事。[①]

---

① 见叶梦得《避暑录话》卷下,又见张宗橚《词林纪事》卷六引《高斋诗话》。

那便因为柳永与苏轼二人,虽然对于词之演进都曾作出拓展的贡献,但柳永之拓展并未曾改变词自艳歌发展而来的柔婉之本质;而苏轼之拓展,则对于词之本质已形成了一种有力的改革和挑战。秦观词中乃宁可写有引起苏轼之责讽的、与柳永之词风相近的俗俚的艳曲一类的作品,而却未曾追随苏轼之"一洗绮罗香泽之态"的"开拓创新"的尝试,所以我才说,就词之发展言之,秦观词有一种对词之本质重新加以认定的意义。而秦观以后的贺铸与周邦彦两位北宋后期的重要词人,也并未曾追随苏轼的拓新,而毋宁是追随着秦观的词风而发展下去的。因此陈廷焯在其《白雨斋词话》卷一中乃云:"秦少游自是作手,近开美成,导其先路;远祖温、韦,取其神不袭其貌。词至是乃一变焉,然变而不失其正。"这段评语实在极为有见。秦观的词,就其未曾追随苏轼却反而远祖温、韦言之,确是一种回流,然而却并不是一成不变的回归,而是在回流中掌握了更为醇正的词之本质的特色,而同时也产生了就词之本质加以拓新之作用的。

先就词之本质言,早期无个性之艳歌,实在仅不过是在形式上提供了一种柔婉精微之特美,并无内容之深意可言。其后温词虽以其名物之精美引人产生了托喻之想,但却缺少作者之深切真挚之感动;韦词虽表现为真切深挚之感动,但又往往为一时一地之情事所拘限;至于冯、李、大晏、欧阳之作,则在突破了一人一事之拘限以后,却又加入了自己之身世、家国、学养、襟抱的许多复杂的质素。像这种种情形,就词之演进而言,虽然各有其拓展之意义与价值,然而若就词之柔婉精微之醇正的本质而言,却也可以说都曾经造成了或多或少的某种增损和改变。而秦观词之特色,就在于他所回归的乃是与以上诸家之增损改变都有所不同的一种更为精纯的词的本质。所以冯煦在其《宋六十一家词选·例言》中,乃云:"他人之词,词才也。少游,词心也,得之于内,不可以传。"其所以然者,我以为就在于秦观最善于表达心灵中一种最为柔婉精微的感受，与他人之以辞采、情事，甚至于学问、修养取胜者，都有所不同的缘故。举例而言，如其最著名的一首《浣溪沙》词：

> 漠漠轻寒上小楼，晓阴无赖似穷秋。淡烟流水画屏幽。
> 自在飞花轻似梦，无边丝雨细如愁。宝帘闲挂小银钩。

在这首词中，秦观表面所写的，实在只是一个细致幽微的感觉中的世界。"寒"是"轻寒"，"阴"是"晓阴"，"画屏"上是"淡烟流水"，"飞花"之"轻"似"梦"，"丝雨"之"细"如"愁"，"宝帘"之"挂"曰"闲"，挂帘之"银钩"曰"小"，全篇中所有的形容词没有一处用重笔，但却并非泛泛的眼前景物的记录。外表看来虽然极为平淡，而在平淡中却带着作者极为纤细敏锐的一种心灵上的感受。在这一类词中，既没有像温庭筠词中的秾丽的辞采，也没有像韦庄词中的可以指实的情事，又没有像冯延巳词中的"花前病酒"及李煜词中的"人生长恨"的深挚强烈的感情，更体会不出如晏殊词中的"无可奈何花落去，似曾相识燕归来"的哲思式的观照和欧阳修词中的"直须看尽洛城花，始共春风容易别"的遣玩的豪兴，而其细致幽微之处却别具一种感人的力量。周济《介存斋论词杂著》即曾引董晋卿之语云："少游正以平易近人，故用力者终不能到。"苏籀《双溪集》卷一一《书三学士长短句新集后》（《丛书集成初编》本）亦曾云："秦校理落尽畦畛，天心月胁，逸格超绝，妙中之妙；议者谓前无伦而后无继。"这些评语虽然不免有称赏过分之处，但却确实说中了秦观词的一种特美。如果说他人词中所写的是喜怒哀乐已发之情，那么像秦观这首《浣溪沙》词中所写的，则可以说是喜怒哀乐未发之前的一种敏锐幽微的善感的词人之本质。所以其通篇所写的，实在都只是以"感受"为主。是"轻寒"的"漠漠"，是"晓阴"的"无赖"，是"画屏"之幽，是"宝帘"之"闲挂"，而并未正式叙写什么内心的情意。即以其最著名的"自在飞花轻似梦，无边丝雨细如愁"两句而言，虽然用了"梦"字与"愁"字,但其所写者也并非真正的"梦"与"愁",而只不过是写"飞花"之"自在",其"轻"似"梦","丝雨"之"无边",其"细"如"愁"而已。但秦观虽非正式写"梦"与"愁",却又会使读者感到若非是一个心中有"梦"、有"愁"的善感的词人,又如何会写出如此"似梦""如愁"的句子来?更如何会对"轻寒""晓阴"、"画屏"之"淡烟流水"、"宝帘"之"闲挂银钩"这一类看似平淡的景物,有如此细致敏锐的感受?所以冯煦乃称他人之词为"词才",而独称秦观之词为"词心",这首《浣溪沙》词,可以说就是最能表现秦观词之此种特美的一篇代表作,这正是我们所以首先要提出这首词来加以介绍的缘故。

其次,我们还要介绍秦观的一首《画堂春》词。这一首虽不及前面所举的《浣溪沙》词那样流传众口,有的选本甚至对之不加选录,但我以为这首词却也是极能表现其柔婉精微之本质之特美者。下面我们就先把这首词抄录下来一看:

> 落红铺径水平池,弄晴小雨霏霏。杏园憔悴杜鹃啼,无奈春归。　柳外画楼独上,凭阑手撚花枝。放花无语对斜晖,此恨谁知?

如果以这首《画堂春》词与前所举之《浣溪沙》词相比较,则这首词在上半阕的结尾处,既写出了"无奈"二字,在下半阕的结尾处,又写出了"此恨"二字,都是对内心情意直接的叙写,这与前一首《浣溪沙》词之通篇不直写情意的作法,当然有相当的不同,然而这首《画堂春》词,却同样也表现了秦观词在本质上的一种细致精微的特美。先就上半阕而言,词人所要表现的原是一种面对花落春归的无可奈何之情。本来春归花落原是一件使人伤感的事,李煜在词中就曾写过"林花谢了春红,太匆匆"和"流水落花春去也,天上人间"的悲慨。然而秦观在词中所叙的"落红"却只是"铺径",所写的"水"也只是"平池",所写的"雨"也不似李煜词中之"朝来寒雨晚来风"的劲厉摧残,而只是"小雨霏霏",而且还有"弄晴"之意。虽然眼中所见之"杏园"已经"憔悴",耳中听闻的也已经是一片"鹃啼",但最后结尾之处,也只不过对如此"春归"之景物只用了"无奈"两个字而已。虽然已是正式写情之语,也仍同样具有婉约纤柔之致。至于此词之下半阕,则由写景而转为写人,换头之处"柳外画楼独上,凭阑手捻花枝"两句,情致更是柔婉动人。试想"柳外画楼"是何等精致美丽的所在,"独上""凭阑"而更"手捻花枝",又是何等幽微深婉的情意。如果就一般《花间》词风的作者而言,则"柳外画楼独上"的精微美丽的句子,他们或许还写得出来,但"凭阑手捻花枝"的幽微深婉的情意,就不是一般作者所可以写得出来的了。而秦观词的佳处还不仅只如此而已,他的更为难能之处,是在他紧接着又写了下一句的"放花无语对斜晖",这才真是一句神来之笔。因为一般人写到对花的爱赏多只不过是"看花""插花""折花""簪花",甚至即使写到"葬花",也都是把对花的爱赏之情,变成了带有某种目的性的一种理性之处理了。可是秦观这首词所写的从"手捻花枝"到"放花无语",却是如此自然,如此无意,如此不自觉,更如此不自禁,而全出于内心中一种敏锐深微的感动。当其"捻"起花枝时,是何等爱花的深情,当其"放"下花枝时,又是何等惜花的无奈。在这种对花之多情深惜的情意之比较下,我们就可以见到一般人所常常吟咏的"花开堪折直须折"的情意,是何等庸俗而且鲁莽灭裂了。所以"放花"之下,乃继之以"无语",便正为此种深微细致的由爱花、惜花而引起的内心中的一种幽微的感动,原不是粗糙的语言所能够表达的,而又继之以"对斜晖"三个字,便更增加了一种伤春无奈之情。何则?盖此词前半阕既已经写了"落红铺径"与"无奈春归"的句子,是花即将残,春亦将尽,而今面对"斜晖",则一日又复将终。以前欧阳修曾经写过一组调寄《定风波》的送春之词,其中有一首的开端两句:"过尽韶华不可添,小楼红日下层檐",其所表现的一种春去难留的悲感是极为深切的。秦观此句之"放花无语对斜晖",也有极深切的伤春之悲感,但却并未使用如欧阳修所用之"过尽""不可添""下层檐"等沉重的口吻,而只是极为含蓄地写了一个"放花无语"的轻微的动作和"对斜晖"的凝立的姿态,但却隐然有一缕极深幽的哀感袭人而来。所以继之以"此恨谁知",才会使读者感到其中之果然有一种难以言说的幽微之深恨。周济在其《宋四家词选·目录序论》中,即曾云:"少游最和婉醇正。"又云:"少游意在含蓄,如花初胎,故少重笔。"像我们所举的《浣溪沙》及《画堂春》这两首词,便都可以作为这些评语的印证。也许有人会以为像这些锐感多情的小词,并没什么深远的意境可言,然而这种晶莹敏锐的善于感发的资质,却实在是一切美术与善德的根源。关于此意我在《迦陵论词丛稿》的《后叙》中已曾有所论述,就不拟在此更加重述了。

总之,词这种韵文体式,是从开始就结合了一种女性化的柔婉精微之特美,足以唤起人心中某一种幽约深婉之情意。而秦观的这一类词,就是最能表现词之这种特质的作品。不过,这种特质却又以其幽微深婉之故,所以极难掌握与说明,这正是何以我们乃不惜辞费地定要举出具体的词例来加以分析解说的缘故。至于秦观也还有一些其他风格的作品,则我们将要留到下面两节再分别加以讨论。

二

> 少年豪隽气如虹,匹马雄趋仰令公。
> 何意一经迁谪后,深愁只解怨飞红。

在前一节的讨论中,我们曾经提出说,秦观的词表现有一种柔婉精微的特美。然而在史传的记述中,秦观却原来也还有另一种不同的面目。《宋史·秦观传》曾谓其"少豪隽,慷慨溢于文辞",又谓其"强志盛气,好大而见奇,读兵家书与己意合"。在秦观之《淮海集》中,曾经编载有他的《进策》及《进论》多篇。其议论之所涉及者,上则有《国论》《治势》之策,下则有《法律》《财用》之制,论文治则有《主术》《任臣》之篇,言武功则有《将帅》《边防》之论,而又旁及于《辩士》《用奇》《谋主》等纵横之说,其所包含之范围可谓甚广,而莫不与治国安邦之大计结合有密切之关系。又曾撰有《郭子仪单骑见虏赋》,对于郭氏之"匹马雄趋,方传呼而免胄;诸羌骇瞩,俄下拜以投兵"之声威功业,表现了一片仰慕之心(《淮海集》卷一)。其少年时之强志盛气亦复从而可想。所以张綖在其所撰之《淮海集序》中,便曾经称述秦氏之著作,以为其可以"灼见一代之利害,建事揆策,与贾谊、陆贽争长",又谓其"少年慷慨论事,尝有系笞二虏回幽夏故墟之志"。从这些叙述来看,秦观在其文集的某些著作中,所表现的情意与风格与他在小词中表现的情意和风格,可以说有很大的不同。关于这种不同的情况,张綖在其序文中也曾论及。张氏以为其"雄篇大笔,宛然古作者之风"的论著,方为其"精华"之所在,至于其"婉约绮丽之句,绰乎如步春时女,华乎如贵游子弟"者,则仅为其"绪余"而已。这种观点,就一般而言原是不错的。因为在北宋之时,文人学士们对于小词之写作,大多仍存有一种轻视之心理,即以晏殊、欧阳修、苏轼诸人言之,其词之创作纵然极有可观,但在其写作之心理方面,则大多也仍是以余力为之,而并未曾将之与其他学问文章之著作放在同等地位来看待。这种情形本是明白可见的。然而有一点极值得注意之处,就是在这种余力为之的小词之写作中,他们却反而把自己所禀有的一种心性中之本质,在无意中作了更真实的流露。关于此点,我们以前在《论欧阳修词》一篇文稿中,便已曾引述过古人所谓"观人于揖让,不若观人于游戏"的话,来对之加以说明过。像这种情形,实在不仅欧阳修为然,就是在苏轼以至于秦观的作品中,我们也都可以得到证明。所以如果就他们的正式论著而言,则无论为欧、为苏、为秦,可以说大都留有论列政事之作,而且都表现得有忠诚正直关怀国事之志意,这正是作为儒家之士大夫在"揖让"中所表现的相同的一面。可是在小词的写作中,他们却于无意中也流露了彼此心性中极为不同的一面。而且因为他们所经历的挫折忧患之大小多少之不同,他们的心性之本质的不同,也就有了更为明显的表现。此在欧阳修而言,则其所表现者,乃为一份遣玩之意兴;在苏轼而言,则其所表现者,乃为一种超旷之襟怀;至于就秦观而言,则其所表现者,乃似乎但为一种敏锐善感之心性。所以苏轼虽然对秦观甚为称赏,但他们所写的词,却各有自己不同的风格。而且在经历贬谪之后,也各有自己不同之反应,这就正因为他们基本的心性原有所不同的缘故。可是另外在志意方面,他们却也有相近之处。因此苏轼所称赏于秦观者,就不仅是他的才华,同时也是他的与苏轼相近的志意。即如苏轼在黄州时,曾写有《答秦太虚》一篇,其中即曾云:"窃为君谋,宜多著书,如所示论兵盗贼等数篇。但似此得数十首,皆卓然有可用之实者,不须及时事也。"(《苏东坡全集·前集》卷三〇)又在其《上荆公书》中,称美秦观,谓其"行义饬修,才敏过人,有志于忠义"(《苏东坡全集·续集》卷一一)。凡此云云,都可见到苏轼所称赏于秦观者,原重在其豪俊慷慨有心用世之志意。这自然是因为秦观的这一类作品,与苏轼自己的慷慨用世之志意也有暗合之处的缘故。可是另一方面,则苏轼对于秦观所写的某些过于柔婉的情词,如其《满庭芳》(山抹微云)一首之"销魂。当此际"数语,则不免有讽谑之语。① 这种记述实在就正显示了他们两人在志意方面虽有相近之处,而其心性之本质则是有所不同的。如我们以前在《论苏轼词》一篇中所曾提出的,苏轼性格中原具有两种特质,其一为慷慨用世之志意,

---

① 见叶梦得《避暑录话》卷下,张宗橚《词林纪事》卷六,及《御选历代诗余》卷一一五。参看本书《论柳永词》。

另一则为超然旷达之襟怀。这两种特质,在苏轼性格中不仅皆为其所本有,而且更可以相互而为用,所以才能使得苏轼在入朝时,既常能保持其忠耿之态度,在贬出时,也常能保持其超旷之襟怀。但就秦观言之,则其所具有之本质,实在是以其锐敏善感之心灵为主的。他少年时代之强志盛气,原来也就正是他的易感之心灵在某种外在情况中的一种敏锐的反应。盖以秦观既自负其才志之过人,又生当于文士喜欢论政的北宋之世,何况当时的北宋更是外有辽、夏之边患,内有新旧之党争。在如此多方面之刺激下,则其强志盛气之表现,自然也就正是其易感之心灵的一种敏锐的反应。然而可惜的是当其强志盛气在现实生活中受到挫伤时,他却既没有像欧阳修的豪宕的意兴可以自我遣玩,也没有像苏轼的旷达的襟怀可以自我慰解,而只能以其锐敏之心灵毫无假借地去加以承受。所以一经挫折,便不免受到深重的伤害。即如其在元丰初年应举不第之后,他马上就写了《掩关铭》,乃一反其早年之强志盛气的作风,而但云欲"退居高邮,杜门却扫,以诗书自娱"了(《淮海集》卷三三)。但事实上秦观在此一段家居之期间,却不仅未曾真正享有"自娱"之乐,而且贫病交迫,又因见乡里友朋皆纷纷出仕,于内心中仍充满了感慨哀伤。这在他给友人的许多书信中,都可得到证明。即如他在给苏轼的一封信中,即曾自叙云:"某鄙陋,不能脂韦婉娈,乖世俗之所好。比迫于衣食,强勉万一之遇,而寸长尺短,各有所施,凿圆枘方,卒以不合。……而田园之入,殆不足奉裘褐、供馕粥。犬马之情,不能无悒悒尔。"(《淮海集》卷三〇《与苏先生简》)又在给李德叟的信中说:"某去年除日,还自会稽,乡里交朋,皆出仕宦,所与游者无一二人。杜门独居,日益寡陋。……颇负平时区区之意,夫复何言。"(《淮海集》卷三〇《与李德叟简》)更在给参寥子的一封信中说:"仆自去年还家,人事扰扰。……但杜门块处而已,甚无佳兴。至秋得伤寒病,甚重,食不下咽者七日,汗后月余,食粥畏风。……事事俱废。"(《淮海集》卷三〇《与参寥大师简》)从这些叙述来看,我们已足可见到,秦观虽然在文字议论中,也曾有强志盛气之表现,然而现实生活的挫折忧苦,却曾经给他的易感之心灵带来了何等沉重的摧伤。这种摧伤,对秦观的遭际而言,自然是不幸的。然而值得注意的则是,唯其他的强志盛气曾经受到过摧伤,更唯其因为这种摧伤是加在如秦观所具有的锐感的心灵之上,因而遂使得他在词的写作方面,超越了他自己早年的只以柔婉之本质为主的风格,而经由凄婉转为凄厉,创作出了一种在意境方面更具有深度的作品。而在此一转变之过程中,有一首可以作为转折之标志的作品,我以为就是他被贬谪到处州以后所写的《千秋岁》一词。

为了便于讨论,我们现在就把这首《千秋岁》词抄录下来一看:

> 水边沙外,城郭春寒退。花影乱,莺声碎。飘零疏酒盏,离别宽衣带。人不见,碧云暮合空相对。　　忆昔西池会,鹓鹭同飞盖。携手处,今谁在?日边清梦断,镜里朱颜改。春去也,飞红万点愁如海。

这是秦观的一首著名的词,在宋人笔记中,对之曾有不少记述,见于吴曾《能改斋漫录》、曾季狸《艇斋诗话》及胡仔《苕溪渔隐丛话》引《复斋漫录》等书。① 而大别之,则所记之内容主要约有两点:其一是和者之众。诸书中曾分别载有苏轼、孔平仲(《能改斋漫录》引作孔毅甫,乃其字也)、黄庭坚及晁补之诸人和词(按《复斋漫录》引为晁氏之词者,据黄山谷《豫章黄先生词》及吴曾《能改斋漫录》,当是黄氏之作)。② 总

---

① 见吴曾《能改斋漫录》所记《乐府》类中之《秦少游唱和〈千秋岁〉》一则。又见胡仔《苕溪渔隐丛话·后集》卷三三载《秦太虚》一则,及曾季狸《艇斋诗话》卷一。

② 按:《豫章黄先生词》收有黄山谷和秦观之《千秋岁》词。前有序云:"少游得谪,尝梦中作词云:'醉卧古藤荫下,了不知南北。'竟以元符庚辰,死于藤州光华亭上。崇宁甲申,庭坚窜宜州,道过衡阳,览其遗墨,始追和其《千秋岁》词。"吴曾《能改斋漫录》卷一七亦引黄氏此词及序,因加按语谓"晁无咎集中尝载此词而非是也"。

之,由于和者之众,足可见此词流传之广。第二是词意之哀。曾季狸《艇斋诗话》曾载云:"方少游作此词时,传至予家丞相(莹按:指曾布)。丞相曰:'秦七必不久于世,岂有"愁如海"而可存乎?'已而少游果下世。"《独醒杂志》亦载云:"少游作《千秋岁》词,毅甫览至'镜里朱颜改'之句,遽惊曰:'少游盛年,何为言语悲怆如此。'遂赓其韵以解之。"①要想了解这首词何以流传得如此之广,以及其词意何以写得如此之哀,我们就不得不对当时秦观写作此词之背景,先有一点大概之了解。原来秦观自元丰初年应举不第,返回高邮家居以后,虽曾因贫病交迫,而一度意志消沉,但后来因为苏轼及鲜于侁诸人的勉励,而又重拾举业。他在另一篇写给苏轼的信中,便曾经说:"辱诲谕,且令勉强科举。……重以亲老之命。……尽取今人所谓时文者读之,意谓亦不甚难。"又说:"子骏(莹按:即鲜于侁)以公言,顾遇甚厚。"(《与苏先生简》之四,见《淮海集》卷三〇)其后终于在元丰八年(1085)登进士第,除定海主簿,调蔡州教授。就在这一年,神宗卒,哲宗即位,宣仁皇太后高氏用事,起用旧党之人。次年改元元祐(1086)。苏轼当时已被召还朝,遂与鲜于侁同以"贤良方正"荐秦观于朝。元祐二年,秦观曾一度奉诏入京,但因为有忌者中伤,乃复引疾归蔡州。他在《与鲜于学士书》中,对此一经过曾经有所叙述(《淮海集》卷三七)。其后在元祐三

---

① 曾敏行《独醒杂志》卷五载云:"秦少游谪古藤,意忽忽不乐。过衡阳,孔毅甫为守,与之厚,延留待遇有加。一日,饮于郡斋,少游作《千秋岁》词。毅甫览至'镜里朱颜改'之句,遽惊曰:'少游盛年,何为言语悲怆如此。'遂赓其韵以解之。"莹按:此则记述极易使人误会,以为秦观此词乃在衡阳所作,实则此词乃秦观在处州所作,不过当其过衡阳时始以之出示孔毅甫而已。而此词自此遂流传于衡阳之地,故《能改斋漫录》卷一七记述诸人和词亦云在衡阳之地。然据秦观《年谱》绍圣二年谱,曾记其事云:先生四十七岁,在处州,游府治南园,作《千秋岁》词。后范成大爱其"花影莺声"之句,即其地建莺花亭。可见此词定为在处州所作。且据《唐宋诸贤绝妙词选》所选秦观此词之下,曾加按注云:"少游谪处州日作,今郡治有'莺花亭',盖因此词取名。"是可为证。

年,又因范纯仁之推荐,再度应诏入朝,他在《与许州范相公书》中,对此也曾有所叙述(《淮海集》附《后集》卷五)。于是秦观便在汴京参加了制科的考试,由太学博士迁秘书省正字,又于元祐八年七月,与黄庭坚同时被任命为国史院编修官(见龙榆生点校《豫章黄先生词》附《山谷先生年谱简编》)。以上数年,可以说是苏轼、黄庭坚、秦观诸人,最为得志的一段时期。然而好景不长,就在这一年的九月,支持旧党的宣仁皇太后死去了。哲宗亲政以后,开始重任新党之人,于是他们这一批朋友们,乃相继被贬出。苏轼本来以端明殿学士兼翰林学士出知定州,绍圣元年(1094)诏谪英州,又于途中责授建昌军司马,惠州安置。黄庭坚则责授为涪州别驾,黔州安置。秦观则出为杭州刺史,又道贬监处州酒税。也就是他到达处州以后第二年的春天,当他游府治南园时,写了这一首《千秋岁》词。本来处州乃是今日浙江丽水之地,由秦观这首词开端所写的"水边沙外,城郭春寒退。花影乱,莺声碎"几句来看,当地春天的景物原是极为美好的。这种情形,如果是欧阳修或者苏轼处之,则即使在贬谪之际,面对如此美景,也必然会有一种欣赏遭玩的豪情逸兴。然而以秦观之柔婉善感之心性,乃于贬谪之后,竟完全被挫伤所击倒,所以他接下去所写的,马上就是"飘零疏酒盏,离别宽衣带。人不见,碧云暮合空相对"的一片惆怅哀伤。于是今日的美景当前,乃都成了对昔日良辰不再的悲哀的反衬。而他所追悼的昔日之良辰,还不仅是一般的欢会而已,而且结合着他当年与朋友们得志于朝时的许多用世之理想。所以这首词下半阕接下去写的,就是:"忆昔西池会,鹓鹭同飞盖。携手处,今谁在?"他所说的"西池会",据他的本集来考证,原来他曾写有二首《西城宴集》诗,诗前有小序云:"元祐七年三月上巳,诏赐馆阁官花酒。以中浣日游金明池、琼林苑,又会于国夫人园,会者二十有六人。"(《淮海集》卷九)当时的盛况可见一斑。金明池在开封城西,故称西池。至于"鹓鹭同飞盖",则指的是当时参加宴集的一同在朝中仕宦得志的友人。"鹓鹭"正指行列有序如同鹓鸟与鹭鸟之飞翔有序的朝官们,而"飞盖"则指的是朝官们所乘之车的伞盖在奔驰中的景象,同时也用了曹植《公讌》诗中的"清夜游西园,飞盖相追随"的形象,暗示了游宴之贵盛。经过这几句对昔日良辰之追忆以后,下面接着写的"日边清梦断,镜里朱颜改"两句,则是对理想之破灭、年华之不再的悲慨。"日边"一句,用《宋书·符瑞志》所载"伊挚将应汤命,梦乘船过日月之傍"的故实,暗寓对仕宦之理想,而曰"清梦断",则是指此一理想已经断灭无存,何况更继之以"镜里朱颜改",岁月无情,年华有限,有此一句则所写便不仅是过去之理想已经断灭,而且连未来之希望也完全断灭了。这真是斩尽杀绝的一句话。所以后面的"春去也"三字,乃恍如决断之宣判,略无余地之可以回旋挽留矣。结尾的"飞红万点愁如海"一句,前四字"飞红万点",是对于前一句之"春去也"的更为鲜明、更为具体的形象之呈现,而后三字之"愁如海"则是对自己今日之贬谪异地、理想断灭、年华不返、希望无存的一个整体的悲慨,因此以"海"为喻,固极见其深重之无可度量也。所以《艇斋诗话》乃谓当时曾布读至此句,曾经产生过"秦七必不久于世,岂有'愁如海'而可存乎"的慨叹。而《独醒杂志》亦曾载有孔平仲对其"镜里朱颜改"一句曾经产生过"少游盛年,何为言语悲怆如此"的慨叹。而殊不知这却正是一位敏锐善感的词人,既曾以其锐感发为盛气,更复以其锐感遭受挫伤之不幸的结果。所以苏轼及黄庭坚诸人,当时虽然也曾经同时遭到贬谪,甚至贬到比秦观所在之处州更为荒远的地方去,然而每个人的心性不同,因此遭遇不幸挫折之后的反应也不同,于是表现于作品中的内容及风格也就各自有了不同的特色。即如苏轼于绍圣元年十月被贬到惠州以后,也曾写有一首《浣溪沙》词,前有小序云:"绍圣元年十月二十三日与程乡令侯晋叔、归善簿谭汲同游大云寺。野饮松下,设松黄汤,作此阕。"词云:"罗袜空飞洛浦尘,锦袍不见谪仙人。携壶藉草亦天真。　　玉粉轻黄千岁药,雪花浮动万家春。醉归江路野梅新。"黄庭坚在被贬到黔州以后,也曾写有一首《定风波》,题为"次高左藏使君韵"。词云:"万里黔中一漏天,屋居终日似乘船。及至重阳天也霁,催醉,鬼门关外蜀江前。　　莫笑老翁犹气岸,君看,几人黄菊上华颠。戏马台南追两谢,驰射,风流犹拍古人肩。"如果以这两首词来与秦观的《千秋岁》词相比较,我们就可以明显地看出,作者所禀赋的不同类型之心性,在词之写作中,会在风格方面造成怎样不同的差别。本来如果以贬地而言,则苏轼所在的惠州及黄庭坚所在的黔州,都比秦观之贬地处州更为荒远;而以年龄而言,则苏轼比秦观年长有十三岁之多,黄庭坚也比秦观年长有四岁之多。当秦观于绍圣二年写这首《千秋岁》时,他其实只不过四十七岁而已,却已发出了"日边清梦断,镜里朱颜改"的对过去之理想与将来之希望都全然断灭了的悲慨。可是远在惠州的六十岁的苏轼,却还能表现出"携壶藉草亦天真"和"醉归江路野梅新"的一片潇洒的情怀;而远在黔州的五十岁以上的黄庭坚也还能在"万里黔中一漏天"的环境中,表现出"戏马台南追两谢,驰射,风流犹拍古人肩"的一派傲岸的气骨;可是秦观却在"花影乱,莺声碎"的美景中,表现了"飞红万点愁如海"的一片深悲。所以词虽小道,然而透过这些小词,其所显示的作者心性中之一种最窈眇幽微的本质上的差别,原来是极可玩味的。而要想对词有更为深入的欣赏和了解,也就贵在对于这种窈眇幽微而又千变万化的每一位作者之心性,都能够有细致精确的分辨和掌握。以秦观而言,他早年在小词中所表现的纤柔婉约,在策论中所表现的慷慨盛气,和他在中年受到挫折以后所表现的哀感凄厉,从表面看来,风格虽然各有不同,然而就其心性之本质而言,却原来正是有一贯之线索可以细加寻绎的。

三

茫茫迷雾失楼台,不见桃源意可哀。

郴水郴山断肠句,万人难赎痛斯才。

我们在前一节,曾经提出秦观的一首《千秋岁》词来加以讨论过,以为这一首词是可以作为他风格转变之标志的一篇作品。其所以然者,盖因秦观虽然以其纤柔敏锐之心性,一向都表现得多情易感,但他早期的风格却大都只是以轻柔婉约为主,并不为过于激厉之辞。而《千秋岁》一词之后半阕,却表现出一片心断望绝的悲哀,这自然是他的词风的一种转变。但我们却只说这首词是他的词风之转变的一个标志而已,那便因为在此以后,他还写出了一些在风格上更为凄厉哀伤的作品。而这种转变,则是与他的生活遭遇一直结合在一起的。据《宋史·秦观传》所载其"绍圣初,坐党籍,出通判杭州。以御史刘拯论其增损实录,贬监处州酒税。使者承风望指,候伺过失,既而无所得,则以'谒告写佛书'为罪,削秩徙郴州"。原来秦观在被贬到处州以后,虽因仕宦之志意受到重大的挫伤而产生了心断望绝的悲慨,但他却还曾一度想要借学佛以自遣。他曾写有《处州水南庵》七绝二首,云:"竹柏萧森溪水南,道人为作小圆庵。市区收罢鱼豚税,来与弥陀共一龛。"又云:"此身分付一蒲团,静对萧萧玉数竿。偶为老僧煎茗粥,自携修绠汲清宽。"(《淮海集》卷一〇)又写有《题法海平阇黎》一首云:"寒食山州百鸟喧,春风花雨暗川原。因循移病依香火,写得弥陀七万言。"(《淮海集》卷一一)则其在处州之常与僧人往来,且经常抄写佛经之情形可见一斑。本来一个人在遭受了重大的挫伤打击之后,一般总要寻一个自我慰解之方,才可以勉强生活下去。秦观当日之欲以佛学自遣,这种用心,自可想见。而谁知那些承风希旨的小人,竟然就又以"谒告写佛书"构成了他的罪名,不仅把他贬谪到更远的郴州,而且还削去了他过去所有的官秩。这一次的贬削,无疑地曾对秦观造成了更深重的一次打击。因为前次的贬谪处州,是为了党籍及修神宗实录而迁贬,其获罪之名义乃全出于政党之争,这种迁贬,犹复可说。至于这一次贬削,却是为了"谒告写佛书"的罪名。所谓"谒告"者,本是宋代对于因事或因病"告假"的一个别称。一个人在因病请假的日子写写佛经,这有什么罪名可言,而竟被小人所罗织,落到迁贬削秩的下场,则秦观之内心于绝望悲苦之余,必然更会结合有不少屈抑之情,而其易感之心魂,乃益愈摧伤。就在贬赴郴州的途中,他曾经写了《题郴阳道中一古寺壁二绝》,第一首诗是:"门掩荒寒僧未归,萧萧庭菊两三枝。行人到此无肠断,问尔黄花知不知。"第二首是:"哀歌巫女隔祠丛,饥鼠相追坏壁中。北客念家浑不睡,荒山一夜雨吹风。"(《淮海集》卷一一)如果以这两首诗来与前一节所举引的《千秋岁》词相比较,我们就可以见到,它们虽同样是写被远贬的悲哀,但其悲感的层次,却已经有了很大的不同。《千秋岁》词中所写的"日边清梦断,镜里朱颜改",其所表现的"心断望绝"之悲哀,原来还只不过是对于过去的壮志华年都已经一去不返的哀悼而已;可是这两首诗中所表现的悲哀,却是对于过去的"日边清梦"也已经无暇念及,而只是充满了一种对于心内和身外都充满了荒寒孤寂、年命不保的恐惧。当我们从秦观的传记和他的一些诗作中,对他这次被远贬到郴州的经过和心情,都有了一些了解以后,我们就可以明白他在郴州所写的一些词,其风格何以会转变得更为凄惨哀厉的缘故了。而这一时期的一篇代表作品,我以为就是他被贬到郴州的第二年春天所写的一首《踏莎行》词,现在就让我们把这首词抄录下来一看:

雾失楼台,月迷津渡,桃源望断无寻处。可堪孤馆闭春寒,杜鹃声里斜阳暮。　　驿寄梅花,鱼传尺素。砌成此恨无重数。郴江幸自绕郴山,为谁流下潇湘去。

如我们在前二节之所介绍,秦观原是一位在感性方面极为锐敏纤细的诗人,因之他一向的长处,原是对于景物及情思都能以其锐感作出最精确的捕捉和叙写,而且善于将外在之景与内在之情,作出一种微妙的结合。即如其《浣溪沙》(漠漠轻寒上小楼)一首,其中的"自在飞花"两句,表面原只是写"飞花""丝雨"的外在景物,然而其"似梦""如愁"的描述形容,却使之传达出一种极微妙的情思;再如其《画堂春》(落红铺径水平池)一首,其中的"凭阑手撚花枝"两句,他所要传达的原是伤春的情意,而他所写的却只是外在的形象与动作;其他如秦观的一些名词警句,像他的《减字木兰花》(天涯旧恨)一首,其中的"欲见回肠,断尽金炉小篆香"两句,是把极抽象的断肠之情,作了极具体的形象化的喻写;而他的《满庭芳》(山抹微云)一首,其中的"多少蓬莱旧事,空回首、烟霭纷纷。斜阳外,寒鸦数点,流水绕孤村",则是将无限怀思感旧之情,都融入了外在的烟霭、斜阳、寒鸦、流水的景色之中了;至于他的《八六子》(倚危亭)一首,其中的"夜月一帘幽梦,春风十里柔情"两句,次句虽然是用的杜牧之诗意,但放在此一联中,却因为与前面的"夜月一帘"相映衬且相对偶,于是"春风十里"便也成了一个鲜明的形象,而继之以"幽梦""柔情",遂使得抽象之情思,都加上了具象的形容。凡此种种例证,当然都足以说明,秦观将抽象之情思与具象之景物,作互相生发、互相融会,或是互相拟比之叙写时,确实有他的极为出色的成就。但我以为这一首《踏莎行》词之开端的"雾失楼台,月迷津渡,桃源望断无寻处"三句,与其结尾的"郴江幸自绕郴山,为谁流下潇湘去"二句则较之前述诸例证对形象与情意之叙写安排,尤其有值得注意之处。何则?先就"雾失楼台"三句而言,则前举诸例证中所写之景物,乃大多为现实中实有之景物,而"雾失楼台"三句所写者,则是现实中并不实有之景物,此其可注意者一;再就"郴江幸自绕郴山"二句而言,则前举诸例证之景物所映衬或拟比者,尚不过为人间一般共有之情思,而"郴江"二句,却是借景物对宇宙提出了一个无理的究诘,大有《楚辞·天问》之意,引其可注意者二。现在我们先谈"雾失楼台"三句,我之所以认为其所写之景物并非实有者,盖以在此三句之下,作者原来还明明写有"可堪孤馆闭春寒,杜鹃声里斜阳暮"的描述。而这两句所写的独自避居在客馆春寒之中的人物,和耳中所闻的杜鹃的不如归去的哀啼之音与眼中所见的斜阳西下的暮色渐深之景,这才是现实中果然实有的情景。至于"雾失楼台"三句,则不过是诗人内心中的深悲极苦所化成的一片幻景的象喻。首句的"楼台",令人联想到的是一种崇高远大的形象,而加上了"雾失"二字,则是这种崇高远大之境界,已经被茫茫的重雾所完全淹没无存;次句的"津渡",令人联想到的是可以指引和济渡的出路,而加以"月迷"二字,则是此一可以指引和济渡的出路,也已经在蒙蒙的月色中完全迷失而不可得见;三句的"桃源",令人联想到的是陶渊明在《桃花源记》中所描述的"黄发垂髫,并怡然自乐"的一片乐土,而继之以"望断无寻处",则是此一乐土之根本并不存在于人间。由此看来,可见此三句之所叙写者,表面虽也是具象之景物,然而却并不同于前举例中的现实中之景物,而是进入了一种含有丰富象征意义的幻象中之境界了。这在小词的发展演进中,实在是一件极值得注意的开拓和成就。至于秦观之所以能写出此类作品,最重要的原因,自然是由于其敏锐之心性与悲苦之遭遇的互相结合,于是遂以其锐感深思中之悲苦,凝聚成了如此深刻真切的饱含象征意味的形象。至于触引起他产生此种象喻之想的,则我以为其主要之关键,实当在第三句的"桃源"二字。盖因当时秦观正贬居在郴州,在湖南境内,而世传桃花源在武陵,亦在湖南境内。正是这种巧合,引起了这一位锐感之词人的丰富的想象,为我们留下了这几句在词境中特具开创意味的小词,这种成就,实在是极可注意的。而当我们对此三句词所象征的绝望悲苦之情有所了解以后,我们便可以明白作者在此三句象征之语和下二句"孤馆闭春寒""杜鹃声里斜阳暮"的写实之语中加入"可堪"二字的作用了。盖"可堪"者,原为"岂可堪",也就是"不堪"之意。正因为先有了前三句对绝望悲苦之心情的象征的叙写:"高楼"之希望既"失","津渡"之引济亦"迷","桃源"在人世之根本"无寻",然后对身外之"孤馆""春寒"、"鹃"啼春去、"斜阳"日"暮"之情境,乃弥觉其不可堪也。至于下半阕过片之"驿寄梅花,鱼传尺素。砌成此恨无重数"三句,则是极写远谪之恨。据秦观年谱,就在他写了这首词的第二年,他便又自郴州被迁贬到横州,又次年,又被迁贬到雷州。① 他在雷州曾写了一篇《自作挽词》,其中曾有"家乡在万里,妻子天一涯"及"奇祸一朝作,飘零至于斯。弱孤未堪事,返骨定何时"之语。可知秦观在迁贬以来,并无家人之伴随,其冤谪飘零之苦,思乡感旧之悲,一直是非常深重的。曰"驿寄梅花,鱼传尺素"便正是极写其思乡怀旧之情。上一句用的是江东之陆凯寄梅花与长安之范晔的故事。据《荆州记》载云:"陆凯与范晔为友,在江南寄梅花一枝诣长安与晔,并赠诗云:'折梅逢驿使,寄与陇头人。江南无所有,聊赠一枝春。'"(见《太平御览》卷一九《时序部》四。一般引文多有脱误,不可据)下一句用的是古乐府诗《饮马长城窟行》的诗意,盖以该诗中曾有"客从远方来,遗我双鲤鱼。呼儿烹鲤鱼,中有尺素书"之句,故以"鱼传尺素"代表寄书信之意。总之,这两句所写的乃是怀旧之多情与远书之难寄,所以乃继之以"砌成此恨无重数",极写远谪离别之悲,造成了无穷的深恨。而秦观在此处所用的"砌"字,则又是把抽象的"恨"之情意,作了一种具象的"砌"之描述。"砌"者何? 砖石之砌筑也;曰"砌成此恨",则其恨积累

---

① 见《淮海先生年谱简编》(四部刊要,《苏门四学士词校注》册上,附《淮海居士长短句参考资料》第59页,台湾世界书局1959年10月初版)。

之深重与坚固之不可破除,从而可以想见矣。在如此深重坚实之苦恨中,所以乃写出了后二句的"郴江幸自绕郴山,为谁流下潇湘去"的无理问天之语。据《苕溪渔隐丛话·前集》引《冷斋夜话》谓少游写此词,东坡读之,"绝爱其尾两句,自书于扇,曰:'少游已矣,虽万人何赎?'"本来一般人悼念贤才之语,原是"百身莫赎",而此一传闻之故实,乃曰"万人何赎",也足可见此二句词的感人之深,以及对秦观的悼念之切了。至于此二句词之感人者何在,则私意以为其主要之因素盖亦由于此两句词可以提出写实与象喻两个层次的内涵,而其用意则又在可解与不可解之间,因之在表面所写之情景以外,乃更增加了一种神秘而无理性的气氛,也就更增加了它的吸引和感动人的力量。现在我们先谈其第一层写实的意义,郴州之水源出于湖南省郴县之黄岑山,是所谓"郴江"之"绕郴山"者也。出山以后,乃北流而入耒水,又北经耒阳县,至衡阳而东入于潇湘之水,是所谓"流下潇湘去"者也。此原为天地自然之山川,本无任何情感可言者也。至于就第二层象喻之意义言之,则此一位锐感多情之词人秦观,在其历尽远谪思乡之苦以后,乃竟以自己之心想象为郴江江水之心,于是在"郴江"之"绕郴山"的自然山水中,乃加入了"幸自"两个有情的字样,又在"流下潇湘去"的自然现象前,加上"为谁"两个诘问的词语,于是遂使得此二句所叙写的自然山川,平添了一种象喻的意义。因此无情的郴水、郴山乃顿时化为有情,而使得郴水竟然流出郴山且直下潇湘不返的造物之天地,乃成为冷酷无情矣。于此我们如果一念及前面所引的秦观《自作挽词》中的"奇祸一朝作,飘零至于斯"的话,我们就可以体会出他对于离开郴山一去不返的郴江江水,曾经注入了多少他自己的离乡远谪的长恨了。而所谓"为谁流下"者,则正是秦观自己对于无情之天地,乃竟使"奇祸一朝作"的深悲极怨的究诘。像这种深隐幽微,而又苦怨无理的情意,原是极难以理性解说和欣赏的。因此,王国维在其《人间词话》中,虽然也曾赞美秦观这一首《踏莎行》词,谓其"词境""凄厉",但王氏所称美者,只是前半阕结尾的"可堪孤馆闭春寒,杜鹃声里斜阳暮"两句,而却认为苏轼之欣赏此后半阕结尾的这两句词是"犹为皮相"。其原因我以为就正由于在这首词中,实在只有"可堪孤馆闭春寒"两句,是从现实之景物,正面叙写其贬谪之情境,而其他诸句,则多为象喻或用典之语,这与王氏平时所主张的"以自然之眼观物,以自然之舌言情"的欣赏标准,当然不甚相合。何况此词末二句,又写得如此隐曲而无理,因之王氏对于苏轼之欣赏此两句词的心情,乃不能完全理解,所以乃谓之为"皮相"。而苏轼之欣赏此两句词,则很可能是因为苏轼也是一个亲自经历了远贬迁谪的人,所以尽管此二句词写得隐曲而且无理,苏轼读之却自然引起了一种直觉的感动。总之,苏轼与王国维之所赏爱的因素虽然各有不同,却也都不失为各有一得之赏。至于我个人的看法,则以为就词中意境之发展而言,实在当以此词首尾两处所使用的象征的手法和所蕴涵的象喻的意义为最可注意。而且我还以为秦观早期词作中所表现的纤柔婉约之风格,虽然也有其独具之特色,使人被其锐敏善感之"词心"所感动,但那还只不过是由其天赋之资质所形成的一种特色而已。至如我们现在所讨论的这首《踏莎行》词,则是以其天赋之锐敏善感之心性,更结合了平生苦难之经历,然后透过其多年写词之艺术修养,而凝聚成的一种使词境更为加深了的象喻层次的开拓,这是我们在论秦观词时,所绝不该忽视的他的一点重要成就。

最后,还有两点我们想在此略作补充之说明者。其一是秦观之词,除去以其敏锐善感之心性所形成的早期之纤柔婉约之风格以及其经历迁谪以后由凄婉转为凄厉之风格以外,他也还留有一些其他风格的作品。即如其《品令》二首之类,乃全用俗俚之语,写为男女调情之辞。又如其《望海潮》词调中之"星分牛斗,疆连淮海,扬州万井提封"一首之写广陵怀古,及"秦峰苍翠,耶溪潇洒,千岩万壑争流"一首之写越州怀古,则又以豪情盛气写为开阔博大之辞。但我们对秦观的这两类词,却并未加以详细之介绍。其所以然者,盖因其俗俚之作,本无深意可言,只不过因为北宋当日词坛的一时风气,很多人都曾写有此俗俚之歌辞,像此等作品既不能代表秦观词之特色与成就,是以本文乃对之未加讨论。至于其表现有开阔博大之盛气的两首咏都市的《望海潮》词,则我以为那很可能是秦观早年正当强志盛气之时的作品,而且明显地带有模仿柳永词之痕迹。因为以小词来歌咏都市的形胜繁华,实在当推柳永为开创风气的作者。何况柳永曾写有一首咏钱塘风物的词,开端是"东南形胜,三吴都会,钱塘自古繁华",所用的牌调既也是《望海潮》,所表现的风格也是开阔博大,具有盛气,而且柳词在当时更曾经传诵一时(事见罗大经《鹤林玉露》卷一三)。这正是我认为秦观此二首词曾受有柳词影响的缘故。不过柳永全用白描,其盛气表现得极为自然,而秦观则多用古典,遂不免有一种不甚自然的逞气用力之感。这很可能是因为柳永在才性方面,原有其神观飞越的一面,而秦观则缺乏此一类型之才质。所以此二首词,在秦观词中,都并非上乘之作,反不如他的另一首写洛阳的《望海潮》词,其开端之"梅英疏淡,冰澌溶泄,东风暗换年华"数句,既在选词用字之间表现了他的锐感的资质,而其结尾之"无奈归心,暗随流水到天涯"数句,则又在融情入景方面表现了他的柔婉的风格,较之咏广陵及越州的两首,实在更能代表秦观词的特色。这种辨别,也是我们论秦观词时所不可不注意及之的。这是我们要补充说明的第一点。其次,我们还要补充说明的一点,则是将秦观词与其他一些风格相近之词人互相比较的问题。本来我们在以前论欧阳修词的时候,便曾经引用过冯煦在《蒿庵论词》中评欧词的话,以为欧词之"深婉"曾经"下开少游"。又在论晏几道词的时候,引用过刘熙载《艺概》、冯煦《宋六十一家词选·例言》和王国维《人间词话》中的话,将晏几道和秦观作过简单的比较。现在当我们对秦观词之特色及成就,有了相当了解之后,则我们对前人评语之得失,当然也就可以作出更好之判断。先就欧词之"深婉开少游"而言,我以为秦词与欧词相似者,固在其一则皆能掌握词之要眇宜修之特质,此其所以为"婉";再则皆能有幽微丰美之意蕴,此其所以为"深"。不过,如果仔细分辨一下他们的意蕴中之品质,我们就会发现他们二人之间,实在有很大的不同。秦观无论对自然界的良辰美景,或对于人世间之挫伤苦难,都是毫无假借的以其最善感之心性,去做单纯的感动和承受,而欧阳修则具有一种排解遣玩的修养。所以欧词之风格无论在欣赏或悲慨中,都经常表现一种豪宕的意兴,而秦词之风格,乃自早期之纤柔,一转而为晚期之凄厉了。这是秦观与欧阳修之虽然相似,然而却并不相同之处。再就晏几道与秦观二人相比较言之,则冯煦在《宋六十一家词选·例言》曾云:"淮海、小山,真古之伤心人也,其淡语皆有味,浅语皆有致。"而王国维在《人间词话》中则引冯煦之言而表示异议说:"余谓此唯淮海足以当之;小山矜贵有余,但可方驾子野、方回,未足抗衡淮海也。"他们二人所见之不同,我以为主要是由于冯氏乃但就其外表之情事与文辞言之,而王氏则是就其内在之意蕴言之的缘故。盖以就外表之情事与文辞言,则晏几道所写的"梦后楼台高锁"(《临江仙》)与"醉别西楼醒不记"(《蝶恋花》)之类的词,其所表现的寂寞孤独与相思离别之情,固亦有"伤心"之意;而其所使用的清丽婉转之言辞,固亦可称之为淡语有味、浅语有致。是则冯氏之言,固亦不为无见。只不过若就深一层之意蕴言之,则小山所写之伤心,原来只不过是对往昔歌舞爱情之欢乐生活的一种追忆而已,而秦观所写的"飞红万点愁如海"(《千秋岁》)和"为谁流下潇湘去"(《踏莎行》)一类的词,则其所表现的便不仅是对往昔欢乐的追怀,而已是对整个人生之绝望的悲慨和对整个宇宙之无理的究诘。如此的"伤心",才真正是心魂摧抑的哀伤。至于其在早期词作中以情景相生所叙写的细致的感受,和在后期词作中以幻景提示的象喻的情意，其"淡语有味，浅语有致"，也才是更深一层的意味和姿致。这正是王国维之所以认为冯氏之评语"唯淮海足以当之"，而刘熙载之《艺概》也曾说"少游词有小晏之妍，其幽趣则过之"的缘故。至于晏几道与秦观二人，因为襟抱、志意、身世、遭际之种种不同，而影响及于其词作中之感发生命之质量的不同，则此种差别，我在论晏几道词时，已曾有所论述，就不在此处作补充之说明了。另外，秦观当然还写有不少离别相思的小词，如果以这一类词与晏几道词中同类的作品相比较，则晏几道词之辞藻似较华丽，笔致亦较重；而秦观词之写情则似乎更为精纯，笔致亦较轻。所以黄庭坚为《小山集》写序，乃称其"清壮顿挫"，而张炎之《词源》论秦观词，则称其"体制淡雅，气骨不衰，清丽中不断意脉，咀嚼无滓，久而知味"。缪钺先生有论秦观《八六子》词一文，对秦词之此种风格，有精切之分析，读者可以参看（见《灵谿词说·论杜牧与秦观〈八六子〉词》）。本文对此一类词，就略而不论了。

          1984 年 11 月写于加拿大温哥华

论周邦彦词

一

顾曲周郎赋笔新,惯于勾勒见清真。

不矜感发矜思力,结北开南是此人。

在中国词史的演进中,自晚唐、五代以迄北宋之末年,其间固不乏转移风气开拓新境之重要作者,即如柳永与苏轼二家在形式与内容方面之拓展,便是昭昭在人耳目的明显例证。不过,若以柳、苏二家与北宋后期之另一大家周邦彦相比较,我们就会发现,在周氏之前之诸作者,虽然在形式、内容、意境、风格各方面,也可能曾使词之演进产生过某些转变,然而在本质上他们却仍然都有着一点相似之处,那就是他们都以自然直接的感发之力量为作品中之主要质素。而周邦彦《片玉词》的出现,特别是他的一些长调慢词,则使得词之写作在本质上有了一种转变,那就是一种以思索安排为写作之动力的新的质素的出现。这种质素的转变逐渐形成了一种写词的新途径与新趋势,对后来南宋相当多的作者产生了极大的影响,也造成了南宋词与北宋词之两种迥然相异的品质与风格。而写作之质素既然有了转变,因之评赏之途径与标准遂亦不得不随之而有所转变。世之读者颇有一些尊赏北宋而鄙薄南宋之人,那主要便因为他们对此种质素之转变未能有清楚之认知,常常仍想要用评赏北宋词的眼光来评赏南宋词,则自然无怪其扞格而不能入了。而周邦彦则是形成此种质素之转变的一个结北开南的关键人物,因此当我们要想评赏周邦彦词的时候,便不得不先对这种质素之转变略加探讨。

  词在初起时,既原为歌筵酒席之艳曲,且多为短小之令词,所以当文士诗人们着手写作此种作品时,仍大多以游戏之笔墨为之,偶尔因情触景写为小词,并不用心于精思结撰之安排,这正是五代宋初之作之特别富于直接感发之力,而不以思致安排为主的一个重要原因;再则小令之平仄与近体诗之格律多有相近之处,而近体诗在吟诵之间,便往往可以由吟诵之音声而产生一种自然感发之作用。凡是经常作旧诗的人,大概都有一种共同的经验,那就是诗歌中情意之感发,往往都是与音声之感发相伴随而同时产生的,脱口而出便已是一句合律的诗歌,而并不是以思索安排慢慢组合出来的。令词之音律既与近体诗相接近,因此也就同样具有了这种由音声便可以自然引起一种感发作用的特质,这可能是五代宋初之词多以直接感发为主而并不以思索安排为主的另一重要原因。及至柳永在词坛出现之后,虽然已经开始用长调来填写慢词,但其情景之相生、铺叙之推展,则大多仍以自然感发为主。以前我们在论柳词时,曾对其为世所共称的所谓"不减唐人高处"的特色,作过较详细的讨论,以为其"高处"便正在于其兴象高远富于感发之特质,与唐代诗歌中此种特质有相近之处;而柳词之此种特质又曾对苏轼产生过相当的影响,此在论苏词时,我们也曾论述及之。因此,柳、苏二家,虽也有长调之作,但基本上仍是以自然感发为主,而并不是以思索安排为主的。直到周邦彦的出现,这种词风才有了巨大的改变,思力的安排取代了自然的感发,而使宋代的词风发生了一次重大的变化。至于周氏的词何以会形成了此种以思力安排为主的词风,则私意以为其主要之原因,约有以下数端:其一,盖由于周氏之工于辞赋。据《宋史·文苑传》,周氏"元丰初,游京师,献《汴都赋》万余言,神宗异之,命侍臣读于迩英阁"。《咸淳临安志》卷六六《人物志七》更谓其所献《汴都赋》"多古文奇字",神宗"令左丞李清臣读于迩英阁,多以偏傍言之,不尽悉也"。本来"赋"之为体,便是要以思力去搜求材料,然后再加以安排来写作的一种文体,何况周氏又多用古文奇字,则其好以思力安排为精心结撰之写作习惯已可概见。而且《咸淳临安志·人物志》更曾记述云:"其文,识者谓有工力深到处,声镜乌几之铭,有郑圃漆园之风;祷神之文,仿《送穷》《乞巧》之作。"则更可见周氏即便为游戏笔墨之小文,亦必精思竭力而为之,且善于承袭模拟前人之所长。因此,当他写词的时候,便也同样保持了这种习惯和作风。所以周济在其《介存斋论词杂著》中,乃谓"美成思力,独绝千古。如颜平原书,虽未臻两晋,而唐初之法至此大备"。这一段话,可以说是对于周邦彦词之以思力安排取胜,且善于承袭模拟前人之所长的特色,作了极为扼要的叙述。而这种特色的形成,与周氏之工于辞赋的写作习惯,则可以说是具有密切之关系的。其二,则盖由于周氏之精于音律。《宋史·文苑传》即曾称其"好音乐,能自度曲"。《咸淳临安志·人物志》也曾记叙述说:"邦彦能文章,妙解音律,名其堂曰'顾曲'。"楼钥《清真先生文集序》亦谓其:"性好音律,如古之妙解,'顾曲'名堂,不能自已。"则周氏之自负其精于音律,以"曲有误,周郎顾"之"周郎"自比的心情,是可以想见的。而且周氏晚年更曾提举大晟府,张炎《词源》卷下曾记叙其事,谓:"崇宁立大晟府,命周美成诸人讨论古音,审定古调。"又谓:"美成诸人又复增演慢曲、引、近,或移宫换羽,为三犯、四犯之曲,按月律为之,其曲遂繁。"更可见周氏不仅精于音律,更好用古开新,创为繁难之曲调。而且周氏之好创新调,在宋人笔记中也有记载。周密之《浩然斋雅谈》卷下即曾载云:"既而朝廷赐酺,师师又歌《大酺》《六丑》二解,上顾教坊使袁绹问,绹曰:'此起居舍人新知潞州周邦彦作也。'问《六丑》之义,莫能对。急召邦彦问之,对曰:'此犯六调,皆声之美者,然绝难歌。昔高阳氏有子六人,才而丑,故以比之。'"吴曾《能改斋漫录》卷一七亦曾载云:"王都尉有《忆故人》词……徽宗喜其词意,犹以不丰容宛转为恨。遂令大晟府别撰腔。周美成增损其辞,而以首句为名,谓之《烛影摇红》。"王灼《碧鸡漫志》亦载云:"江南某氏者,解音律,时时度曲,周美成与有瓜葛,每得一解,即为制词,故周集中多新声。"从这些记述看来,我们已足可见到周氏之不仅精于音律,而且好创为繁难之新声之一斑了。据《康熙词谱》所载,其指明谓词调始见于周词者,共有十七调,至于其他虽未指明始见于周,而但云"调见《清真乐府》"或"调见《片玉词》"者,更有二十余调之多。而且凡周氏所创之调,其平仄声律大多极为严格,这种情形与柳永当年为市井所流行之俗曲来谱写歌辞的情况,当然已经有了显著的不同。如果按词人对四声之讲求而言,则柳永虽然注意入声字的运用,然而却并不曾为故意之安排。至于柳永对"上去""去上"之律式虽尚能遵守,而于较繁杂之律式则往往并不严格遵守。夏承焘在《唐宋词字声之演变》一文中,即曾云:"《乐章》但守'上去''去上',间有作'去平上''去平平上'者,尚守之不坚。至清真益出以错综变化,而且字字不苟。"(见夏承焘先生《唐宋词论丛》第67页)于是夏氏乃列举清真词中之严守"去平上""平去平"之诸例,又举出清真词中之用拗句者,及上下片相对皆用入声者,莫不极为严格。而结之曰:"总之,四声入词,至清真而极变化。"(同前第76页)像这种对音律之极端讲求,当然是使得清真词不复以自然感发取胜,却转而以思力安排见长的另一原因。如果我们在此把过去所曾论述过的几位重要词人一加回顾,我们就会发现,其作品之风格与作者在写作时对于音律所取的态度,实在有颇为密切的关系。一般来说,如我在前文所言,近体诗之吟诵的声吻,既往往可以在创作时带出一种自然感发的力量,因此作者所使用之词调如果多与近体诗之声律相近,则其写作时便不必过分留意于音律之安排,而可以随吟诵所熟悉之声吻结合情意以俱出,如此便易于富有一种直接感发之力量;反之,作者所使用之词调如果多与近体诗之声律相违拗,那么为求声律之与乐调相符合,便不得不用心于平仄四声之安排,如此自然便不免减损了直接感发的力量。举例而言,如温庭筠在唐、五代词人中,便是比较缺少直接感发之力的一位作者,而温氏却实在是一位精通音律的词人,所以夏承焘先生在其《唐宋词字声之演变》一文中,便曾云:"词之初起,若刘、白之竹枝、望江南,王建之三台、调笑,本蜕自唐绝,与诗同科。至飞卿以侧艳之体,逐管弦之音,始多为拗句,严于依声。"于是举温词中之《定西番》词调为例,谓其:"每首八句,而拗句占其四……凡拗处皆一一相对。"又云:"凡其拗处坚守不苟者,当皆有关于管弦音度。"(同前第54—55页)夏氏但论词中字声之演变,故述其现象如此。而我则以为对音律方面之过分精心讲求,恰好便是使得此一类作者不以直接感发取胜,而以安排之精工见长的主要原因。不过,词既本是合乐之歌辞,其所以异于诗者,也就正在于其有此依声填词之特色。只不过因为在五代及北宋初年,出现了一批极具天才的作者,创作都并不需要精心结撰的安排,却自然把词调之婉转曲折的特美,与诗歌之直接感发的力量,做了一种非常成功的结合,那就是南唐的冯、李与北宋初期之晏、欧。如果我们把他们所常常喜欢使用的词调一作观察,我们就会发现,他们所常用的大多是个别词句之声律既与近体诗有相近之处,而通篇之结构却又与近体诗有所不同之调,或者在字数方面有长短错综之变化,或者在谐韵之格式方面与近体诗有明显之差别。于是这一类作品,遂既具有了诗之直接感发的力量,又兼具了词之幽微曲折的特美。因而遂引发了后世读者对此一类作品的特别赏爱,于是对于那些真正把词作为合乐之歌曲去谱写,致力于声律之安排以精心结撰见长的作品,却反而不大可能欣赏了。王国维的名著《人间词话》,便恰好可以作为这一类词评的代表。所以他对于南唐之冯、李及北宋初之晏、欧,乃特别加以赞赏,而对于唐、五代之温庭筠及北宋末之周邦彦,则颇有微词。他既曾以为温庭筠不及冯延巳,说"张皋文谓飞卿之词'深美闳约',余谓此四字唯冯正中足以当之";又曾以为周邦彦不及晏、欧,说:"美成词多作态,故不是大家气象。若同叔、永叔,虽不作态,而一笑百媚生矣。此天才与人力之别也。"又曾以为周氏不及欧、秦,说:"美成深远之致,不及欧、秦。"又说:"词之雅郑,在神不在貌。永叔、少游虽作艳语,终有品格。方之美成,便有淑女与倡伎之别。"关于温庭筠与冯延巳二家词之特色及高下,我以前在《从〈人间词话〉看温韦冯李四家词的风格》一文中,已有详细之论述,兹不再赘。至于周邦彦词是否不及大晏及欧、秦,则我们以下便将对周词之特色,以及我们当取如何之态度与角度来评赏周词的问题,一加探讨。

　　一般来说,冯、李、晏、欧一类的词,其所长既在于富有直接感发之力,且兼具曲折幽微之美,因此遂往往能使读者由感发而引起一种高远丰美之联想。即如王国维之谓南唐中主词之"菡萏香销"数句"大有众芳芜秽,美人迟暮之感",又谓后主词"俨有释迦、基督担荷人类罪恶之意",更谓大晏词之"昨夜西风"、正中词之"百草千花"诸句为有诗人"忧生""忧世"之心,而周邦彦词既缺少此种以直接感发引人联想之力量,因此遂对之不免有不满之微词。而且此种看法也不仅是王氏一人之私见,早在张炎之《词源》卷下中,便已曾谓:"美成词只当看他浑成处,于软媚中有气魄,采唐诗融化如自己者,乃其所长,惜乎意趣却不高远。"王世贞《弇州山人词评》亦谓:"美成能作景语,不能作情语。"刘熙载《艺概·词曲概》亦云:"周美成词,或称其无美不备。余谓论词莫先于品。美成词信富艳精工,只是当不得个'贞'字。"凡此种种对周氏不满之辞,盖皆以为其意境不够高远,这主要实在就正由于周氏词中缺少一种直接感发之力,不易使读者引发高远之思的缘故。不过,另一方面则历代词评家对周氏词之功力,则莫不赞美备至。就在是《人间词话》中对周氏表示不满的王国维,在其晚年所写的《清真先生遗事》中,便也不得不承认周词之功力确有过人之处,说:"北宋人如欧、苏、秦、黄,高则高矣,至精工博大,殊不逮先生。"又赞美周词之精于音律,说:"故先生之词,文字之外,须兼味其音律。……今其声虽亡,读其词者,犹觉拗怒之中自饶和婉,曼声促节,繁会相宣,清浊抑扬,辘轳交往,两宋之间,一人而已。"又以宋词拟唐诗,以为"词中老杜,则非先生不可"。此外,历代词评对周词之功力方面加以赞美者,更是不胜引述。约举其重要者言之,则如强焕之《片玉词序》,曾称其"模写物态,曲尽其妙"。陈振孙《直斋书录解题》则称其:"长调尤善铺叙,富艳精工,词人之甲乙也。"沈义父《乐府指迷》则谓:"凡作词当以清真为主。盖清真最为知音,且无一点市井气,下字运意,皆有法度,往往自唐、宋诸贤诗句中来,而不用经史中生硬字面,此所以为冠绝也。"周济之《介存斋论词杂著》则除前文所引对其"思力"之称述以外,更曾对其写词之笔法加以称述,说:"钩勒之妙,无如清真。他人一钩勒便薄,清真愈钩勒愈浑厚。"又在其《宋四家词选·目录序论》中称周氏之词,谓"清真集大成者也"。陈廷焯《白雨斋词话》卷三亦谓:"顿挫之妙,理法之精,千古词宗,自属美成。"可见如果以功力而论,则周邦彦之为"集大成"的一代词宗,可谓已成定论。而值得讨论的则是像这一类以思索安排之功力取胜的作品,是否果然就在意境方面有所不足了呢?关于此点,则私意以为并不尽然,只不过对不同素质之作品的衡量,既当取不同之衡量标准,而且对于从不同方式来叙写的作品,也当从不同之途径来加以探索。冯、李、晏、欧之词既以直接之感发取胜,故读之者亦可以从直接之感发体会其意蕴;至于周邦彦所开拓出来的写词之新方式,既是以思索安排取胜,则读者要想体会其意蕴之深美,自然便也要采取以思索去探寻之途径方能得之。下面我们就将选取周邦彦之一首名词《兰陵王》为例证,尝试采取以思索去探寻之途径,对其词中之意蕴一加探讨。现在我们先把这首词抄录下来一看:

> 柳阴直。烟里丝丝弄碧。隋堤上、曾见几番，拂水飘绵送行色。登临望故国，谁识、京华倦客？长亭路，年去岁来，应折柔条过千尺。　　闲寻旧踪迹，又酒趁哀弦，灯照离席。梨花榆火催寒食。愁一箭风快，半篙波暖，回头迢递便数驿，望人在天北。
> 凄恻。恨堆积。渐别浦萦回，津堠岑寂，斜阳冉冉春无极。念月榭携手，露桥闻笛。沉思前事，似梦里，泪暗滴。

这首词是周邦彦的一首名词，所以在历来选本中都曾选录，诸家评说已多，当早为读者所熟知，本文对此不拟更加引述，今但就周词之不重直接感发转而为以思索安排取胜之特质言之。首先我们应对此词之声调音律略加说明：此调共分三段，计一百三十字，属长调之慢词。考词名者引《北齐书》，谓齐文襄第四子长恭封兰陵王，与周师战，勇冠三军。武士共歌谣之，曰《兰陵王入阵曲》（见《北齐书》卷一一列传三及《碧鸡漫志》卷四引文）。但周词与北齐之曲调，在音律上实在并无关系。据王灼《碧鸡漫志》卷四云："今越调《兰陵王》凡三段，二十四拍，或曰遗声也。此曲声犯正宫……故亦名《大犯》。又有大石调《兰陵王慢》，殊非旧曲。周、齐之际，未有前后十六拍慢曲子耳。"由此可知宋代已有"越调犯正宫"及"大石调"二种《兰陵王》曲，然皆非北齐之旧曲。周氏此词注明"越调"，自当为"越调犯正宫"之二十四拍之曲。在北宋词人中，自周邦彦始好用犯调，如前文所提及之《六丑》，乃犯六调之多。此外尚有《玲珑四犯》《侧犯》《倒犯》（据《周词订律》云或作《吉了犯》）、《花犯》（据《周词订律》云又名《绣鸾凤花犯》）等，据《康熙词谱》，谓以上诸犯调皆始自周邦彦。所谓"犯调"者，盖皆以不同之宫调相犯，此自非精于音律者，不能创制。且"犯调"大多极难歌唱。《六丑》之难歌，前文引周密《浩然斋雅谈》已曾述及。至于此《兰陵王》一调之难歌，则据毛开之《樵隐笔录》亦谓此词："至末段声尤激越，惟教坊老笛师能倚之以节歌者。"由此可证周词之以思力安排见长而不以直接感发取胜,其过分用心于音律之安排,实为一重要之原因。再者,此词开端一段写柳,全从眼中所见的柳之姿态为外表之描摹。此与李后主《相见欢》词之"林花谢了春红",晏殊《蝶恋花》词之"槛菊愁烟兰泣露",欧阳修《蝶恋花》词之"面旋落花风荡漾"诸作,一开口便将情思融入景物之中,带有无限感发之力者,自有不同。如果说后主、晏、欧诸人所使用的,是属于一种诗歌性质的以感兴为主的手法,那么周邦彦所使用的,则可以说是属于辞赋性质的以铺陈描述为主的手法。因此自然便不免会使得那些习惯于以感发性质读词的人,对周邦彦的词感到失望和不满了。即便是这一首极为精美的名词《兰陵王》,也仍有人以为其虽具功力而缺乏远韵,王灼《碧鸡漫志》卷三即曾载云:"周《大酺》《兰陵王》诸曲最奇崛,或谓深劲乏韵。"这种看法,当然都是由于对周词的欣赏未得其门而入的缘故。至于另外一些赞美周氏此词的词评家,例如陈廷焯《白雨斋词话》卷一,则谓"登临"二句"是一篇之主","隋堤上"三句"暗伏倦客之根",直至收笔云"沉思前事"三句,则"遥遥挽合","其味正自无穷",对此词之章法分析虽极细密,但对其意境之深美则并未能加以析说。又如谭献之《谭评词辨》则评此词之"斜阳"七字云"微吟千百遍,当入三昧出三昧",所言虽属意境之美,却又嫌过于模糊影响,使人莫测高深。除此以外,评说此词者还常遇到一个难题,就是不知究应将此词解为送客之辞抑行客之辞。所以周济之《宋四家词选》乃不得不折中其说,谓此为"客中送客"之辞。盖此词如就其首段之"拂水飘绵送行色"而言,固颇似送客之辞,然而如就其第三段之"渐别浦萦回"以下数句所写之景色言之,则又大似行客之辞。如此自然便不免使读者与评者都增加很多困惑。其实如果我们真正找到了如何欣赏周词之门径,就不仅能探寻得其意蕴之丰美,而且也就能使此一困惑得到解答了。因此,我们便不得不用思索来一加探寻。首先我们要想到的是周写作此词的时代与心情,据毛开之《樵隐笔录》载云:"绍兴初,都下盛行周清真咏柳《兰陵王慢》(莹按:当作《兰陵王》,见前引《碧鸡漫志》)。……其谱传自赵忠简家。忠简于建炎丁未九日南渡,泊舟仪真江口,遇宣和大晟乐府协律郎某,叩获九重故谱,因令家伎习之,遂流传于外。"据此,则是此词很可能为周邦彦在徽宗政和年间提举大晟府时之所作。据《清真先生遗事》所附周氏之年表,周氏于神宗元丰二年(1079)二十四岁时入都为太学生,二十八岁进《汴都赋》,自诸生一命为太学正。其后身经新旧党争之多次政局变化,亦曾多次出官外地。复被召还京师,对党争中宦海之浮沉升降、荣辱祸福必曾有极深之感慨。方其提举大晟府时,年已六十余岁。此词以咏柳开端,接写汴京城外隋堤畔离人送别之情,虽不以直接感发取胜,亦未尝对送客或行客之情作分明之交代,而用字着笔,盘旋沉郁,全以思力出之,感慨正在言外。首句"柳阴直",先写隋堤畔成行之柳树,是概括之远景;继写"烟里丝丝弄碧",渐以工笔写细致之近景,表面虽是对景物之铺陈描绘,是"景语"而非"情语",然而一加思索,便可知其离情已自"丝丝弄碧"中逐渐引发矣。所以继之乃有一长句,曰:"隋堤上、曾见几番,拂水飘绵送行色。""隋堤上"三字,正点明所在之地为都城之汴京,而"曾见几番"四字,直贯下面之"送行色"三字,则极写此汴京外隋堤上送别情事之无尽无休,然则是此送别之情景既已不限于某一年之个别时间,也不限于某一人物之个别事件了。此所以此词之不必拘指为"送客"或"行客"之辞。盖无论其为"送客"或"行客",已无不在此送别的情景之中,也无不在此仕途的浮沉升降之中矣。至于中间加入的"拂水飘绵"四个字,表面上看来虽也是对柳之物态的描摹叙写,然而"拂水"二字可令人想其柔条之飘拂,与下面的"送行色"三字相结合,则无限送别之柔情,乃尽在此对物态的描写之中了;而"飘绵"二字则可令人想见柳绵之飘飞与春花之老去,此一形容,与"送行色"所表现的别离漂泊、欢聚无常之情事,亦正可互相映衬。然则此词之开端数句,表面虽似乎仅为对"柳"之物态的铺陈叙写,并无直接感发之力,然而一加思索,便可以体会出其意味之无穷。所以周济之《介存斋论词杂著》乃云:"钩勒之妙,无如清真。他人一钩勒便薄,清真愈钩勒愈浑厚。"其所谓"钩勒"者,便正指周词之工于对物态之描摹,而周词对物态之描摹,则是每一笔勾勒都有每一笔勾勒的作用,所以才能不流于浅薄重复,而可以令读者于思索后体会出一种深厚之意味。这实在是周词的一种特长。于是下面乃承以"登临望故国,谁识、京华倦客",才隐约透露了仕途浮沉之令人厌倦,但又一吐即收,马上又回到了对柳的描述,说:"长亭路,年去岁来,应折柔条过千尺。"以"长亭路"与前面的"隋堤上"相呼应,以"柔条"与前面的"拂水飘绵"相呼应,用一"折"柳之"折"字,再点离情;而更可注意的则是在以"年去岁来"与前面的"曾见几番"的呼应之中,所表现的年年岁岁无尽无休的送行离别,也就是无尽无休的宦海浮沉。所以陈廷焯之《白雨斋词话》乃云:"美成词极其感慨,而无处不郁,令人不能遽窥其旨。"这话实不失为对周词的吟味有得之言。所以读周词首先必须要找到一条正确的入门途径,不可仍采用欣赏冯、李、晏、欧之词的态度,去希求直接的感发,而应当取思索探寻的态度,去体会他在铺陈描摹的安排中所隐含的意蕴。像此词第一段对于"柳"的描摹勾勒,便是周词之特色的一个很好的例证。至于此词的第二段和第三段,则当看其呼应转折之妙。不过因为篇幅所限,不暇更为详说,现在只能略作提示而已。第二段开端之"闲寻旧踪迹,又酒趁哀弦,灯照离席"三句,以一"旧"字及一"又"字与首段之"曾见几番"及"年去岁来"相呼应。而所谓"旧踪迹"者,也就正指下二句之"哀弦""离席",以及更下一句之"梨花榆火催寒食"之种种相同之季节与相似之情事而言,总起来呼应首段所写的"柳"之景色与送别之情。然后以一个"愁"字为领字,直贯以下之"一箭风快""半篙波暖""回头迢递便数驿"三句,接连用了"一"字、"半"字、"数"字,共三个数量之词,以"一"与"半"之少量,写别时之容易,以"数"之多量,写别程之渐远,也暗示了再见之艰难,也同时呼唤起了第三段的别后之情。所以此第二段实为第一段与第三段之间的一大转折。于是下面第三段开端之"凄恻。恨堆积"二句,乃直写别情。"凄恻"是别时当下之情,"恨堆积"则是渐行渐远以后别情之郁结。以后又以一"渐"字为领字,扬开去写别途之景色,承以"别浦萦回",见行程之渐远,再承以"津堠岑寂",见旅途之寥寞。而结之以"斜阳冉冉春无极"七字,于是乃将旅途中所有离别之情,都融入于一片暮霭苍茫的春色之中。此为周邦彦此一首《兰陵王》中笔力最为超健的一句词,可能也就正是谭献之特别赞赏这七个字的缘故吧。至于以下之"念月榭携手,露桥闻笛"二句,则总写别后对往事旧情之追思怀念,而曰"月榭""露桥""携手""闻笛",有无限蕴藉温柔之意。然后以"沉思前事,似梦里,泪暗滴"三句为全篇之总结。"似梦里"总写对过去之追怀难忘,"泪暗滴"总写在今日之别泪无穷。本来,写至此处,对《兰陵王》一词之解说已毕,便可结束。然而却还有两点需要补充说明之处,一则是此词结尾数句的写情之语,似不免过于直叙,缺少了如冯、李、晏、欧诸家词写情时之意象环生的感发之力。但如果我们不以直感而以思索去探求,便也可体会出周词此数句所写之情,实极为沉痛深挚。这当然是由于周词一贯以思力取胜之特质而然。故无论其写景、写情之语,读者皆必以思力求之,始可得其意蕴之所在,而不可但以直感求之也。再则此词结尾所追忆的"月榭携手""露桥闻笛"之情,乃似乎但为儿女之柔情,与我们在评说此词首段时所提出的隋堤送别的言外之悲慨,似乎也不尽相合,然而这实在也就正是这一派所谓婉约之词人的一般特色。即以柳永而言,如其《八声甘州》诸词,开端所写虽是秋士之悲慨,但结尾所写便也依然归结到儿女之柔情,而且柳词中凡写到对汴京之追想,便也同时既具有对京师所欢的离别之怀思,也具有对京师之仕宦的失志之悲慨。

关于此意,以前我在《论柳永词》中,已曾述及,可供读者参考,现在就不再赘述了。而如果我们一定要对此词之为"送客"之辞或"行客"之辞,作一肯定之抉择的话,则就此词第三段所写的别后之怀思及客途之景色而言,自当以"行客"之辞更为可信。不过全词既已包含有一种反映时代之悲慨,故其开端之叙写口吻,乃似乎不复为"行客"个人之所拘限而已。至于有关此词之本事的一些传说,则诸家辩说已多,本文既为篇幅所限,且诸本事之传闻,与本文所论周词之艺术特质,并无重要之关系,因此就不再赘述了。

二

当年转益亦多师,博大精工世所知。
更喜谋篇能拓境,传奇妙写入新词。

周邦彦之为北宋词之集大成的作者,在词史上可以说是早有定论。不仅一向推尊周词的周济曾称其为"集大成者也",谓其词"如颜平原书","唐初之法,至此大备",陈廷焯《白雨斋词话》卷一亦云:"词至美成,乃有大宗,前收苏、秦之终,后开姜、史之始,自有词人以来,不得不推为巨擘。"即使是一向并不十分欣赏周词的王国维,在其晚年所写的《清真先生遗事》中,也不得不称美周词,说"词中老杜,则非先生不可"。直至近人邵瑞彭之《周词订律序》亦谓:"尝谓词家有美成,犹诗家有少陵。"陈匪石《宋词举》亦谓:"周邦彦集词学之大成,前无古人,后无来者。"这种对周词的推崇赞美,当然都并不是无见之言。只不过有一点值得注意之处,就是周词之被称为"集大成",且被拟之于"词中老杜",实在大多是就其写作功力方面之成就而言,而并不是就其内容意境方面而言的。即如周济之称其为集大成,就周济之评语言之,则其理由约有二端:一为对前代之承袭,所谓"唐初之法,至此大备";二为描绘叙写之工,所谓"钩勒之妙,无如清真"。又如陈廷焯之称周词为"大宗",则是以其有"前收苏、秦""后开姜、史"的承先启后之功,而且因其"顿挫之妙,理法之精",所以"千古词宗,自属美成"。至于王国维之赞美周词者,则一则引强焕之《片玉词序》谓其"模写物态,曲尽其妙",再则称其音律之美为"清浊抑扬,辘轳交往"。而且邵瑞彭在《周词订律序》中,更曾明白指出周词之可以拟比杜诗,原来正是因其格律之细,谓"诗律莫细乎杜,词律亦莫细乎周"。而陈匪石之谓周词为"集大成",则是因为周词在技巧功力方面之博大精深,曰:"凡两宋之千门万户,清真一集,几擅其全。"

如果把周词技巧功力之所长略加归纳的话,则一般人之所共见者,大约可以分为以下数项:一曰善于融化前人诗句,如其《西河》(佳丽地)一首中"山围故国"诸句之用刘禹锡诗句、《锁窗寒》(暗柳啼鸦)一首中"故人剪烛"一句之用李商隐诗句,便都是很好的例证。二曰善于体物,描绘工巧,如前一节所举《兰陵王》(柳阴直)一首之写柳、《六丑》(正单衣试酒)一首之写蔷薇,便都是很好的例证。三曰善于言情,细腻周至,如其《解连环》(怨怀无托)一首之写离别怀人之怨、《凤来朝》(逗晓看娇面)一首之写闺房儿女之情,便都是很好的例证。四曰善于炼字,妥帖工稳,如其《望江南》(游妓散)一首之"芳草怀烟迷水曲,密云衔雨暗城西"二句中之"怀"字与"衔"字、《氐州第一》(波落寒汀)一首之"乱叶翻鸦,惊风破雁"二句中之"翻"字与"破"字,便都是很好的例证。五曰精于声律,有清浊抑扬之美,如其《兰陵王》(柳阴直)一首,既有"斜阳冉冉春无极"之完全合于诗律之七字句,又有"似梦里,泪暗滴"之不合于诗律,全用仄声的两个三字句,更有"凄恻。恨堆积",两字一句与三字一句之短韵,还有"谁识、京华倦客"之"识"字的句中韵。其他如《夜游宫》(叶下斜阳照水)一首中之"桥上酸风射眸子"及"不恋单衾再三起"之皆以"去、平、上"三声结尾,《绮寮怨》(上马人扶残醉)一首中之"晓风吹未醒""淡墨苔晕青""叹息愁思盈"及结尾之"歌声未尽处,先泪零"诸句皆以"平、去、平"三声结尾,便都是很好的例证。六曰工于布局,结构曲折细密,即如其《兰陵王》(柳阴直)一首,陈廷焯《白雨斋词话》卷一即曾论其结构云:"'登临望故国,谁识、京华倦客'二语是一篇之主,上有'隋堤上,曾见几番,拂水飘绵送行色'之句,暗伏倦客之根,是其法密处。故下接云'长亭路,年去岁来,应折柔条过千尺',久客淹留之感,和盘托出。他手至此,以下便直抒愤懑矣。美成则不然,'闲寻旧踪迹'二叠,无一语不吞吐,只就眼前景物,约略点缀,更不写淹留之故,却无处非淹留之苦;直至收笔云'沉思前事,似梦里,泪暗滴',遥遥挽合,妙在才欲说破,便自咽住,其味正自无穷。"又如其《花犯》(粉墙低)一首,早在黄昇之《花庵词选》中,即曾称其"纡徐反复,道尽三年间事",陈洵《海绡说词》更细论其结构云:"只'梅花'一句点题,以下却在题前盘旋,换头一笔钩转,'相将'以下,却在题后盘旋,收处复一笔钩转。往来顺逆,盘控自如。圆美不难,难在拙厚。"又云:"'正在'应'相逢','梦想'应'照眼';结构天然,浑然无迹。"便都是很好的例证。以上六项,我们不过是仅就一般人所经常述及的周词之几点特长,约略举例说明而已,且因篇幅之限制,并未对之加以任何发挥论述。至于近年台湾"中央大学"之青年学人洪惟助曾经出版有《清真词订校注评》一册,成都四川大学之青年教师邓小军前在西南师范学院读书时,也曾写有《周邦彦词及其人格》长文一篇,二人对周词之多方面的艺术成就,都曾有详细之析论,本文亦未暇具引。然而,即使仅就前所举之六项例证而言,周词博大精深之技巧功力,固已可概见其一斑矣。

若再就其承前启后之影响言之,则我们也可略举例证来加以说明。先从"承前"一方面来看:则周词中有极近于《花间》之艳词者,如其《浣溪沙》(薄薄纱幮望似空)一首中之"强整罗衣抬皓腕,更将纨扇掩酥胸。差郎何事面微红"数句,可以为证。有极近于晏、欧之韵致者,如《清真集》中咏"春景"之三首《浣溪沙》(争挽桐花两鬓垂、雨过残红湿未飞、楼上晴天碧四垂),便都可以为证。有以俗俚之语言情,与柳永、黄庭坚、秦观诸人词中此一类作品相近者,如其《红窗迥》(几日来、真个醉)一首可以为证。至于周词长调之铺陈,则自以得之于柳永者为最多,如其《浪淘沙慢》(晓阴重)一首,开端叙写离别之场景,便与柳永之《雨霖铃》(寒蝉凄切)一首,大有相近之处,可以为证。而且周词之长调,除了对柳永有所继承外,其风格清蔚之处,也有得之于秦观的地方,陈廷焯《白雨斋词话》卷一即曾云:"少游自是作手,近开美成,导其先路。"而周词之丰美华赡者,则也有贺铸影响之痕迹,王灼《碧鸡漫志》卷二即曾云:"柳(莹按:指柳永)何敢知世间有《离骚》,惟贺方回、周美成时时得之。"至于北宋词坛之另一大家苏轼,则比较言之,周词所受苏词之影响可以说为最少,这当然是由于他们二人对于词的观念有所不同的缘故。因为苏轼对词之开拓,实在并没有被当时的北宋词坛所完全接受,关于此点,我以前在《论苏轼词》一文中,已曾论及,兹不再赘。不过,即便如此,周词的《锁阳台》(白玉楼高)一首,其"银河一派,流出碧天来"及"坐看人间如掌,山河影,倒入琼杯。归来晚,笛声吹彻,九万里尘埃"诸句,其开阔高远之致,也仍有与苏词颇为相近之处。然则周邦彦词的继承之广,其被称为"集大成"的作者,自是可以当之无愧的了。

以下我们再从周词对南宋词人之影响的"启后"一方面来看。第一个我们要提到的是史达祖。戈载《宋七家词选》论及史词即曾云:"余尝谓梅溪乃清真之附庸,若仿张为作《词家主客图》,周为主,史为客,未始非定论也。"又云:"周清真善运化唐人诗句,最为词中神妙之境,而梅溪亦擅其长,笔意更为相近。"陈廷焯《白雨斋词话》卷二亦云:"梅溪全祖清真,高者几于具体而微。"又云:"梅溪《东风第一枝》(立春),精妙处竟是清真高境。"又云:"梅溪词如:'碧袖一声歌,石城怨、西风随去。沧波荡晚,菰蒲弄秋,还重到、断魂处。'沉郁之至。又:'三年梦冷,孤吟意短,屡烟钟津鼓。屐齿厌登临,移橙后、几番凉雨。'亦居然美成复生。"(所引皆出于史达祖之《湘江静》一词)又云:"梅溪《玉蝴蝶》云:'一笛当楼,谢娘悬泪立风前。'幽怨似少游,清切如美成,合而化矣。"这是史达祖曾受周词影响的证明。第二个我们要提到的是姜夔。姜夔词有出于江西诗派之处,此在缪钺教授《论姜夔词》一文中,已曾叙及,所以姜词与史达祖词之全祖清真者实不尽同。陈廷焯《白雨斋词话》卷二即曾云:"美成、白石,各有至处。"又云:"顿挫之妙,理法之精,千古词宗,自属美成。而气体之超妙,则白石独有千古,美成亦不能至。"不过尽管如此,姜词也仍不免有受周词影响之处。陈廷焯之《白雨斋词话》卷一就又曾说:"美成《夜飞鹊》云:'何意重经前地,遗钿不见,斜径都迷。兔葵燕麦,向斜阳、影与人齐。但徘徊班草,欷歔酹酒,极望天西。'哀怨而浑雅。白石《扬州慢》一阕,从此脱胎,超处或过之,而厚意微逊。"又曾说:"白石、梅溪皆祖清真,白石化矣,梅溪或稍逊焉。"陈匪石《宋词举》则以为姜词之《暗香》有出于周词《六丑》之处,曰:"白石《暗香》结句虽极模仿之能事,而比此(莹按:指《六丑》)犹嫌滞相,且觉吃力矣。"可知姜夔词亦曾受周词影响。第三个要提到的是吴文英。沈义父《乐府指迷》即曾云:"梦窗深得清真之妙。"陈锐《袌碧斋词话》则云:"梦窗变美成之面貌,而炼响于实。"陈洵《海绡说词》评吴文英之《解蹀躞》(醉云又兼醒雨)一阕,则谓其:"通体浑化,欲学清真,当先识此种。"又评吴词之《惜秋华》(细响残蛩)一阕,谓:"将此词与清真《丹凤吟》并读,宜有悟入处,则周、吴之秘亦传矣。"又评吴词之《瑞鹤仙》(晴丝牵绪乱)一阕云:"疑往而复,欲断还连,是深得清真之妙者。"又评吴词之《夜游宫》(人去西楼)一阕云:"楚山梦境,长安京师,是运典;扬州则旧游之地,是赋事。此时觉翁身在临安也。词则沉朴浑厚,直是清真后身。"此外,陈匪石《宋词举》评周词《兰陵王》(柳阴直)一首之第二段亦曾云:"说送别时之感想,而不说别后之情愫,留下段地步。梦窗《莺啼序》之做法即学此也。"可见吴文英词实在曾受有周词极大之影响。以上三家,我以为可以代表受周词影响的三种不同的类型:史达祖是全以清真为师法的追随者,不过较周词为尖巧,而少周词之浑厚;姜夔与吴文英两家,则是自周词变化而出者,只不过姜、吴二人变化之途径,则又各有不同,姜氏是自周词出而转向清空一途的作者,吴氏则是自周词出而转向质实一途的作者。除此三家以外,其他南宋末期之诸词人,如周密、陈允平、张炎,其长调之作,在炼字、造句、谋篇各方面,也都曾或多或少地受过周词的影响。陈廷焯《白雨斋词话》卷二评周密词,即曾云:"周公谨词,刻意学清真,句法、字法,居然合拍。"又评陈允平词云:"西麓亦是取法清真,集中和美成者,十有二三,想见服膺之意。"又合论周密、陈允平两家之词云:"草窗、西麓两家,则皆以清真为宗,而草窗得其姿态,西麓得其意趣。"至于张炎词,则一般论者常以为其出于姜夔,而并不出于周邦彦,此盖由于张炎在其《词源》中,论词多尊姜夔,而对周邦彦,则颇有微词。其实如我们在前文所曾述及,即使是姜词也曾受有周词之影响,然则张炎词自亦曾受有周词之影响,原无可疑。所以舒岳祥在其为张炎《山中白云词》所写的赠序中,即曾云叔夏词"有周清真雅丽之思",是亦可以觇其消息矣。此外自南宋末至清代之词人中,受周邦彦词之影响者正多,自非本文所能遍举。然而即使仅就前面所举诸家而言,则周词的沾溉之广,流变之多,也足可以概见其一斑矣。所以世之论词者,乃将周词拟之于唐诗中之老杜。虽然也曾有人将南宋末之词人王沂孙比之于诗中之杜甫,陈廷焯《白雨斋词话》卷二即曾云:"王碧山词,品最高,味最厚……感时伤世之言,而出以缠绵忠爱,诗中之曹子建、杜子美也。"又云:"少陵每饭不忘君国,碧山亦然。"又有人曾将南宋词人辛弃疾,比之于诗中的杜甫,近人杜呈祥著《辛弃疾评传》即曾云:"他是词人的屈原和杜甫,正如想认识屈灵均和杜少陵一样,只有从分析他的时代,窥探他政治苦闷诸点上去着眼,才会看出这位民族词人辛弃疾的伟大价值。"像这种评量,如果就王沂孙及辛弃疾词中的忠爱之意境,或沉雄之风格而言,将之拟比于诗中之杜甫,自亦并非无见之言。只不过如果就整个词史之演进来看,我们若要从两宋芸芸之作者中推选出一位,能如杜甫之"转益多师",在技巧功力方面集前人之大成,而又以其精深博大为后世开出无限法门的作者,则固诚如王国维在其《清真先生遗事》中所说:"北宋人如欧、苏、秦、黄,高则高矣,至精工博大,殊不逮先生。"故又曰"词中老杜,则非先生不可"也。

以上我们只是简单论述了周邦彦词之集大成的承先启后之成就,虽因篇幅所限,未能细加说明,但也可略见其一般之梗概了。而其中最值得注意的一点,就是周词虽云集北宋之大成,然而其继承者之南宋诸家,却并未经由周氏而上溯北宋之风格意境,却反而由此而发展出与北宋迥异的另一种南宋之词风。以下我们就将对这种变化之由来,略加论述。谈到这种变化,首先我们该提到的,就是两宋词人所写的作品,其小令与长调之比例的不同。北宋人作品,多以小令为主;南宋人作品,多以长调为主。小令之篇幅短小,故大多重视自然之感发;长调之篇幅既长,自不得不重视人工之安排,斯固然矣。不过,北宋之柳永虽亦多写慢词长调,却与周邦彦词以及受周词影响的南宋诸家的慢词长调大有不同。柳词虽然也重视铺叙之安排,却仍能不失其自然之感发,而周邦彦词却已经以思力之安排为主了。所以柳永词虽有时不免浅近俚俗之病,然而却并无南宋诸家的隔膜晦涩之失。而南宋诸家之所以被讥为隔膜晦涩者,则一则以其缺少直接之感发,再则以其结构之过于曲折繁复,而此二种作风,则皆始于北宋后期之周邦彦。因之词中之慢词长调如何由柳永转入周邦彦,其间之因革的关系,实在该是两宋词风之转变过程中之一大枢纽。以下我们就将对周词在此种因革变化中所形成之特色及其所占之地位,略加论述。

本来,北宋文士之由写作小令转入写作慢词,原始于柳永之倡导。所以在北宋一代,凡作慢词者,都曾多少受有柳词的影响,周邦彦当然也并非例外。龙沐勋在《清真词叙论》(见《词学季刊》第二卷第四号)中曾谓:"邦彦在汴梁,先后历十余载,为太学正后,既益尽力于辞章,则与'元祐诗赋科老手'之大梁词隐(莹按:万俟咏),必多交往。其词学渊源,不期然而接受柳永风气。"又引王灼《碧鸡漫志》之言以证其说,谓:"王灼列举当时诸作者云:'沈公述、李景元、孔方平、处度叔侄、晁次膺、万俟雅言(莹按:万俟咏),皆有佳句,就中雅言又绝出。然六人者,源流从柳氏来。'"这是龙沐勋据周氏之交游考其词学的渊源,知周词曾受柳词影响之一证。只不过周词虽受有柳词的影响,但却并未为柳词所局限,而是在柳词的基础之上,另开创了一种对慢词之铺陈叙写的新方式。本来柳词既开始了慢词之写作,对于这种篇幅较长之作,便已经注意到此一体式之需要以铺陈叙写为展开之手段。陈廷焯《白雨斋词话》卷一即曾称"耆卿词善于铺叙",王灼《碧鸡漫志》卷二亦称其"序事闲暇,有首有尾"。一般说来,柳词之铺陈展开手段,乃是善用提领之笔层层向前推展。即如其《夜半乐》(冻云黯淡天气)一阕,全词分三段,共一百四十四字,篇幅相当长,所写的情事内容也极为丰富,但其整个的进行方式,则是一直向前展开的。第一段先从"冻云黯淡天气"之别时景色写起,然后写途中所经过之"万壑千岩",风景渐殊,行程渐远。第二段以"望中"两字领起,写日暮时所见旅途中之一处烟村,"鸣榔"之"渔人"与"浣纱"之"游女"都已返回归途的景色。第三段以"到此因念"四字领起,写作者因见前写之景色,而引起内心怀人之感情,是由景入情。然后又以"断鸿声远长天暮"作结,再融情入景,而漂泊之恨,失志之悲,乃皆融入于此断鸿声远的一片长天暮色之中了。像这种以平铺直叙的手法向前展开,而且带有直接感发之力量的写法,可以说是柳永之长调的一般特色。至于周邦彦所写的长调慢词,则虽然也用提领之笔,也重视铺叙,这种地方,自然有得之于柳永的影响,然而周词在谋篇的安排方面,却往往有与柳永大异其趣之处。周词的展开,不似柳词之多用直笔而好用曲笔,常将过去、现在、未来之时空作交错之叙述。即如其《夜飞鹊》(河桥送人处)一阕,全词分二段,共一百零六字,篇幅较前所举之柳永《夜半乐》一词,既少了一大段,也少了三十八个字,但其中所叙写的情事,却较柳永一词增加了许多时空错综的变化。柳词是按时间空间的先后次第,以平叙向前展开的;而周词则用了许多繁复错综的倒折的笔法。第一段开端从"河桥送人处,凉夜何其"写起,与前举柳词《夜半乐》之从离别时之景色写起者,初看固大有相似之处,然而我们读到了第二段的"何意重经前地"一句以后,却骤然才发现了其第一段开端所写原是"倒叙"之笔,这与柳词之一贯取"直叙"方式的写法,当然已有很大的不同。再则即使仅从第一段来看,周词的叙写也并不单纯,即如其开端送人处既点明"河桥",又继之以"探风前津鼓"之句,则我们自可想见此词中之远行人必当是取道水路而去的;可是接着"探风前津鼓,树杪参旗"二句之后,周词所写的却是:"花骢会意,纵扬鞭、亦自行迟。"本来"津鼓"指的是津渡之处船将开行前报时之鼓,而"参旗"则当指天上的"参旗九星"(见《晋书·天文志》),观其位置,亦可以测其时间者也。前面加一个"探"字,表示一种探求关心之意,所以此二句所写的自当是关心津鼓的声音与参旗的位置,正是行人将要乘船远去前惜别的情景。如果是柳永为之,则以下必当接写上船与开船之事矣,可是周词却突然转到了马,说"花骢会意,纵扬鞭、亦自行迟",这种承接自不免会令读者颇有突兀之感。所以陈廷焯之《白雨斋词话》就曾经说:"美成词操纵处有出人意表者。"又云:"美成词有前后若不相蒙者。"近人俞平伯也曾说:"周邦彦的词在两宋词人中技巧性很强,自有一些不大容易了解的地方。"(见俞平伯《论诗词曲杂著·辨旧说周邦彦〔兰陵王〕词的一些曲解》)即如此词之此种承接,便不能只凭直感去了解,而是要用一番思索,方能通晓其情意,原来周氏已经将上船与开船之情事完全略去,而径承以送行人之骑马独自踏上归途了。像这种跳接之笔,与柳永的平叙之笔当然也是有很大不同的。至于周氏此词下半阕开端的"迢递路回清野"一句,虽是直承上半阕结尾之"纵扬鞭、亦自行迟"而来,接写送行人独自骑马踏上归途的情景,然而这种直承若就长调慢词之谋篇布局而言,却实在又正是另一种值得注意的特殊情况。因为一般而言,在长调慢词中,凡下半阕开始的换头之处,作者大多会使用一种提领之笔。即如前举柳永之《夜半乐》一词,第二段换头处之以"望中"两字领起,写旅途中所见另一处不同之景色;第三段又以"到此因念"领起,由写景转入写离别怀念之情,便都是很好的例证。然而周词却于此下半阕换头之处,竟然用了与上半阕直承之笔,这种章法承应,与柳永词之叙写方式也是有很大不同的。而周词之变化开新尚不止此,于是乃更在第二段中表现了另一种变化。那就是在"迢递路回清野,人语渐无闻,空带愁归"三句之后,突然又以"何意重经前地"一句蓦然扬起,再从不同之时间,又转回当日惜别与送别之地,至此方使读者恍然大悟,此词不仅开端以实笔所写的"河桥送人处"原是回忆中之幻境,就是第二段开端以实笔所写的"迢递路回清野"也同样是幻境。然后再以"重经前地"以下之"遗钿不见"与"斜径都迷"二句,对前面之幻境作呼应,充分写出了别后至今的长久怀思不忘之情,然后却又以"兔葵燕麦,向残阳、影与人齐"荡开笔去写景,融会成一片萧瑟凄清之感,最后结之以"徘徊班草,欹歇醉酒,极望天西",为全词所要叙写的别后怀思之悲感,作了深挚有力的结尾。这是在谋篇结构方面,极能表现周词虽自柳词出,却已经变化形成了自己之特色的一首代表作。所以夏孙桐乃云:"清真平写处与屯田无异,至矫变处自开境界,其择言之雅,造句之妙,非屯田所及也。"

（据俞平伯《论诗词曲杂著·清真词释》说《瑞龙吟》一首所引夏氏手评本《清真词》）如果我们要想将柳词与周词在慢词长调中所用之不同的铺叙手法作一比较，则我们大概可以说，柳词之叙写是平面性的，而周词之叙写则是立体性的；柳词之笔法是诗歌与散文的结合，而周词之笔法则似乎是诗歌与传奇故事的结合。本来慢词之篇幅既长，则在言情体物的勾勒描摹之工细以外，再增加一点繁复曲折的故事性，原也该是此种文学体式之发展的自然趋势。只不过南宋后期一些受周词影响的作者，却并未完全从周词之故事性的方面去发展，而是从其跳接逆入等种种错综繁复的手法中，在词之言情体物方面，更发展出了许多不同的意境与风格，而这些作品既在表达之手法上更为繁复多变，又缺少了周词之故事性，于是也就更显得隔膜晦涩起来，所以乃引起后人之不少讥评。不过这些词的写法既曾受有周词之影响，所以我们如果学会了欣赏周词之途径，明白了周词之特色，那么对我们理解南宋的一些繁晦的词，从而体会其中的妙处，就也会有莫大之帮助。因而如何认识周词之以思力安排为主的特色及其谋篇布局的种种变化的手法，这两点实在可以说是指向欣赏周词和以后南宋诸家词之途径的两个重要的指路牌。而这一条途径，则是与欣赏五代、宋初词人之小令完全不同的另一途径。至于受周词影响之南宋三家足以为代表的词人——史达祖、姜夔、吴文英，其对周词的继承与开拓究竟何在，以及此三家之意境与风格之异同何在，则非本文所能详述，当于以后论吴文英词时，再加讨论和比较。

三

> 早年州里称疏隽，晚岁人看似木鸡。
> 多少元丰元祐慨，乌纱潮溅露端倪。

以前在第一首绝句所附之论述中，我们已曾对周词重视思力之安排的特质作了简单的介绍,而且还曾经提出来说,要想欣赏周词,也当采取思索探寻之途径,而不能取直感之途径。其后在第二首绝句所附之论述中,我们对周词在技巧方面之精工博大的成就,也曾简单介绍过,而且还曾谈到他的承先启后的影响。然而对周词的内容与意境,我们却一直未曾详加论述。而要想衡量诗歌在内容与意境方面的意义与价值,我们就不得不对作者所生之时代及其为人之性格,先有简单之认识。据《宋史》《东都事略》及《咸淳临安志》,皆云周清真卒年六十六,而据《玉照新志》则云周氏卒于徽宗宣和三年(1121)。依此上推,则周氏当生于宋仁宗嘉祐元年(1056),平生经历仁宗、英宗、神宗、哲宗、徽宗五朝。当周邦彦的壮仕之年,盖正当北宋新旧党争最为激烈之际。夫以中国儒家之传统,凡属读书之士人,固莫不将其仕隐穷通之遇,视为平生之一件大事,周邦彦自亦并非例外。虽然在周氏词中并没有直接反映政治的叙述,然而凡属诗词之创作,既莫不以感发之生命为其重要之质素,是则诗人生活中的仕隐穷通之遇,以及其对仕隐穷通所取之态度,自然也就是其形成作品中感发之生命的某些重要因子。关于这种道理,我们以前在论述晏殊、欧阳修、苏轼、秦观诸家词时,都已曾作过很多解释和证明。只不过因为晏、欧、苏、秦诸家之词,多为以直接感发取胜之作,故其遭际及性格与作品中意境及风格之关系,就比较容易为读者所体认;而周邦彦的词则是以思索安排取胜的,因此其作品中所蕴涵的由遭际与性格而形成的感发之生命,也就比较不易为读者所认知。这正是何以历代之评周词者,乃多论其功力技巧,而少及其内容意境的主要缘故。王国维《清真先生遗事》(下简称《遗事》),对周邦彦生平考订虽详,但对周氏之词作,则仅承认其功力之博大精工,而以为其词中意境不过仅为"悲欢离合,羁旅行役之感",是属于"常人皆能感之"的"常人之境界",这就似乎未免浅之乎视清真了。至于陈廷焯之《白雨斋词话》卷一虽曾称美周词之意境,谓"美成词极其感慨",而继之又谓其"无处不郁,令人不能遽窥其旨",但其所言又过于简略。如果以深知周词极其感慨的词评家陈廷焯,尚有"不能遽窥其旨"之叹,则当然更不能怪一般读者对周词意境之难于领会了。近年香港之罗忼烈教授对周邦彦词用力甚勤,于其深隐之意境多有发明,曾写有《拥护新法的北宋词人周邦彦》一文,强调周词中多含有政治性之喻托,颇富启发,然亦有读者以为其未免失之穿凿。现在我们就将对周词中之内容意境,略加探索及评议。

  首先,我们将对周邦彦平生仕宦进退之迹与当时政治背景之关系略加介绍。据王国维《遗事》及近人吴则虞所编《清真集》附录之参考资料,与近年香港罗忼烈教授所发表之《拥护新法的北宋词人周邦彦》及《周清真词时地考略》诸文,我们大约可知周氏第一次由故乡钱塘入汴京盖在神宗元丰二年。当时神宗曾诏太学自千人增至二千四百人,周氏遂入京为太学生,时年二十四岁。其后四年,即元丰六年七月,周氏献《汴都赋》,为神宗所嗟赏,乃自太学生一命为太学正,时年二十八岁。《宋史·文苑传》曾谓周氏"疏隽少检,不为州里推重,而博涉百家之书",至其所献之《汴都赋》,则长近万言,对当时新法颇为称颂,且多用古文奇字。从这些记叙看来,我们大约可以推知,周氏早年盖一方面既有疏隽不检之浪漫性格,而另一方面则也颇致力于学,有急于求进之心。本来既蒙神宗之嗟赏,其未来之仕途,原是颇可以乐观的,但不幸的是神宗却于元丰八年的三月就死了。当时距周氏的献赋,不过仅有一年半的时间而已。而自哲宗即位以后,由太皇太后高氏听政,乃开始起用旧党之人。而这一位曾经写赋称颂过新法的周邦彦,遂于不久后自太学正出为庐州(今安徽合肥)教授了(按罗忼烈所考,继任之太学正为旧党之晁补之)。据宋岳珂《宝真斋法书赞》所收周氏之《友议帖》,其文云"邦彦叩头:罪逆不死,奄及祥除。食贫所驱,未免禄仕,言念及之,益深哀摧。此月末,挈家归钱唐,展省坟域。季春,远当西迈,浸远友议,岂胜依依"云云,王国维《遗事》以为此帖之岁月"不可考",而据罗忼烈之考证,则以为此帖"当是教授庐州命下,出都时致友人者。先还乡后赴任。庐州在钱塘之西,故曰西迈"。至于"祥除"则指帝、后丧之大祥禫除。① 罗氏以为"此'祥除'指神宗之丧,'罪逆'谓不容于旧党而获谴"。罗氏之说,似属可信。这是周邦彦在仕途中所受到的一次极值得重视的打击。其后周氏又自庐州转官荆州,史传中对此事虽无正式记载,然其词中多有叙及荆楚情事者。王国维《遗事》以为周氏客荆州"当在教授庐州之后,知溧水之前"。又云"在荆州亦当任教授等职",所言颇为可信。其后又自荆州改知溧水县(今属江苏南京),据强焕《片玉词序》,谓周氏:"元祐癸酉春中为邑长于斯,其政敬简,民到于今称之者,固有余爱。"强氏又云:"于所治后圃,得其遗政,有亭曰'姑射',有堂曰'萧闲',皆取神仙中事,揭而名之,可以想像其襟抱之不凡。"按癸酉为元祐八年(1093),当时周氏已经三十八岁。据王国维《遗事》以为周氏在溧水盖有四年之久,则周氏离开溧水时,已经年逾四十,而自其出为庐州教授计之,则已经有十年之久矣。在此一段岁月中,周氏之性格盖曾有极大之转变。楼钥《清真先生文集序》曾记述周氏性格上之转变,谓:"公壮年气锐,以布衣自结于明主,又当全盛之时,宜乎立取贵显;而考其岁月仕宦,殊为流落。……盖其学道退然,委顺知命,人望之如木鸡,自以为喜。"其在溧水之以"姑射"名亭,以"萧闲"名堂,就正是这种已经"学道退然,委顺知命"之表现了。而在周邦彦改知溧水之次年,哲宗乃改元绍圣,正式亲政,而信用旧党之太皇太后高氏则已于前一年九月逝世,于是旧党之人乃又相继被贬出。

---

① "祥除",帝、后丧,大祥禫除谓之"祥除"。如王安石《临川先生文集》卷六一载有《慈圣光献皇后期祥除慰皇帝表》,及周南《山房后稿》(涵芬楼秘笈本)载有《寿皇祥除代某官慰太上皇表》等,皆可为证。可参看《宋史》卷一二二《礼志·凶礼》。

我们以前在论秦观词时,对苏轼、秦观、黄庭坚诸人,于绍圣初年相继被迁贬远州之事,已曾述及。宦海波澜,其升沉之险剧,可见一斑。而也就在旧党被逐,新党又被复用的政潮中,周邦彦也被召还到汴京。当他从溧水赴汴京时,可能有意先重返荆州一游,然后赴汴京。关于此段旅程,史传未载,王国维《遗事》亦未尝述及。唯是周词之《绮寮怨》(上马人扶残醉)一阕,其上半阕既有"当时曾题败壁,蛛丝罩、淡墨苔晕青。念去来、岁月如流,徘徊久、叹息愁思盈"之句,下半阕又有"江陵旧事,何曾再问杨琼"之句。按杨琼为唐代江陵歌者,见于白居易《问杨琼》及《寄李苏州兼示杨琼》诸诗①,可知《绮寮怨》必为周邦彦第二次重至荆州时所作。而周词又有《渡江云》(晴岚低楚甸)一阕,词中有"指长安日下"之句,罗忼烈据此推想,以为此词"当是入都途中水路过荆南作",似属可信。而此首《渡江云》一词写作之时地之确定,对于判断周氏词中是否有政治托喻的可能,实有极重要之关系。因为一般说来,周氏词中所写之内容,表面看来既多为相思离别之辞,又多用思索安排之笔,本难于自其中明白地感到托喻之意,如此若遽然以政治之托喻解说周词,自不免有时难于取信于一般读者。而这一首词,却是分明漏泄了其中政治托喻之消息的一篇极为重要的作品。当我们对这首词中所漏泄的消息有了认识之后,再来阅读周词的其他作品,就会对其词中之意境,有较深一层的体会了。现在就让我们把这首词抄录下来一看:

晴岚低楚甸,暖回雁翼,阵势起平沙。骤惊春在眼,借问何时,委曲到山家。涂香晕色,盛粉饰、争作妍华。千万丝、陌头杨柳,渐渐可藏鸦。　　堪嗟。清江东注,画舸西流,指长安日下。愁宴

---

① 白居易《问杨琼》诗(见《白氏长庆集》卷二一)云:"古人唱歌兼唱情,今人唱歌唯唱声。欲说向君君不会,试将此语问杨琼。"又《寄李苏州兼示杨琼》诗(卷一九)云:"就中犹有杨琼在,堪上东山伴谢公。"可知杨琼为唐代歌者。

阑、风翻旗尾,潮溅乌纱。今宵正对初弦月,傍水驿、深舣蒹葭。沉恨处,时时自剔灯花。

关于这首词,一般人都以为其上半阕不过泛写春日之景物而已。俞陛云《唐五代两宋词选释》即曾谓此词:"上阕言楚江作客,春光取次而来,皆平叙景物。"其所说虽是,然而这实在却只是这首词表面所写的第一层意思而已。至于此词的下半阕,俞氏虽也曾提出"其写怀全在下阕"之说,然而俞氏对其所写之怀的理解,则只是"宴阑人散,送行者皆自崖而返,而扁舟孤客,泊苇荻荒滩,与冷月残灯相对,此词与柳屯田之'晓风残月',皆善写客愁者"。其所说似亦未能得其真义。现在当我们对周邦彦之性格与遭遇以及写作此词之时间与地点,都有了进一步的认识以后,就可以对之作较深一层的探索了。如我们在前文之所叙述周邦彦自元祐初年出为庐州教授,至绍圣年间之再被召还京师,其间盖已有十年之久。在此十年中,时代既曾有新旧党人之废兴的两次剧变,周邦彦在阅历世变之余,其早年写赋求进之锐气,也已经消磨殆尽,因之此次再度蒙召入京,一方面虽也有惊喜之情,而另一方面却同时也不免怀着很深的悲慨和恐惧。此词开端"晴岚低楚甸,暖回雁翼,阵势起平沙"数句,表面所写虽是在荆州水途中所见到的春至阳回的景色,但实在却已经隐喻了时代的政治气氛之转变。尤其值得注意的是"暖回雁翼,阵势起平沙"二句,表面上所写虽是雁阵之起飞,但实际上却已经隐喻着一些因政治情势改变,而又纷纷得意回朝的新党之人士。下面的"骤惊春在眼,借问何时,委曲到山家"数句,表面是写春天到来时,春光也来到了山中的人家。但此处实也隐含有自指之意,暗喻自己在此次政局转变中,也再度被召还朝的这件事。以下自"涂香晕色"一直到上半阕的结尾数句,表面上所写的自然仍是春光之美盛,而实际上所隐喻的,则正是政局转变后,新党之人竞相趋进的形势。对于这首词中前半阕所可能具有的隐喻之意有了理解后,我们就会明白何以作者在下半阕的开端,竟忽然用了"堪嗟"两个字来承接前面的叙写的美丽春光了。如果说前半阕借春天景色所托喻的是政局的转变,以及在此一转变中,自己也随着政局的新形势而被召还朝的意外的惊喜,那么下半阕所写的,则正是伴随着这种惊喜所同时产生的,对这种荣悴无常祸福难料的、新旧党人互相倾轧之多变的政坛的一种悲慨和恐惧。在前面我们已曾述及周氏知溧水县时,曾为后园之亭台命名为"姑射""萧闲",则其对竞进之心之逐渐泯除,已可概见。何况他在溧水还写有极著名的《满庭芳》(风老莺雏)一首词,其中的"且莫思身外,长近尊前"诸词句,也同样表现了一种淡泊世事的心情。而他在此次蒙召赴京,将要离开溧水前所写的《花犯》(粉墙低)一首词,也曾借着对梅花的感情,表现了对溧水的闲静恬适、远离世纷的生活的依恋。当我们有了这种认识以后,我们就可以了解他在此首《渡江云》下半阕开端所写的"堪嗟。清江东注,画舸西流,指长安日下"所蕴涵的对于蒙召赴京一事之矛盾恐惧的心理了。其"清江东注"一句,所写的实不仅指眼前的江水而已,同时也暗喻了他对江南的依恋。这种依恋,既包括了他既曾任过县令的溧水,也包括了他自己故乡的钱塘,而与此一句"清江东注"相对的,则是下句的"画舸西流",其中的矛盾对比,自是显然可见的。本来对旧日的士大夫而言,其一生所追求者,既以仕进为人生之主要目标,则被召还京师,便原该是一件可喜的事,而周邦彦在这首词中,却表现了如此深沉的嗟叹和矛盾,则其原因究竟何在? 于是周氏在下面的"愁宴阑、风翻旗尾,潮溅乌纱"诸句,马上就写出了他的矛盾恐惧的症结之所在。原来他所愁惧的乃是政争翻覆之无常。所谓"愁宴阑"者,正是预先愁想之意,"宴阑"之所指,则是预愁今日如雁阵飞起的"涂香晕色"的骤然贵显的一批新党之士,一旦"宴阑"下台,则或者便不免将要受到如今日下台的旧党人士所受到的同样的排挤和迫害。所以才在此一句之下,马上承接了"风翻旗尾,潮溅乌纱"两句,暗喻了政治上的风云变色。"旗"字既可使人联想到一种权势党派的标帜,"乌纱"更可使人体味到政治上的官职和地位。而曰"风翻",曰"潮溅",则暗喻此种权势和地位之一旦倾覆的危险。这种用语和承接,都是要在我们体会到其中的托喻之后,才能够理解的。俞陛云评说此词,竟以为果然有离别之宴,谓此词为"宴阑人散"以后之作,而忽略了"愁宴阑"之"愁"字,原为预先愁想之意,那便因为他对此词所隐喻的真正意旨不能完全体会的缘故。至于此词结尾处的"今宵正对初弦月,傍水驿、深舣蒹葭。沉恨处,时时自剔灯花"数句,才是此词中真正全用写实之笔之处,表现出水程夜泊孤独寂寞中满怀心事的情景。透过对于这一首《渡江云》的写作之时地及其内容之深一层含意的分析,我们对周邦彦词之意境,当然有了更多的了解。但我却并不是主张一定要以托喻之意去解释周词,因为周邦彦在性格中既原本具有浪漫不羁而且爱好音乐的一面,则其作品中当然存有不少爱情之词与应歌之作。因此我们以为对待周词一般大概可以取三种不同之态度:其一是可以但视之为爱情之歌曲,不必更推求任何深意者,如其词集中与《花间》风格相近的一些令词,以及长调中如《拜星月慢》(夜色催更)一首之写对幽欢佳会的怀念,还有《解连环》(怨怀无托)一首之写别后相思的怨情,像这一类词,我们对之便只当欣赏其动人之情事与精美之艺术,而不必更推求什么言外之含意。其二,是对作品之本身,虽不必确指为有任何深远之含意,然而当我们对周邦彦之时代、生平、性格和遭遇都有了较深之认识以后,却可以从其中吟味出一种深远之意蕴者,如其《齐天乐》(绿芜凋尽台城路)一首,读者便可以从其中吟味出一种沧桑之慨和迟暮之悲。再如其《玉楼春》(桃溪不作从容住)一首小令,表面所写虽然是离别今昔之感,但却全以极富于象喻性之形象出之,遂使读者对之也自然可以引发一种深远之联想者。若此之类虽是供读者吟味,但却都不必指说其有任何托喻之意。其三则是果然有托喻之意可以确指者,即如我们所举的《渡江云》(晴岚低楚甸)一首,就属于此一类作品。像这类作品,我们在指说其托喻之意时,实当取极为审慎之态度,而不可落入于牵强的比附之中。关于如何判断作品中是否确有托喻,我以前在《常州词派比兴寄托之说的新检讨》一文中,曾提出过三项衡量的标准,以为第一当就作者生平之为人来作判断,第二当就作品叙写之口吻及表现之神情来作判断,第三当就作品所产生之环境背景来作判断(见《清词丛论》)。如果我们用这三项标准来对此《渡江云》一词试加衡量,则其一,周邦彦此词盖写于其出官外州县已有十年之久以后,其为人性格已由少年时之不羁与急进,转为阅尽世变沧桑以后的淡泊恬退。而且据楼钥《清真先生文集序》之所记述,周邦彦此次蒙召还京以后,也是"虽归班于朝,坐视捷径,不一趋焉"。这种性格之形成,自然与他对当日党争中仕途之升沉祸福之忧惧,有很大的关系。此其合于第一项衡量标准者也。其二,此词中所叙写之口吻神情,不仅在下半阕中的"指长安日下"和"风翻旗尾,潮溅乌纱"数句中之"长安""旗尾""乌纱"等字样,显然可见其含有喻托之意,就是在前半阕中的"暖回雁翼,阵势起平沙"及"涂香晕色,盛粉饰、争作妍华"数句,其喻托之含意也是隐然可想见的。即如杜甫就曾有"君看随阳雁,各有稻粱谋"(《同诸公登慈恩寺塔》)之句,将随阳追暖的雁,比喻为谋求利禄的竞进之人;而辛弃疾也曾有"却笑东风从此,便薰梅染柳,再没些闲"(《汉宫春》)之句,将春色的薰梅染柳,比喻韩侂胄当国时,以恢复之议对功名之士的号召(见郑骞《词选》)。像周邦彦此词句中所用的语汇和叙写的口吻,就都或隐或显地表现了喻托之意。此其合于第二项衡量标准者也。其三,则此词写于绍圣年间哲宗已经亲政、旧党多被贬谪而新党重新得势之际,是其写作之时代环境,也证明了此词有喻托之可能,此其合于第三项衡量标准者也。正因为有如此种种相合之处,所以我才敢大胆指明此词之果有喻托之意。不过像这种完全合乎三项衡量标准的作品,在周邦彦词中并不多。所以我们虽可以因此词之证明,对周词之意境,在阅读时有较深之意会和较多之联想,但在解说词时,则仍不得不谨慎小心,不要轻易作过分指实的托喻的解说。昔孔子论知人与知言,曾有"可与言而不与之言,失人;不可与言而与之言,失言。知者不失人,亦不失言"之语,我们对于一首词中之有无托意,亦当取此不失之过求,亦不失之不求的审慎态度。从我们以上所曾讨论过的周词的几点特色来看,周词既好用思力之安排,其谋篇亦多取繁复曲折之叙写,而且还时时有言外之喻义,这就无怪乎周词之意境难于被人欣赏和理解了。即使是清代一些著名的词评家,虽然在对周词之评述中,也常不乏会心有得之语,然而有时却也仍不免常有误解之处,那便因为周词中有一些用思和用笔都很复杂的长调慢词,评说者对其内在之结构及其外缘之关系,都未能作仔细认真的推求,因此自然就不易获得正确深入的理解了。近人俞平伯先生曾写有《辨旧说周邦彦〔兰陵王〕词的一些曲解》及《谈周邦彦〔齐天乐〕的评语》二文,就曾分别写出周济和陈廷焯诸人对这两首词各有一些曲解和误解之处[①],这都是我们在评说周词时,所不得不注意及之的。

以上我们对于周邦彦词中之意境,所可能具有的若干层次,以及如何探求其意境的途径与方法,虽然都已作了简单的介绍和论述,但最后我却仍有一点未尽之意,想在此略加说明。那就是王国维既曾说过"北宋人如欧、苏、秦、黄,高则高矣,至精工博大,殊不逮先生"的话,也曾说过"美成深远之致,不及欧、秦"的话,可见周词在功力技巧及内容意境各方面虽也有精工博大深隐曲折之种种长处,然而却毕竟缺少了一种高远的神致。关于这种差别的形成,我以为一则固由于其表现之手法有天工与人巧之别,再则也由于其作品所具含的感发生命之质素,

---

① 见俞平伯《论诗词曲杂著》,上海古籍出版社1983年版,第665、675页。

也原来就有所不同的缘故。以前我们在论晏几道词时,曾经将晏几道与他父亲晏殊作过比较,也曾将晏几道与秦观作过比较;还有我们在论秦观词时,也曾将秦观迁贬以后的作品,与苏轼及黄庭坚迁贬以后的作品作过比较。我们已经先后多次证明过,一位词人的理想襟抱,以及他透过自己之天性对人生之挫折所作出的反应,都在在会影响其作品之意境与风格。如果就周邦彦而言,综观其一生,其少年之激进与晚年之恬退,可以说是其一生为人之基本态度。不过,即使有两个人自表面看来,同为激进与恬退,而在本质上言之,则其所以为激进与恬退者,也仍然可能有所不同。假如我们将周邦彦与苏轼一作比较,则周之曾上万言之赋,固大似苏之曾上万言之言事书,周之学道恬退,亦大似苏之学道旷达,然而事实上二人本质却有绝大之差异。苏所上之万言书,是真正有一份自己在政治方面的理想和襟抱,而周之万言赋,虽亦颇有关于新政之叙写,却已是因时称颂的成分多,而真正出于自己之理想襟抱者少。至于就学道言之,则苏之融通洞达,是对于得失荣辱祸福,都已有了无碍于心的一种超然的解悟,而周之恬退,则似乎正是由于他对荣辱祸福仍然有所畏惧的一种顾虑。是则周邦彦词之虽然博大精工而却终乏高远之致的缘故,岂不也正因为其本身在理想襟抱与性格修养方面,与欧、苏诸公本来就原有不同,因之其作品中所具含之感发生命的质素,也就在深浅厚薄高下方面,终于有了差别。我一向以为词虽小道,而且在内容上也大多同样写伤春悲秋相思离别之情,而其意境风格之异,却往往可以反映出一个作者心性中最幽隐的品质,这实在是非常值得我们玩味的一件事。

1985年6月写于成都

论陆游词

> 散关秋梦沈园春,词笔诗才各有神。
> 漫说苏秦能驿骑,放翁原具自家真。
>
> 渔歌菱唱何须止,绮语花间讵可轻。
> 怪底未能臻极致,正缘着眼欠分明。

　　陆游在宋代诗坛上是一位非常重要的作者,其《剑南诗稿》(下简称《诗稿》)中所收录的诗歌,共有九千三百余首之多,在中国的诗史中,是作品数量最多的一位诗人。但他所留传下来的词,却不过一百数十首,只相当于其诗歌数量的百分之一多一点而已,则陆游之未尝专心致力于词之写作,可以想见。然而正因为他并未曾专心致力于词,而仅是以写诗之余力为之,所以他的词反而在两宋词坛上,特别显出了他自己所独具的一种风格。本来,我们以前在评说欧阳修及苏轼等人的词时,也都曾指出过他们之以诗文之余力为词的情况,不过他们之以余力为词之情况虽同,但他们对词之性质的体认,和他们在写词时所取的态度却并不相同。先就欧阳修而言,他的词主要是继承南唐之风格发展而来,对词之深微曲折的特质有一种很深的体会,因而当其以游戏笔墨为词时,遂于无意中也将自己的性情修养作了一种深微曲折的流露,既保持了词之特美,又提高了词之意境,在词之拓展的过程中,作出了相当的贡献。这种成就,自然是值得重视的。再就苏轼而言,则苏轼写词时,已当柳永的长调慢词在社会间传唱风行以后,苏轼对柳永的词是相当注意的,他一方面既以独具的眼光看到了柳词中"不减唐人高处"的优点,而另一方面则对柳词中一些淫靡尘下之作,也颇有不满之意,于是遂有意要取其长去其短,终于在词之疆域中开拓出了属于苏氏的"自成一家"的一片新天地来,在词之拓展过程中,作出了极大的贡献,这种成就,当然更是值得重视的。如果将欧、苏二公相比较,则欧公对词之性质的体认,可以说是以传统之观念为主的,他对词所取的态度,也是一种顺延的承继;至于苏公对词之性质的体认,则可以说是发现了其可以扩展的一面,故其所取之态度,也是一种拓新的改变。不过,无论其为承继或拓新,总之,他们对词之特质都是具有相当的认识和掌握之能力的,而且也都在词的演进之途中,完成了一种以诗之余力为词的作者所可能作出的开拓的贡献。至于陆游,虽然也是一位以写诗之余力为词的作者,但他对词之性质,却似乎并未曾有深刻的体认,他只是对这种与诗不同的长短句的形式,也感到相当的兴趣,因此对于词之新途与旧径也都做了种种不同的尝试。然而值得注意的,则是他却在这种对词之特质并无深刻体认的迷惘中,以个人的性情才气,也写出了一些颇为出色的作品。这些作品在词的演进之途中,虽不占重要的地位,但却自具一种特殊之风格。以下我们便将把陆游对词之性质的迷惘,以及他所独具的风格,略加介绍和说明。

关于陆游对词之性质的迷惘,及其对于尝试写词之兴趣,我们在他的《渭南文集》中,颇可以找到一些自叙式的说明。现在就让我们把这几篇文字,依其写作时代之先后,抄录在下面一看:

第一篇是《长短句序》,文曰:

> 雅正之乐微,乃有郑卫之音。郑卫虽变,然琴瑟笙磬犹在也。及变而为燕之筑,秦之缶,胡部之琵琶、箜篌,则又郑卫之变矣。风雅颂之后,为骚,为赋,为曲,为引,为行,为谣,为歌。千余年后,乃

有倚声制辞,起于唐之季世。则其变愈薄,可胜叹哉!予少时汩于世俗,颇有所为,晚而悔之,然渔歌菱唱,犹不能止;今绝笔已数年,念旧作终不可掩,因书其首以识吾过。淳熙己酉炊熟日,放翁自序。(《渭南文集》卷一四)

第二篇是《跋后山居士长短句》,文曰:

唐末,诗益卑,而乐府词高古工妙,庶几汉、魏。陈无己诗妙天下,以其余作词,宜其工矣;顾乃不然,殆未易晓也。绍熙二年正月二十四日雪中试朱元亨笔,因书。(《渭南文集》卷二八)

第三篇是《跋东坡七夕词后》,文曰:

昔人作七夕诗,率不免有珠栊绮疏惜别之意。惟东坡此篇,居然是星汉上语,歌之曲终,觉天风海雨逼人。学诗者当以是求之。庆元元年元日,笠泽陆某书。(《渭南文集》卷二八)

第四篇及第五篇是《跋花间集》的两篇短文。其《跋花间集》之一,文曰:

《花间集》皆唐末五代时人作。方斯时,天下岌岌,生民救死不暇,士大夫乃流宕如此,可叹也哉!或者亦出于无聊故邪?笠泽翁书。

其《跋花间集》之二,文曰:

唐自大中后,诗家日趣浅薄,其间杰出者,亦不复有前辈闳妙浑厚之作,久而自厌,然梏于俗尚,不能拔出。会有倚声作词者,本欲酒间易晓,颇摆落故态,适与六朝跌宕意气差近,此集所载是也。故历唐季、五代,诗愈卑,而倚声者辄简古可爱。盖天宝以后,诗人常恨文不迫;大中以后,诗衰而倚声作。使诸人以其所长格力施于所短,则后世孰得而议?笔墨驰骋则一,能此不能彼,未易以理推

也。开禧元年十二月乙卯,务观东篱书。(《渭南文集》卷三〇)

从前面所举引的五则序跋之写作的时代先后之次第来看,陆游对词之态度可以说大体是自否定而渐趋于肯定的。而其中未标年月的《跋花间集》的第一篇,则私意以为实当为年代最早之作。因为一则其编集时之次第既在第二篇《跋花间集》之前,而其内容意见却有很大的不同,足可推知其写作之时代必然相去颇远,此其一。再则本文所抄录的陆氏之《长短句序》一文,乃是他为自己所写的词结集之作,文尾署明淳熙己酉,为南宋孝宗淳熙十六年(1189),当时的陆游已有六十五岁。文中自叙其为词云:"予少时汩于世俗,颇有所为。"而且据今日陆游词年月之可考者言之,他收入集中的最早的一篇作品,就是他最为流传众口的那首《钗头凤》词。夏承焘与吴熊和笺注之《放翁词编年笺注》谓"务观二十余岁时,在山阴游沈氏园,遇其故妻唐氏,作此词。其年约在辛未与乙亥间(绍兴二十一年至二十五年)"。可见陆游二十余岁时,便已开始从事于写词之尝试,则其阅读《花间集》之年代亦必甚早。不过此一跋文署曰"笠泽翁",则亦不似少年之作。考之《渭南文集》,其以"笠泽渔隐"或"笠泽渔翁"自署,盖在孝宗隆兴与乾道之间①,当时不过四十余岁,较其淳熙己酉所写之《长短句序》约早十余年,然则此一跋文实当为陆氏论词诸文字中之最早之作,此其二。当此五篇文字写作之年代大致确定以后,我们就可以循其次第对陆游于词之性质之体认及其写词之态度一加探讨了。就其最早之《跋花间集》之一观之,其对词之态度可谓全面之否定;至其《长短句序》,则表现为一种既否定又喜爱,既自悔又录存之矛盾的心理,此序文写于淳熙己酉,为孝宗淳熙十六年,当时他已经有六十五岁了。而他对于自己何以

---

① 参看《渭南文集》卷二六陆游在隆兴乾道间所撰之《跋杲禅师蒙泉铭》《跋邵公济诗》及《跋司马子微饵松菊法》诸篇文尾之署名。

喜爱上了自己所否定的这种并非"雅正之乐"的"渔歌菱唱"的俗曲,而且还有一种"晚而悔之……犹不能止"的矛盾,仍不能得到一个完满的解答,这实在是一件颇可玩味的事情。私意以为陆游对词之所以加以否定者,盖由于就理性而言,则其所见之《花间集》中之作品,其内容所写大多不过为流连歌酒男女欢爱之辞,并无一语及于国政及民事者,这与陆游平生之以国事自许的为人志意,自然极不相合,所以他在第一篇《跋花间集》的文字中,才会批评那些作者说:"方斯时,天下岌岌,生民救死不暇,士大夫乃流宕如此,可叹也哉!"然而另一方面,则就感性而言,词之为体却又确实有一种特美,足以引起人内心中一种深微窈眇之情思。缪钺先生在其《论词》一文中,便曾论及词之形式与内容之特质,云:"此新体有各种殊异之调,而每调中句法参差,音节抗坠,较诗体为轻灵变化而有弹性,要眇之情,凄迷之境,诗中或不能尽,而此新体反适于表达。"又云:"词体之所以能发生,能成立,则因其恰能与自然之一种境界,人心之一种情感相应合而表达之。此种境界,此种情感,永存天壤,则词即永久有人欣赏,有人试作。"①陆游虽然对词在理性上取否定之态度,然而却终不免于尝试为之,且不能自止者,就正因为他在感性上也已经下意识地受了词之此种特美所吸引的缘故。但陆游又是一个喜欢在理性上寻求解答的人,不能全从感性方面去承认和接受词之特美,而且更因为他自己终生致力于诗之写作,所以就总想要把词与诗放在一起加以一种比并的衡量,而他又不能真正从理性上认知词之与诗相异的品质,因此遂在此种将词与诗相比的观念中,一直对词之性质与价值产生有一种迷惘困惑之感。这种心理,我们在他的另两篇论词之文字中,都可以得到证明。即如其《跋后山居士长短句》一文,他便一方面赞美唐末之乐府词,以为其"高古工妙,庶几汉、魏",而另

---

① 缪钺《诗词散论》,上海古籍出版社1982年版,第55、63页。

一方面又对陈无己之工于诗而不工于词感到困惑,说:"陈无己诗妙天下,以其余作词,宜其工矣;顾乃不然,殆未易晓也。"又如其《跋花间集》之二,他便又一方面赞美《花间》之词,以为其"摆落故态,适与六朝跌宕意气差近",更云"历唐季、五代,诗愈卑,而倚声者辄简古可爱";但另一方面却又责备这些写词的诗人,说:"大中以后,诗衰而倚声作。使诸人以其所长格力施于所短,则后世孰得而议?"又自叙其困惑云:"笔墨驰骋则一,能此不能彼,未易以理推也。"从这些议论来看,则陆游之经常以词与诗相比较,而且因而感到困惑的心理,自是显然可见的。于是苏轼的"自是一家"的一洗《花间》之绮靡的"诗化"之作品,就自然得到了陆游的赏爱,所以他在《跋东坡七夕词后》,就对东坡此词大加赞美①,不仅说"歌之曲终,觉天风海雨逼人",更且还说"学诗者当以是求之"。则陆游之一直以衡量诗之眼光来衡量词,却对于词之所以为词的真正的特质并没有深刻的体会,这种态度是极为明显的。所以对北宋的词坛上精工博大的作者周邦彦,陆游在论词之文字中,乃竟无一语及之,则他之不能欣赏纯粹的"词人"之词,自是可以想见的。写到这里,如果我们再把前面所曾提到过的以诗之余力为词的几位作者,作一总结性之比较,则私意以为,欧公之词,乃是既具有诗人之襟抱,也具有词人之眼光,而且也是以词人之笔法为词的;至于苏公,则是既具有诗人之襟抱,也具有词人之眼光,更且是兼以词人之笔法与诗人之笔法为词的;至于陆游,则是具有诗人之襟抱,但未具有词人之眼光,因而乃是全以诗人之笔法为词的。我这样说,对陆游词也并无贬低之意。因为陆游虽然是以诗人之眼光与诗人之笔法来写词,但词之形式

---

① 按苏轼词中有《鹊桥仙》(缑山仙子)一首,题为《七夕送陈令举》,其下半阕有"客槎曾犯,银河波浪,尚带天风海雨。相逢一醉是前缘,风雨散、飘然何处"之语。陆游所称美者,当即为苏氏此词。

既与诗之形式有所不同,而且陆游对词之幽隐深微之特美,虽然缺乏体认,但他确也曾感到这种与诗不同的形式,自有一种"跌宕"之致。于是当陆游将其诗人之襟抱,以诗人之笔纳入此一具有"跌宕"之致的形式之中时,便自然形成了一种独具之风格。冯煦之《蒿庵论词》便曾经说:"剑南屏除纤艳,独往独来,其逋峭沉郁之概,求之有宋诸家,无可方比。"我认为这是对于陆游词之佳处与特色颇有体认的一段评语。至于《四库全书总目》引杨慎《词品》,谓其"纤丽处似淮海,雄快处似东坡",而以为"游之本意,盖欲驿骑于二家之间,故奄有其胜而皆不能造其极",则似乎尚不免为皮相之论。盖陆游虽欣赏苏词,自表面观之,其某些摒除纤艳、抒写怀抱之作品,似亦与苏词颇有相似之处。然而苏词之佳者,实不仅在于摒除纤艳、自抒怀抱而已,若其《永遇乐》(明月如霜)、《水调歌头》(明月几时有)及《八声甘州》(有情风、万里卷潮来)诸作,盖更贵在其能将自己之怀抱和悲慨,都并不作直笔的叙写,而能够或者表现得"如春花散空,不着迹象",或者"如天风海涛之曲,中多幽咽怨断之音",像这种能在表面的"诗化"之风格中,蕴涵着词之笔法与词之意境的佳作,似乎就并不是陆游所能完全体认和企及的了。至于陆游词与秦观词在表面虽亦有相似之处,此盖由于秦观词中常有一些纤丽柔婉之作,陆游词中也有一些纤丽柔婉之作,但二者在本质上实不尽同。盖秦词之纤丽柔婉,原出于其天性之本质,所谓"得之于内",独具"词心"者也。至于陆游的这一类作品,则正是他在《长短句序》中所说的"予少时汨于世俗,颇有所为,晚而悔之"的作品,是偶然的弄笔,而并非本质的流露。这一点也是应当分辨清楚的。

以上我们既然简单说明了陆游对词的看法及其写词的态度,也提到了清代词评家对陆游词的一些评论,但是我们对陆游的词本身,却还一直未作具体之介绍,以下我们便将对此略加论述。私意以为陆游对词之特美虽并无深刻之体认,然其所作仍复颇有可观者,盖由于其一则既具备了真挚之性情,再则也具备了写诗之修养。而陆游既往往以诗笔为词,因此,我们在讨论他的词时,就也不得不兼及于他的诗。一般说来,凡是读过陆游诗的人,大概都对他的两类作品,留有深刻的印象。其一是他对于沦亡之国土的志切收复的忠爱之志意,其二是他对于仳离之前妻终生不忘的悼念之深情。陆游的一生可以说经过不少挫伤,首先他出生的那一年就正是金兵入侵的宣和七年(1125),他出生的第三年就是汴京沦陷、北宋灭亡的靖康国耻之年(1127),所以他在诗中就曾经说过"我生学步遭丧乱"的话(《诗稿》卷三八《三山杜门作歌》五首之一)。而他在《跋傅给事帖》一文中,更曾回忆他的童年说:"绍兴初,某甫成童,亲见当时士大夫相与言及国事,或裂眦嚼齿,或流涕痛哭。"(《渭南文集》卷三一)这种情景,给他留下了深刻的印象,也养成了他终生许国的豪情壮志。所以他自少年时便奋力读书,曾在《久无暇近书卷慨然有作》一诗中说:"少年喜读书,事业期不朽。致君颇自许,书卷常在手。"(《诗稿》卷一九)然而在仕进方面,他却一直遭受到秦桧的嫉恨和压抑。《宋史》卷三九五《陆游传》曾载:"年十二能诗文,荫补登仕郎。锁厅荐送第一,秦桧孙埙适居其次,桧怒,至罪主司。明年试礼部,主司复置游前列,桧显黜之,由是为所嫉。"直到他三十四岁时秦桧死去后,他才因人荐举得到一个仕进的机会。三十八岁时孝宗即位后,才得到赐进士的出身。其后曾通判镇江府及通判隆兴军事,但不到三年就因言官弹劾,谓其"交结台谏,鼓唱是非,力说张浚用兵",遂被免官,从此闲居者将近五年之久。直到他四十六岁时,始再被任命为夔州通判,遂离开了故乡山阴,间关入蜀。四十八岁时,因当时枢密使王炎宣抚四川,驻守汉中,陆游被辟请入幕府,以左承议郎权四川宣抚使司干办公事兼检法官(《渭南文集》卷一七《静镇堂记》自署官衔如此),从此陆游遂自夔州转赴南郑。南郑在川、陕分界之处,是当时南宋的边防重地,这一段边防的幕府生活,对陆游的诗和词都产生过极大的影响。本来,陆游既一向有许身报国之心,到了南郑的边防幕府之中以后,他立即向当时的府主王炎献陈了进取之策,"以为经略中原必自长安始,取长安必自陇右始"(《宋史·陆游传》)。而且在他为王炎所写的《静镇堂记》中,更曾表现了期盼王氏恢复中原之厚望,足见陆游当日所怀抱的一片雄心壮志。不过,那时已是符离败役以后,南宋的孝宗早丧失了他初即位时的想要向金人进兵的勇气,而只想要委屈求和以图保全了。所以陆游的报国之壮志乃终于没有实现。而且不久以后,王炎就被诏赴都堂治事,回到临安不久,就被解除了枢密使的职位,使之提举洞霄宫,终身未再起用。陆游也于不久后离开了南郑,去到成都做了安抚司参议官。计算起来,他自乾道八年(1172)三月抵南郑,至十一月转赴成都,在南郑不过仅有八个月的时间而已。但是这一段时间的"铁马秋风大散关"的生活经历,却为他留下了终生难忘的追忆和壮志未酬的感慨。他曾经写过一首《观长安城图》的七言律诗,发抒了他在边防遥望三秦之地而不能出师收复的感慨,说:"许国虽坚鬓已斑,山南经岁望南山。横戈上马嗟心在,穿堑环城笑虏孱。日暮风烟传陇上,秋高刁斗落云间。三秦父老应惆怅,不见王师出散关。"(《诗稿》卷五)直到多年以后,他对这一段壮志未酬的往事都一直不能忘怀,甚至在梦魂之中,也常常梦到南郑,梦到破虏杀贼。我们现在虽然无暇详引他的诗篇,但只要看一看他的诗题如《九月十六日夜梦驻军河外遣使招降诸城觉而有作》(《诗稿》卷四)、《五月十一日夜且半梦从大驾亲征尽复汉唐故地》(《诗稿》卷一二)、《十月二十六日夜梦行南郑道中》(《诗稿》卷一四)、《频夜梦至南郑小益之间慨然感怀》(《诗稿》卷一八)、《怀南郑旧游》(《诗稿》卷二三)、《梦游散关渭水之间》(《诗稿》卷二四)、《愁坐忽思南郑小益之间》(《诗稿》卷三二)、《微雨午寝梦憩道旁驿舍若在秦蜀间慨然有赋》(《诗稿》卷四〇)、《追忆征西幕中旧事》(《诗稿》卷四八)、《有怀梁益旧游》(《诗稿》卷五二)、《梦行小益道中》(《诗稿》卷五五)、《昔从戎南郑日范西叔为予书小卧屏今三十有八年矣怅然有怀》(《诗稿》卷七六)(此类作品在陆游集甚多,不胜枚举),从这些诗题看来,他的许国之雄心与未酬之壮志都与南郑一段生活有紧密的关系,自是显然可见的。他赴南郑戎幕,是他四十八岁的时候,而当他三十八年后仍然写诗追怀那一段生活时,他已经是八十五岁的老人了,而陆游也就在这一年留下了他有名的一首《示儿》诗,带着他"死去元知万事空,但悲不见九州同"的悲慨和"王师北定中原日,家祭无忘告乃翁"的祝望而离开了人世。在此,如果我们可以引用西方文学批评中"情意结"这一术语的话,那么这一与南郑生活相结合的报国之雄心与未酬之壮志,也可以说是陆游平生的一个重要的"情意结"了。因此,这一份情意,就不仅成了他诗集中的最重要的一份情意,也成了他的词作中的一份重要的情意。何况我们在前文所言,陆游又是以诗人之襟抱与诗人之笔法为词的,因此他的词中自然便出现了一些与他的诗相似的意境。但词的形式又毕竟与诗有许多不同之处,所以陆游的一些词作便表现出了一种他所独有的特殊的风格。

在陆游词集中,表现有相似的叙写及追怀南郑旧游并感慨功名未就之情意的,也有不少作品。举其重要者言之,如《秋波媚》(秋到边城角声哀)一首、《汉宫春》(羽箭雕弓)一首、《沁园春》(粉破梅梢)一首、《双头莲》(华鬓星星)一首、《夜游宫》(雪晓清笳乱起)一首、《蝶恋花》(桐叶晨飘蛩夜语)一首、《诉衷情》(当年万里觅封侯)一首、《鹊桥仙》(华灯纵博)一首、《谢池春》(壮岁从戎)一首、《真珠帘》(山村水馆参差路)一首、《桃源忆故人》(中原当日三川震)一首,这些词作便都表现有此种类似之情意。不过此一基本之"情意结",与其诗之内容虽然完全一致,但词之体式既然不同于诗,而且不同之词调,彼此之体式也各有不同,因此陆游的这些词作也就呈现了并不完全相同的风格。私意以为,大致约可分为二类:第一类是与诗之笔法及风格颇为相近者;第二类是虽然也用诗之笔法,但却因词之体式之影响,而形成了与诗不同之风格者。要想讨论此一问题,我们首先须对诗笔与词笔之不同略有认识。缪钺先生在其《诗词散论·论词》中,对于诗与词之区别,曾提出过一些颇为精要的意见,说:"自其疏阔者言之,词与诗为同类,而与文殊异;自其精细者言之,词与诗又不同。诗显而词隐,诗直而词婉,诗有时质言而词更多比兴,诗尚能敷畅而词尤贵蕴藉。"(第55—56页)陆游既以诗笔为词,所以有时就不免有伤于浅率质直之处,而少委曲含蕴之美。因此王国维在《人间词话》中论及陆游词时,乃云"剑南有气而乏韵"。即如其《汉宫春》(羽箭雕弓)一首,题为《初自南郑来成都作》,词云:

羽箭雕弓,忆呼鹰古垒,截虎平川。吹笳暮归野帐,雪压青毡。淋漓醉墨,看龙蛇、飞落蛮笺。人误许,诗情将略,一时才气超然。

何事又作南来,看重阳药市,元夕灯山。花时万人乐处,欹帽垂鞭。闻歌感旧,尚时时、流涕尊前。君记取,封侯事在,功名不信由天。

像这一首词,便不免写得过于浅率质直,缺乏委曲含蕴之美。此盖由于此词之词调,多为成排之四字句,间用一二处领起之笔,然后以两句或三句成排之四字句相承接,因此当我们将这首词一口气读下来,便只感到一种气势,而缺少含蕴,且其句法不仅近于诗,乃竟颇近于文,所以一般人填写此词,都不免常落入于"有气而乏韵"的结果(按辛弃疾有《汉宫春》词"春已归来"及"亭上秋风"数首,则不仅"气"盛,且又有盘折深蕴之美,其区别所在,此处不暇详论,当于论辛词时,再加探讨)。像这一首词,可以作为我们前面所提出的陆游第一类词之代表。至于第二类词,其受词调格式影响而形成与诗不同之风格者,则私意以为又可分为两种不同情形:一种是颇具顿挫含蕴之致者,另一种则是颇具遒峭沉郁之概者。先谈其颇具有顿挫含蕴之致的作品,如其《秋波媚》(秋到边城角声哀)一首,题为《七月十六日晚登高兴亭望长安南山》,词云:

> 秋到边城角声哀,烽火照高台。悲歌击筑,凭高醉酒,此兴悠哉。　　多情谁似南山月,特地暮云开。灞桥烟柳,曲江池馆,应待人来。

这首词从表面看来,也有不少四字句,与前面所举的《汉宫春》一词,似乎颇有相似之处,但事实上则这两首词中的四字句,从声律上给人的感觉,却很不相同。在《汉宫春》词中的四字句,如其"呼鹰古垒,截虎平川""暮归野帐,雪压青毡"及"重阳药市,元夕灯山"诸句,除去有些句的开端首字在格律上可以平仄不论以外,其基本之声律都是"平平仄仄,仄仄平平",与一般骈体文四六句之一呼一应的声律,可以说完全相同,加以在这些对偶的四字句前,又常有一些表示向前推进展开的领起的字样,于是就造成了一种奔泻的气势。但《秋波媚》一词之四字句,如其"悲歌击筑"以下三句及"灞桥烟柳"以下三句,则除去有些句的开端首字之平仄,在格律上也可以不论以外,其三句一排的四字句,基本之声律则是"平平仄仄,平平仄仄,仄仄平平"。于是就在前二句平仄声律之重复与第三句平仄之突然孤立的对比之间,形成了一种盘旋顿挫之致。再则此词由前半阕之"边城""角声""烽火""高台"等"悲歌"慷慨的气氛,一转而进入了下半阕之"南山月""暮云开",直写到"灞桥烟柳,曲江池馆,应待人来",形成了另一种蕴藉多情的气氛,因此就使得陆游的想要收复长安的豪情壮志一变其浅率质直,转而为曲折幽深,这是他的因受词之格式的影响而形成了与诗之风格相异的第一种情形。这类作品,在一般词作中自然也可算是不错的作品,不过这类成就也是一般词人都不难达到的成就。而就陆游而言,我以为其最可注意的还是他的诗才与诗笔因受词之格律影响而达成的另一种具有"逋峭沉郁之概"的作品。即如其《夜游宫》(雪晓清笳乱起)一首，题为《记梦寄师伯浑》，词云：

> 雪晓清笳乱起，梦游处、不知何地。铁马无声望似水。想关河，雁门西，青海际。　　睡觉寒灯里，漏声断，月斜窗纸。自许封侯在万里，有谁知？鬓虽残，心未死。

在讨论这一首词之前，我们先要简单介绍一下他在题目中所提到的师伯浑其人。据陆游《师伯浑文集序》云："乾道癸巳，予自成都适犍为，识隐士师伯浑于眉山。一见，知其天下伟人。"又云："伯浑自少时名震秦、蜀，东被吴、楚，一时高流皆尊慕之，愿与交。方宣抚使临边，图复中原，制置使并护梁、益兵民，皆巨公大人，闻伯浑名，将闻于朝，而卒为忌者所沮。"(《渭南文集》卷一四)从这些叙述来看，可见师伯浑也当是一位才略之士，盖亦有收复中原之志而不果者也。至于陆游所梦者，虽云"不知何地"，然观其"雪晓清笳""关河""铁马"之语，自当是边防之重塞。像这样的梦，可以说正是陆游平生许国之雄心与未酬之壮志的"情意结"在潜意识中的自然涌现。这与他在诗集中许多写梦的诗篇中的情境，原是十分相近的。只不过因为这首词的形式与诗极不相同，不仅在七言句中间夹了很多三个字的短句，而且即使同样是七言句，其句中的节奏停顿，也有三、四之停顿与四、三之停顿的差别。这种格式上的特色，遂使得陆游一向在诗中写到雄心壮志时所常表现的盛气如同一江浩荡的流水突然遇到了无数峭壁的阻拦，于是就产生了一种荡折横飞之美。这种特色遂使得陆游词不再有浅率质直的缺点，反而表现了一种盘折激荡的气概。我以为像这类作品才是最能代表陆游词之特殊风格与成就的。所以冯煦《蒿庵论词》乃称其"逋峭沉郁之概，求之有宋诸家，无可方比"，这可说是对陆游此一类词之特色颇为有见的一段评语。

以上我们所讨论和介绍的,是以陆游之许国之雄心与未酬之壮志为主要情意的一些不同风格的作品。其次我们所要略加讨论的,则是陆游词中一些写儿女之情的词作。本来如我们在前文所言,在陆游诗集中,给我们印象最深的,除去他写许国之心与未酬之志的作品外,就该是他所写的追怀和悼念其已仳离之前妻唐氏的诗歌了。像他的《禹迹寺南有沈氏小园四十年前尝题小阕壁间……》一首七律(《诗稿》卷二五)、《沈园》二首七绝(《诗稿》卷三八),还有《十二月二日夜梦游沈氏园亭》二首七绝(《诗稿》卷六五),这些可以说都是脍炙人口的诗篇。直到临死前一年,他还写诗追怀悼念这一段往事①,也正如他直到临死前还写下了那首著名的《示儿》诗,依然不忘他想要杀敌报国、统一中原的雄心壮志。所以我在前文便曾说过陆游是一位有"真性情"的诗人。其感情之专一深挚,无论是对国之许身,或是对前妻之悼念,都是至死不渝的。然而值得注意的则是,表现前一种感情的作品,无论在他的诗集中或词集中,都同样占有相当大的比例,而表现后一种感情的作品,则在诗集中虽有很多,但在词集中却很少。除了他早年所写的那一首《钗头凤》以外,几乎再也找不到另外的作品,这实在是一件值得注意的事情。因为一般说来,词这种体式既是以柔婉深幽为本质,原应最适合于叙写男女相思离别之情,即如姜夔词写对于合肥女子的怀思,吴文英词之写对于去姬与亡妾的悼念,便都留下了许多悱恻动人的作品。现在陆游竟然没有把他这一份终生难忘的悱恻之情写入词篇,这岂不是一件可怪的事?关于此一问题,私意以为,这与陆游虽也感受到词体的某种特美,也赞赏如苏轼之将词诗化了的天风海雨的名篇,但他却对于词中某些写男女情爱的作品颇为轻视。虽然他自己也曾写过这一类

---

① 陆游八十四岁所写的《春游》四首,末一首写到沈园时,有"也信美人终作土,不堪幽梦太匆匆"之语(见《诗稿》卷七五)。

作品,如其在《长短句序》中所说的"渔歌菱唱,犹不能止",但却都并非严肃之作。即如其《浪淘沙》(绿树暗长亭)一首,题为《丹阳浮玉亭席上作》;《临江仙》(鸠雨催成新绿)一首,题为《离果州作》;《鹧鸪天》(南浦舟中两玉人)一首,题为《薛公肃家席上作》,像这些小词之为歌筵酒席中逢场作戏之作,自属一望可知。至于其他一些并无标题的写儿女之情的作品,如《真珠帘》(灯前月下嬉游处)一首及《风流子》(佳人多命薄)一首,则前者是写"向笙歌锦绣丛中相遇"的一段欢场遇合,后者是写一个"身落柳陌花丛"的薄命佳人,观其叙写之情事口吻,都是明白可见的。虽然陈廷焯《白雨斋词话》卷七一度曾误会以为:"陆务观《风流子》(佳人多命薄),盖放翁伤其妻作也。"夏承焘及吴熊和在《放翁词编年笺注》下卷中已驳正之,云:"陈廷焯……以此词为务观伤唐氏之作,揆之词意,殊不合,是赠妓之作无疑。"此言极是。盖陆游在词中甚少写其与唐氏之感情者,私意以为此正为陆游对此一段情意之尊重严肃之态度。盖在当日陆游写词之时代,这些小词原都是歌筵酒席中还都可以演唱的曲子,以陆游对唐氏之感情的严肃深挚,他是并不愿将此一段感情写入他所视为"渔歌菱唱"的流宕嬉游的歌辞之中的。我想这就正是陆游何以将其平生中此另一"情意结"只写之于诗而并不写之于词的缘故。至于其《钗头凤》之作,则私意亦以为观其长短句之形式,虽是词作,然而却并非当日流行歌曲的词调,而是陆游当年二十余岁时,在山阴游沈氏园,遇其前妻唐氏,一时感情激荡不能自已,因而题写在园壁间的一首自创格式的新作,故世之推溯词调之起源者,都不能在陆游以前找到任何《钗头凤》之作,那就因为《钗头凤》原来就并不是当时流行的词调的缘故。至于在陆游词中写儿女之情的作品,除去以上我们所提到的那些偶然在欢场别席的即兴之作以外,还有极少数一些词,则是有所喻托的作品,即如其题为《宫词》的一首《夜游宫》,词云:"独夜寒侵翠被,奈幽梦、不成还起。欲写新愁泪溅纸。忆承恩,叹余生,今至此。　　蔌蔌灯花坠,问此际、报人何事? 咫尺长门过万里。恨君心,似危栏,难久倚!"这首词据夏承焘与吴熊和之《放翁词编年笺注》以为是乾道九年(1173)之作。是年正月,王炎罢枢密使,以观文殿学士提举临安府洞霄宫,自后不再起用。《放翁词编年笺注》以为"此词慨叹王炎之君臣遇合,亦即自悼壮志不酬",所言甚为有见。而且在其《诗稿》卷四所收乾道九年之作中,还有《长门怨》及《长信宫词》诸作,都可以互相参证。本来在陆游词中用喻托之笔的作品并不多,而其少数有喻托的作品,则往往是不错的佳作,此盖由于陆游盛于气而短于韵,其病在浅直而少含蓄之美,加一层喻托,就多一份深蕴,如其题为《咏梅》的一首《卜算子》,词云:"驿外断桥边,寂寞开无主。已是黄昏独自愁,更着风和雨。　　无意苦争春,一任群芳妒。零落成泥碾作尘,只有香如故。"及其题为《夜闻杜鹃》的一首《鹊桥仙》词云:"茅檐人静,蓬窗灯暗,春晚连江风雨。林莺巢燕总无声,但月夜、常啼杜宇。　　催成清泪,惊残孤梦,又拣深枝飞去。故山犹自不堪听,况半世、飘然羁旅。"这些小词,便都因为寄情于物,而增加了一种远韵,这也是论陆游词时所不可不知的。

　　此外陆游还有一类表现得颇为旷达疏放的作品,即如其《鹧鸪天》(家住苍烟落照间、插脚红尘已是颠、懒向青门学种瓜)三首,还有《好事近》(岁晚喜东归、华表又千年)两首,又有《破阵子》(仕至千钟良易、看破空花尘世)两首,诸如此类者,大多写得极为旷达,似颇有见道之意。所以刘师培在其《论文杂记》中,乃竟以陆游之词拟比于陶潜、王维之诗,谓"例以古诗,亦元亮、右丞之匹,此道家之词也"。但事实上王维之习禅学道,既不同于陶潜之任真自得;陆游之托为放旷,则更不同于前二人之学道与自得。陆游的一些放旷之作,其实正是他壮志未酬以后的一种反激的托以遣兴的词。所以他这类作品,往往都是一调数章的联章之作,这就正表示了他的以放旷之歌辞自遣的意味,而有时他在放旷之中,也不时仍流露出一种悲慨与幽怨。即如其《鹧鸪天》(家住苍烟落照间)一首,便曾在写了"丝毫尘事不相关"一句旷达之辞以后,竟又写了"元知造物心肠别,老却英雄似等闲"的悲慨。又如其《好事近》(岁晚喜东归)一首,在写了"扫尽市朝陈迹"一句放旷之辞以后,则又写了"心事付横笛"的幽怨。至于其《破阵子》(仕至千钟良易、看破空花尘世)两首,虽没有很明显的悲慨和幽怨之辞,但其悲慨与幽怨之意在言外,也是依然存在的。我一向评论诗词常主张要探求其感发生命之本质,此在陆游而言,则自当以其性情之真及壮志盛气为其主要之本质。至于其如何将此种感发之本质加以表达,则在不同之文学体式与不同之环境遭遇中,自可以形成许多不同之风格与不同之内容。所以旷达虽是陆游词中内容与风格之一种,但却并非其正面之本质。而如果以其词中所表达的正面之本质而言,则自当以其写许国之雄心与未酬之壮志的作品为主流。而在此一类作品中,则又当以其表现遒峭沉郁之概者,为最能代表陆游词之特殊成就者也。

1985 年 7 月写于成都

论辛弃疾词

少年突骑渡江来,老作词人事可哀。
万里倚天长剑在,欲飞还敛慨风雷。

曾夸苏柳与周秦,能造高峰各有人。
何意山东辛老子,更于峰顶拓途新。

幽情曾识陶彭泽,健笔还思太史公。
莫谓粗豪轻学步,从来画虎最难工。

一

辛弃疾一向是我所极为赏爱的一位词人,不过多年来当我撰写论词之文字时,对于辛词却一直未敢轻易着笔,其主要原因盖有二端:一则辛词之数量既多,方面又广,如此则在论评之时,势必极难加以概括之介绍,乃迟迟不敢着笔,此其一;再则辛词之各种好处与特色,大多警动鲜明,昭昭在人耳目之间,前人之称述评介辛词者,既已有甚多之著作,所以我也就不想更为狗尾续貂之举,此其二。故多年来我遂未尝一论辛词。但现在我与四川大学缪钺教授合撰《灵谿词说》一书,在对个别词人加以论说之外,更希望在编排次第方面能具有一种词史之性质,如此则辛弃疾这一位两宋词人中之大家,当然就在必须加以论说之列。

本来缪钺教授在多年前已曾写过一篇《论辛稼轩词》的文章，收入其《诗词散论》一书之中，但此次分配《灵谿词说》之撰写工作时，缪先生却坚意要我承担撰写论辛词之任务，此自为前辈对后学加以督奖之意，所以我也就只好勉为其难，对辛词尝试一加论述。

辛词之传世者，共有六百首以上之多，为两宋词人中作品数量最多的一位作者。至于其内容的方面之广与风格的变化之多，则早在南宋时代，辛氏的一位友人刘宰在其《贺辛待制知镇江》一文中，就曾经对其词有过"驰骋百家，搜罗万象"的赞美（刘宰《漫塘文集》卷一五）。而较辛氏时代稍晚的另一位南宋词人刘克庄，在其所写的《辛稼轩集序》中，对于辛词也曾有过"大声鞺鞳，小声铿鍧，横绝六合，扫空万古。……其秾纤绵密者亦不在小晏、秦郎之下"的称誉（《后村先生大全集》卷九八）。自此而后，对辛词之称美者，可谓代不乏人。直至近代，对辛词之研究致力最勤、成果最丰的一位学者邓广铭先生，在其《略论辛稼轩及其词》一文中，于论及辛词时，亦曾谓："就辛稼轩所写作的这些歌词的形式和它的内容来说，其题材之广阔，体裁之多种多样，用以抒情，用以咏物，用以铺陈事实或讲说道理，有的'委婉清丽'，有的'秾纤绵密'，有的'奋发激越'，有的'悲歌慷慨'，其丰富多彩也是两宋其他词人的作品所不能比拟的。"（邓广铭笺注《稼轩词编年笺注》）面对这样一位伟大的作者，我自己固深恐才力浅薄，对其多方面之成就难以作周遍之介绍，则势将不免于"以有涯逐无涯"之叹。因此就颇想做一次将"万殊"归于"一本"之尝试，将辛词之丰枝硕果姑置不论，而尝试对其所以形成此伟大之成就的本质之根源略加探讨。

本来就诗歌之创作言之，在中国之传统中，固一向以言志抒情为主，故首重内心之感发。所以我在《王国维及其文学批评》一书中，于论及《人间词话》境界说与传统诗说之关系时，便曾提出说：感发作用实为诗歌的主要生命之所在。因此内在的作者的感物之心的本体之资质,以及外在的感心之物的生活中的现象与遭遇,自然便是形成诗歌中感发之生命,以及影响其质量之深浅厚薄、广狭高下的两项重要因素。先就作者的感物之心的资质对作品风格之影响的重要性而言,早在刘勰的《文心雕龙·体性》篇,便曾说过"贾生俊发,故文洁而体清;长卿傲诞,故理侈而辞溢……安仁轻敏,故锋发而韵流;士衡矜重,故情繁而辞隐"的话,将作品之风格与作者之品质,一一作了相互之印证。所以王国维在其《人间词话》中,于论及辛词时,便也曾提出说:"东坡之词旷,稼轩之词豪。"又说:"无二人之胸襟而学其词,犹东施之效捧心也。"就把苏、辛二家词之风格,与苏、辛二人之品质襟抱也作了相互结合的品评。可见把作者的感物之心的资质作为基础,来从事诗歌的品评,在中国文学批评中原具有悠久之传统。这种品评的基础,当然是不错的。只不过我以为在这种品评的标准中,还须做出一点重要的分别,那就是作品之风格中所显示的作者之性情襟抱,原来还可以分别为偶然之反映与本体之呈现两种不同的层次。举例而言,即如北宋初期词坛上之晏殊及欧阳修这两位重要的作者,我以前在论述此二家词时,就曾经提出说,晏殊词中所表现出的圆融的观照,与欧阳修词中所表现的豪宕的意兴,固皆为其性情襟抱之一种流露和反映。只是像晏殊所写的"无可奈何花落去,似曾相识燕归来"及欧词所写的"直须看尽洛城花,始共春风容易别"诸词句,就其情意言之,却实在仅不过是一种伤春怨别光景流连的偶发之情而已,而并不是晏、欧二人之性情襟抱中之志意与理念的本体之呈现。可是在中国诗歌之传统中,则第一流之最伟大的作者,其作品之所叙写者,却往往也就正是其性情襟抱中志意与理念的本体的呈现。即如屈原作品中之高洁好修的向往追求、陶潜作品中之任真自适的信念持守、杜甫作品中之忧国忧民的忠爱缠绵,他们所写的诗歌,无论是任何题材和内容,就往往都表现有这一种与其生命相结合的性情襟抱的本体之呈现,而并不仅只是流连光景的偶发之情而已。而这也就正是最伟大的作家与一般作家的区分之所在。盖以一般之作者不过以其性情才气为诗而已,但真正伟大之作者则其所写乃并不仅为一时才气性情之偶发,他们乃是以自己全部生命中之志意与理念来写作他们的诗篇,而且是以自己整个一生之生活来实践他们的诗篇的。此在诗人中之屈原、陶潜、杜甫,便都是很好的例证。但在唐、宋词人中,我们便很难找到这样的作者。这一则固然因为词在初起时,原只是歌筵酒席间供歌儿酒女吟唱的曲子,与传统之诗歌之被视为有"言志"之严肃目的者,本来就有所不同。再则也因为自温庭筠以来,一些逐弦吹之音为侧艳之词的作者,他们本身原来也就缺乏一种如屈原、陶潜、杜甫诸人之精诚光伟,可以将人格与作品相互结合为一体的品质和情操。因此,如果以词与诗相比较,我们就会发现,在词的作品中,一向缺乏两种品质,其一是作者在写作时根本就缺乏一种以全心力去投注的精神,其二则是在作品的内容中也缺乏一种崇高伟大的志意和理念。关于第一种情况,即如我们在前面所举引的晏殊与欧阳修二位作者,他们虽有相当的学养和襟抱,但他们对词之写作却是都视之为游戏笔墨,仅以余力为之,而并不曾将之作为可以抒写襟抱,表现自己之志意与理念的一种文学形式,故其词中所表现的,乃往往但为一种偶然的情意之感发,虽然也可以引起读者深远之联想,但与诗歌中屈、陶、杜诸公之以全心力投注于写作,且在作品中表现出某种志意与理念的本体之呈现者,则毕竟有所不同。这种区别自是明白可见的。至于第二种情况,则如词人中之南唐后主李煜,其写词之态度,虽可视为全心力与感情之投注,然而李氏所具有者,实在仅为一种真纯深挚之情,而并无志意与理念之可言,故其词之佳者,虽然因其情感之深锐,而往往可以引发人类心灵中某些共鸣之感受,但如果以之与诗歌中之屈、陶、杜诸公相比较,则其在襟抱学养方面之欠缺,自然也是明白可见的。至于号称"以诗为词"的苏轼,对词之意境虽然有所开拓,一洗绮罗香泽,而表现了浩气逸怀。然而私意以为苏词中之意境,实在仍不可以称之为如我在前文所言的生命中志意与理念的本体之呈现。因为如我在《论苏轼词》一文中之所言,苏轼天性中盖原禀具有两种不同之资质,一则是欲以天下为己任的儒家用世之志意,另一则是超然于物外的道家放旷之襟怀。前者可以说是其欲有所作为时的立身之正途,后者则是其不能有所作为时的自慰之妙理。而苏轼之从事于词之写作,既是在其仕途受到挫伤以后,故其词中所表现者,乃大多以放旷之襟怀为主。而且苏轼原是一个长于"出",而并不执着于"入"的人,故其词中乃极少有生命中志意与理念的本体之呈现。而他虽然也有意于开拓词境,但如果将他的词与他的诗文相比较,则苏轼之于词实在仅不过是以余力为之,而并非全力地投注。这种种情况,当然也都是我们在读苏词时,可以明白感受到的。可是我们现在要讨论的这一位词人辛弃疾,则是不仅将其全部才力都完全投注于词之写作,而且更是如我们在前文所言,乃是在其作品中,表现有一种生命中之志意与理念的本体之呈现的一位作者。所以我们如果说要想在唐、宋词人中,也寻找出一位可以与诗人中之屈、陶、杜相拟比,既具有真诚深挚之感情,更具有坚强明确之志意,而且能以全部心力投注于其作品,更且以全部生活来实践其作品的,则我们自当推崇南宋之词人辛弃疾为唯一可以入选之人物。而凡是此一类作者,其所写作的诗篇,都必然是光彩耀目千古常新的。其所以然者,还不仅是由于其人格与性情之精诚光伟足以表现出一种道德伦理方面的价值而已,而且更因为他们的作品既是其全部生命中之志意与理念的本体之呈现,所以就诗歌中之主要质素的感发作用而言,这一类作品所具有的感发力量,就也必然会有一种最为精诚充沛的表现,这正是辛弃疾这一位词人在两宋词坛上何以能"屹然别立一宗",而且表现出过人之成就的一个最基本的原因,而这也正是我们要想欣赏和评价辛词时,所首先应当具有的一点最基本的认识。

不过,辛弃疾与屈、陶、杜诸公在其感物之心的精诚投注之品质上虽有相近之处,然而辛弃疾之性情志意毕竟与屈、陶、杜诸公有着许多不同,而且他们所经历的外在的感心之物的生活中的现象与遭遇,也有着很大的差别,因此我们要想真正体认到辛词中之特殊的品质和成就,就还必须要将辛弃疾的性情志意与其所生活之环境遭遇互相结合起来,作更进一步的探讨。

二

据《宋史·辛弃疾传》之记述及邓广铭先生《辛稼轩年谱》之考证,则辛氏盖生于宋高宗绍兴十年(1140),也就是金熙宗之天眷三年,他的出生地山东历城,在当时已经沦陷有十余年之久。其祖父辛赞是一个具有强烈民族观念的老人,虽因宋室南渡之时以族人众多未能脱身南下,遂仕于金,但却把他民族忠义的观念,完全传给了他的孙子——幼年的辛弃疾。据辛氏在其《美芹十论》中追叙其少年时之生活,即曾谓:"大父臣赞……每退食,辄引臣辈登高望远,指画山河,思投衅而起,以纾君父所不共戴天之愤。尝令臣两随计吏抵燕山,谛观形势。"所以忠义之心与事功之志,对于辛弃疾而言,实在可以说是自其少年时代便与他的生命一同成长起来的。当绍兴三十一年金主亮起兵南侵之际,辛弃疾已经二十二岁。当时中原各地义军蜂起,有农民名耿京者,起兵山东,节制山东河北忠义兵马,发展至数十万之众。辛氏原来也尝纠集义士有二千人之多,至是遂率其众投隶耿京,为掌书记。因劝耿京决策南向,耿从之,遂于绍兴三十二年正月奉耿京命与贾瑞等奉表南归。时值高宗巡幸建康,辛、贾二人乃亲蒙召见,且分别授官,完成了使沦陷区之义军得与南宋朝廷相联合之任务。然而谁料到就当辛氏离开山东奉表南下之时,耿京竟然被其部下之汉奸张安国所叛杀。当辛弃疾诸人自建康北返,还至海州之时,听见了此一意外的不幸消息,于是辛氏当即率领一部分人马直趋虏营。时张安国方与金军将士庆功酣饮,辛氏乃率众直入虏营,缚张安国上马。金兵追之不及。辛氏乃一路以不眠不休之精神直趋行在献俘,斩张安国于市。其后二十年,当辛弃疾被谗劾放废,在带湖闲居时,曾自筑室曰"稼轩",其友人洪迈为之作《稼轩记》,还曾追述辛氏此一段少年时意气风发之往事,谓其"壮声英概",可以使"懦士为之兴起"。(《洪文敏公集》卷六)但辛氏此一壮举,其可称述者却原来还不仅只是其"壮声英概"的豪气与胆略而已。如果我们更深入一层去看,就会发现在此一事件中,原来乃是结合有辛氏的深远之谋略与宏伟之度量的。盖辛氏在其后来所进献之《美芹十论》中,于《详战》篇曾论及沦陷区义军之形势,在篇末曾提出两点应注意之事项。其一是起义者多为农民,但"锄犁之民,寡谋而易聚,惧败而轻敌",所以不能"坚战而持久";而一些"豪杰可与立事者",则又由于"东北之俗,尚气而耻下人",因而"不肯俯首听命以为农夫下"。可是这些豪杰之士之"思一旦之变,以逞夫平昔悒怏勇悍之气",则又有时还更"甚于锄犁之民",只是"计深虑远,非见王师则未肯轻发"。从这些议论,我们就可见到辛氏当年之所以能以其过人之才略,且已纠众有二千人之多,乃竟甘心归附于农民的义军领袖耿京,而且劝说耿京奉表与南宋王师相联络,原来本是有其极深远的战略性之识见的。至于其能甘心下人之度量,当然也是极可称述的。而这一切谋略与度量,实在又都源于他的一心想要收复中原的志意之急切。是则当其擒缚张安国献俘行在,决心南来之际,对于他全心所冀望的收复中原之理想,固当原以为是即可付诸实践的指日可期之事业,而其所有的"壮声英概"的勇略,也当都是源于此一坚强之信念。因此,辛氏在南渡以后不久就接连献上了《论阻江为险须藉两淮疏》和《议练民兵守淮疏》,又先后献上了《美芹十论》和《九议》,在这些疏论奏议中,辛弃疾对于敌我双方在政治、军事、经济各方面之形势,都作了切实详尽的分析,充分表现了辛氏对于作战的全部理论和收复中原的通盘计划,真是千百年以下读之,仍然可以使人为之奋发兴起。只可惜这些建议与谋略,始终未被南宋朝廷所采用,而终于在他六十八岁那年,在南渡的四十五年以后,怀抱着满腔未得一用的忠义和谋略而赍志以殁了。辛弃疾晚年在落职家居时曾经写过一首题为《有客慨然谈功名,因追念少年时事,戏作》的《鹧鸪天》词,说:"壮岁旌旗拥万夫,锦襜突骑渡江初。燕兵夜娖银胡䩮,汉箭朝飞金仆姑。　　追往事,叹今吾,春风不染白髭须。却将万字平戎策,换得东家种树书。"对于他自己当年深入金营擒获张安国千里献俘渡江南来时之壮志之未能完成,表现了很深的悲慨。辛弃疾在南渡以后的四十五年中,曾经遭受过多次的谗毁和摈斥,放废于林泉间者,前后有将近二十年之久。但其用世之心与恢复之志,则始终没有改变。即使只是短期的被起用,他也莫不奋发振起,以其过人的才略,思欲有所建树。即如其在乾道八九年间(1172—1173)出知滁州时,就曾施行了宽征薄赋收招流散的政策,表现出在短短期间内便足以振衰起敝的治绩。其后在淳熙年间(1174—1181),当他在江西、湖北、湖南诸地任职为提点刑狱、安抚使及转运副使的任内,更曾先后完成了平盗、赈饥、创建飞虎军之种种事功,处处表现出他是一个既关心国家,也爱护百姓;既有识见,又有干才的具有豪杰之气的栋梁之材。据史书上的记载,其在湖南安抚使任内,一方面既为朝廷讨平了盗贼,而另一方面则也为百姓请命,奏上了《论盗贼劄子》,对于"残民害物"的官吏提出了批评,说"夫民者国之根本,而贪浊之吏迫使为盗",因此建议朝廷说:"欲望陛下深思致盗之由,讲求弭盗之术,无恃其有平盗之兵。"又自己表白了惩治贪吏的决心,说:"臣孤危一身久矣,荷陛下保全,事有可为,杀身不顾。况陛下付臣以按察之权,责臣以澄清之任,封部之内,吏有贪浊,职所当问……自今贪浊之吏,臣当不畏强御,次第按奏。"史又载其在湖南创置飞虎军营之时,议者曾以聚敛上闻,孝宗降金牌止之,而辛氏接受金牌后竟藏而不发,反督令监办者"自官舍神祠外,应居民家取沟甋瓦二"以救其缺瓦之急,乃使飞虎营克日建成,"雄镇一方,为江上诸军之冠"。史又载其在江西安抚使任内,因当地大饥,乃下令榜通衢曰:"闭籴者配,强籴者斩。"又"尽出公家官钱银器,召官吏、儒生、商贾、市民各举有干实者量借钱物,逮其责领运籴……期终月至城下发粜",于是量船遂"连樯而至"。时信州守谢源乞米救助,幕属不从,弃疾曰:"均为赤子,皆王民也。"即以米舟十之三予信州。从这些事迹的论述,我们对辛氏之志意、才识、胆略之不凡自可想见。然而辛氏却也常在谗摈的忧惧之中。在《论盗贼劄子》中,辛氏即尝自言云:"臣生平刚拙自信,年来不为众人所容,顾恐言未脱口而祸不旋踵。"果然就在赈饥后的当年,辛氏就被台臣王蔺所论劾,谓其"用钱如泥沙,杀人如草芥",遂被免官落职。于是辛氏便在江西上饶带湖附近,购地治宅。其自作上梁文,有"抛梁东,坐看朝暾万丈红。直使便为江海客,也应忧国愿年丰"及"抛梁西,万里江湖路欲迷。家本秦人真将种,不妨卖剑买锄犁"之语。其忧国之志之难以或忘,而且自比于汉代罢废家居之飞将军李广的心情,是可以想见的。辛氏此一度罢官家居,竟然被闲废了差不多有十年以上。及至绍熙三年(1192),再被召赴福建为提点刑狱,不久又受命兼任福建安抚使。这时的辛弃疾虽然已经是年过半百,然而其平生欲建立功业、收复中原之壮志则未尝稍减。于是在绍熙五年,他遂又创置了备安库。据史书记载,谓其在福州任职时,每叹曰:"福州前枕大海,为贼之渊……帅臣空竭,急缓奈何!"遂为备安库积镪至五十万缗。又欲"造万铠,招强壮,补军额,严训练",于是遂再被论劾,谓其"残酷贪饕,奸赃狼藉",遂再度被罢官家居,筑室于铅山县之期思市。适旧居上饶之带湖毁于火,乃正式迁居于铅山。这一次被罢废,又闲居了八年以上之久。乃至宋宁宗嘉泰三年(1203),再被起用知绍兴府兼浙东安抚使之时,辛弃疾已经是六十四岁的老人了。但他一上任又立刻上疏奏陈"州县害农之甚者六事"（《文献通考》卷五《田赋考》）。其后于嘉泰四年至开禧元年（1205）差知镇江府时，仍屡次遣谍至金，侦察其兵骑之数，屯戍之地，将帅之姓名，帑廪之位置。并欲于沿边招募土丁以应敌，并造红衲袄万领备用。这时距离他当年的南渡来归，已有四十三年之久，所以他在此时所写的一首题为《京口北固亭怀古》的《永遇乐》词中，即曾写有"四十三年，望中犹记，烽火扬州路"的句子，表现了对于当年甘冒烽火艰危而南渡来归之壮志的追怀难忘。又在此词之结尾，写了"凭谁问，廉颇老矣，尚能饭否"的句子，表示了虽在垂老之年，也仍然想要据鞍上马冀求一用的未死的雄心。可惜不久他就又受到言官的论劾，谓其"好色贪财，淫刑聚敛"，遂再度被罢官家居。这时的辛弃疾已经是六十六岁的年纪了。其后身体乃日渐衰病，虽然又曾被诏命进封了一些官职，而辛氏则亦曾屡次上章求免，终于在开禧三年致仕以后不久，怀抱着满腔未能实践之壮志和历尽挫伤的悲慨而病死在铅山了。以上是我们根据《宋史·辛弃疾传》以及邓广铭先生的《辛稼轩年谱》对辛氏生平所作的极简单的介绍。至于其时代背景和南宋政局的情况，则都未暇详加叙述。因为我们的用意，原来就并不是要作历史的介绍，只不过由于感心之物的外在境遇，既原来也是形成诗歌中感发生命之一项重要因素，而尤其是像辛弃疾这样一位将全生命中之志意与理念都表现于其诗篇，且以全部生活来实践其诗篇的作者，要想对其作品有深入之了解，则我们对于其感心之物的种种外在因素，当然就更需要具备相当之认识，因此我们才不得不在此对其生平之重要事迹加以简单之介绍。

三

从上两节所叙写的辛弃疾这一位作者的感物之心的资质及其感心之物的遭遇来看，我们已可以认识到，辛弃疾实在不仅只是一位有性情、有理想的诗人而已,他同时还是一位在实践方面果然可以建立事功的,有谋略、胆识、眼光、手段、才华,而且有权变的英雄豪杰式的人物。而他整个生命的重心,则是他的心中念念不忘收复中原的志意。这其间自然有他对于国家的一份忠义之心,也同时有属于他自己的一份故乡之念。所以他的这一份志意乃是极其深挚而且强烈的。只可惜他在南渡以后却遭受到了不断的谗摈和摧抑,遂终于未能实现其志意成为收复中原的一位英雄,而却只落得成为南宋词人中一位伟大的作者,这对辛弃疾而言,当然绝非其自己之本意。不过,我在前面却也曾说过,辛弃疾之于词,乃是以其全心力之投注而为之的。那就因为他在事功方面既然全部落空,于是遂把词之写作,当作了他发抒壮怀和寄托悲慨的唯一的一种方式。所以徐釚在《词苑丛谈》卷四《品藻二》即曾引黄梨庄之语曰:"辛稼轩当弱宋末造,负管、乐之才,不能尽展其用,一腔忠愤,无处发泄……故其悲歌慷慨抑郁无聊之气,一寄之于词。"因此辛弃疾在词一方面之成就,实在可以说乃是他的收复中原之志意在现实方面失败以后所转化出来的一种一体两面之结果。这当然是我们在欣赏辛词时所当具有的一点最基本的认识。不过,值得注意的则是,辛词之感发生命的本质,虽以英雄失志的悲慨为主,然而他的词却又在风格与内容方面表现出了多种不同样式与不同层次的变化。关于这种由一本演为万殊的变化,私意以为其演化之情况盖有几点特色。第一,我们该注意到的是,辛词中感发之生命,原是由两种互相冲击的力量结合而成的。一种力量是来自他本身内心所凝聚的带着家国之恨的想要收复中原的奋发的冲力,另一种力量则是来自外在环境的,由于南人对北人之歧视以及主和与主战之不同,因而对辛弃疾所形成的一种谗毁摈斥的压力,这两种力量之相互冲击和消长,遂在辛词中表现出了一种盘旋激荡的多变的姿态,这自然是使得辛词显得具有多种样式与多种层次的一个主要的原因。第二,我们该注意到的,则是辛词中之感发生命,虽然与当日的政局及国势往往有密切之关系,但辛氏却绝不轻易对此作直接的叙写,而大多是以两种形象作间接的表现。一种是大自然界的景物之形象,另一种则是历史中古典之形象。这种写法,一则固然可能由于辛氏对于直言时政有所避忌,再则也可能是由于辛氏本身原具有强烈的感发之资质,其写景与用典并不仅是由于有心以之为托喻,而且也是由于他对于眼前之景物及心中之古典本来就有一种丰富的联想及强烈的感发。这自然是使得辛词显得具有多种变化与多种层次的另一个重要的原因。辛弃疾曾经写过一首题为《过南剑双溪楼》的《水龙吟》词,足可以作为例证来说明我们前面所提到的辛词中的几种特质。全词是:

> 举头西北浮云,倚天万里须长剑。人言此地,夜深长见,斗牛光焰。我觉山高,潭空水冷,月明星淡。待燃犀下看,凭栏却怕,风雷怒,鱼龙惨。 峡束苍江对起,过危楼,欲飞还敛。元龙老矣,不妨高卧,冰壶凉簟。千古兴亡,百年悲笑,一时登览。问何人又卸,片帆沙岸,系斜阳缆。

这首词可以说就是辛弃疾结合了景物与古典两方面的素材,把内心中之两种互相冲击的力量,表现得极为曲折也极为形象化的一首好词。要想了解其好处何在,我们首先便要对这首词的题目略加说明。题中的"南剑",乃宋代州名,古为七闽之地。汉武帝元封年间于此置南平县,唐高祖武德三年(620)于此设延平军,肃宗上元元年改为剑州。宋太宗太平兴国四年(979)因蜀有剑州,乃加"南"字以别之,称南剑州,治所在今福建南平市。据《南平县志》所载:"双溪楼在府城东,又有双溪阁,在剑津上。"又载:"剑津一名剑溪,又名龙津,又名剑潭,城东西二溪会合之处。昔时有宝剑跃入潭,化为龙,故名。"(《南平县志》卷一之《历代沿革表·第二》、卷四之《名胜志·第六》及卷三之《山川志·

第四》)以上是有关此词题目之地理背景的记述。至于所谓"宝剑跃入潭,化为龙"之说,则又牵涉一则历史故事。盖据《晋书·张华传》所载,谓当时斗牛间常有紫气,张华闻豫章人雷焕妙达象纬,询之,焕曰:"宝剑之精上彻于天耳。"又问在何郡,焕曰:"在豫章丰城。"华乃补焕为丰城令。到县掘狱屋基,得一石函,内有双剑,一曰龙泉,一曰太阿。焕遂送一剑与张华,留一剑自佩。及张华被诛,失剑所在。焕卒后,其子华为州从事,持剑行经延平津,剑忽于腰间跃出,坠水,使人没水取之,不见剑,但见两龙,各长数丈。没者惧而返。须臾,光彩照水,波浪惊沸,于是失剑。(《晋书》卷三六《张华传》)以上是有关此地的历史上的传说。对此词题目中的地理和历史的背景都有了认识以后,我们就可以对词一加评析了。先看开端两句,首句之"西北浮云",既可以为眼前之景物,亦可以喻指沦陷之中原;次句之"长剑",既可以指有关此地之历史传说,亦可以喻示作者想要恢复中原之壮志。而曰"举头",则把遥远的"西北浮云"也就是所喻指的沦陷的乡国之恨,写得何等真切分明。曰"倚天万里",则又把传说中之神剑,也就是所喻示的作者的壮志,写得何等雄杰不凡。即此二句,也已经足可见出辛词的层次之深曲及其感发之强烈了。以下"人言此地,夜深长见,斗牛光焰"三句,则既是紧扣住题目写有关"南剑双溪楼"之历史故实,是上冲斗牛的神剑之光焰难销,也是作者的收复中原之壮志的慷慨长存。以下"我觉山高,潭空水冷,月明星淡"三句,则蓦然由前三句所表现的高扬激昂而转入了另一种空寂凄冷的情调,这种转变,一方面既是写作者由冥想中的有关此地的往昔之神剑之传说,折返到了现实的此地的眼前之景象;另一方面则也象喻了作者由自己理想中的收复中原之壮志,跌入了现实中的被摈斥和冷落的不足以有为的现实的境遇。举头仰视则是月明星淡的冷漠无情,低头下望则是水冷潭空的凄寒空寂,然则昔日上冲斗牛的神剑之精华今日乃究竟何在?作者的收复中原之壮志又究竟何日得偿？以辛弃疾之感情志意的深切坚强,当然绝不是一个轻言放弃的人,于是下面的"待燃犀下看,凭栏却怕,风雷怒,鱼龙惨"数句,乃写出了他想要有所追寻的心意,和在追寻时所可能遇到的危险和阻碍。盖当年之神剑既传说是跃入潭中,所以辛弃疾乃用"待燃犀下看"一句,写出了他想要到潭水中去寻神剑的愿望。而由此一句,遂又引出了辛弃疾对于另一则古典的联想。原来在《晋书》的《温峤传》中,曾记述有一则故事,说温峤曾由牛渚矶经过,其地"水深不可测,世云其下多怪物,峤遂毁犀角而照之。须臾,见水族覆火,奇形异状,或乘马车着赤衣者"云云。不过,辛弃疾在此处用温峤燃犀之典故,与前面所用的张华"神剑"之典故,其用典之方式与作用则并不尽同。前面的"神剑"之典故,是用其整个故事为全词之骨干,以切合题意而唤起全篇之感发,此处用燃犀之典故,则不过取温峤曾见水中有水族鱼龙精怪之一义而已。而此数句亦有二层含意,表面是写欲向深潭中寻觅神剑的艰难不易,而暗中却也喻示了辛弃疾自己如果想要实践收复中原之壮志所可能遇到的谗阻和迫害。而且"风雷""鱼龙"诸字样,原来也颇易于引起读者有关政治性之托喻的联想。盖早在唐代李白之《远别离》一诗中,即曾有过"雷凭凭兮欲吼怒"及"君失臣兮龙为鱼"等诗句,前者可以喻当政者之威权迫害,后者可以喻朝廷形势之变化无常,辛弃疾词与李白诗所托示之喻义当然并不相同,但"风雷""鱼龙"等字样之可以引起政治托喻之联想,则是相同的。以上是此词之前半阕。其所叙写的景物之形象与古典之形象,已经喻示了作者之壮志与现实境遇之冲击,并且作了多种层次的对比。至于下半阕过片之"峡束苍江对起,过危楼,欲飞过敛"几句,第一层意思固是正面写南剑双溪楼所在之地理形势。我们在前文已经根据《南平县志》介绍过,说双溪楼"在剑津上",而剑津也就是"剑潭",为"城东西二溪会合之处"。据(乾隆)《延平府志》卷二《山川一》之记叙,谓:"西溪源出长汀县……东流至顺昌,与邵武溪合流……至沙溪口与沙县溪合,四十里至剑潭,与东溪接。"又谓:"东溪源出浦城、崇安、松溪三县,凡五派合流,会于建宁城外,南流一百二十里至剑溪,遂合流而下,俗呼丁字水,又名南溪。"辛词所云"峡束苍江对起",就正是写西溪及东溪二水在此峡口会合之形势。而观夫前所引《延平府志》有关二水之叙述,则东、西两溪既曾汇纳沿途诸水而合流,是则其水势必极为澎湃汹涌,而在此地骤然为山峡所约阻,则两水相对流入时,其相互冲击排荡的力量之强大自可想见,故曰:"峡束苍江对起,过危楼,欲飞还敛。"这几句,不仅极为生动真切地写出了在双溪楼上所见的两水会合之激荡的形势,而且承接着上半阕,也正好把前片所喻示的作者的恢复之壮志与现实遘阻之矛盾,作了一个极为形象化的总结。是则"欲飞还敛"者,固是眼前之水势,而同时也就正是辛弃疾内心中的激荡悲愤的情怀。所以下面的"元龙老矣,不妨高卧,冰壶凉簟"三句,作者乃从前面托喻的隐藏的阴影中,正式出现到读者的面前。可是在这种由隐而显的承接中,辛弃疾却又并不接着前面的激荡的情怀作叙写,反而转变为一种悠闲平静的笔调,写出了"高卧"和"冰壶凉簟"的句子,因而乃给了读者更多寻思的余味。而且在此处辛弃疾却又用了一则典故,原来"元龙"乃是三国时代"名重天下"的陈登的字,据《三国志》卷七《陈登传》及裴松之注引《先贤行状》之记述,陈登之为人盖"深沉有大略,少有扶世济民之志",曾任广陵太守,"明审赏罚,威信宣布",曾经平定海贼,围攻吕布,以功加封为伏波将军,年三十九病卒。其后许汜与刘备并在荆州牧刘表座上,共论天下人物。许汜曰:"陈元龙湖海之士,豪气不除。"备问汜:"君言豪,宁有事耶?"汜曰:"昔遭乱,过下邳,见元龙,元龙无客主之意,久不相与语。自上大床卧,使客卧下床。"备曰:"君有国士之名,今天下大乱,帝主失所,望君忧国忘家,有救世之意;而君求田问舍,言无可采,是元龙所讳也,何缘当与君语?如小人,欲卧百尺楼上,卧君于地,何但上下床之间邪?"辛弃疾用这一则典故,盖有几层取意。其一是陈登与许汜的对比,陈登有扶世济民之志,而许汜则求田问舍,但求个人之安居,所以辛氏在另一首《水龙吟》(楚天千里清秋)词中,便也曾说过"求田问舍,怕应羞见,刘郎才气"的话,表示了对于只求个人安居而不关心国家安危的如许汜之类的人的鄙弃,也暗示了辛弃疾自己之不求个人安居,而一意以收复中原为职志的用心。这本该是辛弃疾用此一典故的本意。可是在这一首词中,辛氏在使用此一典故时,却又更加了一层转折之意。盖当年之陈元龙,本以扶世济民为己志,不求个人之安居,而现在则以陈元龙之志意来自比的辛弃疾,则已经年华老去,壮志难成,是则也不妨但求个人之安居矣。词中的"冰壶凉簟",就正表示在炎夏中有清凉之饮料与凉爽之竹席的舒适安乐的生活。而"高卧"两个字,则是辛弃疾在把这一则典故加以转化应用时一个表示反讽之意的关键。因为在《陈登传》中,陈氏之高卧上床,本是表示对于但求个人安居的许汜之轻视,因而也显示着陈登之不求个人安居的志意之远大。可是此处辛氏之"不妨高卧"一句,则是断章取义,把"高卧"转化成了一种无所事事的闲居的形象。以原来表示壮志的字样来表示闲居,这正是辛氏在反讽中所透露的、对于自己的壮志无成的嘲笑和悲慨。于是下面的"千古兴亡,百年悲笑,一时登览"三句,辛弃疾遂将典故中的古人、古事与现实的今人、今事作了一个综合的总结。得剑的张华、燃犀的温峤与高卧的陈登,都已经在历史中消逝,而人间之盛衰兴亡,其推演循环,乃正复沧桑未已。而自沦陷区归正南来的辛弃疾,其当年突骑渡江的壮声英概,与今日屡遭谗摈的感慨哀伤,无论其为悲为笑,盖亦皆将在历史之长流中消逝无存。个人一世之百年,与历史兴亡之千古,相较起来,自然微不足道,而辛弃疾却偏偏在今日双溪楼的一时登览之中,对历史上的千古兴亡与自己个人的百年悲笑,在景物与典故的相互生发之联想中引起了触绪纷来的平生万感。只不过辛氏却又并未明写其感慨,而只写了"一时登览"四个字,把感慨都留在言外,未加说明。关于这种言外之慨,我们可以引用辛弃疾另一首《水龙吟》(楚天千里清秋)词中的"江南游子,把吴钩看了,栏干拍遍,无人会、登临意"数句,来互相参看。其所谓"登临意",就正可以作为此词"一时登览"的注脚,而其所谓"江南游子"所表现的南来以后的失志之悲,也正可以作为此词开端的"西北浮云"一句所表现的对沦陷之中原的难以或忘的说明。至其所谓"吴钩",则又恰好与此词之"长剑"相应合。而且我们在前面还曾引用他那一首《水龙吟》词中的"求田问舍,怕应羞见,刘郎才气"数句,来作为对这一首词中的"元龙老矣,不妨高卧"数句之为反讽的说明。是则此二首《水龙吟》词,就其感发生命之本质言之,固皆为其平生志意与理念的本体之呈现。只不过"楚天千里清秋"一首,其慷慨激昂之气多为正面之流露,而此词则颇多幽隐曲折之致,且曾使用反讽之笔法。所以在"楚天千里清秋"一词结尾,辛氏乃明白写出了自己的悲慨,说:"可惜流年,忧愁风雨,树犹如此。倩何人唤取,红巾翠袖,揾英雄泪。"而在这一首词中,则不仅"一时登览"之句,未明言自己的悲慨,而且在最后的结尾,也只以悠闲淡远之笔,写了一幅眼前的景物之形象,说:"问何人又卸,片帆沙岸,系斜阳缆。"此三句,在一方面固可以视为紧承着上一句之"一时登览"而来,是写登览中所见的眼前之景象,而另一方面则在此词前面之多重喻示的衬托中,此结尾三句就也提供给了读者更深一层的喻托之联想。盖"卸帆""系缆",原都是表现船之停泊不再前进的形象,也喻示了南宋朝廷之耽溺于眼前之苟安,不再想收复中原的一种颓靡的心态。何况辛弃疾还对于系缆的船,用了"斜阳"两字的形容,而"斜阳"两字,在辛词中则往往有喻示渐趋衰亡的南宋国势之含意。即如其另一首著名的《摸鱼儿》(更能消几番风雨)一词,其结尾之处的"休去倚危栏,斜阳正在,烟柳断肠处"三句,便是很好的例证。罗大经《鹤林玉露》卷一即曾云:"斜阳烟柳之句,其与

'未须愁日暮,天际乍轻阴'者异矣。使在汉、唐时,宁不贾种豆种桃之祸哉!"许昂霄《词综偶评》亦云:"结句即义山'夕阳无限好,只是近黄昏'之意,斜阳以喻君也。"这些说法,都可以与此词之"系斜阳缆"一句相参看。

  本来辛弃疾的好词甚多,但因篇幅的限制,我们无法多加选说。不过,我们前面既曾将其"楚天千里清秋"一首《水龙吟》词,与这一首"举头西北浮云"的《水龙吟》词,作了约略的比较;而如果我们再将他的"更能消几番风雨"的《摸鱼儿》词参照来看,则《摸鱼儿》词开端的"更能消几番风雨"一句,便也正可以与其另一首《水龙吟》词中的"可惜流年,忧愁风雨"相参看;而《摸鱼儿》词中的"天涯芳草无归路"一句,则也可以与另一首《水龙吟》词中的"休说鲈鱼堪脍,尽西风、季鹰归未"数句相参看;还有《摸鱼儿》词中的"脉脉此情谁诉"一句,亦可以与另一首《水龙吟》词中的"无人会,登临意"二句相参看。至于就我们现在所讨论的这一首《水龙吟》词而言,则除了"斜阳"一句可以与《摸鱼儿》词中的"斜阳"一句相参看以外,还有这首《水龙吟》词中的"凭栏却怕,风雷怒,鱼龙惨"数句,与《摸鱼儿》词中的"蛾眉曾有人妒"一句,所喻托的既同样是对于谗挤的忧惧,是则其情意固亦有相似之处。所以我在前文中就曾经提出来说,"辛词之感发生命的本质",原以"英雄失志"的悲慨为主,只不过由于一则其感发生命中原来就具含有两种互相冲击的力量,此二种力量又往往因时地境遇之不同而可以有彼此间迭为消长的变化的情况,故其词之风格乃发展为多种不同之情调与面貌;再则其词中借以表现感发生命的各种触引喻托的媒介,或用眼前之景物,或用历史之古典,也各有性质不同之形象,何况当他用典故时,其使用之态度与方法,又有正反宾主之各种变化,这当然是使得辛词表现得曲直刚柔多彩多姿的另一个原因。就以本文所提到的这两首《水龙吟》词及一首《摸鱼儿》词而论,其所蕴涵的感发生命之本质虽然是一贯的,然而其风格面貌,却已经表现了各自不同的变化。其"楚天千里清秋"一首《水龙吟》词,自眼前现实之景物起兴,当下就承接了"献愁供恨"和"江南游子"诸句,对自己的感情作了直接的抒写;可是这一首"举头西北浮云"的《水龙吟》词,则通篇大多以景物与古典之形象为喻示,直到"元龙老矣"三句,才在古典中显出了自己的影子,却用了反讽的笔法,并未作直接的抒写。何况开端的"举头西北浮云,倚天万里须长剑"的雄杰的气势和口吻,也与结尾处的"卸帆""系缆"的闲淡的笔法和口吻造成了另一种反讽的对比。所以这一首词的幽隐曲折的变化,较之"千里清秋"一首的慷慨激昂,便已经在风格上有了很大的不同,只不过其开端之"长剑"的形象还保留了一些"慷慨激昂"的气势。可是他的《摸鱼儿》(更能消几番风雨)一词,则通篇都是以暮春之景色及女子之哀怨为喻托之形象,于是遂在风格上便又表现了一种幽约缠绵的风貌,所谓"百炼钢"化为"绕指柔",才人伎俩乃真有不可测者矣。希望我们对于这一首"举头西北浮云"的《水龙吟》词所作的讨论说明,以及我们把这一首《水龙吟》词与另一首"楚天千里清秋"之《水龙吟》词和《摸鱼儿》(更能消几番风雨)一词所作的一些比较,可以为辛词的一本万殊的特色,提供给读者一点小小的参考。而这一首《水龙吟》词中的"峡束苍江对起,过危楼,欲飞还敛"三句,我以为也恰好可以作为对辛词之感发生命中的两种冲击力量的极为形象化的说明。这正是我何以在辛弃疾那么多首著名的好词中,却单单只选取了这一首词来作为说明其一本万殊之特质的例证的缘故。

四

以上三节,我们分别对于辛词感物之心的内在本质与其感心之物的外在遭遇,以及其一本万殊的特色,都已经作了相当的分析和说明,现在我们就将对辛词在词史中之地位以及其在艺术方面的特色,也略作简单之介绍。本来以前我们在论述五代及北宋诸家之词时,对于词之发展已曾有过相当之论述。大体说来,自五代之温、韦、冯、李,以迄北宋初年之晏、欧,曾被我们目为词之发展的第一阶段。在此一阶段中,其发展情况乃是歌筵酒席之艳曲因经过文士之插手写作,而逐渐转为具有鲜明个性之新体歌诗的过程,形式上虽然一直承袭着唐、五代以来短小之令词的体式,然而在内容方面即已经有了作者之性情襟抱的隐然的流露。其后则柳永与苏轼之相继出现,可以目之为词之发展的第二阶段。在此一阶段中,其发展之情况表现为两方面的开拓:一则是柳永在形式方面的开拓,将俗曲慢词的音调带入了文士手中,使得词在篇幅、声律及叙写之层次手法各方面,都得到了很大的拓展;另一方面则是苏轼在内容方面的开拓,一洗五代以来之艳词的绮罗香泽之态,而表现为一片天风海雨之才人旷士的浩气逸怀。这两方面的开拓当然都是极为可贵的,也都是极有发展余地的。至于以后秦观与周邦彦之相继出现,则可以目之为词之发展的第三阶段。秦观词之成就,主要盖在其精微柔婉之特质,故能使抽象之情思与具象之景物作出一种更为敏锐也更为深切的结合;至于周邦彦词之成就,则早已被历代词评家目之为北宋集大成的作者,而其最可注意的则是周之以赋笔为词,一变五代以来诸作者之但重直感的叙写,而将着重勾勒的思索安排的手法带入了词的写作之中,于是遂为南宋后来之姜夔、吴文英、王沂孙、张炎诸作者开启了无数法门。在以上我们所述及的几个发展阶段中,自晏、欧、柳、苏以迄秦、周诸家之相继出现,北宋之词坛真可谓高峰迭起,各有独具之特色与过人之成就。不过值得注意的则是,柳、苏二家在第二阶段所造成的不同方面之拓展,到了第三阶段却只剩下了以柳词之影响为主流的秦、周等作者,而苏词之突破绮罗香泽的在意境与风格方面的拓展,则并未曾得到应得的反响和继承。这其间实在牵涉一个极值得重视的问题,那就是直到今天也仍然时常引起争议的,词之为体是否应以婉约方为正宗的问题。关于这个问题可以说自从苏词一出现便已经引起了论议。即如我们在论说苏词时,便曾经引过苏轼致鲜于子骏(侁)的一封信中所说的"自是一家"的话,也曾引过陈师道《后山诗话》谓苏词"虽极天下之工,要非本色"的话,还曾引过俞文豹《吹剑续录》中所载苏之幕僚将苏词与柳词作比较,谓苏词"须关西大汉执铁板唱'大江东去'"的话,凡此种种说法,都足可说明苏词之开拓在当日之不被目为正统。这种观念之形成,自然由于词在初起之时原只是当筵侑酒之妙龄少女所唱的艳歌,为了适合这种演唱的场合和人物,所以才形成了词要以婉约为正宗的传统观念。不过艳歌之内容既不免淫靡浅俗之病,所以自士大夫染指写作以来,此种艳歌乃逐渐转化为可以供士大夫抒写个人情意的一种新的韵文形式。这在词之发展中,自然是一种进步的现象。如此,则因作者个性之不同与环境之不同,于是在非绮席歌筵的背景中,或在个人特殊之遭遇下,自然便也可能会写出一些并非属于婉约的作品。所以即使早在五代及北宋之初,也已有一些雄健激昂的作品出现了。即如后蜀鹿虔扆为悼念前蜀灭亡所写的《临江仙》(金锁重门荒苑静)、南唐后主李煜在亡国后所写的《浪淘沙》(帘外雨潺潺)、宋初范仲淹在边防戍守时所写的《渔家傲》(塞下秋来风景异),这些词就都并不是全属于婉约的作品。所以《谭评词辨》卷二即曾称鹿词《临江仙》为"哀悼感愤",称李词《浪淘沙》为"雄奇幽怨",称范词《渔家傲》为"沉雄似张巡五言"。是则就词之发展而言,固早具有拓出雄健悲慨之词风的可能性,只不过鹿虔扆、李煜诸人之写出此类作品,却并非有意要写为变调来对词之意境加以拓展,他们的这些词都只不过是在某种特殊情况中自己感情的一种自然流露而已。至于真正有心要开拓词境,并对此一意念带有明白之自觉的,自然要以北宋之伟大天才苏轼为最重要的一位作者。所以就词之演进而言,苏词之开拓原为一可供发展的大有可为之途径。然而苏词之拓展却并未能引起同时代作者普遍的共鸣,私意以为其主要之原因盖有以下数端:其一是由于词要以婉约为主的传统观念之拘限;其二是由于北宋直到末期仍充满了歌舞淫靡的社会风气;其三则是由于词在苏轼手中虽表现了词在诗化以后的很高的成就,但同时却也显示了词在诗化以后的一些缺点。即如我们以前在论说苏词时,便曾提出过苏词之佳者虽有时如"天风海涛之曲,中多幽咽怨断之音",然而有时却也不免有"失之粗豪浅率者"。这种情形之出现,一方面固由于苏轼之性格超放,又复天才过人,写作时往往并不需精心为之结撰,故不免有下笔率意之处;而另一方面则也由于词与诗之特质原有不同,苏轼在词之发展中既曾使之达到了诗化的高峰,而且乃是以写诗之余力为词,因此在写词之际有时遂亦不免以诗笔为之,因而乃不免有失之粗豪率易之处(关于此种情形,我在论说陆游词时亦曾约略及之,可以参看)。总之,正是由于以上的一些因素,遂使得苏轼对词之拓展在当时并未被北宋之词人所普遍接受。其后经过了靖康之难与北宋沦亡的世变,于是早自五代以来便已经隐伏在鹿虔扆与李煜诸词作中的由世变之刺激而形成的雄健悲慨之词风,乃得在南宋之词坛上再度出现。只不过五代之时所流行的只是短小的令词,所以鹿虔扆、李煜诸人的雄健悲慨之词风,便也只是表现于小令之中而已;及至南宋之时,则长调之慢词既已经流行甚久,因此南宋词人之雄健悲慨的词风,便也在长调之中开始大量出现。即如以前缪钺教授所曾论说过的张元幹、张孝祥,以及我所论说过的陆游,还有我们现在正在论说的辛弃疾,以及较辛氏稍晚的刘过、刘克庄诸人,便都是属于表现有这一类词风的重要作者。如果我们对这种发展演进之情况略加注意,我们就会发现用小令来写雄健悲慨的作品,较易得到成功;而用长调来写雄健悲慨的作品,则往往不免会有流于质直浅率之弊,而失去了词所应具有的一种曲折含蕴的特美。关于此种属于词体之特美,王国维在其《人间词话》中便早曾说过"词之为体,要眇宜修"

及"诗之境阔,词之言长"的话。缪钺教授在其《诗词散论·论词》一文中,也曾说过"诗显而词隐,诗直而词婉"及"诗尚能敷畅而词尤贵蕴藉"的话。所以词中虽然也可以写雄健悲慨的内容,但其叙写之笔法却一定要有曲折含蕴之美。此在小令之体式言之,则其篇幅既短,故写之者乃必须将其雄健悲慨之情意尽力压缩于此短小之形式中,如此则自然容易产生一种含蕴曲折之深致。而且小令之句式节奏往往与五、七言诗之形式相近,因此以诗笔为词者,在写作小令方面也就比较易于得到成功。至于慢词之长调,则篇幅既然增大,因此就不得不在叙写时多所铺陈,而且长调中又往往杂有四言、六言等近于散文之句式,所以用此一形式来写雄健悲慨之情意,稍一不慎,乃往往不免有一泻无余缺乏曲折含蕴之美的遗憾。关于这种情况,我以前在论说陆游词时,便曾经举出其《汉宫春》(羽箭雕弓)一首来加以讨论过,以为此词"写得过于浅率质直,缺乏委曲含蕴之美",又说"这首词一口气读下来,便只感到一种气势,而缺少含蕴"。其实这种现象不仅陆游词为然,就是南宋其他一些以长调来写豪放之壮词的作者,如张元幹、张孝祥、刘过、刘克庄诸人,也都或多或少表现有此同样的缺乏曲折含蕴之美的遗憾。而其中唯一的一位写豪放之壮词但却并没有质直浅率之弊的作者,则自当推我们现在所正在讨论的辛弃疾。辛氏乃是一个能以英雄豪杰之手段写词而却表现了词之曲折含蕴之特美的一位杰出的词人,他在词中所作出的开拓和成就,不仅超越了北宋的苏轼,而且也是使得千百年以下的作者一直感到难以为继的。世之论词者每以苏、辛并称,此就其开拓词境突破传统而言,两家固有相近之处,而且辛词之有此开拓突破的勇气与眼光,也可能是因为受了苏词的启发和影响。不过,苏、辛二家对传统之都能有所开拓突破之一点虽同,但其开拓突破以后所表现的风格特色,以及其所以能达成此种开拓突破的因素,则并不尽同。苏轼对词境之开拓突破,主要盖由于其才气与胸襟之超迈过人,本非"绮罗香泽"之所能拘限,而且苏轼对于写作,又一向有"行乎其所当行,止乎其所不得不止"的一种独立开创之精神,这正是苏词之所以能对词境作出了极大之开拓的主要原因,故苏词风格之特色乃在其时时有超旷飞扬之致。至于辛弃疾对词境之开拓突破,则主要盖由于其志意与理念的深挚过人,也原非"剪红刻翠"之所能拘限,更加之其平生的不凡与不幸之遭遇的相互冲击,则更是造成其词之意境得以突破传统的另一重要原因。所以辛词对传统之突破,可以说乃是斯人与斯世相结合而造成的必然的结果,正如前人评阮籍诗所说的"遭阮公之时,自应有阮公之诗也",我们也可以说"遭辛公之世,自应有辛公之词也"。故辛词风格之特色,乃在其处处有盘旋郁结之姿,这与苏词之但凭天赋之才气胸襟而突破传统,其本质上原是有相当不同的。而且如我在前文对辛氏之介绍,辛弃疾原来还并不仅是一个有性情、有理想的诗人而已,他同时还是一位在实践方面果然可以建立事功的有谋略、度量、识见、手段,且有权变的英雄豪杰式的人物。只是他在建立事功方面的理想既然全部落空,遂在侘傺失志之余,乃不仅将其平生之志意与理念一皆寄托于词之写作,而且还将其平生之英雄豪杰的胆识与手段也都用在了词的写作之中。而值得注意的则是,辛词虽然一方面以其英雄豪杰的志意与理念突破了词之内容意境的传统,另一方面更以其英雄豪杰的胆识与手段突破了词之写作艺术的传统,可是就其词之本质言之,却又同时保有了词之曲折含蕴的一种特美,这两种相反而又相成的现象,既是辛词最值得注意的特色,也是辛词在词之发展中所完成的最为不可及的过人的成就。对于辛词之英雄豪杰的志意与理念,我们在前面既已曾有所论述,因此现在我们对其英雄豪杰式的艺术手段便也将略加介绍。

关于辛词之艺术手段,历来论词者早已曾对之有过不少论述,此自非本文之所能遍举,如果博中取约,举其最为重要者言之,则私意以为辛词之艺术手段大概可以分别为语言方面与形象方面两个重点来略加讨论。第一,先就语言方面言之,则辛词既能用古又能用俗,在词史上可以说是语汇最为丰富的一位作者,而尤以其用古方面最为值得注意。因为词之兴起既本是源于里巷之俗曲,所以五代、宋初之词原来极少使用古典者,及至诗人苏轼与赋家周邦彦在词坛上相继出现,始稍稍在词中使用古典,但周氏之用古典多只限于以唐人之诗句为主,苏氏之用典亦远不及辛氏之多而且广。早在刘辰翁之《辛稼轩词序》(《须溪集》卷六)中,论及苏、辛二家对词之开拓时,便曾谓:"词至东坡,倾荡磊落,如诗如文,如天地奇观,岂与群儿雌声学语较工拙;然犹未至用经、用史,牵《雅》《颂》入郑、卫也。自辛稼轩前,用一语如此者必且掩口。及稼轩横竖烂熳,乃如禅宗棒喝,头头皆是。"其后清代吴衡照之《莲子居词话》亦曾云:"辛稼轩别开天地,横绝古今,《论》《孟》、《诗》小序、《左氏春秋》《南华》《离骚》《史》《汉》《世说》、选学、李杜诗,拉杂运用,弥见其笔力之峭。"刘熙载在其《艺概·词曲概》中,亦曾谓:"稼轩词龙腾虎掷,任古书中理语、廋语,一经运用,便得风流,天姿是何夐异。"由以上所引述之评语,可见辛词之佳处,固不仅在其能融汇运用古人之辞语及故实,而尤在其能用之而可以"头头皆是""笔力甚峭",而且可以将古语赋予鲜活之生命力,所谓"一经运用,便得风流"。即以其曾在岳珂《桯史》中被认为"微觉用事多"的《永遇乐》(千古江山)一词而言,陈廷焯在其《词则·放歌集》卷一中对此词之使用古典便曾大加赞美,说:"稼轩词拉杂使事,而以浩气行之,如五都市中百宝杂陈,又如淮阴将兵,多多益善,风雨纷飞,鱼龙百变,天地奇观也。岳倦翁讥其'用事多',谬矣。"再如论词最反对用典的王国维,在其《人间词话》中,对辛词用典极多的《贺新郎》(绿树听鹈鴂)一词,便也曾大加赞美,谓其"语语有境界"。又如其《贺新郎》(凤尾龙香拨)一首,题为《赋琵琶》,本是一篇属于咏物之作,通首皆用有关琵琶之故实,然而却能不落入南宋一般咏物词之刻画沾滞之窠臼,而写得精力饱满,慷慨动人。陈霆在其《渚山堂词话》卷二中便也曾赞美此词,谓:"此篇用事最多,然圆转流丽,不为事所使,称是妙手。"陈廷焯之《白雨斋词话》亦曾赞美此词,谓其"运典虽多,却是一片感慨,故不嫌堆垛"。另外,如我们在前文所举引的辛氏之《水龙吟》(举头西北浮云)一首词,便也是辛词之借用古典为生发而写得感慨万千的一篇佳作。而且辛弃疾之用古,还不仅只是用古典之故实而已,他有时还喜欢模拟古书之风格,或者完全袭用古书之辞句。陈模《论稼轩词》即曾谓辛词《贺新郎·别茂嘉十二弟》一首"全与太白《拟恨赋》手段相似";又谓其《沁园春·将止酒……》一首"如《答宾戏》《解嘲》等作"。再如其《水龙吟·用些语再题瓢泉……》一词之仿《天问》与《招魂》;《水调歌头》(我志在寥阔)一词之仿《九章·抽思》而用"少歌";又如其《卜算子》(一以我为牛)一词之用《庄子》;《水调歌头》(长恨复长恨)一词之用《楚辞》;及另一首《水调歌头》(四座且勿语)之杂用《礼记》《诗经》《晋书·陶侃传》及左思、谢灵运、鲍照、杜甫诸家诗句;还有《卜算子》(进退存亡)一首之杂用《周易》《诗经》及《论语》之成句,凡此诸例,皆可见出辛弃疾写词之具有英雄豪杰的胆识与手段,其突破传统不主故常之开拓与变化,固更有过于苏轼者。所以《四库全书总目提要》之论辛词,乃曾谓:"其词慷慨纵横,有不可一世之概,于倚声家为变调。"冯煦在《宋六十一家词选·例言》中,亦曾谓:"稼轩负高世之才,不可羁勒,能于唐、宋诸大家外,别树一帜。"又云:"自兹以降,词家遂有门户主奴之见。"于是世之论词者,乃莫不称辛词为"豪放",而将之与"婉约"一派相对举。但辛词之风格虽有英雄豪杰之手段,但却又并非"豪放"二字之所能尽,所以刘克庄论辛词乃又有"公所作,大声鞺鞳,小声铿鍧,横绝六合,扫空万古……其秾纤绵密者亦不在小晏、秦郎之下"之言(《后村先生大全集》卷九八《辛稼轩集序》)。夫辛词中之亦有"不在小晏、秦郎以下"的

"秾纤绵密"之作,斯固然矣;但辛词之真正佳处,却毕竟仍在其所独具的一份英雄豪杰之气。即以其为世所盛称的特具婉约之致的《摸鱼儿》(更能消几番风雨)及《祝英台近》(宝钗分)诸词而言,其潜气内转寓刚于柔的手段与意境,便已绝非小晏、秦郎之所能及。而辛词之更为难得之成就却还不在其能以英雄豪杰之气写入伤春怨别的这些小词之中而已;其更可注意者,乃是他即使在"别开天地,横绝古今""牵《雅》《颂》入郑、卫"的"大声鞺鞳"的作品中,却也仍保有了词之曲折含蕴的一种特美,虽然极为豪放,但却绝无浅率质直之病,这才是辛氏最为了不起的使千古其他词人皆莫能及的最为可贵的成就。而辛词之好用古典突破传统的作风,却恰好也就正是造成了他的雄奇豪放之词同时也仍能保有词之曲折含蕴之特美的一个主要原因。盖辛词之用古典,约可归纳为以下几种作用:一则既可以使之避免直言之质率;再则又可以将一己之感情推远一步,造成一种艺术之距离;三则更可以借用古典而唤起读者许多言语之外的联想。于是辛词之驱使古典的雄奇豪放之作风,乃造成了一种与使用美人香草为喻托的同样的效果,这正是辛词使用古典的妙处之所在。然而其所以能达致此种妙处,则首在辛氏之有博学熟诵的修养,所以才能在使用古典时左右逢源而没有牵强堆砌的弊病;次则也因为辛弃疾自己内心中原具有一种强烈深挚的感发之力量,所以才能在使用古典之时,对古人、古事、古书、古语,也都赋予了充沛鲜活的生命,这种手段,自然是辛词中最值得注意的一点艺术特色。而辛词在语言方面的艺术手段之过人,还不仅在其善于用古而已,即是对俗语之使用,辛词亦自有其独到之处。本来用古典原非词之传统所有,故而善用古乃成为辛词最大之成就与开拓;然而用俗语则为词之传统所本有,盖词之兴起既是源于里巷之俗曲,所以早期之词如敦煌所发现之唐写本曲子,其中就含有大量之俗语。只不过自从文人诗客着手为这些曲子填写歌辞以来,俗语遂在文士词中开始逐渐减少。直至柳永在词坛上出现,乃因其往往为歌伎、乐工填写市井中所流行的慢曲,于是俗语遂又在柳词中大量出现,因而也就形成了在词中使用俗语的一时风气。即如黄庭坚、秦观、周邦彦诸家,便都在词中保留有不少使用俗语之作;即使是号称以诗为词的苏轼,在其词中也同样有一些使用俗语的作品。所以辛词之用俗语,在词之传统中原不能算是一种独创的开拓。不过,词人之用俗语者虽多,而如果以辛词与其他词人之作品相比较,却也仍有一些值得注意的特色,这我们只要对辛词所用俗语之性质及其效果略加注意,便可见到其不同之处。

原来一般作者之在词中使用俗语者,大约有二种情况:其一是以俗语写男女调情之词者,柳永就是往往写有此类作品的一位词人,此固早为读词者之所共知,故不须再赘;至于北宋其他名家之作,如黄庭坚《归田乐引》(对景还消瘦)一首之"看承幸厮勾"及"冤我忔撋就"之类、秦观《品令》(幸自得)一首之"须管啜持教笑"及"又也何须胳织"之类、周邦彦《青玉案》(良夜灯光簇如豆)一首之"轻惜轻怜转唧嚠"及"把我来僝僽"之类,他们所用的俗语便可以说大多都是勾栏瓦舍中男女欢爱的调情之辞。这是宋词中最常见的一种俗语的用法。除去此一类调情性质的俗语以外,其次则还有一类用于游戏笔墨之俗语,苏轼词中就有不少属于这类性质的作品。即如其《如梦令》(水垢何曾相受)及(自净方能净彼)二首中之"轻手、轻手"与"我自汗流呀气"之类,又如其《南歌子》(师唱谁家曲)一首之"借君拍板与门槌"及"不见老婆三五、少年时"之类,便都是属于游戏性质之使用俗语。以上两类之用俗语者,虽有时也能写得生动活泼,表现出一种真切如话的情趣,然大体言之,则无论其为调情性质或游戏性质之使用俗语,却毕竟都缺少一种严肃深挚的情意。至于辛词则虽然也有用俗语的游戏之作,然而除了这些一般性质的游戏之作以外,辛词之用俗语者却还表现了另外两种特色:一种是借俗语抒写了对农村生活的一份亲切质朴的感情;

另一种则是借俗语之游戏性质表现了自己的一份嘲讽和悲慨。即如其题为《戏题村舍》的《鹧鸪天》(鸡鸭成群晚未收)一词,题为《夜行黄沙道中》的《西江月》(明月别枝惊鹊)一词,以及题为《村居》的《清平乐》(茅檐低小)一词,这些便可以说都是属于前一种用俗语表现了对农村生活的一份质朴亲切之情的作品;再如其题为《齿落》的《卜算子》(刚者不坚牢)一词,题为《遣兴》的《西江月》(醉里且贪欢笑)一词,以及题为《苦俗客》的《夜游宫》(几个相知可喜)一词,这些便可以说都是属于后一种用俗语表现了自己的一份嘲讽和悲慨的作品。这些词就辛氏而言,固决非其精心结撰的重要之作,但唯其因为他在浅俗游戏的作品中却也表现了真切深挚的情意,有时还可以表现出一种反讽的作用,于是辛词之用俗语遂也就造成了言语浅俗而意境却并非浅俗的艺术上之双重效果,这自然也是辛词在语言方面另一点值得注意的艺术特色。至于辛词中每好以"老子"自称,则原来亦为山东之俗语,而此种自称之词,自亦原非词中传统之所有。盖词在初起本为不具个性之艳歌,故甚少自称之词,其有之者,则多为以女子口吻自称的曰"奴"、曰"妾"之词;即使有以男子口吻自称者,亦不过简单以"我"字自称而已。至苏轼"曲子中缚不住者"始有以"老夫"自称之语。辛弃疾之自称为"老子",盖亦曾受有苏轼之影响,只是苏氏之自称"老夫",不过仅表现了一份疏放而已,至辛氏之自称"老子",则似乎更多了一份以乡音自慨的失志之悲。盖辛词之以"老子"自称,原来乃是始于其被劾罢官退居带湖以后,即如他在带湖闲居时所写的《水调歌头》(寄我五云字)与(白日射金阙)二首,就曾屡有"老子政须哀"及"老子颇堪哀"之语,其以乡音俗语自慨的情意,自是明白可见的。而辛词在语言方面的艺术手段,还不仅是其在语汇方面之既能用古又能用俗的两点特色而已,还有一点我们也该加以述及的,那就是辛词在叙写之语法方面的变化多姿。先就其句法之骈散顿挫而言,即如我们以前在论陆游词时,曾经举引过陆氏的《汉宫春》(羽箭雕弓)一首词,谓其"过于浅率质直",其故盖由于此一词调多为成排之四字句,所以容易形成一种气势而缺少含蕴,如陆词之"忆呼鹰古垒,截虎平川"及"看重阳药市,元夕灯山"诸句,都是一个领字带出两个四字偶句,因此便显得质直浅率,一泻而出,缺少了一种曲折含蕴之美;可是辛弃疾的《汉宫春》(亭上秋风)一词,在此等排句之处,所写的则是"记去年袅袅,曾到吾庐"及"甚风流章句,解拟相如"等句,都是以一个领字带起了两个声律虽相偶而辞意则并不相偶的句子,于是在其声律之骈与辞意之散的矛盾间,也就增加了一种曲折含蕴之美。而且陆游之《汉宫春》词结尾,所写的乃是:"君记取、封侯事在,功名不信由天。"全用直言,遂而了无余味。而辛词之《汉宫春》词结尾,所写的则是:"谁念我、新凉灯火,一编太史公书。"既用的是问语的口气,又结合了眼前"新凉灯火"的背景与千年前"太史公书"的悲慨,于是辛氏此词遂给予了读者无穷的感慨深思之余味。在此种比较以下,则辛、陆二家之两首《汉宫春》词,其深浅曲直之差别岂不显然可见。此外,辛词在语言方面之骈散顿挫变化多方之例证甚多,又有用问答之句法者,用古文之句法者,而且这种语言句法方面之变化,还往往影响及其所使用之词调在风格方面也产生了相应的改变。即如《踏莎行》之牌调,晏殊所写的"细草愁烟"与"小径红稀"诸词是何种情调,辛氏用经语所写的"进退存亡"又是何种情调?再如《永遇乐》之牌调,苏轼所写的"明月如霜"一词是何种情调,辛氏所写的"千古江山"又是何种情调?所以范开之《稼轩词序》乃谓:"故其词之为体,如张乐洞庭之野,无首无尾,不主故常;又如春云浮空,卷舒起灭,随所变态,无非可观。"此固由于辛氏感发之本质之深挚过人,而其对语言文字之驱使运用之艺术手段,则实在才是使得辛氏不仅为一位忠义奋发的英雄豪杰,同时还是一位伟大词人的主要缘故。

其次,再就形象方面来谈一谈辛词之艺术手段。本来诗歌之重视形象化之表现,固早为一般人之所共知的老生常谈,我以前在《迦陵论诗丛稿》与《迦陵论词丛稿》二书所收之诸篇论文中,也曾多次讨论到形象与情意之关系的种种问题。约而言之,则形象之范畴既可以指自然界之一切物象,亦可以指人世间之一切事象。至于形象之来源,则既可以取之于现实中所有之实象,亦可以取之于想象中非实有之假象,更可以取之于古典中历史之事象。而形象与情意之关系,则既可以有由物及心的属于所谓"兴"的关系,也可以有由心及物的属于所谓"比"的关系,还可以有即物即心的属于"赋"的关系。以上所提到的种种区分,其实都只不过是在文学批评理论中为了立说方便而制定的一些名目而已;至于真正想要衡量一首诗歌的优劣,则事实上这些理论上之名目,却都并不能作为衡量之标准。因为无论是使用属于任何一种范畴、任何一种来源或任何一种关系的形象,都同时既有成为好诗的可能,也有成为坏诗的可能。而真正使一首诗歌成为好诗的基本因素,则主要实当以其形象与情意相结合时所传达出来的感发生命之质量为衡量之标准。因此现在我们对于辛词中之形象,便也将舍弃一切枝节,而专对其所传达之感发生命的质量一作探讨。一般而言,要想在诗歌之形象中传达出一种感发的力量,则首在具眼,次在具心,三在具手。具眼,所以才能对一切事物有敏锐之观察而掌握其鲜明之特色;具心,所以才能对所观察接触之事物引起真切活泼的感发;具手,所以才能以丰美之联想及切当之言语来加以表达。而辛弃疾就正是在以上三方面都具有过人之禀赋的一位作者。举例而言,即如其"青山欲共高人语,联翩万马来无数"(《菩萨蛮》)之写山势、"昨日春如十三女儿学绣"(《粉蝶儿》)之写春光,"望飞来半空鸥鹭,须臾动地鼙鼓"(《摸鱼儿》)之写江潮、"春已归来,看美人头上,袅袅春幡"(《汉宫春》)之写节物,凡此诸例,辛氏对各种形象莫不写得鲜明真切,充满了生动活泼的感发之力量,则其在使用形象方面的艺术手段之不凡,固已可以概见一斑。不过,以上诸词例,若就辛词整体而言,却实在还并不是他的最具代表性的作品。因为如我在本文前面所言,辛氏之所以异于其他词人者,原来乃在于他的词中有一种志意与理念的本体之流露,而辛氏在使用形象方面的艺术手段,自然便也应该以其能借用形象而传达出其志意与理念的作品方为最具代表性的佳作。本来我在前文已曾举过辛氏的《水龙吟》(举头西北浮云)一词,来说明辛词中以两种互相冲击之力量为主的一本万殊之变化,只不过那一首词中所用的大多为古典,古典中虽也具含有历史之事象,但总体说来,则历史之事象所予人之印象仍不免以抒情叙事为主,而并非单纯对形象之描绘。而且我们在那一首所讨论的重点乃在辛词之感发生命中两种互相冲击之力的特质,而并不在其对形象之描绘的艺术手法。因此我们现在便将再举另一首词例来对辛词中描绘形象的艺术手法及其与感发生命之传达的关系也略加探讨。我们先把这首词抄录下来一看:

沁园春

灵山齐庵赋,时筑偃湖未成。

叠嶂西驰,万马回旋,众山欲东。正惊湍直下,跳珠倒溅;小桥横截,缺月初弓。老合投闲,天教多事,检校长身十万松。吾庐小,在龙蛇影外,风雨声中。　　争先见面重重,看爽气、朝来三数峰。似谢家子弟,衣冠磊落;相如庭户,车骑雍容。我觉其间,雄深雅健,如对文章太史公。新堤路,问偃湖何日,烟水蒙蒙。

这首词是辛弃疾第二次被弹劾罢官后在铅山闲居时之所作。本来我们在前文论及辛词万殊一本之特色时,已早曾提出过辛氏词中经常具含有"欲飞还敛"的两种互相冲击之力量,而其罢废家居以后所写的一些词中,则更表现有一种闲而不适的抑塞难平之气。因此,辛氏之词在表面看来,其内容虽有写壮怀之词、闲居之词、农村之词、嘲讽之词,种种性质不同的作品,但究其实,则辛氏之关怀国计民生一心想要恢复中原的志意与理念,则一直是其贯穿于万殊之中的一本,只不过写之于词的面目不同,其曲折隐显的层次变化也各有不同。现在就让我们从辛氏这一首罢废闲居的描绘山川景物的作品中,看一看辛氏如何在对景物形象的描述中传达了自己的理念和志意。在这首词中,辛氏用以描述景物之形象而传达出自己内心中一种感发之作用者,大约可归纳为以下几种手法:其一是由其在描绘形象时所用之状语及述语而传达出一种感发之作用者,如其"惊湍直下,跳珠倒溅"二句中所用之形容词、动词及副词,便不仅真切生动地写出了惊湍流泻水珠飞溅的景象,而且还表现了一种激动腾跃的力感。如果我们试将这两句词与王维在《辋川集》中所写的"跳波自相溅"一句诗相比较,我们就会发现他们所写的景象虽然颇为相似,然而王诗的写法则似乎仅为视觉上的冷静客观的描述,而辛词的写法则似乎在客观景象以外,还传达了作者内心中一种强烈的感受和兴发。这种由状语及述语对形象所作的生动真切的描述而传达出作者内心中强烈感发的写法,正是辛词在形象描写中的一大特色。其二是辛词往往将静态的形象拟比为动态的形象,即如此词开端的"叠嶂西驰,万马回旋,众山欲东"数句,辛氏乃将静态之群山拟比为回旋奔驰之万马,而谓其有"欲东"之势。如此便不仅描绘出了众山的形象和气势,同时还表现出了作者自己的一份沉雄矫健的精神气魄。像这种拟比之描述,自非具有如辛氏之英雄豪杰眼光与手段者,不易达成此种感发之效果,这正是辛词在形象描写中的另一点特色。其三则是辛词也往往将具体之形象拟比为一种抽象之概念,即如在此词中的"争先见面重重,看爽气、朝来三数峰。似谢家子弟,衣冠磊落;相如庭户,车骑雍容。我觉其间,雄深雅健,如对文章太史公"数句,作者就是用自己对历史上人物与文章之概念来描状和拟比外在之景物的。要想说明此数句中感发之意境,我们就不得不先对此数句中历史之古典略加介绍。原来其"爽气""朝来"二句所用的乃是《世说新语》中的典故,据《世说新语·简傲》篇载云:"王子猷作桓车骑参军,桓谓王曰:'卿在府久,比当相料理。'初不答,直高视,以手版拄颊云:'西山朝来,致有爽气。'"至其"谢家子弟"一句,用的则是《晋书》中之典故。据《晋书·谢玄传》载谢安问:"子弟亦何豫人事,而正欲使其佳?"玄答曰:"譬如芝兰玉树,欲使其生于庭阶耳。"至其"相如庭户"二句,用的则是《史记》中的典故,据《史记·司马相如列传》载云:"相如之临邛,从车骑,雍容闲雅甚都。"而其"雄深雅健"数句用的则是韩愈的话。韩氏称美柳文,曾谓其"雄深雅健似司马子长"(见刘禹锡《刘梦得文集》卷二三《唐故尚书礼部员外郎柳君集纪》)。本来辛氏此词下半阕自"争先见面重重"一句以下,全写作者眼前当面所见之群山,而辛氏乃完全不从山之实象着笔,却用了一连串得之于古典中的抽象的概念,于是遂把自己平日读书所得的学养襟抱,一并都投入了对山的描述之中,因此遂使得既无知觉又无感情的山,也竟然有了人的品格和修养,而产生了一种强大的感发的力量,这自然更是辛词在形象之描述中的另一点值得注意的特色。以上我们从这一首《沁园春》词已经举出了辛词在描述形象时所使用的三种不同的艺术方式;但这首词的真正感发的重点却还并不仅在这些分散的描述,而更在他把形象与抒情叙事完全结合在一起,所写的"老合投闲,天教多事,检校长身十万松。吾庐小,在龙蛇影外,风雨声中"数句,才是辛氏这一首词中真正传达出他的志意与理念的画龙点睛之笔。在这数句词中,"老合投闲,天教多事"二句,乃是全词中唯一直接抒写情意之处。本来我在以前论陆游词时,曾经说过陆词多用直笔故不免质率之失的话,但辛氏此二句却不仅无质率之失,且有画龙点睛之妙。此盖正如钟嵘《诗品序》所谓:"若专用比兴,患在意深,意深则词踬;若但用赋体,患在意浮,意浮则文散。"所以曲直隐显之笔,总要相互映衬生发,方能获得既富于感发而又不失之于浅率的效果。何况此二句词虽是直写情意,却是反讽的语气,暗示了作者之不甘投闲置散的心情;而下句之"检校长身十万松",则又把此一份不甘投闲置散的心情结合着眼前的景物作了极为形象的叙写,遂于言外表现了极深重的悲慨。而其感发之作用则主要乃在辛氏于"十万松"之名物形象之上所用的"长身"两字的形容词,以及"检校"两字的动词。盖"检校"乃检阅军队之意,"长身"乃将松拟人之语。曰"检校长身十万松",是直欲将十万松视为十万长身勇武的壮士之意,则辛氏自憾不能指挥十万大军去恢复中原的悲慨,岂不显然可见?而此词开端之将群山拟比为回旋奔驰之万马的想象,则又正与此句之将松树拟比为十万大军的想象互相映衬生发,遂使此词传达出一份强大的感发之力量。至于下面的"吾庐小,在龙蛇影外,风雨声中"几句,则表面一层乃是承接以上所写的"叠嶂""惊湍"和"十万松"的背景,点明题目中的"灵山齐庵"也就是"吾庐"的所在之地,为上半阕词的一大总结。"龙蛇影"是写"十万松"的枝干盘虬之影,"风雨声"则是写"惊湍"的流泻喷溅之声,仅就此对形象之绘影绘声而言,这两句词便已极为工妙。然而辛词之佳处却还不仅只此一点而已,这两句词的更可注意之处,实在还更在其言外之另有深一层的喻托意,那就是"龙蛇影"及"风雨声"实在也象喻了外在的一种迫害和侵袭的阴影及威力。而这种对外在的迫害的危虑,则正是与辛词之豪壮的志意理念所经常结合在一起,无论是在其所谓"豪放"之词,或所谓"闲适"之词中都经常出现的各种画面之下的底色。像这种结合着形象而表现了一种志意理念,且隐含着多种情意的叙写,如此词之"检校长身十万松"及"龙蛇影外,风雨声中"诸句,当然是辛词之艺术手法中的一种极高的成就。

以上我们对辛词的《沁园春》(叠嶂西驰)一首词,可以说已经大体都作了评赏和说明。但读者一定会注意到我们原来却还遗漏了"小桥横截,缺月初弓"及"新堤路,问偃湖何日,烟水蒙蒙"数句未加评说。

其所以然者,盖因为前面的一大段评说,我们的重点乃在于阐述辛词中对形象之叙写所传达的感发之力量,而"小桥横截"与"新堤路"数句,则在形象之叙写中并未曾传达出什么强大的感发的力量,这正是我们在前面一段对此数句未加评说的缘故。不过,这几句词却也具有另一种供我们探讨的价值,那就是辛弃疾在罢官闲居后,在上饶带湖及铅山瓢泉两处购地置产的规划和心情。本来我们在前面评赏辛词之《水龙吟》(举头西北浮云)一首词时,已曾屡次谈到辛弃疾轻视对于三国时代"求田问舍"全无救世之意的许汜,以及将许汜与陈登和刘备相对举的或正或反的种种深意。是则辛氏之一心想要恢复中原重返故乡之本意,自是可以想见的;其原来并没有想要在江南购地置产之用心,也是可以想见的。然而辛氏却毕竟在江南购置了产业,这对于一心想要恢复中原的辛弃疾而言,实在是一个绝大的讽刺和悲剧。而其所以竟然不得不如此者,则一在于深感到被谗摈之无奈,二在于有见于欲恢复之无望。不过,其购地置产之用心虽出于无奈与无望,可是当他规划安排起来时,却又做得极为有声有色。这种情况我以为一则是由于辛弃疾原是个英雄豪杰式的人物,因此不仅当他用兵论战之时,有他的英雄豪杰式的眼光与手段,就是在他购地置产之时,也同样有他的英雄豪杰式的眼光与手段。这自然是使得他在购建之规划中做得有声有色的一个主因。再则也因为辛弃疾确实是对于山川花鸟一切大自然的景物都有着一份深厚的赏爱之情,所以当他建置房产时,遂在取景布置方面常不惜投入很多心力,这自然是使得他在购地置产之时做得有声有色的另一个原因。三则更由于辛弃疾之购地置产既本就含有一份无奈与无望的悲慨,因此他遂将对于山水的安排当作英雄失志以后的一种安慰和寄托,这自然也是使得他在建置规划中做得有声有色的又一原因。因此,辛弃疾在建置方面的规划虽大,然而却与南宋其他一些大官们之竞尚奢华豪侈的情况,原是有很大不同的。这我们只要看一看辛词中对带湖和瓢泉两处建置的描述就可以得到证明。即如其《沁园春》(三径初成)一词所写的"东冈更葺茅斋。好都把、轩窗临水开。要小舟行钓,先应种柳;疏篱护竹,莫碍观梅。秋菊堪餐,春兰可佩,留待先生手自栽",又如其《水调歌头》(带湖吾甚爱)一词所写的"东岸绿阴少,杨柳更须栽",还有其题为《检校停云新种杉松戏作……》的《永遇乐》一词所写的"投老空山,万松手种",又有其题为《停云竹径初成》的《蓦山溪》一词所写的"斜带水,半遮山,翠竹栽成路",更有其题为《新开池戏作》的《南歌子》一词所写的"涓涓流水细侵阶。凿个池儿,唤个月儿来",凡此诸例,都使我们既可以看到辛弃疾在建置时对景物之安排规划的眼光与手段,与其他竞尚华奢的豪富之家的果然有所不同,也使我们又可以看到辛弃疾在布置景物时,也曾经付出了自己一份辛勤的劳动。像这一类对安排景物的叙写,从个别词句看来,虽未必有什么强大的感发的力量,然而就辛词之整体看来,则是既表现了辛弃疾对山川花木的赏爱之深情与安排布置的眼光和手段,同时也隐含有罢官家居后寄情山水的一份无奈与无望之悲慨。我们在本文所讨论的《沁园春》(叠嶂西驰)一词中所写的"小桥横截,缺月初弓"与"偃湖何日,烟水蒙蒙"几句,就也同样正表现了辛弃疾在景物安排中的这些委曲的情意。"缺月初弓"是写其眼前所见的横截水上的小桥形象,"烟水蒙蒙"则是写他想象中尚未建成的偃湖的形象。而在这种对景物的赏爱和安排之中,辛弃疾却原是隐含有极深的无奈与绝望之悲慨的。这在本词之上半阕所写的"检校长身十万松"和"在龙蛇影外,风雨声中"诸句,便都足可为之证明。而在这种罢官家居的生活中,辛弃疾所最为向往而且经常提起的一位古人,则是东晋时辞官归隐的陶渊明。台湾的陈淑美在其所写的《辛稼轩与陶渊明》一文中,曾经统计过辛词中之述及陶渊明之姓名、诗、文及引用个别辞句者,共有七十余处之多(见台湾《中外文学》1975年第4卷第6期)。而且辛氏既曾在带湖之居用陶之《归去来兮辞》中的"植杖"之句以名其亭,又曾在瓢泉之居用陶之《停云》诗以名其堂,还在一首《水龙吟》词中写有"老来曾识渊明,梦中一见参差是。觉来幽恨,停觞不御,欲歌还止"的句子,这正因为在陶渊明的内心深处,原来也蕴蓄有一种"欲有为而未能"的幽恨。陶渊明在其《杂诗十二首》的第二首中,就曾写有"岁月掷人去,有志不获骋。念此怀悲凄,终晓不能静"的句子。而这种"幽恨"既正是隐蓄在陶诗深处的底色,也正是陶诗之所以最能引起辛弃疾之共鸣的一个基本原因。不过,陶渊明实在不仅只是一位具有真淳深挚之情的诗人,他同时还是一位具有通观妙悟的哲人,因此他遂能透过深隐的幽恨而终于达到了一种"俯仰终宇宙,不乐复何如""此中有真意,欲辨已忘言"的自得的境界。而辛弃疾则毕竟是一位想要建立事功收复中原的英雄志士,因此他与陶渊明在"幽恨"方面虽有近似之处,但却一直不能达到陶渊明的俯仰自得的境界。辛弃疾乃是终生都挣扎在"天远难穷休久望,楼高欲下还重倚"的悲慨痛苦之中的。这种悲慨和痛苦的由来,就正如我在前文所言,乃是由于他一方面既在南渡以后不断受到诋毁和摈斥,而另一方面则他对于自己的强烈深挚的想要恢复中原的理念和志意则又始终无法弃置。所以我在前文就曾经说过,这两种冲击的力量乃是辛词之感发生命中的万殊之中的一本。不过辛氏在词中却很少对他的志意理念作直接的说明,他总是把他内心中的志意和悲慨结合在他得之于古典中的感发或景物中的感发来作形象的表现。因此,他在词中所传达出来的,才真正是一份感发的生命,而不像其他所谓豪放的词人之但为浅率质直的豪放的言辞而已。本文虽然对辛词之艺术手段提出了语言及形象两个重点,但读者却也切不可误会为只要多用古典及形象便可写出好词。辛词之所以好,乃是因为辛弃疾内心中首具一种沉挚的理念和志意,无论是对古典还是对景物的观赏,他都能随处引起感发,这才是辛词之所以能胜于其他所谓豪放的词人,同时也异于其他词人之堆砌刻画地使用古典和景物的形象而独能在词中既传达出一份强大的感发力量,并且还具有一种曲折含蕴之特美的主要缘故。不过这种区别却并非只用简单的概念化之语言所能说明,因此本文才不得不在叙写中举出了《水龙吟》(举头西北浮云)和《沁园春》(叠嶂西驰)两首词例来作较为具体的分析和讨论,遂造成了文字篇幅过长的结果,这一点还希望能得到读者的谅解。

至于辛词之不易学步,则世人对之固早有定论。陈廷焯《白雨斋词话》卷一即曾云:"稼轩一体,后人不易学步。无稼轩才力,无稼轩胸襟,又不处稼轩境地,欲于粗莽中见沉郁,其可得乎?"周济《介存斋论词杂著》亦称辛词:"才情富艳,思力果锐。南北两朝,实无其匹。"又云:"后人以粗豪学稼轩,非徒无其才,并无其情。稼轩固是才大,然情至处,后人万不能及。"这些评语都是极为有见之言。盖辛词之佳处及其所以不易学之故,乃在于非知之难,行之为难;非行之难,而有之为难也。本文的析论就正是试图从不同的角度对辛词之"所有"所作的探讨。不过辛词之方面甚广,本文虽长,仍只是扼要言之而已。至于辛词中偶有仿效他人风格之作,如其《丑奴儿近》(千峰云起)一首之题为"效李易安体",《玉楼春》(少年才把笙歌盏)一首之题为"效白乐天体",《河渎神》(芳草绿萋萋)一首之题为"效《花间》体"等,盖皆一时兴到之戏作,并非辛词之本色,故不具论。此外辛词中亦偶有失之浅拙或失之嵯岈者,则是英雄豪杰偶尔不顾细行之作,亦不须苛论求之也。

1986年3月写毕第一、二、三节于加拿大
之温哥华,同年6月写毕第四节于成都

论吴文英词

楼台七宝漫相讥,谁识觉翁寄兴微。
自有神思人莫及,幽云怪雨一腾飞。

断烟离绪事难寻,辽海蓝霞感亦深。
独上秋山看落照,残云剩水最伤心。

酸咸各嗜味原殊,南北分趋亦异途。
欲溯清真沾溉广,好从空实辨姜吴。

一

在中国词史中,吴文英是一位曾经引起过不少争议的词人。至于所争议的问题,则一在于对其词的评价,二在于对其人之评价。先就前一问题而言,则吴词一向被目为晦涩堆垛。早在张炎《词源》之论吴词,即曾谓"吴梦窗词如七宝楼台,眩人眼目。碎拆下来,不成片段"。因之后人之论吴词者,遂每每征引张氏之言,以为讥诋吴词之口实,谓:"《梦窗四稿》中的词,几乎无一首不是靠古典和套语堆砌起来的。张炎说'吴梦窗词如七宝楼台……不成片段',这话真不错。"(胡适《词选》)又谓:"梦窗词有最大的一个缺点,就是太讲究用事,太讲求字面了。……唯其专在用事与字面上讲求,不注意词的全部的脉络,纵然字面修饰得很好看,字句运用得很巧妙,也还不过是一些破碎的美丽辞句。……此所以梦窗受玉田'梦窗词如七宝楼台……不成片段'之讥也。"(胡云翼《宋词研究》)不过,另一方面,清代之词评家如周济、戈载、陈廷焯、朱祖谋、陈洵等人,却也曾对吴词推崇备至。既谓"梦窗奇思壮采,腾天潜渊,返南宋之清泚,为北宋之秾挚"(周济《宋四家词选·目录序论》),又谓梦窗词"运意深远,用笔幽邃,炼字炼句,迥不犹人。貌观之雕缋满眼,而实有灵气行乎其间"(戈载《宋七家词选》)。像这种毁誉悬殊的评价,当然是评论吴词时最易引起争端的一个问题。再就次一问题而言,则吴文英生平之事迹虽然可考者甚少,但其词集中却曾留有分别写赠吴潜与贾似道之词各四首。而吴潜与贾似道则既曾在南宋理宗之世先后为相,且二人间又有极深之猜怨,最后吴潜于贬置循州后更被贾似道遣人毒害而死。何况吴潜之遭贬及贾似道之进用都与理宗欲立其同母弟嗣荣王与芮之子忠王孟启为太子有关,而在吴文英词集中乃竟亦留有寿嗣荣王与芮夫妇之词达四首之多。因此,夏承焘在《吴梦窗系年》中乃云:"盖度宗之立,反对者潜,建议者似道,由此潜去而似道进。当梦窗年年献寿与芮之时,正吴潜一再远贬之日;若谓梦窗以不忍背潜而绝似道(莹按:此为刘毓崧《梦窗词叙》之说),将何以解于出潜幕而入荣邸耶?"像这种情况,当然是在论及吴文英之为人时也极易引起争端的一个问题。本来关于此二问题,我在多年前所写的《拆碎七宝楼台——谈梦窗词之现代观》一文中,已曾对之有相当之论述,本文对此原可不再重复。不过,一则因为此二问题乃是涉及吴文英之词与人的基本问题;再则也因为本文乃是《灵谿词说》中之一篇,按《词说》编写之体例,我们需要对吴词在词之发展演进中的地位作出确当的衡量,因此,我们也仍不得不先对吴词之特色及后人对吴词之评价先略作简单之介绍。

首先,我们要对吴词何以被人讥诋为晦涩堆垛的原因略加探讨。

私意以为吴词之所以被人目为晦涩难解者,就其词之艺术方面之特色言之,盖有以下几个原因:一在其叙写时好为时空错综之笔,即如其《齐天乐·与冯深居登禹陵》(三千年事残鸦外)一词,其后半阕开端之"寂寥西窗久坐,故人悭会遇,同剪灯语"三句原是写夜间与故人冯深居在灯下之晤对,而其下却陡然承以"积藓残碑,零圭断璧,重拂人间尘土"三句,乃当下又转为日间在禹陵之登览。是其所写者乃忽而为西窗之剪灯夜雨,忽而为禹庙之断壁残碑,忽而为黑夜,忽而为白昼,如此自易增加读者之困惑。而且此词前半阕曾写有"倦凭秋树"之句,而此词之结尾乃忽然又有"岸锁春船"之语,其词中之季节竟忽然有了很大的改变,这自然也使人感到难以理解。所以刘永济在《微睇室说词》(未刊稿)中论及此词时,乃竟然以为"春"字乃误字,而欲改为"游"字。如此之类,自然是吴词令人感到晦涩之一因。再则,吴文英之修辞状物,又往往但凭直觉之感性而不作理性之叙写。即如其《八声甘州·陪庾幕诸公游灵岩》(渺空烟四远)一词,其中之"箭径酸风射眼,腻水染花腥"二句,其所用之"酸"字、"腻"字、"腥"字,就都并不是一般写"风"写"水"写"花"的描状之词。再如其《高阳台·丰乐楼》(修竹凝妆)一词,其"搅翠澜、总是愁鱼"一句,用"愁"字来写"鱼",就也不是一般写鱼的描状之词,所以杨铁夫《梦窗词全集笺释》(香港龙门书店重印本卷三《高阳台·丰乐楼》笺释)之说此词,乃一度欲改"愁鱼"为"愁予"。如此之类,自然是吴词使人感到晦涩的又一因。三则,吴文英在写词时又往往喜欢用一些不为人熟知的僻典。即如其《齐天乐》一词上半阕之"幽云怪雨,翠萍湿空梁,夜深飞去"三句,吴氏所用之故实盖仅为当地之神话传说,此自非一般读者之所能知,所以杨铁夫最初写《吴梦窗词笺释》之时,乃一度欲改"萍"字为"苔"字(关于此三句之详细解说可参看拙著《迦陵论词丛稿》中之《拆碎七宝楼台》一文)。何况据杜文澜《曼陀罗华阁丛书》本所校之《梦窗词》及朱祖谋

《彊村丛书》本所校之《梦窗词》,"萍"字皆作"蓱"字,此二字虽可相互通用,但"蓱"字予人之感受乃更为生涩。朱氏曾穷二十年之力四校《梦窗词》,其作"蓱"字,必非无故。如此则"幽云怪雨,翠蓱湿空梁,夜深飞去"数句,使读者读之,乃真有光怪陆离不知其所言何指之困惑矣。这自然是吴文英词使人感到晦涩堆垛之又一原因。不过,值得注意的则是吴词之特色却往往正是在这种晦涩堆垛之中,表现出了一种沉郁的力量和飞扬的神致。就以前面所举引的几则例证而言,即如其《齐天乐》(三千年事残鸦外)一首的"寂寥西窗久坐"与"积藓残碑"上、下数句之承接而言,初读之虽不免会令读者有突兀生硬之感,然而却也正是由于这种出人意想之外的承接,所以才使得故人离合的今昔之感,乃竟而与三千年古史的陵谷沧桑之慨,蓦然间结合成为一体。于是故人离合之感遂因融入了三千年之古史而使其意境更为显得深广;而三千年古史之沧桑,也因融入了灯前故人之晤对,而使其悲慨显得更为亲切。至于"岸锁春船"一句,则是由前一句之"雾朝烟暮"所表现的时节推移之叙写而来,因此乃自今年之秋季,推想及于来年的春季。而且据嘉泰《会稽志》之记载云:"三月五日,俗传禹生之日,禹庙游人最盛,无贫富贵贱,倾城俱出。士民皆乘画舫。"故知吴词之"岸锁春船,画旗喧赛鼓"二句,乃是自今日秋季对来年春季之推想,而其中则正有无限时序推移之感(参看《拆碎七宝楼台》一文)。故周济乃称:"梦窗每于空际转身,非具大神力不能。"此种"迥不犹人"之艺术手段与效果,当然不是一般"积谷作米,把缆放船"的作者所能梦见者。再如此首《齐天乐》词中的"幽云怪雨,翠蓱湿空梁,夜深飞去"数句,则就一般人言之,其用典虽似生僻难知,然而吴文英自己原系四明人,则对于《四明图经》及《会稽志》所记述之当地神话传闻,谓禹庙之神梁可以化为龙,每风雨之夜飞入镜湖与龙斗,归而水草被其上之故实,自必极为熟悉。而且在此数句之前,吴文英原写有"逝水移川,高陵变谷,那识当时神禹"之句,是则遥想三千年前大禹之神功,其英灵不泯,则今日禹庙之中自然也应仍留有证显其英灵的一些幽奇的神迹。因此,其所谓"幽云怪雨"云云者,应该也并不是故意使用生僻之典故,而原是结合有作者对"神禹"之英灵的无穷崇仰之感情及想象者。故戈载乃称吴词"运意深远,用笔幽邃","而实有灵气行乎其间",盖亦并非无故也。又如其《八声甘州》(渺空烟四远)一词中的"箭径酸风射眼,腻水染花腥"二句,吴氏所用的"酸"字、"腻"字、"腥"字,虽然并不是常人所习用的写"风"写"水"写"花"的描状之词,但这些字却也并非吴氏毫无依据的杜撰。盖"酸风"乃出于李贺《金铜仙人辞汉歌》中的"东关酸风射眸子"之句;"腻水"乃出于杜牧《阿房宫赋》中的"渭流涨腻,弃脂水也"之句;至于"腥"字,在中国诗文中虽一向不专用于形容"花"之气味,但却有时被用于形容草木之气味而暗寓战乱之慨,此在南宋人作品中尤为常见,即如陆游诗即曾有"雷塘风吹草木腥"之句,汪元量诗亦有"西望神州草木腥"之句。不过吴文英词实在还不仅是如一般宋代词人之用字造句往往从前人的诗句中来而已,即如我们将在《论咏物词之发展及王沂孙之咏物词》一文中,就会举引史达祖之题为《咏春雨》的《绮罗香》(做冷欺花)一首词,指出其中的一些辞句乃分别出于李商隐之《夜雨寄北》、白居易之《长恨歌》及李重元之《忆王孙》词。其使用前人诗句的作用,不过是找一些与题目所咏有关的句子来作为铺叙之资料而已,其中并没有什么深远的感发之情意。然而吴文英此《八声甘州》一词中的"箭径酸风射眼,腻水染花腥"二句,则在运用前人字句所造成的不习见的感受中,实蕴涵有极为深远的悲慨。盖此词所咏者原为旧日吴宫所在的灵岩,而观其下半阕中的"宫里吴王沉醉,倩五湖倦客,独钓醒醒。问苍波无语,华发奈山青"数句,盖隐有以当年沉迷于宴安享乐而终至灭亡的吴王夫差暗喻南宋朝廷之意。在此种隐喻之情意中,我们再回观其上半阕所用之"酸风""腻水""花腥"诸描状之词,则李贺诗之"酸风"慨东汉之灭亡,杜牧文之"腻水"慨秦宫之淫侈,陆游及汪元量诗之"草木腥"皆以慨北宋之沦亡丧乱:则吴词此二句所造成的悲慨之深意可知,所以况周颐《蕙风词话》乃称吴词"中间隽句艳字,莫不有沉挚之思、灏瀚之气挟之以流转,令人玩索而不能尽"。这就正是因为吴文英之修辞原具有一种深锐之感性的缘故。是则吴文英词之被人讥诋为晦涩堆垛者,原来也就正是其为人所称赏为"运意深远,用笔幽邃","实有灵气行乎其间","具大神力","每于空际转身","令人玩索而不能尽"之处。不过,我们也不得不承认吴词中有少数辞句不免过于雕饰,而在感发方面并无很大作用者,如张炎《词源》所指出的吴词《声声慢·陪幕中饯孙无怀于郭希道池亭……》一首词之开端的"檀栾金碧,婀娜蓬莱"二句,便不免有此病,是其被讥为晦涩堆垛亦非无故也。以上是我们对吴词晦涩堆垛之特色所作的一点评议。

其次,再就吴文英之为人而言,则其最为人所争议者,主要乃在其词集中曾留有写给吴潜、贾似道及嗣荣王与芮夫妇的词各四首。就其赠吴潜词中所表现的二人间之情谊言之,则吴文英曾写有题为《陪履斋先生沧浪看梅》的《金缕歌》(乔木生云气)一首(按履斋为吴潜之号)。其中有"此心与、东君同意。后不如今今非昔,两无言、相对沧浪水"之句,便是既表现了一份共同对国事关怀的感情,也表现了一份真挚的友谊,何况吴文英的兄弟翁逢龙及翁元龙也都与吴潜有相当的交谊(按吴文英本姓翁氏,详细考证请参看《拆碎七宝楼台》一文)。可是当吴潜因不赞成理宗立嗣荣王与芮之子忠王孟启为太子而遭贾似道的猜忌被远贬之后,吴文英却既曾写有赠贾似道之词,也曾写有赠荣嗣王与芮夫妇之词(关于这些词写作之年代及内容,亦请参看《拆碎七宝楼台》一文),这自然是极易引起人们的讥议和争论的一个问题。关于此一问题,我们可分为社会背景、生活需要及心理因素三方面来看。就社会背景言之,则南宋之世的一些权贵显宦原来曾流行有一种喜欢豢养词人以为门客的风气,刘毓盘《词史》对此曾有所记述。即以贾似道而言,每岁当其寿辰之日,四方以词为寿者便以数千计。在这种风气下,吴文英曾留有几首赠贾似道及寿嗣荣王与芮夫妇的词,盖亦一时风气使然。这种社会背景,是我们所首当了解的。再就生活需要言之,则吴文英平生未得一第,据杨铁夫《吴梦窗事迹考》,以为"其时北人不能过江南下,南人又因兵燹侄偬,不便来杭,所应举者,大都苏、浙间人……以梦窗之才,乃竟不得一科名……不乐科举也"。然而人生却必须有一条谋生的道路,吴文英之所以不惜以幕僚的身份出入权贵之门,很可能亦由于生活之需要,这也是我们所当了解的。三则,吴氏似又有一种常想炫示词才而不甘寂寞的心理,所以他平生留下来的三百四十余首作品中,其酬赠之作乃竟达一百五十余首之多。大抵才人往往好弄笔墨,不能自晦,这种不甘寂寞而有炫才之念的心理,自然也是我们所当了解的。总之,吴文英在品格上绝不是一个有坚贞之持操的完人。不过,如果从其全部词作之内容情意来看,则其心灵之中又确乎具有一种深挚的情思和高远的意境,而且对南宋之渐趋衰亡的国势也有着一份沉痛的悲慨。先就其情思之深挚言之,吴氏无论写景状物,都经常表现出锐敏之观察与深微之感受,固已足可见其情思之深挚。而且吴文英一生在感情方面盖曾有过两次伤心的经历,一为苏州爱妾之离去,一为杭州所欢之亡殁。据夏承焘先生在《吴梦窗系年》及《梦窗词集后笺》之考证,可知吴氏词集中的怀人之作,凡时在秋季,如七夕、中秋、悲秋词,地点涉及苏州者,大概皆为怀念苏州女子所作;而凡清明、伤春词,地点涉及杭州者,则大概皆为悼念杭州女子之作。从这些词看来,如其《六么令·七夕》(露蛩初响)一首所写的"人世回廊缥缈,谁见金钗擘。今夕何夕,杯残月堕,但耿银河漫天碧",《霜叶飞·重九》(断烟离绪关心事)一首所写的"彩扇咽寒蝉,倦梦不知蛮素",《夜合花·自鹤江入京泊荜门外有感》(柳暝河桥)一首所写的"十年一梦凄凉。似西湖燕去,吴馆巢荒",《莺啼序》(残寒正欺病酒)一首所写的"瘗玉埋香,几番风雨"及"蓝霞辽海沉过雁,漫相思、弹入哀筝柱。伤心千里江南,怨曲重招,断魂在否"诸词句中所表现的对往事旧情的追怀悼念与经历了生死离别的痛苦哀伤,其情意之深挚,都是极为感人的。其次,再就其意境之高远而言,则如我们在前文所曾提到过的《齐天乐·与冯深居登禹陵》一词其开端所写的"三千年事残鸦外,无言倦凭秋树。逝水移川,高陵变谷,那识当时神禹"诸句,及《八声甘州·陪庾幕诸公游灵岩》一词,其开端所写的"渺空烟四远,是何年、青天坠长星。幻苍崖云树,名娃金屋,残霸宫城"诸句,都是面对辽阔之景物,感慨千年之古史,其意境之高远自不待言。至于其他词中之以辽阔之景物引起感兴,或在开端,或在结尾,或由景生情,或融情入景,而表现有高远之意境者,则如其《惜秋华·八日飞翼楼登高》一词开端所写的"思渺西风,怅行踪、浪逐南飞高雁",《齐天乐·齐云楼》一词开端所写的"凌朝一片阳台影,飞来太空不去",《木兰花慢·送翁五峰游江陵》一词开端所写的"送秋云万里,算舒卷、总何心",《解连环·留别姜石帚》一词开端所写的"思和云结,断江楼望睫,雁飞无极",便都是由高远之景物引发感兴的例证。再如其《渡江云三犯·西湖清明》一词结尾之"明朝事与孤烟冷,做满湖、风雨愁人。山黛暝,尘波澹绿无痕",《霜叶飞·重九》一词结尾之"但约明年,翠微高处",《水龙吟·惠山酌泉》一词结尾之"把闲愁换与,楼前晚色,棹沧波远",以及我们在前面所举的《八声甘州·陪庾幕诸公游灵岩》一词结尾的"连呼酒,上琴台去,秋与云平",便都是以高远之景物结尾融情入景的例证。所以况周颐之称美吴文英词,乃谓其既有"沉挚之思",更有"灏瀚之气",可以"挟之以流转"。陈洵《海绡说词》评吴词之《解连环》(思和云结)一首之起结,也曾云:"云起梦结,游思缥缈,空际传神。"吴词意境之高远,可见一斑。其三,再就其对国势之悲慨而言,吴词中有不少登临怀古之作,其中本就大多隐含有对国势之悲慨,即如我们在前文所举的《齐天乐·与冯深居登禹陵》一词及《八声甘州·陪庾幕诸公游灵岩》一词,便都是很好的例证。所以陈洵《海绡说词》评吴词之《八声甘州》即曾处处以吴王夫差之败亡与北宋之亡相对举,且致慨于:"北宋已矣,南渡宴安,又将岌岌,五湖倦客,今复何人?"陈氏对每句之解说虽微嫌穿凿,但点明此词有感慨南宋国势岌岌之意,则颇能得作者之用心。至于吴词中其他登临吊古之作,如其《齐天乐·齐云楼》一词中的"问几阴晴,霸吴平地漫今古"之句,《瑞龙吟·赋蓬莱阁》一词中的"东海青桑生处,劲风吹浅,瀛洲青沚"及"露草啼清泪""今古秋声里"诸句,其中所蕴涵的今古盛衰的悲慨,便也都是明白可见的。至于吴词中直接写到南宋之国势者,则如其《三姝媚·过都城旧居有感》一词中所写的"紫曲门荒,沿败井、风摇青蔓。对语东邻,犹是曾巢,谢堂双燕"诸句,《古香慢·赋沧浪看桂》一词中所写的"把残云、剩水万顷,暗熏冷麝凄苦"及"渐浩渺、凌山高处。秋澹无光,残照谁主"诸句,则更是写得感慨悲凉,大有亡国之音的哀思。因此,对于吴文英之是否曾及见南宋之亡,历来评说吴词者对此乃有不少争论。夏承焘先生在《吴梦窗系年》之推论,以为吴氏盖生于宋宁宗庆元六年(1200),卒于理宗景定元年(1260),并未及亲见南宋之亡。杨铁夫在《吴梦窗事迹考》之推论中,则以为吴氏盖生于宋宁宗开禧前后(约1205),卒于恭帝德祐二年(1276)之后,曾亲见南宋之亡,其《三姝媚》词"非过旧居吊旧京,乃过故都吊故都也"可为证。陈洵《海绡说词》亦以为《三姝媚》词乃"过旧居,思故国"之作。最近陈邦炎先生在其所撰之《吴文英》(见《中国历代著名文学家评传》第三卷)中,曾折中众说,推论吴文英盖生于宋宁宗嘉定五年(1212),而卒于度宗咸淳八年(1272)至恭帝德祐二年之间。证之吴氏之生平及其词作,陈氏之说,颇可采信。是则吴文英即使未及亲见南宋之亡,然而却也已经迫近了灭亡的前夕。陈邦炎曾引刘永济未刊稿《微睇室说词》评吴文英《三姝媚·过都城旧居有感》一词之言,谓"细读此词,确有感于昔盛今衰,但未必是国亡后作",并以为词中云云"不必指实国亡,而亡国之惧固已充满字里行间",则吴文英对南宋国势岌危之悲慨的沉痛深至,也就可以想见了。总之,吴文英在本质上该确实是一位具有深情远想的词人,而不幸生当于国势阽危权奸当道之际,其心中自多感慨。如其《八声甘州》词中"倩五湖倦客,独钓醒醒"之语,对当日朝廷之淫昏,固深含隐讽之意。是以陈洵《海绡说词》之论此词,乃曰:"一'倩'字,有众人皆醉意。"观夫吴文英之以"觉翁"自号,而且在其《木兰花慢·送翁五峰游江陵》一词中,曾写有"叹路转羊肠,人营燕垒,霜满蓬簪。愁侵。庾尘满袖,便封侯、那羡汉淮阴"之句,则其对仕宦之态度可知。夏承焘先生在《吴梦窗系年》中即曾云:"梦窗以布衣终……交游……皆一时显贵……而竟潦倒终身。……今读其投献贵人诸词,但有酬酢而罕干求,在南宋江湖游士中,殆亦能狷介自好者耶。"可是,像吴文英这样一位既具深挚之感情又具高远之意境的词人,却竟然因为人性之软弱,既为了求生存而出入于权贵之门,做了曳裾的门客;又为了一点不甘寂寞的炫才之念而写了过多的酬应之作;更因为南宋权臣与词人之特殊关系,而写了几首赠给贾似道的小词,遂留给了后人对之肆加诋毁的口实。这自然是我们在评论吴文英词时,所不得不为之深加惋惜的。

二

经过了前面的讨论,我们对于吴文英词之艺术特色及其内容情意,已有了一点基本的认识,因此,我们现在就将对吴词在词史中之地位与成就也略加探讨。本来我们在以前讨论周邦彦词时,已曾谈到过南、北宋词风之不同,且曾指出周词是结北开南的一个重大的关键。盖五代及北宋之词,一向原多以直接感发为作品中之主要质素,此不仅在短小之令词为然,即使在柳永的长调慢词中,其铺陈叙述也仍是以直接感发为主的。直到周邦彦出现,才开始在其长调慢词中,以思力之安排取代了直接的感发。关于周词之所以形成了此种特色之因素,我们在论周词一文中,已曾有相当详尽之叙说,此不再赘。总之,这种以思力安排为主的写作方式,遂为以后南宋词人如姜夔、史达祖、吴文英、周密、王沂孙、张炎一派重视格律以思索安排进行填词的作风,开启了先声。关于周词对这些词人的影响,以前我在《论周邦彦词》及随后《论咏物词之发展及王沂孙之咏物词》二篇文稿中,有所论述。约而言之,则私意以为姜、史、吴三家可以代表受周词影响的三种类型。史达祖是全以周词为师法的追随者,不过史词较周词为尖巧,而缺少周词之浑厚,这种情况特别以史之咏物词为然(史达祖晚年被贬以后,他的词风有所改变,关于此点,缪钺教授曾有专文论述,兹不再赘)。至于姜夔与吴文英二人,则是自周词变化而出的作者,只不过他们变化的途径则又各有不同。姜夔是自周词出而转向清空一途的作者,吴文英则是自周词出而转向质实一途的作者。所谓"清空"与"质实"之说,原出于张炎之《词源》,在此书中,张氏曾特别标立了《清空》一节,谓:"词要清空,不要质实;清空则古雅峭拔,质实则凝涩晦昧。"而且举出姜夔及吴文英二家为代表,云:"姜白石词如野云孤飞,去留无迹。吴梦窗如七宝楼台,眩人眼目,碎拆下来,不成片段。此清空、质实之说。"在此一段文字中,张炎对于"清空"与"质实"之分别,虽然并未作出切实的理论之说明,但其赞赏姜词之"清空"而反对吴词之"质实"的态度,则是明白可见的。以迄于清代初年浙派词人之兴起,于是"家白石而户玉田",一时作者为词,乃莫不以"清空骚雅"为依归,因而姜夔与张炎之词风遂尔盛行一时。但另一方面,则被张炎指为"质实"的吴文英词,却也继浙派词人之后,得到了清代常州派词人的推崇和欣赏。常州派的理论大家周济,在其所编撰的《宋四家词选》中,就曾将吴文英及王沂孙与两宋的两位大家周邦彦及辛弃疾相并列,主张学词应"问途碧山,历梦窗、稼轩,以还清真之浑化",俨然视吴氏为足以自南追北的重要作者,并且称美吴词说:"梦窗奇思壮采,腾天潜渊,返南宋之清泚,为北宋之秾挚。"陈廷焯在其《白雨斋词话》中,也曾对张炎提出反驳而赞美吴词说:"其实梦窗才情超逸,何尝沉晦?梦窗长处正在超逸之中见沉郁之意。……乌得转以此为梦窗病?至张叔夏云'吴梦窗如七宝楼台……不成片段',此论亦余所未解。……若梦窗词,合观通篇,固多警策;即分摘数语,亦自入妙,何尝不成片段耶?"于是吴词遂在晚清之世大行于时。吴梅在《乐府指迷笺释序》中,甚至有"近世学梦窗者,几半天下"之言,则吴词当日之受重视可以想见。吴梅此序写于1937年(丁丑),但是较吴梅时代稍早的另一位词学批评家王国维在其《人间词话》中,却曾经对于受周邦彦影响的一些南宋词人,无论是属于"清空"一派的姜夔、张炎,或者"质实"一派的吴文英,都曾加以贬抑,既曾评姜夔"有格而无情","不于意境上用力,故觉无言外之味,弦外之响",又曾评吴文英及张炎,谓"梦窗砌字,玉田垒句,一雕琢,一敷衍,其病不同,而同归于浅薄",甚至对于"结北开南"之作者周邦彦,也颇有微词,既曾谓"美成深远之致,不及欧、秦",又曾谓"美成词多作态,故不是大家气象"。关于这种南、北词之优劣及"清空"与"质实"之争,在中国词史中原可列为中国文学与美学所应讨论的一大课题,历来说者对此课题也已曾有所讨论,但本文因受主题及篇幅之限制,对此不暇作多方征引之详尽讨论,现在将仅就个人一己之所见,对于形成这种种演化的因素、流变、得失,以及吴文英词在此种演化中之地位,略作简单之叙述。

私意以为这种种转变演化与优劣之争的形成,一方面固然与作词者或说词者个人之性情、趣味等主观因素有关,而另一方面则也有不少历史的或社会的客观因素存在。先就周邦彦而言,其重视勾勒以思索安排为主的写作方式,一方面固然如我们在论周词时所言,乃是由于周氏之长于写赋及精通音律的个人因素;但另一方面则周词之所以形成其如此之风格,原来也是一种文学体式发展至于成熟以后,因而走向追求工细的一种自然现象。何况就当时北宋词坛之背景言之,周词之出现,盖正当柳、苏二家对词之发展分别作出了开拓之后,而当时之人对柳、苏二家之拓展的一般看法,则是认为柳词既失之鄙俚,而苏词则又非词之正格(李清照的《词论》就正代表了这种看法);至于周词则是一方面继承了柳词对长调之拓展及对音律之重视的长处,但另一方面则避免了柳词的浅俗鄙俚之失,同时却又仍保持了词之婉约的正宗风格,而没有像苏词流入"亦自是一家"的变格,这正是周词之所以一向被视为北宋之集大成的作者的缘故。至于南宋之世,则既经历了北宋沦亡的剧变,因而南宋初期的词坛遂一时出现了许多激昂悲慨的作品,如张元幹、张孝祥、陆游、辛弃疾等人,就都是属于此一类的作者。于是一度出现于词坛以个人之天才为词之发展开拓出一片广阔的天地,而在当时未曾得到应有之共鸣的苏词,遂在辛、陆这一派词人中见出了他的影响。此一派词之特色,大多重直接之感发,而不重雕琢修饰,与周邦彦之自柳词化出而转入重视思索安排、以典雅工丽为美的特色相较,在风格方面表现出很大的不同。可是,当宋、金议和以后,边境少事,虽江山半壁,但幸可以苟安,而辛词一派之末流,也逐渐流入了粗犷叫嚣,于是周词之重视勾勒安排、以典雅工丽为美的词风,遂在此种社会与文学之双重背景中,得到了酝酿滋生的土壤。姜夔、史达祖、吴文英、张炎等人基本上就都是属于此一类词风的作者。而最能代表此一类词风的两本论词专著,则一是张炎之《词源》,一是沈义父之《乐府指迷》。前者推尊姜夔,称美其词"如野云孤飞,去留无迹",且特立《清空》一节以标其主旨;后者则自称曾与吴文英兄弟"讲论作词之法",因将"得之所闻"者,写为此书。吴梅《乐府指迷笺释序》即曾谓"沈氏词学,固得诸翁、吴昆季",又云"宋末词风,梦窗家法,均于是编窥见一斑",且曾"举吴词以证沈说"。然而吴词在张炎《词源》中则是被目为"质实",以之为"凝涩晦昧"而与姜词之"清空"相对举者。如果从这一点来看,则张氏与沈氏的论词之主张,似乎原该有很大的不同。但细读此二书,我们便可以发现张、沈二氏论词之主张却原来在基本上是有许多相同之处的。本文在此因无暇细作比较,现在仅就其所标举的一些重点来看,则二书所共同注重的大约有以下数端:一则二书皆注重起、结与过片之关系;再则二书皆注重字面之锻炼,并且皆以出于晚唐温、李之诗句者为佳;三则二书皆注重词之句法的安排;四则二书皆曾涉及咏物及用事方面之讨论;五则二书皆注重词之声律。以上所举虽不过仅为其荦荦之大端,但若将此数端综合观之,我们就会发现无论其所论者为任何一端,而究其本质,则就诗歌之创作言之,二书之所论却实在都是属于思索安排之事,且与周邦彦词之写作方式皆有一脉相通之处。至于何以当时之词风与词论会受到周词如此广泛之影响,则我们从张、沈二书中,也可以看到一点词之发展的历史方面之因素,那就是他们既对柳永一派的俗词都表现了不满,同时也对辛弃疾一派的"豪气词"都表现了不满。即如张书就曾指柳词一派是"为情所役","失其雅正之音",又指辛词一派也是"非雅词也"。沈书亦曾指柳词一派"未免有鄙俗语",又指苏、辛之末流为"近世作词者不晓音律,乃故为豪放不羁之语,遂借东坡、稼轩诸贤自诿"。因此二家论词乃同以思索安排使趋于雅正为依归。我们由此自不难看出这一派重视思索安排以精工雅正为美的词风与词论之出现,原来也代表着一种对于俗词及苏、辛末流的粗犷之词加以矫正的用心,这自然是当我们论述两宋词风之转变时所不可不察的。

　　以上我们既然对周邦彦影响之下的南宋词风之主流作了简单的介绍,下面我们就将对于自此主流分衍而出的"清空"与"质实"两个支派也略加讨论。因为主题及篇幅所限,本文仅就张炎所提出的"清空"与"质实",略举几种重要的说法。夏承焘先生在《词源注》中,于《清空》

一节曾作注释云:"清空与质实相对而言,张炎举出姜夔、吴文英两家词作具体对比。大抵张炎所谓清空的词是要能摄取事物的神理而遗其外貌;质实的词是写得典雅奥博,但过于胶着于所写的对象,显得板滞。"另蔡嵩云在其《乐府指迷笺释》中,于《姜词得失》一节沈义父所云"姜白石清劲知音,亦未免有生硬处"数语之后,又曾引张炎《词源》、周济《宋四家词选·目录序论》及孙月坡《词径》诸书评姜词时所用之"清空""清刚""清超"诸说,而加以解释云:"按'清空'言词之境界;'清超'言词之句法;'清劲''清刚'俱言词之气骨。白石词一洗侧艳软媚之容、豪迈粗疏之习,而字字骚雅,绝无浮烟浪墨绕其笔端。词清如许,前所未有。"在以上所引诸评语中,其所谓"境界""气骨",虽嫌过于抽象(关于这些批评术语之含义,可参看拙著《王国维及其文学批评》一书之第二编第三章与《古典诗歌评论集》一书所收之《钟嵘〈诗品〉评诗之理论与实践》一文),但就姜词予读者之整体印象来看,则众说莫不举一"清"字为言,可见所谓"清"者,实当为姜词之主要特质。现在我们就将对姜词之形成此种特质的缘故,略分为以下的几个重点来稍加讨论:其一,就写作方式言,姜氏乃是如夏承焘先生所言,"摄取事物的神理而遗其外貌"。缪钺教授在《论姜夔词》一文中,亦曾举姜氏咏荷、咏梅诸词,谓"这些词都不是从实际上描写梅花与荷花的形态,乃是从空际摄取其神理,并将自己的感受融合进去"。其二,就姜词之选用字面而言,姜词固正如蔡嵩云所言,"字字骚雅,绝无浮烟浪墨绕其笔端",缪钺教授在《论姜夔词》一文中,曾举姜词之《扬州慢》为例,以为姜词多用杜牧诗句点化铺叙,乃是"一种艺术手法",这正是姜夔"用字骚雅"的一个很好的例证,也正是姜词之所以能"清"而无鄙俗之气的主要缘故。其三,就姜词之句法、章法之结构方面论之,则姜词在句法与章法的进行结构中,往往都是尽量避免平顺的进行,而表现出一种突然转折的姿态,所以缪钺教授在其《论姜夔词》一文中,乃屡次使用

"折"字来评说姜词,如"用笔瘦折""一气旋折""清峻劲折",那就因为在叙写的句法、章法中,姜词往往不作平直之叙述,而常在写物与言情之际为跳宕之承接。这种特色当然也是姜词之所以予人一种迥出流俗的清劲之感的缘故。而且这种跳宕的转折也往往与其声律有关,尤其在他的一些自度曲中,更能见到此种特色。本来早在《论周邦彦词》一文中,我们就曾谈到过周词之以思索安排为主的写作方式,与他喜欢创为繁难之新调有关,因为作者所用之曲调如果与一般口吻所熟习之声律多所不合,则其写作之际自不得不以思索来安排,遂减少了自然之感发。而姜夔在《长亭怨慢》之序文中,则曾有"初率意为长短句,然后协以律"之言,如此说来,则姜词之声律本该较为自然才是。可是我们试看姜夔的一些自度曲,如其《暗香》一首结尾之"几时见得"四字之用上平去入四声者,其严格固无须再说,还如《凄凉犯》结尾之"不肯寄与,误后约",则两句中一连七个字皆为仄声,再如其《角招》上半阕自"何堪更绕西湖"以下数句,除去"何堪"两字为领字,及"自看烟外岫"一句为五字句以外,其他皆为四字句,而"尽是垂柳""记得与君""湖上携手""君归未久"诸四字句,无论就平仄声律言之,或就句法言之,都不合于一般四字句在词中连用时之或为偶句或为排句之格式,则姜氏之有意避免平俗可知,所以姜词仍形成了一种"清空宕折"的姿态。以上是我们对于姜词"清空"之特质的简单的分析。如果将这些特质综合起来看,我们就会发现这些特质之形成,主要盖皆出于有心的思索和安排。而这种以思索安排来写词的写作方式,自然是由周邦彦词的作风演化而来的。不过,周词在思索安排之中,仍能保持其圆融浑成之致,而姜氏则过于用精思以求避平俗而为清空,所以乃不免有失于生硬之处。缪钺教授在其《论姜夔词》一文中,曾谓姜氏乃是以江西诗法为词,一切佳处"皆由苦思得来",而且"要避熟求新",故长在"清劲",而"短处"则在"生硬"。又曾引刘熙载《艺概》(卷二)评江西诗派之言,谓"宋西江名家学杜,几于瘦劲(编者按:当作硬)通神,然于水深林茂之气象则远矣"。缪氏以为"姜白石词亦有类似情况"。这些评语对于以"清空"见称的姜词而言,是极为公允的。

至于被张炎提出来与姜夔之"清空"相对举,而被目为"质实"的吴文英词,则其风格的特色实较姜词更为复杂。因为一般读者对于姜词无论喜与不喜,其"清空""骚雅""劲折"的印象乃是一致的,但对于吴词的印象则大有不同了。即如张炎之以吴词为"质实"之代表,且曰"质实则凝涩晦昧",更谓吴词"如七宝楼台……不成片段",这些评语在后世就曾引起过不少反驳的争议。我们在前面曾经举出过清代词评家的一些说法,他们对张炎之说就都纷纷提出了异议。即如周济即曾云:"梦窗奇思壮采,腾天潜渊。"又曰:"梦窗每于空际转身,非具大神力不能。"戈载亦云:"梦窗词以绵丽为尚……貌观之雕绘满眼,而实有灵气行乎其间。"陈廷焯则更明白地对张炎之说提出了异议,说:"张叔夏云'吴梦窗如七宝楼台……不成片段',此论亦余所未解。"又说:"若梦窗词……何尝不成片段耶?"从这些评语看来,我们可以知道吴词之特色乃是在外貌的"雕绘"之中,原来还蕴涵有一种足以运行的"灵气",且可以表现为"腾天潜渊""空际转身"的手段。所以刘永济先生《微睇室说词》手抄本蓝色笔增批乃曾引杨铁夫评吴词《八声甘州》(渺空烟四远)前半阕"幻苍崖云树"以下数句之言曰:"上一'幻'字,将崖也、树也、屋也、城也、径也、廊也,一齐领起。夹叙夹议,次第列举,化堆垛为贯串,是何神力!又坐实于虚,绝不呆疏,最为神妙。"(手边所携有台湾学海出版社印行之杨铁夫《梦窗词全集笺释》一册,经查未见此评,想或在其他版本中,一时未及查找,故转引如上。)像这种从堆垛质实之中能转化为超浑空灵的手段和境界,其实才真正是吴词的特色和佳处之所在。下面我们就将对吴词之所以形成这种特色之因素,也略加讨论。为了与姜词便于比较起见,我们对吴词之讨论,也将分为下列几个重点来进行。其一,就写作方式言,姜词之写法是"不沾滞于物",而吴词的写法则是以物为主,用秾丽之笔来对之勾勒描绘,这正是从表面看来姜词显得"清空"而吴词显得"质实"的缘故。在姜词中,其所写之物往往只是作为贯串情事的一种点染或线索,所以虽然显得"清空",但却缺乏深浑的气象;而吴词则是表面虽为对物之勾勒描绘,而其精神感情则往往能透出其所写之物以外,因此乃在形式的质实之中,反而在精神方面显出一种空灵的意致。下面将以吴氏之《宴清都·连理海棠》一词为例而对之略加评析,先将这首词抄录下来一看:

> 绣幄鸳鸯柱。红情密,腻云低护秦树。芳根兼倚,花梢钿合,锦屏人妒。东风睡足交枝,正梦枕、瑶钗燕股。障滟蜡、满照欢丛,嫠蟾冷落羞度。　　人间万感幽单,华清惯浴,春盎风露。连鬟并暖,同心共结,向承恩处。凭谁为歌长恨?暗殿锁、秋灯夜语。叙旧期、不负春盟,红朝翠暮。

这首词从表面看来,固正是"典丽奥博"的属于"质实"之作,而且全篇都紧扣住"连理海棠"来叙写,似乎也不免有过于凝滞之讥。然而即便是在如此"质实""凝滞"的作品中,吴词也依然蕴有一种灵气的运行。现在就对此词略加析论。开端之"绣幄"写花之繁盛如锦绣之帷幄,"鸳鸯柱"写连理之树干恍如支持"绣幄"之双柱;"红情密"喻写花之多情,"腻云低护秦树"一句中之"腻云"用陆游诗"乞取春阴护海棠"意,谓海棠有春云之相护,"秦树"即指海棠花树。杨铁夫《吴梦窗词笺释》曾引《阅耕录》云"秦中有双株海棠",是"秦树"固正切题中所咏之"连理海棠"也。以下"芳根兼倚,花梢钿合"二句以秾丽之笔再对所咏之物加以勾勒描绘,至"锦屏人妒"一句则是以人之妒羡陪衬连理海棠之盛美。其下"东风睡足交枝,正梦枕、瑶钗燕股"二句互为呼应。"梦枕"应"睡足","瑶钗燕股"应"交枝",写"连理海棠"而曰"睡"、曰

"梦",则是用《太真外传》中所载唐明皇召杨太真,而太真卯酒未醒,明皇曰"此海棠花未睡足耳"的故事,以暗点所咏之花树为海棠,而且更以之唤起下半阕的"华清""长恨"之悲慨,决非一般咏物用事之比。这正是吴氏此词虽极尽勾勒描绘然而却并非堆垛之故。其下"障滟蜡、满照欢丛,嫠蟾冷落羞度"之过片三句,则为承上启下之关键。"障滟蜡"句暗用苏轼《海棠》诗"只恐夜深花睡去,高烧银烛照红妆"之句,以之再次点醒题中之海棠,而写蜡烛则曰"滟蜡",写烛光下之花树则曰"满照欢丛",不仅表现了花之繁盛,而且写得笔力极为饱满,所以朱彊村评此词曾有"濡染大笔何淋漓"之语。而更可注意的则是吴氏在大力写了花之繁茂美盛以后,却又突然接了一句"嫠蟾冷落羞度"的大力的反衬之笔。"嫠蟾"指天上之孤月,"羞度"则是写月光之羞于在花上照过。曰"嫠",写月之孤,正以反衬花树之连理;月光之羞照,正以反衬"滟蜡"之笼罩。同时此"嫠蟾"之"冷落"又正以之唤起了下半阕开端的"人间万感幽单",是说面对此连理之花树乃更显出人间的孤独寂寞之苦。在前半阕大段典丽浓密的对花树之勾勒描绘之后,作者却在过片与换头之处突然透出了一种充满直接感发的抒情的叙写:这正是吴词何以曾被赞美为"空中转身"且"有灵气行乎其间"的缘故。以下的"华清惯浴,春盎风露。连鬟并暖,同心共结,向承恩处"数句,则一方面是承接着上半阕"东风睡足交枝"一句所暗用的关于唐明皇与杨太真的故事,写海棠之连理,也写明皇与太真之相爱,然而却又早自"人间万感幽单"一句就已埋藏下了生死离别的孤独寂寞之苦。所以在"同心共结,向承恩处"两句以后,乃当下就又承接了长生殿内夜半之私语无凭而空余长恨的悲哀,是则吴氏乃自"连理海棠"一个咏物之题写出人间绵亘古今的盛衰生死之哀痛。所以况周颐乃称吴词之"隽句艳字,莫不有沉挚之思、灝瀚之气挟之以流转",而且周济也曾称吴词"奇思壮采,腾天潜渊。返南宋之清泚,为北宋之秾挚"。这种称美,虽有人认为近于夸张,但实在却也未尝不是有见之言。至于结尾之"叙旧期、不负春盟,红朝翠暮"数句,则自表面看来,固仍是用杨太真之故事来喻指海棠,且又以《长恨歌》中明皇与太真的"在地愿为连理枝"的盟誓来喻指题中所咏之连理海棠,但在"人间万感幽单"与"凭谁为歌长恨"之后,即忽然反转回来再写"旧期""春盟",而且以"红朝翠暮"之句把旧日情盟写得如此之秾挚。然则此二句之所写,其为对旧日之怀思,抑为对将来之祝愿,为人为花,是真是幻,乃并皆融为一体而不可复辨。而且刘永济在其《微睇室说词》中更曾谓吴氏此词不仅"以明皇与杨妃离合之事贯穿其中",而且还可能有"又以杨妃比去姜以抒写自己离情"之意。此说虽难以确指,但吴氏平生对苏、杭两地之女子的生离死别之经历,确实有很深的悲哀,吴词中许多咏花之作,如其《琐窗寒》之咏玉兰之类,便都表现了对过去所爱女子的怀念,则其因睹花树之连理而触引起人间之万感,既有一己之深悲,也有历史之长恨,此种触发原也极为自然。所以刘永济乃又曾称美此词谓:"作者心细如发,而用笔灵活,绝不粘滞。"陈洵评此词亦曾云:"此词寄托高远,其用事运意,奇幻空灵;离合反正,精力弥满。"至于陈洵《海绡说词》又以为"'华清'以下五句对上'幽单',有好色不与民同乐意"云云,则似嫌过于穿凿。即此一词例,已可见吴文英之写作方式,其特色乃正在能于质实之中见空灵之气,表面虽不离所咏之物,而在精神感情方面则时时有超越飞腾之处。这种写作方式,与姜夔之"不滞于物"而用旁敲侧击之笔以表现"清空"的写法,当然是有很大不同的。其二,再就用字方面而言,吴词与姜词也有所不同。姜词之用字一般是以骚雅为主,而吴词之用字则往往是以一己之直感为主。姜词对用字之选择多以精思为之,而吴词对用字之选择则多以锐感为之。关于吴词之此种特色,我们在前文论吴词之修辞状物一节中,也已曾有所叙及,即如其"酸风""腻水""花腥"诸例,其所选用的"酸"字、"腻"字、"腥"字,便大都是属于直感之性质的形容词,虽然这些字也未始不出于前人诗句,但却仍予人以鲜锐之感,与姜词《扬州慢》之用杜牧诗句而予人以骚雅之感者有所不同。何况吴词有时还会使用一些不必有任何出处而全由自己之直觉来选择的字面,即如其《夜游宫》(窗外捎溪雨响)一词,其中的"映窗里、嚼花灯冷"一句,句中所用的"嚼"字,就是吴氏全凭直感来选择用字的一个很好的例证。"嚼花"原为写一种动作之叙述,而"花"字下有"灯"字,故知所指当为灯花,但灯无唇齿,如何能"嚼"?盖古之灯盏用以贮油而燃之,其台盏之边缘颇似人之口唇,而灯花在灯唇边闪烁颤动之际,乃大与咀嚼之情状有相似之处矣。从此一例证来看,其所用之"嚼"字虽既无出处,又非骚雅,然而仔细想来,则灯花在灯唇边闪动之景象,却又恍如正在眼前,写得极生动也极真切,初读虽似有生僻晦涩之感,而其实却正表现了作者的鲜锐的感受和活泼的联想,这正是吴词在选用字面时之一大特色。另外,在用字方面还有一点也应在此一提的,那就是吴词很喜欢用代字。刘永济在其《微睇室说词》之《小引》中,曾经将吴词使用代字之情形归纳为五类:一是以形容词代名词用者,如吴词《声声慢·陪幕中饯孙无怀……》一阕,其开端之"檀栾金碧,婀娜蓬莱"二句之以"金碧"代楼台、以"婀娜"代柳者是;二是以美丽的名词代普通的名词者,如吴词《宴清都·连理海棠》一阕,其"绣幄鸳鸯柱"一句之以"绣幄"代海棠花、以"鸳鸯柱"代连理树者是;三是以名词代形容词者,如吴词《过秦楼·芙蓉》一阕,其"曲尘澄映"一句之以"曲尘"代柳色或水色者是;四是以部分代整体者,如吴词《宴清都·连理海棠》一阕,其"嫠蟾冷落羞度"一句因古传月中有蟾蜍,遂以"嫠蟾"代孤月者是;五是以古代今者,或以古人代今人,如吴词《霜叶飞·重九》一阕,其"倦梦不知蛮素"一句之以"蛮素"代指侍妾者是,或以古地代今地,如吴词《莺啼序》(残寒正欺病酒)一阕,其"记当时、短楫桃根渡"一句之以"桃根渡"代指旧妾所在之地者是。像这类喜用代字的情形,自为吴词之一大特色,所以沈义父受吴氏论词之说的影响而写成的《乐府指迷》一书,而且在此书开端之《论作词之法》一节,也曾特别提出"用字不可太露,露则直突而无深长之味"之说。像吴词这种喜用代字之情形,在其用得恰当且能结合作者自己真正的感受之时,自然也可以有美化文字、加深意境的效果;但如果使用得不恰当而且雕饰过分之时,则自然也不免会予人以"七宝楼台""凝涩晦昧"之讥。这是吴词在用字方面之求秾密与姜词之求清空者有所不同之处。其三,再就句法、章法之结构而言,姜词之特色乃在于宕折,而吴词之特色则在于凝厚。姜词之进行方式是时时用荡开的笔墨,一段写景,一段写人,一段咏物,一段言情,而不凝注于一点之上;而吴词之进行方式,则是无论就句法或章法而言,都喜欢把景物与情事、时间与空间,秾密而且深层地凝聚在一起来叙写。以句法而言,即如其《霜叶飞·重九》一词过片之处的"彩扇咽寒蝉,倦梦不知蛮素"①二句,便是把今昔之时空都浓缩在一起来叙写的一个例证。在此二句中,"彩扇"所代表的乃是昔日美丽之佳人,"寒蝉"所代表的乃是今日凄清之景物,"咽"字原当属于下面的"寒蝉",指其鸣声的凄咽,然而吴氏却把"咽"字放在了并不会发出音声的"彩扇"之下,做了"彩扇"的述语,可是也就恰是在这种不合常理的安排中,却使我们联想到"彩扇"所代表的原不只是一个美丽的女子而已,原来还是一个持"彩扇"而歌的女子。盖以中国诗词中一向有"舞裙歌扇"的形容,"彩扇"原来乃是女子歌唱时的一种伴随歌声的点缀,因此吴词将"咽"字置于"彩扇"与"寒蝉"之间,便同时产生了三种

---

① 关于《霜叶飞》一调,过片之两句共十一字,其断句有二种方式:或为上五下六之断句,或为上七下四,而在"咽"字一读。《词律》取后一方式之断句,而注云:"或云一五一六。"清代朱祖谋对吴文英词致力最深,其所自作之《霜叶飞》(乱云愁绪孤帆外)一词,全用吴文英此一阕之词韵,亦步亦趋。过片二句为"海气近黄昏,换尽酒边情素",正为五、六之断句,知吴文英此词此二句亦当作"彩扇咽寒蝉,倦梦不知蛮素"之断句也。

叙写方面的效果:一则可以表现蝉声之凄咽;再则可以表现回忆中的持"彩扇"而歌的女子的歌声的凄咽;三则可以表现在今日凄咽之蝉声中对于当日歌声凄咽之女子的怀念和追忆。因此遂紧接着就以下句之"倦梦不知蛮素"为承接,"倦梦"是今日追思往事之恍如一梦,而"蛮素"则正指上句"彩扇"所暗示的佳人。像这种将景物与情事及时间与空间都凝缩在一起的写法,初读之虽仿佛晦涩不通,但细想起来,却又极有深远的情味,这正是吴词之一大特色。此一例证尚不过仅就句法言之而已,至于就章法而言,则本文在前面所举的《宴清都·连理海棠》一词,其对所咏之物的层层勾绘,以及其对景物与情事的正反、真幻的结合,自然也都是吴词凝厚之特色的表现。刘永济在其《微睇室说词》中,评吴氏《绛都春》(南楼坠燕)一词,曾引陈洵之说云:"从姬去时说起,一留;'疏帘空卷',待其归而不归,一留;'叶吹'二句,空中著笔,又一留。"在引用陈说以后,刘氏更曾总论吴词之章法云:"此种作法,在初为留,在后便为钩勒。钩勒者,愈转愈深,层出不穷也。"又云:"词家又有触景生情,复缘情布景之说,盖景与情偕,情不穷则景亦随之而多变。"又云:"无论层层钩画,或缘情布景,皆必须作者有无穷深厚之情思,与无限精妙之言语,方能不堕纤巧,不落做作。此况周颐所以有'梦窗之密易学,梦窗之厚难学'之论也。"所以层层勾勒,将景物与情事都作浓缩而且厚密的结合,也就是所谓凝厚的句法与章法,便正是吴词的一种特色。这种凝厚的特色,虽看似滞涩,但其佳者则确如刘氏所言,可以用"无限精妙之言语"传达出"无穷深厚之情思",只不过这种写法却是要既具精思之训练且有意境之修养的人才能体会其佳处之所在的。张炎之《词源》是一本重视精思之功力但对于高远深厚之意境则缺乏体会的著作,所以甚至连辛弃疾的作品都被他目为"非雅词也"。其书中虽也标出了《意趣》一节,但张氏所重视者却不过仅是"不要蹈袭前人语意"而已,其用意盖仍在于用精思来避免平熟。这正是吴词何以被张炎目为"质实",且以之与姜词由宕折之笔所形成的"清空"相对举,而有扬姜抑吴之意的缘故。而且夏承焘先生在《词源注·前言》中,还更由此而推论云:"张炎扬姜抑吴,就是他扬姜抑周(邦彦)的主张。"本来我们在前文已曾屡次论及姜与吴皆为受周词影响而蜕化出来的作者。不过,如果自其流衍的变化言之,则姜词之好用思索安排之方式为词及好用唐人之诗句入词,这些方面固然曾受有周词之影响;可是周词重视勾勒描绘,而姜词则不肯为沾滞之勾勒,而转以宕折求清空,这正是姜词与周词最大的不同,也是姜词何以能自周词变化而出且别为一派的主要缘故。至于吴词,则其层层勾勒描绘之处实在与周词最为相近,只是吴词所用之字面较周词更为色彩秾丽,而且在句法与章法方面也较周词更为凝练浓缩。即以我们在前文论吴词之句法与章法时所举之例证而言,吴词之时空错综之叙写的方法,在周词中本来也早已有之,这在我们以前《论周邦彦词》一文论及周氏之《夜飞鹊》(河桥送人处)一词,也已曾叙述及之。不过周词之错综乃是以段落与段落互相承接时之变化错综为主,而吴词则往往仅在短短的一句之中,便有了许多时间、空间的复杂错综的变化;而且周词在错综之叙写中,还往往曾有一条故事性的线索,而吴词则往往但凭直觉的感受,而并无故事性的线索可寻。这正是吴词何以较周词更显得滞重晦涩之故。不过吴词却又往往会在秾密的勾勒中忽然涌出一两处充满直接感发之生命力的句子,这种空灵飞跃之处,则又非周词之所有。这正是吴词的特色之所在,也是吴词何以能自周词变化而出,且自成一格的重要缘故。

以上是我们对于周词与姜、吴二家词在词之发展中之因袭及演化之关系的简单介绍。因为周词既是以思索安排创建宗风的作者,我们的论述也就比较偏重于以思索安排为主的写作技巧方面之分析,而于意境方面未遑多论。不过,诗歌之价值毕竟不能只建立在技巧之上,而更重要的则是要对其中所传达出来的感发生命之质量作出衡量。因此,现在就将对周、姜、吴三家词在这方面的表现也略加讨论。本来我以前在《论周邦彦词》一文之最后的结尾之处也已曾将周邦彦与苏轼作过比较,以为周词"虽然博大精工"而终被人认为"乏高远之致",乃正因为周氏本身在理想襟抱与性格修养方面,与欧、苏诸公本来就原有不同,因之其作品中所具含之感发生命的质素,也就在深浅、厚薄、高下方面,终于有了差别。此外,我在《论晏几道词》一文中,也曾将晏几道与他的父亲晏殊及与他同时而稍晚的秦观相比较,更曾将晏几道不愿步入仕途的情况与诗人中不愿步入仕途的陶潜、王绩诸人相比较,我们所获得的结论乃是诗歌中具含之感发意境的深浅、厚薄,永远是与诗人自己所具含之感发生命的深浅、厚薄有着密切之关系的。因之诗人的关心面如果深广,则其作品中之意境自然便也会随之而加深加广。而且这种感发生命还不仅是关系于诗人一己之性情襟抱而已,同时也关系于外在时代之背景与生活之经历,这正是我在《论辛弃疾词》一文中之所以对辛词特别加以推重的缘故。至于就周邦彦、姜夔、吴文英三家而言,则周氏所生之时代,北宋之党争虽烈,但外来之忧患却仍未十分紧迫,而周氏自己似乎也从未曾抱有什么远大的理想和抱负,所以其词中虽也偶尔流露有对于政海波澜的慨叹,却并说不上有什么高远的意境,这正是周词虽然号称为博大精工,但却仍不免被评者认为"乏高远之致"的缘故。至于姜氏,则对其曾经眷爱过的合肥女子,虽然表现得颇有深情,但对于国家形势则实在并没有深切的关心,自己也并没有什么远大的抱负和理想,其《扬州慢》诸词虽也流露有对于国势的悲慨,但却表现得骚雅有余而真正感发之力则似乎有所不足。至于吴文英,则虽然也并没有什么光明俊伟的人品和崇高远大的抱负,但他却确实具有一种敏锐多情的禀赋,而且吴氏所生之时代,亡国之忧患已经迫在眉睫,因此,他在《齐天乐·与冯深居登禹陵》及《八声甘州·陪庾幕诸公游灵岩》诸词中,却反而因景触情表现出一种千古兴亡的悲慨,其意境高远之处,乃转有周、姜二氏之所不能及者。所以周济乃称吴词可以"返南宋之清泚,为北宋之秾挚",况周颐则更称吴词为"与苏、辛二公实殊流而同源"。这类评语虽然也不免有称美过甚之辞,但吴词之佳者,其高远深挚之处确实有姜夔、张炎诸人所不能及者,这也是论词之人所不能加以否认的。至于王国维《人间词话》之对于吴文英词以及受周邦彦影响的重视思索安排的南宋诸家词之多有微词,则一方面可能由于王氏论词,标举"境界",故其评词标准乃重视直接之感发作用,故而对于以思索安排为之的作品,乃大多不能欣赏;另一方面则也可能由于有清一代之词风一直为南宋所笼罩,学白石、玉田之末流既不免流于空疏,学梦窗、碧山之末流又不免入于幽晦,因此乃倡为"境界"之说以廓清之。关于此点,我在《王国维及其文学批评》一书中,于论及《〈人间词话〉境界说与中国传统诗说之关系》一节中已曾论述及之,兹不再赘。及至近世之对吴词多加贬抑,则可能是由于一方面受到"五四"以来白话文运动之影响,另一方面也受到较偏激的"左"的思想之影响,遂对于吴文英词在词史中之地位,未能作出公正的衡量。这种种背景及因素,自然是我们在评价吴词时所不可不知的。

  以上是从受周邦彦之影响所形成的南宋词风之演变的词史角度,对吴文英词之特色与其所应得之地位所作的简单的论述。而除去这些独具特色以"质实"为其面目的长调慢词以外,吴词中也还有一些比较疏快的作品,这类作品大多篇幅较为短小,虽没有很多的勾勒描绘,但却也自然表现有一种锐感、深情和远韵。即如其《风入松》(听风听雨过清明)一词、《点绛唇·试灯夜初晴》(卷尽愁云)一词、《玉楼香》(阑干独倚天涯客)一词、《点绛唇·有怀苏州》(明月茫茫)一词,便都是具有锐感、深情及远韵之作。本文因篇幅限制,不暇举例详说。但刘永济《微睇室说词》中,对此诸词皆有评说,而且刘氏在吴词《风入松》一阕之评说中,还曾写了一段综论吴词小令的话,说:"小令如诗中绝句。小令所写,多系作者丰富生活中的片段。此片段在其生活中为感受极深切者,或系作者平日闻见所及,蕴藏心中甚久,一旦为一时序、一境地,乃至一花、一鸟所触发,遂形成语言而表出之。"又引清代诗人查慎行之诗句"收拾光茫入小诗",云吴词小令之佳者即颇有此种意境。刘氏又曾在评吴词《莺啼序》(残寒正欺病酒)一首的析论中,写有一段综论吴词的话,说:"梦窗是多情之人,其用情不但在妇人女子生离死别之间,大而国家之危亡,小而友朋之聚散,或吊古而伤今,或凭高而眺远,即一花一木之微,一游一宴之细,莫不有一段缠绵之情。"这正是吴词之无论篇幅长短,题目大小,其佳者莫不耐人寻绎之故。不过,吴词之《唐多令》(何处合成愁)一首,虽曾被张炎赞美为"疏快却不质实"者,但在吴氏之小令中,却实在并非佳作。陈廷焯在其《白雨斋词话》中,即曾评此词云:"《唐多令》一篇,几于油腔滑调,在梦窗集中最属下乘。"陈氏之说方为具眼之见。盖词之特质原以含蓄蕴藉、留不尽之余味者为佳,以前我在《从〈人间词话〉看温韦冯李四家词的风格》一文中,对韦词的劲直何以为佳,及温词《更漏子》"梧桐树,三更雨"诸句之明快何以为不佳,已早曾作过比较说明(见拙著《迦陵论词丛稿》);近来在《论辛弃疾词》一文中对辛氏的豪放之作之何以为佳,以及学辛词之末流何以为不佳,也曾作过比较说明。所以词之优劣原不在其外貌之为凝练或疏快,也不在其风格之为豪放或婉约,总之,要以能保存有词之曲折含蕴之美者方为佳作,此所以对吴词中一些篇幅短小、作风明快之作,固当分别观之,而不可仅因其"疏快"便指为佳作也。不过,吴氏此《唐多令》一词,就词之特质而言,虽非词中之佳作,但此词之风格却有另一点值得注意之处,那就是这一首词已经显示出了一种南宋后期之"词"逐渐向"曲"方面转化的端倪。即以此一首《唐多令》而论,就表现了向"曲"方面转化的两点特色。其一是增加衬字,如此词之

"纵芭蕉、不雨也飕飕"一句,按词之格律,此句之节奏原当为上三下四之七字句,是按其句式之本格原应作"纵芭蕉、不雨飕飕",而吴词乃于其中增入了一个"也"字。这种情形在早期敦煌曲中虽也曾出现过,但两宋词人却不常在词中增加衬字,直到以后元曲之中,增加衬字之作法,才开始盛行。而吴词中也出现了这种现象,是足可以为南宋末期之词逐渐向曲转化之一点早期之迹象。其二则是吴氏此词开端二句乃是用的拆字的写法。这种情形也是俗曲中的一种现象。黄庭坚与秦观的一些效俗体的词中也偶曾用之,至元曲中而大行,即如《西厢记》第三本第二折中就曾有"写着道西厢待月,等得更阑。着你跳过东墙,女字边干",便是明显的例证。吴文英词原以"典雅奥博"见称,而今竟留有一首受俗曲影响的小词,这实在是一种极可注意的情况。不过,本文为篇幅所限,对于词曲间之转化不暇详论。今仅就吴词在词之发展中之地位言之,则吴词固主要为周词之继承者,但其写景物的兴象之高远,乃有时有颇近于柳永、苏轼之处,而其情意之沉挚之处,也曾被人认为有近于辛词之处,所以况周颐乃谓吴词与苏、辛二家是"殊流而同源"。至周济之《宋四家词选》乃将吴词与北宋之周与南宋之辛二大家同列,这种观点,初看起来,或以为未免溢美,但如果通观两宋词之演变,而自其精神气脉以探求其渊源之所自,则可知周济与况周颐之说实在都是能够烛见深微之论。乃今竟又可自吴词之《唐多令》(何处合成愁)一阕窥见词、曲转化之端倪,则可知张尔田《遁堪文存》谓"梦窗词殿天水一朝"之说,就两宋词发展之迹象言之,固自有其通观深解之识见在也。

1986 年 6 月写于成都

论咏物词之发展及王沂孙之咏物词

> 纷纷毁誉知谁是，一代词传吟物篇。
> 欲向斯题论得失，须从诗赋溯源沿。
>
> 东坡而后更清真，流衍词中物态新。
> 白石清空人莫及，梦窗丽密亦能神。
>
> 餍心切理碧山词，乐府题留故国思。
> 阶陛能寻思笔在，介存千古足相知。
>
> 离离柳发掩柴门，犹有归来旧菊存。
> 多少世人轻诋处，遗民涕泪不堪论。

一 咏物之作的历史渊源

王沂孙是南宋末期词人中特别以咏物词著称的一位作者，他的词传世者不多，今所见者仅《花外集》一卷，收词五十一首，即使加上《绝妙好词》及《阳春白雪》诸书辑录之所得，一共也不过只有六十余首而已；而其中分明标题为咏物的作品，则竟有将近四十首之多，这实在是一个极为可观的数量。盖在南宋词人之作品中，咏物已成为一项重要内容。姜夔、史达祖、吴文英、周密、张炎诸名家，都留有不少咏物之作。而这一类咏物的作品，则历来论词者对之却颇有不同的评价。大抵清代词评家对此一类词都颇加称赏,而近世论词者,则对此一类作品乃颇有不满之辞。即以王沂孙词而论,世人对之就曾有许多毁誉不同的批评。誉之者如清代的张惠言、周济、陈廷焯诸人,既曾称"碧山咏物诸篇,并有君国之忧",又称其"缠绵忠爱""餍心切理",又以为其"思笔可谓双绝",可以为"入门阶陛",甚至将之比美于诗人中之曹子建、杜子美。① 而毁之者则如近世之胡适、胡云翼、刘大杰诸人,则谓王沂孙的这些咏物词"至多不过是晦涩的灯谜,没有文学的价值","表达不明确,反映没有力量","时有'不连贯'和'莫知所云'的地方"。又以为王沂孙也称不上"缠绵忠爱",因为他"曾做元朝的官,算不得什么遗民遗老",即使有"托意",也"不过是一点微弱的呻吟罢了"。② 像这类悬殊的意见,实不仅对王沂孙词为然,就是对姜夔、史达祖、吴文英、周密、张炎诸人之词,也都有类似的情况。这种情况之所以形成,我以为主要乃由于评者对于咏物之作的传统及其特质,都未曾作过客观的理论分析,遂不免仁者见仁,智者见智,各以主观之感受,作出了毁誉悬殊的评价。王沂孙既是南宋咏物词中重要的作者,而我们在《灵谿词说》中,对于咏物词也还未作过正式的介绍和讨论,而且就西方近世结构主义的文论来看,他们极重视文类的批评,以为一定要通过对一种文类的共同模式的整个系统的认识,然后才更能看出一个作者或一篇作品的特殊意义和价值。因此,我们便将借此机会,对中国古典诗词中咏物之作的传统及其发展略加论述,希望透过此一论述,不仅可以使我们对咏物词之发展及其特质能有较清楚之认识,同时也可以对王沂孙词作出更正确的判断和获得更深刻的了解。

---

① 以上诸评语,分见于张惠言《词选》、周济《宋四家词选·目录序论》及陈廷焯《白雨斋词话》。

② 以上诸评语,分别见于胡适《词选》、胡云翼《宋词选》及刘大杰《中国文学发展史》。

本来咏物之作在中国古典文学中,原可说是渊源甚早,这与中国诗歌之重视感物言志的传统,大概有相当密切的关系。自《毛诗大序》就曾经将诗歌之创作推源于"情动于中,而形于言",以为"情动"是诗之源起,而据《礼记·乐记》则云"人心之动,物使之然也",可见中国诗论是从一开始就将"物"与"心"之相感,看作诗歌创作之重要质素的。此在中国历代诗文评论中,都可以得到证明。如陆机《文赋》即曾有"遵四时以叹逝,瞻万物而思纷"之言,钟嵘《诗品序》亦曾有"气之动物,物之感人,故摇荡性情,形诸舞咏"之说,刘勰《文心雕龙·明诗》也曾有"人禀七情,应物斯感,感物吟志,莫非自然"之语。凡此种种说法,都可以见出在中国的"感物吟志"的抒情言志的诗歌传统中,对于外物之感发的普遍重视。因此清康熙朝所编订的《佩文斋咏物诗选》,在序文中乃竟将咏物之作推源于《诗》三百篇,以为"虫鱼草木之微",可以发挥"天地万物之理",而结论云:"诗之咏物,自三百篇而已然矣。"这种说法自不免过于迂远。盖以情之动于中虽可能由于外物之触引,然而"三百篇"所写者,仍毕竟是以情志为主体,而并不以物为其主体,所以"三百篇"虽然亦有鸟兽草木之名,但决不能目之为咏物之诗篇。只不过这种以鸟兽虫鱼为比兴而引发情志的作用,确实已孕育了后世诗歌向咏物之作去发展的一颗潜伏的种子。这一点则是极可注意的。至于专以写物为主题的作品,则在中国古典文学中,实当推荀况和宋玉的一些标题为"赋"的作品为最早。《文心雕龙·铨赋》篇对赋之介绍,即曾云:"赋也者,受命于诗人,拓宇于《楚辞》者也。于是荀况《礼》《智》,宋玉《风》《钓》,爰锡名号,与诗画境。"又云:"赋者,铺也。铺采摛文,体物写志也。"可见"赋"与"诗"之渊源,一方面虽在外物与情志之相感方面有相近之处,但另一方面则"赋"之写作却已经把重点更转移到对"物"的铺陈叙写方面去了。荀、宋之赋虽尚不忘托意,而后世之赋乃往往竞尚丽辞,流衍实繁,不暇遍举。但其中值得注意的则是,就在荀、宋二家最早的写物之赋中,却已经显露了后世诗词中咏物之作的某些特质。第一点应该提到的,我以为乃是荀赋中的隐语性质,第二点应该提到的,则是宋赋中的铺陈性质。所以《文心雕龙·铨赋》篇就也曾提出荀、宋二家赋之特质,说"荀结隐语""宋发巧谈",又指出写赋的一种方式,说"拟诸形容,则言务纤密,象其物宜,则理贵侧附",而这种写作方式,则正与后世诗词中某些咏物之作的写作方式互相吻合。这一点也是极可注意的。我之所以提出以上两点可注意之处,只是为了说明咏物之作品在中国诗歌之传统中,既原来就有使之产生的必然因素之存在,而其多用隐语及铺陈,也原是咏物之作在叙写时的一种重要的手法。至于咏物之作在后世诗歌中的发展,则大约可以分为以下几个重要阶段。其一是建安时代,这一时期的咏物之作虽然并不是很多,却已显示了咏物诗的两种重要特质,以及形成此两种特质的两项外在因素。先就第一种特质而言,我以为那就是咏物之作的喻托性,此一特质可以举曹植的《吁嗟篇》及《野田黄雀行》等诗为代表。前者借"转蓬"之为物来喻写一种"长去本根逝"的悲哀,后者借"黄雀"之为物来喻写一种被网罗伤害的忧惧。所以黄节撰《曹子建诗注》于《吁嗟篇》之下,即曾引朱绪曾之说,谓此诗乃"子建藩国屡迁,求试不用,愿入侍左右,终不能得,发愤而作"。又于《野田黄雀行》一首之下,引朱乾之说,谓此诗乃"自悲友朋在难,无力援救而作"。这种说法,自然是极为有见之言。而促使曹植要用咏物之作以喻托方式来抒写自己之情意的一项重要因素,则是由于当时的政治环境,使曹植有不敢直言之苦衷的缘故。再就第二种特质而言,我以为那就是咏物之作的社交性,此一特质可以举曹植、刘桢、应玚诸人所写的题目相同的《斗鸡诗》为代表。黄节《曹子建诗注》在此一《斗鸡诗》题目之下,亦曾引朱绪曾之言,谓"刘桢、应玚俱有《斗鸡诗》……盖建安中同作",而黄节自己之按语,则曾引应玚《斗鸡诗》中"兄弟游戏场,命驾迎众宾"二句,以为诸诗"乃子桓未即帝位时,与子建游戏斗鸡之作"。这也就正是我在前面所说的咏物之作的一种社交性的特质。这一类诗往往在内容方面并无深远之情意,而只不过是对所咏之物的一种铺陈描绘。即如曹植、刘桢、应玚诸人对于斗鸡的叙写形容,便都表现了这类社交性咏物诗重视铺陈描绘的特质。因为一般而言在文学风气极深的社团中,古代诗人文士聚会之时,往往喜欢找一些共同的题目来各自吟写,以展现自己的才能。而如我在本文开端之所言,诗歌之创作既原应以内心有所感发为主,但在文士集会之时,诗人内心既未必真能有所感发,于是遂不得不找一个共同的题目,以丽辞巧思安排出一篇因文造情的作品,这正是咏物之作中何以有此一种以铺陈描绘为主的社交性作品的一项外在因素。不过,建安时代毕竟去古未远,所以此一类社交性的咏物诗虽无深远之情意,但在叙写之口吻声气中,仍不失一种健举的风骨。以上可以说是咏物诗在第一阶段所表现出来的一些特色。至于第二个阶段,则当是齐、梁时代的咏物诗。此一时期的咏物诗,一方面虽然也可以说是继承前一个时期之社交性的咏物诗的一个发展,不过在性质上却更转入了一种游戏遣玩的性质,风格也更为纤巧浮华,这主要是由于文风之转变。因为一般而言,在中国文学发展的历史中,由魏、晋到南北朝,乃是中国文学开始转向唯美方面去发展的一段时期。再加上南朝宫廷中的一种淫靡的风气,因而这一阶段的咏物诗也就开始更注重人工辞采的描述,其所吟咏的主题也更加细致靡丽。即如梁武帝之《咏舞》《咏烛》《咏笔》《咏笛》等作品,梁简文帝之《咏风》《咏烟》《咏萤》《咏镜》《咏蛱蝶》《咏芙蓉》等作品,便都可以为此一阶段咏物诗的代表。而上有好之,下必有甚焉者,于是一时文臣乃亦竞为靡丽的咏物之诗篇。这种情况,一直到初唐的宫廷诗仍未能脱离它的影响。直到陈子昂的出现,才使风气为之一变,于是咏物诗乃进入了重视内容的第三阶段。陈子昂在其《修竹篇序》中,曾经对于他的有心转变风气,作了明白的宣言。一般人所最喜欢引用的,就是他所说的"汉、魏风骨,晋、宋莫传"及"齐、梁间诗,彩丽竞繁,而兴寄都绝"的一段话,据此来指出陈子昂在唐诗发展中所提倡的复古精神,并以之与李白在《古风》五十九首之一所写的"自从建安来,绮丽不足珍"一段话相并举,以为"他俩的生活思想,虽完全不同,然在诗界的复古这一点上,意义却是一致的"(刘大杰《中国文学发展史》)。不过仔细分析起来,他们二人的意见却实在并不全同。李白的说法是一般的泛论性质,而陈子昂的《修竹篇序》则原是写给当时另一位诗人东方虬的一封书信,原来东方虬曾写了一首题为《孤桐篇》的诗,被陈子昂所称赏,所以陈氏自己便也写了一首题为《修竹篇》的诗以为奉答,而观《孤桐》及《修竹》之命题,则分明是咏物的诗篇,所以陈子昂所讥评的"齐、梁间诗,彩丽竞繁,而兴寄都绝"的话,也应该是特别针对齐、梁间的咏物诗而言的。这种观念的范畴所指,是我们首先要分别清楚的。关于东方虬的《孤桐篇》,可惜不传于世,我们已无法见到。至于陈子昂的《修竹篇》,则观其篇中的"岁寒霜雪苦,含彩独青青。岂不厌凝冽,羞比春木荣。春木有荣歇,此节无凋零"诸句,岂不就正是他所提倡的"兴寄"的托意。因此,陈子昂在其著名的三十八首《感遇诗》中,便也曾以"兰若生春夏"及"翡翠巢南海"等草木禽鸟的形象,在咏物之中喻寄了自己的托意,为自己的理论作出了成功的实践。而且陈氏的理论和实践,还曾影响了当时另一位诗人张九龄。张氏虽然因为一度在朝廷中做过丞相,受环境影响曾经写过一些奉和应制的诗篇,但在脱离了这种环境之时,他所写的诗却是与陈子昂颇为同调的作品。即如他也曾以《感遇》为题写过一系列的十二首诗,而且也曾以"兰叶春葳蕤"及"孤鸿海上来"等草木禽鸟的形象,在咏物之中表现了自己的兴寄,其曾经受到陈子昂的理论及实践的影响,自是明白可见的。何况他还曾写过一首题为《答陈拾遗赠竹簪》的诗,其开端两句所写的就是"与君尝此志,因物复知心"的话,可见借外物来喻托内心的情志，在他们两人之中，原是有一种共同之默契的。而且《唐诗纪事》卷一五曾记叙当时李林甫对张九龄颇加毁谤，张氏遂写了一首《咏燕》送给李林甫，其中有"无心与物竞，鹰隼莫相猜"之语，用以消除李之恚怒。则张九龄之善于在咏物诗中寄托比兴之情意，也就可以想见了。而此中寓含有深厚的比兴之托意的作品，到了杜甫手中遂有了更大的发展。而且杜甫是从其早年所写的《房兵曹胡马》《画鹰》诸诗中，就已经表现了此种在咏物诗中寓含比兴之托意的趋向了。其后杜甫在秦州所写的《初月》《归燕》《促织》《萤火》诸诗，在成都所写的《病柏》《病橘》《鹦鹉》诸诗，甚至晚年在夔州所写的《孤雁》《猿》《麂》《黄鱼》《白小》诸诗，可以说都莫不有极为深远的比兴之托意。仇兆鳌《杜诗详注》卷一七，于《白小》一诗之后，曾引黄生之言曰："前后咏物诸诗，合作一处读，始见杜公本领之大，体物之精，命意之远。说物理、物情，即从人事世法勘入，故觉篇篇寓意，含蓄无限。"又在卷七《苦竹》一诗后，引钟惺之言曰："少陵如《苦竹》……《白小》《猿》《鸡》《麂》诸诗，于诸物有赞羡者，有悲悯者，有痛惜者，有怀思者……有用我语诘问者，有代彼语对答者，蠢者灵，细者巨，恒者奇，嘿者辩。咏物至此，神、佛、圣、贤、帝王、豪杰具此难着手矣。"所以杜甫的咏物之作，实在可以说是咏物诗中极高的一种成就。不过，虽然杜甫咏物诗之重视比兴托意的内容，与陈子昂、张九龄二人的发展趋向是属于同一途径，但他们所用以表现兴寄的方式，则并不完全相同。陈与张的兴寄比较偏重于思致的安排，而杜甫的兴寄则比较偏重于感情的直接投注。而且陈、张二人所咏之物如"兰若""翡翠""孤鸿""海燕"等，常常都并非眼前之实物，而只是一种意念中之物象。而杜甫所咏之物，则多为眼前实见之物。像这种种区分，当然也是我们在讨论咏物之作时，所不可不注意及之的。

以上所写是我们对于咏物诗之发展的一个简略的介绍。如果稍加归纳的话,则我们可以得到下面几点结论:其一是咏物之作在中国重视"感物言志"及"体物写志"的诗、赋之传统中,原来就具有促使其发生的一种根本基础。其二是咏物之作既以写"物"为主,所以在叙写时原来就易于走向"隐语"及"铺陈"的方式。其三是咏物之作往往因作者及环境的关系,而可以形成为或偏重喻托,或偏重社交,或偏重遣玩之种种不同之内容性质。而且同样是喻托性质的作品,又可以有或偏重思索安排,或偏重直接感发的不同表现方式。而对于这一切因素、特质及方式的了解,对于我们去探讨词体中咏物之作的发展过程,以及欣赏和衡量王沂孙咏物词的成就,都可以有不少启发和帮助。

二　两宋咏物词之发展

一般而言,词在初起时本来是属于与诗之性质并不同类的另一种文学体式。诗是以"感物言志"为主的,所以"物"在诗中从一开始便占有一种较为更值得注意的地位。而词在初起时,则只是写给歌女们在酒筵前去歌唱的曲子,所以唐五代的早期词作,往往都是直接去写美女和爱情,并不假借什么草木禽鱼之物以为引发。而且词中之美女既然本身就是歌筵酒席间有血、有肉、有情、有爱的女子,所以词中虽然多写美女,甚或后世的读者还可以由美女而引发喻托的联想,但在唐、五代词中真正以美女为一种物象或一种喻象去写的作品则极少。如此说来,美女本身在词中既不被视为一种"物",而另外也不需假借什么草木禽鱼之"物"来作为"感物言志"的引发,所以在早期词作中真正咏物之作原是极少的。在《花间集》所收录的十八位作者的五百首作品中,除了像《杨柳枝》等习惯上多用来咏柳的作品以外,大概只有牛峤的两首《梦江南》可以算是咏物之作。这两首词,前一首咏燕子,后一首咏鸳鸯,其作法都是前面大段写物,而最后却都归结到主观的抒情,前一首结句是"堪羡好姻缘",表现了人对燕子之双飞的羡慕,后一首结句是"全胜薄情郎",则表现了人因见到鸳鸯之双宿而引起了对薄情郎的怨思。像这种咏物之作,表面看来虽大段以物为主,但其实其所咏之物却只是引起内心某种情意的一个媒介,这种情况其实与诗歌中"感物言志"的写法极为相近,只不过是"物"所占的比例较大而已。所以真正咏物之作,在唐、五代的小词中,实在可以说是极为罕见的。其后到了北宋之世,咏物词才逐渐得到发展,而其中对咏物词之发展最具影响力的两位作者,则一个自当是使词转向诗化的作者苏轼,另一位则是使词走向思索安排之途径的作者周邦彦。在苏轼以前的作者,一般咏物之词的数量都极少。即以著名的词人柳永而论,在他的二百多首作品中,真正称得上咏物的作品,实在不过只有题作《杏花》《海棠》《柳枝》的三首《木兰花》小令而已。可是在苏轼的三百多首词中,则分明标题为咏物的作品,竟有将近三十首之多,这当然是一个极值得注意的现象。关于此一现象之形成的因素,则第一可以说是由于苏轼将词"诗化"了的结果,遂使本来并不具含咏物之性质的词体,也由于"诗化"而产生了咏物的作品。其次,则也因为在苏轼的周围,更曾经形成了一个如同建安时代的文学写作的集团,因此苏词中之有较多的咏物词的出现,便自然还有其社交性的因素。关于此点,我们只要一看苏词中之往往有次韵、和韵之作,便可得到证明。何况在苏门交往的几位文士之间,还曾经有一些题目相同的咏物之作。即以咏茶而言,苏轼和黄庭坚就各有数首同样以"茶"为题的词作,而且其中一首还用的同是《西江月》的牌调,苏词首句是"龙焙今年绝品",黄词首句是"龙焙头纲春早"。另外,秦观也有一首题为《茶词》的作品,词调是《满庭芳》,一开端写的就是"雅燕飞觞,清谈挥麈,使君高会群贤。密云双凤,初破缕金团。窗外炉烟似动,开瓶试、一品香泉"。则此一首咏茶之词,其必然是写于饮茶之社交性的聚会可知。此外,如晁补之更不仅有许多咏物之作,而且多为和韵、次韵之词,更且还在题目中往往写有像《扬芍药会作》《秦宅作海棠》及《亳社观梅》《亳社作惜花》等叙述,然则当日苏轼左右之文士们之往往聚会填词,且多以咏物为题的风气,也就可以想见了。这种社交性背景,当然是使得咏物之词逐渐加多起来的一项重要因素。至于以风格而论,则在此一以苏轼为中心的文士集团之中,自然仍以苏轼的咏物词之风格最为值得注意。本来我在前文论及咏物诗时,已曾谈到一般社交性的咏物之作,经常都是以铺陈描绘为主,有时也带有一些游戏遣玩的性质,却缺少作者真正感发的自我之面目,但苏轼却以其过人之才情,独能不落入一般铺叙之窠臼,写出了他自己的咏物而不滞于物的挥洒自如之风格。所以苏之《水龙吟·次韵章质夫杨花词》,才会被王国维在《人间词话》中加以赞美,认为:"东坡《水龙吟》咏杨花,和韵而似原唱。章质夫词,原唱而似和韵。才之不可强也如是!"这主要就因为章粢的原词只是紧贴着杨花之为物去铺叙,而苏轼却能不滞于物地去抒写自己的感发和联想的缘故。而且苏轼的咏物词往往仍有感物而言志抒情的作法,即如其《西江月》(玉骨那愁瘴雾)及《南乡子》(寒雀满疏篱)二首咏梅的词,《菩萨蛮》(画檐初挂弯弯月)之咏新月的词,《虞美人》(定场贺老今何在)之咏琵琶的词等作品,就都于咏物之中表现有作者自己情意的感发。不过值得注意的则是,苏轼咏物词中的情意,大多都是属于直接的感发,而并不是以隐语安排的喻托。其比较近于以隐语为喻托的一首,可能要算是那首曾引起不少后人议论的《卜算子》(缺月挂疏桐)咏孤鸿的词。本文在此对此词虽不暇细论,但此词确当为有喻托之作,则殆无可疑。不过值得注意的乃是这首词的命题,原来并不是咏孤鸿,而是《黄州定惠院寓居作》。这就可以见出咏物之词虽然有以隐语为喻托的可能性,但在苏轼写咏物词时,却还未曾形成借咏物以隐语为喻托的写作习惯,所以他的《卜算子》一词并未以咏物为题,这是颇可玩味的一件事。

自从词之逐渐诗化,由苏轼等文士集团把咏物之风气带入词之体式中以后,另一位又使咏物词由直接感发而转入安排思索之写作方式的,则是在词坛上结北开南的改变风气的作者周邦彦。周氏的咏物词并不多,在他现存的二百首左右作品中,真正可以称得上是咏物之作的词,不过只有十余首而已。这本来正因为词体中之咏物之作原是诗化之结果,所以北宋词坛上纯粹词人之词的咏物之作都不多,柳永之绝少咏物之作,固然是一个很好的例证。即以苏轼等文士集团而论,号称独具"词心"的秦观,也是其中咏物词写得极少的一位作者。不过咏物之风气既已进入词之体式之中,所以周邦彦本身的咏物之作虽然也不算太多,但他的安排思索的写作方式,却为后来南宋大量咏物词的出现开辟了道路。要想明白何以周词之此种思索安排的写作方式,足以影响后来大量咏物词之发展的缘故,我们就不得不于此一加回顾。因为如我在前文所言,在中国文学发展的历史中,最早的专以写物为主的文学作品,并不是感物言志的诗歌,而是荀卿与宋玉的体物之赋。因为诗之篇幅短,赋之篇幅长,在短的篇幅中,物只是引起情意之感发的一个触引的媒介,但在长的篇幅中,则对于物的铺陈叙写自然便占了很大的比重,而且篇幅既长,在写作时自然便不能不用思索去安排,周邦彦词之以思力安排取胜,也就正是由于他也长于辞赋,所以把赋笔也带进了词体中的缘故。如此说来,则周词之重视思索安排的赋笔,其足以开拓后来咏物词之先路,自然也就无怪其然了。而且更因为长调慢词的形式,其每句字数之多寡及音节与谐韵之参差错落,都与诗之字数整齐、韵律划一之性质有所不同,所以周邦彦的长调咏物词,乃不仅以其思索安排之写作方式,开了南宋咏物词之先声,而且其长调慢词之布局章法,也使得所咏之物与诗人之情意,呈现了一种诗所不能传达的更为繁复曲折的关系。以下我们就将对周邦彦之咏物词的性质略加介绍。周氏词集中本来也有一些短小的咏物的令词,不过此类作品大多也只不过是感物言情而已,与其他人写的这一类咏物小词并没有很大的不同,可以姑置不论;至于周氏的长调咏物之作,如其《六丑·蔷薇谢后作》(毛本、戈选、郑校本题为《落花》)、《花犯·咏梅》及《大酺·春雨》,这些长调的咏物词,才是真能表现出周邦彦之特色的作品。本来我以前在《论周邦彦词》一文中,已曾提到过周词的几点特色:其一就是以赋笔为词所表现的安排勾勒的思力;其二则是在章法方面表现的错落繁复的结构;其三则是在内容方面所表现的言外寄慨的微意。这些特色表现于他的长调的咏物的作品中,于是就使得他所叙写的物与他所蕴涵的情意形成了一种极复杂的关系,既不是一般感物言情的由物到情的直接的过渡,也不是单纯写物全无情意的堆砌铺陈,又不是完全借物言志的隐语托喻,而是一种时而写物,时而言情,物中有情,情中有物,时间与空间及内心与外物都可以交错映衬之复杂的结合。本文因篇幅限制,不能举例作详细之说明,但只要一看过去词评家对周氏这些词的评说,也就可以略见其一斑了。即如周氏的《六丑·蔷薇谢后作》(正单衣试酒)一首,陈廷焯《白雨斋词话》卷二评此词即曾云:"满纸是羁愁抑郁,且有许多不敢说处,言中有物,吞吐尽致。"黄蓼园《蓼园词选》则谓此词乃周氏"自叹年老远宦,意境落寞,借花起兴,以下是花、是自己,比兴无端,指与物化,奇情四溢,不可方物,人巧极而天工生矣"(据《宋词三百首笺注》引)。又如周氏之《花犯·咏梅》(粉墙低)一首,黄昇《花庵词选》评此词即曾云:"此只咏梅花而纡徐反覆,道尽三年间事。昔人谓好诗圆美流转如弹丸,余于此词亦云。"《蓼园词选》评此词,则谓:"总是见宦迹无常,情怀落寞耳。忽借梅花以写,意超而思永。言梅犹是旧风情,而人则离合无常,去年与梅共安冷淡,今年梅正开而人欲远别,梅似含愁悴之意而飞坠;梅子将圆,而人在空江中,时梦想梅影而已。"以上所引诸评说,虽只是略见一斑,但也足可借此窥知周氏之长调咏物词,其中物与情互相交错映衬之妙了。周氏集中咏物之作确实为后来南宋词人之咏物者开启了无数变化的法门,而这种种变化之妙,当然都与词中长调之错综变化的形式有密切的关系。所以周邦彦之咏物词,数量虽不是很多,但其特色则极可注意。如果说苏轼是由于诗化而把诗歌中咏物之风气带进词中的一位作者,那么,周邦彦则应是使咏物词脱离"诗化"而真正达到"词化"的一位作者。

至于周邦彦以后的南宋词人,则就其咏物词之成就与风格言之,重要之作者大约可分为以下几种类型。其一是在铺叙与描绘方面虽受有周词之影响,却缺少周氏之越勾勒越浑厚之健笔,虽在铺陈刻画方面亦复极有可观,却不免过分沾滞于物者,如史达祖、周密、张炎诸人。其气质风格虽各有不同,但大抵皆可归入此一类之作者。其二则是能自周词变化而出的作者,第一个我们要提到的就该是以清空疏宕著称的姜夔。姜氏之咏物词约可分为两类:一类是单纯以咏物命题者,如其《好事近》(凉夜摘花钿)之咏茉莉,及《虞美人》(西园曾为梅花醉)之咏牡丹等作品,此一类词与一般咏物诗、词之描绘物态、点染情景之作大都相同,并无姜词明显之特色,可置不论。至于另一类则是并不单纯以物命题,而却在词前缀以小序,将所咏之物与某些情事结合叙述者,如其《长亭怨慢》《淡黄柳》《角招》《凄凉犯》诸词之与"柳"相结合,《一萼红》《清波引》《夜行船》诸词之与"梅"相结合,《念奴娇》《惜红衣》诸词之与"荷"相结合。更有小序中虽然不及于物,而观其内容及词调之命名则亦为借物以贯串情事者,则有《暗香》《疏影》之分明以咏梅为主干。这一类词才是姜词中最具特色的值得注意的作品。如果约略分析,则其继承与变化亦颇有可得而言者,而首先该提出来的一点,则是其用精思而不取直言的写作方式。此一特色,一方面固由于曾受到周邦彦之以思索安排为词的作风之影响,而另一方面则也因为姜氏在诗歌创作方面原曾受有江西派诗风之影响,避陈俗而尚瘦硬,再加之姜氏之词又往往好为自度曲,与一般音律圆熟之习见之牌调多有不同,故姜氏以精思为词之结果,乃表现为一种清空宕折之姿,与周邦彦之思索安排而具有浑灏流转之气者,又有相当的差别,这也就正是使得姜词能自周词变化而出的一个主要原因。其次一点我们要提出的,则是姜氏词中物与情之关系。在姜氏词中之物,往往只是其一己观念中某些时、空交错之情事中的一种提醒和点染的媒介,其繁复错综之叙述结构,虽也曾受有周邦彦之影响,但其所叙写之情事既似较周氏更为隐秘幽私,其叙写之笔法也不似周氏之圆转,而更为峻折,这也就正是使得他能自周氏变化而出的另一个原因。故姜氏咏物之词乃能不滞于物,而别有清空峭拔之致,这实在不仅因为姜氏在用笔方面自有其特色,也因为在内容方面姜氏本意原来也就并不是专以咏物为主的缘故。除姜夔外,第二个我们要提到的自周邦彦变化而出的作者,则当是以深邃密丽著称的吴文英。如果我们尝试在此一作回顾,则史达祖、周密、张炎诸人,可以说都是写物而沾滞于物的作者;姜夔的一些词则是其意本不以物为主,所以他是能不沾滞于物的作者;至于吴文英,则是一方面既能紧扣住所咏之物来叙写,而另一方面却也能时时有灵气透出其外的作者。吴词之特色,盖在既有丽藻深思,而又有敏锐之感受与丰富之想象。即如其《宴清都·连理海棠》,是其铺陈细密,虽有得于周邦彦,然其秾丽中之空灵,沉实中之飞舞,则非周词之所有。(《论吴文英词》)其所以然者,盖在于自周邦彦以下,南宋词人之写咏物之作者,大都全以思致安排为主,而吴文英则是在思索安排之中,时时涌现出直接感发之力量的一位作者。所以周济在《宋四家词选·目录序论》中,乃称吴氏可以"返南宋之清泚,为北宋之秾挚",就正指的是吴词这种与北宋词相似的具有直接感发之力的特色。因此,我们可以说吴文英乃是自周词变化而出的另一类型的作者。虽然因篇幅所限,我们在此不能多举吴词作为例证,但即此一例也足可以窥见一斑了。以上诸家可以说都是受周邦彦之影响的作者,但另外却还有一位完全不被周词所笼罩的作者,那就是"壮岁旌旗拥万夫"的以豪杰之士而为词人的辛弃疾。本来我们在前文论述咏物诗之发展时,曾提出过唐代之陈子昂和张九龄二人,认为他们是以安排思索在咏物中寓含兴寄的作者,而杜甫则是全以自己之感情投入,由直接感发来表现兴寄之托意的作者。如果以宋代之咏物词与唐代之咏物诗相比较,则自周邦彦以下,姜、史、吴诸作者,都可以说是以思索安排来写咏物词的作者,只不过词之形式更为富于变化,故其物与情之关系便也较一般咏物诗更为繁复错杂。而且因为词之内容既一向多以写儿女之情为主,所以周、姜词中便也往往多写怀人忆别之情,与诗中借物喻志的内容也有了很大的分别。以上可以说是以思索安排方式来写咏物词的一般情况。至于如唐诗中之杜甫之能全以感情投入,以直接感发在咏物之作中表现自己之情怀志意者,则南宋词人中,实在当以辛弃疾这位豪杰词人为代表。虽然因为诗与词之形式既有所不同,杜甫与辛弃疾之才气性情也有所不同,所以杜诗与辛词在内容及风格方面都有许多差别,但其不以安排思索取胜,而全以直接感发取胜的一点,则是相同的。像这一类作品,固全为作者之性情、襟抱以及平生遭际之自然流露,并非后世一般人之可以勉强学步者。若就宋词发展言之,则南宋大多数咏物词之描绘安排,固皆可谓其出于周邦彦,唯有辛弃疾之独具个人性情面目之作,可以说是属于北宋另一位天才作家苏轼的同类。但苏、辛之关系,却绝不属于继承模仿的发展,而是各具开创之才情,所以才能够各自有其臻于不同之极致的成就。以上我们可以说是简单介绍了两宋咏物词之发展,在作者与作者相互继承与开创间的一般情况。

除此以外,关于南宋之咏物词,还有两点也应略为述及:一则为当时使咏物词盛行之社会背景,再则为咏物词中用典之风气。现在先就第一点略加介绍。原来在南宋之时,吟词结社之风既极为盛行,而且偏安既久,士大夫大多养成了奢靡的风气。先就吟诗结社而言,即如史达祖词中就曾多次提到"社友",并曾有"爱酒能诗之社"之言[见其《点绛唇》(山月随人)、《龙吟曲》(道人越布单衣)及《贺新郎》(同住西山下)诸词]。而且除去私人的结社吟词之外,还有一些盛大的公众的诗酒之社,即如吴自牧之《梦粱录》卷一九记南宋临安的集会结社之盛,在其《社会》一则之下,即曾载云:"文士有西湖诗社,此乃行都缙绅之士及四方寓流儒人,寄兴适性赋咏,脍炙人口,流传四方,非其他社集之比。"凡此种种,都可使人想见当日结社吟咏之盛。至于南宋士大夫之奢靡,则周密之《齐东野语》卷二〇有《张功甫豪侈》一则,曾载云:"张镃功甫号约斋,循忠烈王诸孙,能诗,一时名士大夫莫不交游,其园池声妓服玩之丽甲天下。"以下又叙述一次牡丹会中之种种排场,谓歌者、乐者凡十易,无虑数百十人,皆歌前辈牡丹名词侑酒,客皆恍然如仙游,其豪侈可以想见。姜夔与张镃及其弟鉴(平甫)交谊甚笃。周密《齐东野语》卷一二有《姜尧章自叙》一则,谓姜氏自云:"旧所依倚,惟有张兄平甫,其人甚贤,十年相处,情甚骨肉。"姜词中有《莺声绕红楼》一首,题前小序谓此词即为其与张平甫"携家妓观梅于孤山之西村"之所作,当时并曾"命国工吹笛,妓皆以柳黄为衣",则当时咏物词之写作背景亦可概见。又如姜夔之《暗香》《疏影》二词,其词前小序亦曾谓此二词原是他住在诗人范成大家中时,范氏"授简索句,且征新声"之所作。盖当时在南宋奢靡之风气下,一般贵仕显宦之家,往往多养有一批才士为其门客,常为主人撰写一些作品,以供吟赏。姜夔就曾先后为范成大及张鉴诸人之门客,吴文英亦曾游于吴潜及嗣荣王与芮之门,此盖亦南宋一时之风气。我以前在一篇论吴文英的文字中已曾述及,兹不再赘(见《迦陵论词丛稿》中之《拆碎七宝楼台》一文)。所以南宋的竞尚奢靡及吟词结社之风盛行的社会背景,自然也是使得咏物词盛行的重要因素。而像这一类属于社交性的咏物之词,在作者而言,既未必都有什么丰富深厚的感发,所以在写作时除了对物态的刻画描写以外,便还需要引用一些材料以供铺陈,于是前人的诗词和典故,便成为咏物词中常用的材料。即如史达祖《绮罗香》一词之咏春雨,其"蝶宿西园"二句,乃用李商隐《细雨成咏献尚书河东公》之"稍稍落蝶粉,班班融燕泥"之诗句;"门掩梨花"一句,乃用白居易《长恨歌》之"梨花一枝春带雨"及李重元《忆王孙》词之"雨打梨花深闭门"之诗句及词句;"剪灯深夜语"一句,乃用李商隐《夜雨寄北》之"何当共剪西窗烛,却话巴山夜雨时"之诗句。像这种用前人诗句及典故以为铺叙的写法,本来也始自周邦彦,不过南宋人用此种铺叙来写咏物词者,其成就与风格也颇有不同之层次。即如史达祖此词,只不过是贴切工丽而已,此外却更无深意。至如姜夔之《疏影》一词之咏梅,其"昭君不惯胡沙远"之句,乃用王建《塞上梅》之"天山路傍一株梅,年年花发黄云下。昭君已殁汉使回,前后征人惟系马"之诗句;"犹记深宫旧事"三句,乃用宋武帝女寿阳公主人日卧含章殿檐下,梅花落其额上成五出花之故事。一方面既贴切于咏梅之内容,而另一方面则用"昭君""胡沙""深宫"等字样,遂更可以使读者生一层托喻之想,以为可以暗寓北宋之亡,徽、钦二帝被掳,诸后妃相从北去之感慨。这当然就显得较史达祖的词内容深厚得多了。不过,姜氏还只不过是字面上有此点染暗示而已,并不予人直接之感发;至于像辛弃疾《贺新郎》(凤尾龙香拨)一首之赋琵琶,则几乎句句都是与琵琶有关之故实,而且句句都充满直接的感发,所以陈廷焯《白雨斋词话》(足本校注卷八引《云韶集》卷五)乃称辛氏"此词运典虽多,却是一片感慨,故不嫌堆垛。心中有泪,故下笔无一字不呜咽"。这正是我在前文之所以说辛氏咏物词是属于杜甫咏物诗之重直接感发之一类作品的缘故。不过杜之咏物诗大多由对物之直感而引起感发,而辛词则有时可以由用典中引起感发。这种差别,一则固由于辛与杜之才情不同,再则也由于词中此类长调咏物之作,本来一向就重视用事铺陈的缘故。至如吴文英《宴清都》一词之咏连理海棠,则虽不能如辛词之句句都有感发,但却在铺陈之中,能以白居易《长恨歌》中"在地愿为连理枝"之诗句为骨干,遂使得这首咏花之作,隐然有了一种盛衰兴亡的悲慨,而且其"人间万感幽单"及"凭谁为歌长恨"诸句所用皆主观直叙之笔法,夹入客观铺陈叙写之中,遂使其词于密丽之中,往往突现飞扬之神致。所以陈洵《海绡说词》评此词,乃称其"只运化一篇《长恨歌》,乃放出如许异采",又云"得力尤在换头一句,人间万感,天上鳌蟾,横风忽断,夹叙夹议,将全篇精神振起",又云"天宝之不为靖康者,幸耳。故曰'凭谁为歌长恨'"。由以上所叙述,我们不仅可以见到两宋咏物词之发展的约略的迹象,同时也可以见到其叙写之笔法的各种不同之方式与内含之意蕴的各种不同之层次。在有了这些认识以后,我们对于王沂孙之咏物词,就可以作出一番较客观和较正确的衡量了。

三　王沂孙之咏物词

　　关于王沂孙的咏物词,我以前写过一篇《碧山词析论》,曾经对王氏之《天香·龙涎香》(孤峤蟠烟)及《齐天乐·蝉》(一襟余恨宫魂断)二词,作过较详细的评说(见《迦陵论词丛稿》)。如果把王氏这一类的咏物词,放在中国古典文学的咏物之作的传统中来看,我们就曾发现王氏之咏物词,既有隐语之特质,也有铺陈之特质;既有喻托性,也有社交性;既有思索之安排,也有直接之感发:是把中国咏物之作的传统中的许多特质,都作了集中表现的一位作者。以下我们就将从这些方面,对王氏之咏物词略加论述。

　　先就隐语及铺陈之二种特质言之。如我在本文开端所言,"感物言志"既原是中国诗歌之重要传统,而物与心之相互感发,则是促成诗歌之创作的重要质素。不过在《诗》三百篇之中,物一直只是引发情志的一个媒介而已。自赋体出现以后,对物之铺陈叙写才在作品中占有重要之位置,为后世咏物之作的发展开拓了先声。然而无论是"感物言志"的诗也好,还是"体物写志"的赋也好,总之在中国文学之传统中,其内含之"志"一直是被认为作品中最重要的价值与意义之所在的。因此当"物"之比重逐渐增加,至全篇皆为咏物,而不再经由过渡来叙写情志之时,自然就会提出咏物之中要具含托意的要求。这正是何以后世咏物之作中,其铺陈写物之分量越重,同时对其隐语之托喻的要求便也越高的缘故。所以陈子昂在其《修竹篇序》中,才会对"齐、梁间诗",提出了"兴寄都绝"的批评,而周济在其《宋四家词选·目录序论》中,才会对咏物之词提出了"咏物最争托意"的主张。因此在咏物之作中,"铺陈"与"隐语"之特质,成了两种相互依存之现象与要求。而如果以此种文学演进所形成的客观标准来衡量,则毫无疑问的,王沂孙之咏物词,乃是在宋人咏物词中,最合于这种衡量的代表作品;而王沂孙之所以写出了这一类大量的咏物之作,则又由于在当时之历史背景中,对其咏物词原有社交性与喻托性之双重要求。盖已如我在前文所言,南宋时填词结社之活动,既已成为一时盛行之风气,只不过当南宋还能苟安享乐之时,其咏物词之内容,乃往往仅具有供遣玩之社交性,而缺少深挚之喻托性。这类作品自然不能完全符合中国文学传统中重视"情志"之衡量标准。而王沂孙则曾经身历亡国之痛,当其结社填词之际,也别具一种悼念故国之思,这正是王沂孙之咏物词之所以兼具社交性与喻托性之属于咏物之作的双重特质的缘故。若更就其写作之方式而言,则王沂孙一方面固然继承了自周邦彦以后所发展的重视思索安排之写作方式,而另一方面则又因为他果然亲身经历了亡国之痛,所以虽在铺陈安排之咏物的叙写中,便也时时流露出真切的感发。所以周济在其《宋四家词选·目录序论》中曾经称美王氏,谓"碧山餍心切理,言近指远"。其所谓"餍心",自当指其情意之足以予人以真切之感动,而其所谓"切理",则当指其安排叙写之有思致和法度,所以方能使人有"言近指远"之喻托的感发和联想。以上我们只是把王沂孙的咏物词,放在中国咏物之作整个发展的背景中,为他简单界定了一个应得的重要位置而已。至于如何证明王氏咏物词在以上各方面之成就,则我在多年前所写的《碧山词析论》一文中,本已对之有详细之评说,现在为了对本文读者作一完整之交代,因此就不得不将以前之评说,略作简单之叙述。

首先我们要介绍的,当然是王沂孙写作咏物词的时代背景。王沂孙身世沦微,姓名不见于史传。清代之查为仁及厉鹗编撰《绝妙好词笺》,曾经采撷资料为词人考订生平,于王沂孙之下,仅著录云:"沂孙,字圣与,号碧山,又号中仙,会稽人。有《碧山乐府》二卷,又名《花外集》。"又引《延祐四明志》云:"至元中,王沂孙庆元路学正。"又据夏承焘之《唐宋词人年谱》中之《周草窗年谱》所附及之考证,知王氏盖与周密同时而稍晚,大约生于南宋理宗绍定五年(1232)以后至淳祐初年(1241后)之间,卒年当在张炎卒年之前,而已不可确考(详见拙文《王沂孙其人及其词》)。据此一年代来看,可知王沂孙盖正生当于南宋自衰危至灭亡的一段悲惨的历史中。而当南宋覆亡之际,王氏只不过三十余岁而已。且王氏之故乡会稽又与南宋之都城临安距离甚近,因此王氏对南宋之亡必有不少目击心伤的悲慨。所以王沂孙的词作,一般都充满了悲思凄苦的亡国之音,这种情绪之出现,自有其个人之历史背景在。何况王氏之某些咏物词,更曾牵涉一段特殊之历史事件。原来在元朝初年,有一个总管江南浮屠的胡僧名杨琏真伽者,曾经奏发南宋诸陵,且以所获金宝修建了天衣寺。据万斯同辑《南宋六陵遗事》所引诸书之记载,谓理宗之尸,启棺如生,或谓含珠有夜明者,遂倒挂其尸树间,沥取水银,如此三日夜,竟失其首。又谓一村翁于孟后陵曾得一髻,发长六尺余,髻根尚有短金钗云。时会稽有义士名唐珏者,乃募集里中少年,收诸帝后遗骸共瘗之,且自宋故宫中移取冬青树植于冢上,谢翱所为赋《冬青树引》者也。当时之遗民有王沂孙、周密、张炎、陈恕可、仇远及唐珏等,共十一人,曾于词社集会中,先后共取用五个不同的牌调,分咏龙涎香、白莲、莼、蝉、蟹等五物,共得词三十七首,编为一集,名曰《乐府补题》,借咏物之词以寓写家国之恨。清厉鹗《论词绝句》十二首中,有论《乐府补题》之一绝云:"头白遗民涕不禁,补题风物在山阴。残蝉身世香莼兴,一片冬青冢畔心。"即指此事而言者也。所以王沂孙的咏物词,其确实有极深切的家国之恨的托意,原来是与他自己所生活经历的时代背景,有着非常密切之关系的。

关于王沂孙咏物词之实例,我以前在《碧山词析论》一文中,曾经举引其《天香·龙涎香》及《齐天乐·蝉》二首词,作过详尽的分析。现因篇幅限制,将只取《天香》一词,略作简单之评说。

> 孤峤蟠烟,层涛蜕月,骊宫夜采铅水。讯远槎风,梦深薇露,化作断魂心字。红瓷候火,还乍识、冰环玉指。一缕萦帘翠影,依稀海天云气。　　几回殢娇半醉。剪春灯、夜寒花碎。更好故溪飞雪,小窗深闭。荀令如今顿老,总忘却、樽前旧风味。谩惜余薰,空篝素被。

为了以下便于评说起见,我们现在将首先对其所咏的"龙涎香"略加说明。据吴震方《岭南杂记》(卷下)之所载,谓"龙涎于香品中最贵重,出大食国西海之中。上有云气罩护,则下有龙蟠洋中大石,卧而吐涎,飘浮水面,为太阳所烁,凝结而坚,轻若浮石。用以和众香,焚之,能聚香烟,缕缕不散"。其实所谓"龙涎香"者,盖为海洋中抹香鲸之肠内分泌物,并非龙吐涎之所化。不过词人王沂孙之想象所依据者,则为有关龙涎之传说,故具引《岭南杂记》之传说如上。至于龙涎香制造之过程,则据陈敬所撰《香谱》(卷二)之记述,谓制"龙涎香"时,须取龙涎与蔷薇水共同研和,然后用"慢火焙,稍干带润,入瓷盒久窨"。至于制成之形状,则可以"造作花子、佩香,及香环之类",又可以制成篆形之心字,焚时最好在"密室无风"之处,则香气便可如翠烟浮空,结而不散。当我们对其所咏之龙涎香有了这些认识之后,我们便可以对这一首词略加评赏了。开端"孤峤蟠烟,层涛蜕月,骊宫夜采铅水"三句,是叙写龙涎香采集之地点、时间与经过。"孤峤"点明产地,"蟠烟"写其上常有云气罩护。"层涛蜕月"写采集之时间为海上月夜,"蜕月"描状月影在层波中闪动恍如鳞甲之片片蜕退。"骊宫"为想象中龙之所居处,"铅水"指传说中之龙涎。此三句之所叙写,不仅与所咏之物极为贴切,而且其所用之字如"蟠"字"蜕"字,皆可以使人联想及于龙蛇之蟠伏与鳞甲之蜕退,出人意料而入人意中,联想丰富,意象鲜明,且切合物题。至于状"龙涎"而名曰"铅水",则一则可以表示"龙涎"之不为纯水而含有某种物质;再则也可以暗指其颜色之白如铅粉;三则更可使人联想及李贺之《金铜仙人辞汉歌》中之"忆君清泪如铅水"之诗句,既可喻示龙涎被采离故土时亦当有泪如"铅水"之悲哀,更可暗寓家国败亡之痛。以上三句可以视为此词之第一大段落。其下"讯远槎风,梦深薇露,化作断魂心字"三句,则写龙涎已被采去远离故土,复经炼制,乃成为心字之篆香。但其"讯远""梦深"诸句之用字,则写得极为绵远多情,虽为状物之铺陈,而却极富于感发之力量。以上三句可视为此词之第二大段落。其下"红瓷候火,还乍识、冰环玉指。一缕萦帘翠影,依稀海天云气"数句,则写龙涎香被焙制及焚爇的情景。"红瓷"指瓷盒,"候火"指焙制及焚爇,"乍识"一句乃因而写入焚香之女子,为下半阕种种想象预作安排。至于"萦帘翠影"二句,则既以描状"龙涎香"被焚烧时翠烟浮空之景象,而且在"海天云气"中,也暗示了对故居海上之绵渺的相思,更且可以使读者引起对于南宋在海上崖山之覆亡的联想。这是此一首词之第三大段落,也是上半阕的一个总结。至于下半阕自"几回殢娇半醉"至"小窗深闭"数句,则是以表面所写的人事为焚香之背景的陪衬。盖上半阕乃完全以写龙涎香为主,仅于"还乍识、冰环玉指"一句,点出人物。所以下半阕乃正写人物,而实则却仍是以人物为焚香之衬托。"嬾娇半醉"者,乃是写当日焚香之女子的情态,"剪春灯、夜寒花碎"者,是写女子在春夜剪灯时灯花之细碎,其动作之纤柔、景象之幽微,正以之衬出焚香时之环境气氛。所以下面即承以"更好故溪飞雪,小窗深闭"二句,用"深闭"之"小窗",点出"龙涎香"之特质,"更好"在"密室无风之处焚之"也。此一大段以"几回"二字为引起之领字,曰"几回"者,不仅一回之意,便已是回忆之辞,所以下面乃承以"荀令如今顿老,总忘却、樽前旧风味",一笔翻转,遂将前面所写的春夜剪灯之种种温馨美好之情事,蓦然全部扫空,使人顿生无限悲欢今昔之感,这正是王沂孙在以思索安排为主之铺陈中,仍能富于直接之感发之又一证明。而且用荀令之典故,以荀令之衣香暗中呼应主题之龙涎香,又以"樽前"二字呼应前面之"嬾娇半醉",则是暗指对当年焚香时情景之追忆,章法线索极为细密。又曰"总忘却",可是观其叙写之细腻,则又何曾忘却,曰"忘却",只不过加强其往事不堪回首的悲慨而已。所以下面乃继之以"谩惜余薰,空篝素被",为全首词作了一个极为哀思怅惘的结尾。篝笼之内的焚香既已经不复存在,剪灯的嬾娇半醉之人也已经不复存在,唯余素被余薰,令人徒增悼惜之情而已。通篇所写全以所咏之"龙涎香"为主,而亡国之哀感尽在言外。不仅用字之工切,意象之丰美,结构之完密,可以作为咏物词之典范,而且在思索安排之中,充满了真切的感发之情。所以周济在《宋四家词选·目录序论》中,乃既称王沂孙词为"餍心切理",又谓"词以思笔为入门阶陛,碧山思笔可谓双绝"。周济的评语自是极为有见之言。而清代词评家之所以普遍都称美王沂孙词的缘故,则除去王词本身在"思"与"笔"两方面都使人有"餍心切理"之感以外,还另有两项其他的因素:首先是由于常州词派自张惠言以来之有意推尊词体,主张在词中应有比兴寄托之意。但词在早期,其性质本来只是歌筵酒席之艳曲,并无托意可言,所以张氏之说用于五代两宋之其他词人,都常不免使人有牵强附会之感,但对王沂孙而言,则其词中之隐寓有故国之思,则是确属可信的。这当然是清代词评家之多喜推重王沂孙词的一项原因。再则晚清同光时代如端木埰、王鹏运诸人之推尊王沂孙词,则还更有其时代背景在。即如当光绪庚子年八国联军入京之际,朱祖谋等诸词人便曾一度聚居于王鹏运之四印斋,每夕篝灯唱酬,借填词以寓写幽忧(见《庚子秋词序》)。是其填词的环境,与王沂孙当年与周密、张炎诸词人集社填词以寄托亡国之痛的境遇,固亦大有相似之处,这自然也是王沂孙词之多被清代词评家所推重的另一个原因。只不过王氏之词纵有故国之思,却也并不宜于字比句附的强加附会,即如端木埰之说王氏之《齐天乐·蝉》(一襟余恨宫魂断)一首,便不免于此种弊病。我在《碧山词析论》一文中,已加以评论,兹不再赘。

至于近人对王沂孙这一类咏物词,往往多加以讥评,其意见则大约可以分为两点来看。其一,是对其表现之方式表示不满;其二,则是对其表现之内容表示不满。先就第一点表现之方式而言,胡适在其《词选序》中,即曾批评这一类词,说:"这时代的词侧重咏物,又多用古典。他们没有情感,没有意境,却要作词,所以只好作'咏物'的词。这种词等于文中的八股,诗中的试帖;这是一班词匠的笨把戏,算不得文学。"又特别批评王沂孙的词说:"其实我们细看今本《碧山词》,实在不足取。咏物诸词至多不过是晦涩的灯谜,没有文学的价值。"刘大杰在其《中国文学发展史》中也曾批评王氏之词说:"他的咏物、隶事两项,周济虽加以'托意'与'浑化无痕'的好评,但我们读起来,觉得仍是与吴文英一样的晦涩堆砌,时有'不连贯'和'莫知所云'的地方。这一点是成了这一派词人不可药医的病根。"关于这种意见,当我们对于中国古典文学中咏物之作的出现与发展,有了如前文所叙述的客观的历史的认识以后,我们就会理解到咏物之作的写作方式,其需要思索的安排、典故的铺陈及言外之托意,原是一般咏物之作的共同特质,而且是早自荀、宋之"体物写志"的"赋"的作品中,就已经表现了此种"隐语""巧谈"与"言务纤密"和"理贵侧附"之趋向了。当然,我们也承认历代咏物之作的各种体式之作品中,都存在有一部分但重铺陈堆砌如胡适所讥评的"没有意境"的作品。但是王沂孙的咏物词,如我们在前文所作的关于其《天香·龙涎香》一词之分析,则已足可证明周济对王沂孙的"餍心切理"及"思笔可谓双绝"的赞美,实在并非虚誉。只不过近人对于这一类词中所写之物如"龙涎香"之有关情事,既已不甚了解,又对于其所用之古典不耐细加探求,因此读起来自然便不免会有"晦涩"如"灯谜"之叹息了。这种意见之形成,就正因为批评者未曾采取客观之态度,未曾认识到词中咏物之作,原来自有其近于"体物写志"之"赋"的一种渊源,而"隐语"及"巧谈"也原来就是此一类以写物为主之作品中所习用的一种写作方式的缘故。现在经本文对咏物之作的特质及传统的介绍,相信读者们对于如何评赏王沂孙的这一类咏物词,就会有一种较为客观公正的衡量,而不致对之轻加诋毁了。其次,再就王词所表现的内容情意而言,近人对之也曾多所讥评。即如胡适在其《词选》中论及王沂孙时,就曾经对王词《齐天乐·蝉》(一襟余恨宫魂断)一首加以讥评说:"作者不过是做了一个'蝉'字的笨谜,却偏有这班笨伯去向那谜里寻求微言大义。"又说:"王沂孙曾做元朝的官,算不得什么遗民遗老。"此外如刘大杰在其《中国文学发展史》中,也曾批评王沂孙,说他"做了元朝的顺民,元至正中,做过庆元路学正,这样看来,他又不能算是真正的遗民了"。胡云翼的《宋词选》,也曾批评王氏说:"王沂孙是宋末失节的词人之一。"又在其《中国词史略》中说:"王沂孙是在元朝做过官的,他的词自然不会一概是'故国之感',我们更不能拿'多故国之感'的话来赞美他的词。"关于这些批评,实在有两点值得讨论之处。第一是王沂孙既曾在元至正中一度出仕为庆元路学正,是否便不能再算是遗民的问题。第二是他既曾一度出仕,是否便减少了其词中"故国之感"的问题。关于这种意见的形成,我以为也仍是由于未曾将批评的对象放在历史背景中,以客观态度去衡量的缘故。我以前在《碧山词析论》中,已曾经引过碧山同时代之著名文士戴表元所写的《送屠存博之婺州教序》一文,说明过当时"不可以仕而不可以不仕"的艰难处境,以及"不仕而为民,则其身将不免于累也"的危虑(见《剡源集》卷一三)。还曾征引过《元诗选》中牟巘的《陵阳集》前面的序文,说明过当时有些人之"不免出为儒师",是为了"以升斗自给"的谋生的需要。更曾征引过清代全祖望为宋、元之际的名学者王应麟所写的《宋王尚书画像记》中所说的"山长,非命官,无所屈也"的话,说明过后人对于宋亡后在元朝出为朝官与出为学官的不同看法(见《鲒埼亭集》卷三八)。所以近人如周祖谟先生所写的《宋亡后仕元之儒学教授》(见1946年《辅仁学志》第十四卷)及孙克宽先生所写的《元初南宋遗民初述》(见1974年《东海学报》第十五期),还有最近澳大利亚大学华裔谢惠贤女士(Jennifer Wei-Yen Jay)在其所写之博士毕业论文《宋、元易代之际的忠义人士及其活动》(*Loyalist Personality and Activities in the Sony-Yuan Transition*)中对于如王沂孙等之一度曾在元朝仕为学官的人,都能按当时历史背景谅解其不得已之处境,而仍是以遗民视之的。何况根据王沂孙自己所写的《齐天乐·四明别友》及《醉蓬莱·归故山》诸词,我们也足可证明王沂孙之一度出为学官,既自有其不得已之"孤怀""凄怨",而且在出仕不久以后,就又辞官"归故山"了。我们试看他自己在《醉蓬莱》一词中,写的"步屟荒篱,谁念幽芳远",以及张炎在《洞仙歌·观王碧山〈花外词集〉有感》一词中,因悼念王沂孙而写的"野鹃啼月,便角巾还第"及"门自掩,柳发离离如此"诸词句,则王沂孙归故山以后心情与生活之悲哀凄寂,也就可以想见了。至于王沂孙词之内容,虽然不可能"一概是'故国之感'",不过其时时流露出故国之思,则是可以从他的词中得到充分证明的。

　　总之,如果以咏物词而言,则王沂孙之咏物词,确实是集合了属于咏物之作品的多种特质,无论在铺陈安排之用笔方面,或者在寄托喻义之用思方面,可以说都是有相当可观之处,而且线索分明,结构细密,足以矫正初学为词者的荒疏粗率之弊,所以周济乃谓其"思笔""双绝",可以为"入门阶陛",这是颇为有见之言。但周济又曾谓王词"圭角太分明,反复读之,有水清无鱼之恨",则是因其思索安排过多,所以反不免有所拘限,因此王词虽可以为"入门阶陛",却并不是词中最高之境界。关于此意,我在《碧山词析论》中,也曾有较详细之探讨,兹不再赘。至于陈廷焯将王沂孙比美于曹植、杜甫,自不免过于溢美,端木埰说王氏《齐天乐·蝉》,其所言也过于牵附,以及近人对王词之多所讥评,皆不免不尽公正客观之处,固当分别观之也。

1985 年 12 月写于加拿大温哥华

附 录

《灵谿词说》中缪钺所撰篇目

1. 总论词体的特质
2. 论杜牧与秦观《八六子》词
3. 论韩偓词
4. 《花间》词平议
5. 论范仲淹词
6. 论张先词
7. 论晏几道词
8. 论晏几道《鹧鸪天》词
9. 论苏、辛词与《庄》《骚》
10. 论黄庭坚词
11. 论贺铸词
12. 论李清照词
13. 论陈与义词
14. 论岳飞词
15. 论张元幹词
16. 论张孝祥词
17. 论姜夔词
18. 论史达祖词
19. 论文天祥词
20. 论刘辰翁词
21. 论张炎词
22. 论宋人改词